Karin Fossum

Wer hat Angst vorm bösen Wolf

Karin Fossum

Wer hat Angst vorm bösen Wolf

Roman

Aus dem Norwegischen von
Gabriele Haefs

Piper
München Zürich

Die Originalausgabe erschien 1997 unter dem Titel »Den som frykter ulven« im J. W. Cappelens Forlag a. s., Oslo.
Die Übersetzung wurde von NORLA Norwegian Literature Abroad, Oslo, gefördert.

ISBN 3-492-04040-3

Gesetzt aus der Baskerville
Satz: Uwe Steffen, München
Druck und Bindung: Graphischer Großbetrieb Pößneck GmbH
Printed in Germany

Für Kari

Ich hasse die Menschen, einfach, weil es sie gibt,
und ich beneide sie zutiefst, wenn ich sehe, wie sie
sich durch ihr eigenes Land bewegen.
Ich, der Irre, stecke in meinem Eisblock und
führe ganz genau Buch über alle feindseligen
Aktionen, die die Menschen gegen mich in die
Wege leiten.
Und in der düsteren Kammer der Rache
erwächst ein Weltherrscher.

ELGARD JONSSON

Ein greller Sonnenstrahl fiel schräg durch die Bäume.

Der Schock ließ ihn erstarren. Er war nicht darauf vorbereitet. Hatte die Matratze verlassen, war langsam durch das dunkle Haus gegangen, noch schlaftrunken, war auf die Steintreppe getreten. Und von der Sonne getroffen worden.

Wie eine Nadel bohrte sich der Sonnenstrahl in seine Augen. Er schlug die Hände vors Gesicht, aber das Licht drang immer tiefer in ihn ein, bahnte sich einen Weg durch Knorpel und Knochen und erreichte die Dunkelheit der Schädelkuppe. Dort wurde alles grell und weiß. Seine Gedanken jagten in sämtliche Richtungen auseinander, wurden zu Atomen zerfetzt. Er hätte laut aufschreien mögen, aber das tat er nie, das war unter seiner Würde. Deshalb biß er die Zähne zusammen und blieb so ruhig wie möglich auf der Treppe stehen. Etwas passierte mit ihm. Seine Kopfhaut spannte sich, er spürte ein stärker werdendes Prickeln. Er zitterte und behielt die Hände vorm Gesicht. Er merkte, daß seine Augen zur Seite gezogen, daß seine Nasenlöcher geweitet und groß wie Schlüssellöcher wurden. Er wimmerte leise, wollte sich wehren, konnte die gewaltigen Kräfte aber nicht aufhalten. Langsam wurden seine Gesichtszüge ausgewischt. Am Ende blieb nur noch ein nackter Schädel, überzogen mit weißer, durchsichtiger Haut.

Er kämpfte fieberhaft, er stöhnte leise, er versuchte, sein Gesicht zu berühren, sich zu vergewissern, daß es noch vorhanden war. Seine Nase war widerlich weich. Er ließ die Hände sinken. Hatte das wenige zerstört, was er noch gehabt hatte, spürte deutlich, daß die Nase verrutschte und wie eine faule Pflaume ihre Form verlor.

Und dann war es plötzlich vorbei. Er holte vorsichtig Luft, merkte, wie sein Gesicht sich wieder zusammenfügte. Er zwinkerte einige Male heftig, öffnete und schloß den Mund, doch als er wieder ins Haus gehen wollte, verspürte er einen Stich in der Brust. Wie von den scharfen Krallen eines unsichtbaren Untiers. Er krümmte sich, schlang die Arme um seinen Leib, um sich der Kraft zu widersetzen, die an der Haut auf seiner Brust zog. Seine Brustwarzen verschwanden in den Achselhöhlen. Die Haut seines nackten Oberkörpers wurde dünner, die Adern standen wie knotige Kabel hervor, pulsierend von schwarzem Blut. Er krümmte sich noch mehr zusammen und spürte, daß es jetzt kam, daß er es nicht würde zurückhalten können.

Er barst wie ein Troll in der Sonne. Eingeweide und Gedärm quollen hervor. Er versuchte, alles bei sich zu behalten, er packte die Wundränder und preßte sie zusammen, aber seine Innereien quollen und sickerten zwischen seinen Fingern hindurch und fielen ihm wie Schlachterabfälle vor die Füße. Sein Herz schlug noch, eingesperrt hinter den Rippen, verängstigte, hämmernde Schläge. Lange verharrte er in dieser Haltung, verkrümmt und schluchzend. Seine Bauchhöhle war leer. Er öffnete ein Auge und blickte ängstlich an sich herunter. Er lief nicht mehr aus. Unbeholfen sammelte er seine Innereien auf und stopfte sie achtlos in sich hinein, während er mit der anderen Hand die Haut so hielt, daß nicht alles sofort wieder hinausgleiten konnte. Nichts landete am richtigen Ort, sein Bauch beulte sich an den seltsamsten Stellen aus, aber wenn er die Wunde schließen könnte, würde niemand etwas sehen. Er wußte, daß er nicht so beschaffen war wie andere, aber von außen merkte man das nicht. Während er mit der linken Hand die Haut krampfhaft festhielt, drückte er mit der rechten. Am Ende war fast alles wieder in seinem Bauch verstaut. Nur verschmierte Blutflecken waren noch auf der Treppe zu sehen. Er preßte die Wunde fest zusammen und merkte, wie sie sich schloß. Er atmete ganz flach, die Wunde sollte schließlich nicht wieder aufgehen. Noch immer stand er stocksteif auf der Treppe. Noch immer drang der weiße Sonnenstrahl, scharf wie ein Schwert, durch den Wald. Aber ihm ging es wieder gut. Es war nur alles so schnell gegangen. Er hätte nicht vom Bett aus gleich in die Sonne treten dürfen. Er hatte sich immer schon in einem anderen Raum bewegt und die Welt durch einen dunklen Schleier gesehen, der dem Licht und den Geräuschen draußen ihre Schärfe nahm. Den Schleier hielt er durch tiefe Konzentration an Ort und Stelle. Doch diesmal hatte er vorschnell gehandelt. War einfach in den neuen Tag hineingerannt, ohne zu überlegen, wie ein Kind.

Die Strafe erschien ihm übertrieben hart. Denn ein Traum hatte ihn aus seinem Schlaf auf der fauligen Matratze auffahren, aus dem Haus stürzen und die Konsequenzen vergessen lassen. Er schloß die Augen und sah einzelne Bilder vor sich. Er sah seine Mutter am Fuß der Treppe liegen. Aus ihrem Mund wurde rotes, heißes Blut gepumpt. Dick und rund in ihrer großgeblümten Kittelschürze, kam sie ihm vor wie eine umgekippte Kanne, aus der rote Soße fließt. Er dachte an ihre

Stimme. Der immer ein dunkler Flötenton gefolgt war. Langsam ging er wieder ins Haus.

DAS IST ERRKIS GESCHICHTE.

So fing sie an: Um drei Uhr nachts verließ er die Anstalt. Wir reden nicht von Anstalt, Errki, und auch wenn du dieses Haus in deinem privaten Universum nennen kannst, wie du willst, mußt du doch auch an andere denken und eine andere Bezeichnung benutzen. Das nennt man Rücksichtnahme. Oder Takt, wenn du willst. Hast du davon je gehört?

Sie wußte ihre Worte wirklich wohl zu setzen, er hatte das Gefühl, daß alles aus ihr herausfloß wie Öl. Und nach den Worten kam ihr Geräusch, eine schrille Hammondorgel.

Das Haus heißt Wegweiser, sagte er daraufhin mit säuerlichem Lächeln. Wir hier im Wegweiser, eine große Familie. Das Telefon klingelt, hier Haus Wegweiser, ja bitte? Kann jemand die Post für das Haus Wegweiser holen?

Genau. Das ist einfach eine Frage der Gewohnheit. Jeder muß ein wenig Rücksicht nehmen.

Ich nicht, erwiderte er mürrisch. Ich bin nicht freiwillig hier. Ich bin ein Paragraph-5-Fall, einer, der sich und möglicherweise andere gefährdet.

Er beugte sich vor und flüsterte ihr ins Ohr: *Weil ich im Dreck stecke, kannst du auf Gehaltsstufe zweiundzwanzig herumtanzen.*

Die Nachtwache zitterte. Es gab einen Zeitpunkt, an dem sie sich wehrlos fühlte. Und zwar dieses Niemandsland zwischen Nacht und Morgen, ein graustichiger Leerraum, wo die Vögel verstummten und wo man nie wußte, ob sie je wieder singen würden. Wo alles möglich war, wo sie nicht wußte, was nun kommen mochte. Sie ließ die Schultern sinken und war plötzlich erschöpft. Brachte nicht die Kraft auf, seinen Schmerz zu sehen, zu bedenken, wer er war. Daß er sich in ihrer Obhut befand. Sie fand ihn nur widerlich, selbstsüchtig und häßlich.

Das weiß ich auch, fauchte sie. Aber du bist schon seit vier Monaten hier, und soviel ich weiß, gefällt es dir ganz gut.

Das sagte sie mit hühnerschnabelspitzem Mund. Die Orgel schlug einen schrillen Akkord an.

Und er lief los. Das war wirklich keine große Leistung. Es war eine warme Nacht, und das Fenster stand einen fünfzehn Zentimeter breiten Spalt offen. Es war zwar mit einem Stahlbügel befestigt, aber dieses Problem löste er, indem er den ganzen Bügel demontierte. Dazu benutzte er seine Gürtelschnalle. Die Schrauben glitten locker aus dem morschen Holz, das Haus war über hundert Jahre alt. Sein Zimmer lag im Erdgeschoß. Leicht wie ein Vogel sprang er aus dem Fenster und landete auf dem Rasen.

Er nahm nicht den Weg über den Parkplatz, sondern lief in den Wald und dann weiter zum Weiher, den sie »Brunnen« nannten. Ihm war es egal, wohin er ging. Nur im Haus Wegweiser wollte er nicht länger bleiben.

Der Weiher war schön. Spielte sich nicht auf, lag einfach spiegelglatt da. Ruhte in der Landschaft, offen und still. Stieß ihn nicht ab, lockte ihn nicht zu sich. *Berührte ihn nicht. War einfach.* Die Anstalt lag nur einen Steinwurf entfernt, aber wegen der Bäume konnte er sie nicht mehr sehen. Nestor bat ihn, einen Moment stehenzubleiben, was er auch tat. Er starrte in den schwarzen

Brunnen. Mußte plötzlich an Tormod denken, der hier gefunden worden war, mit dem Gesicht nach unten, wie immer mit Gummihandschuhen, die blonde Mähne wogend im grauschwarzen Wasser. Kein schöner Anblick, aber den hatte er nie geboten. Er war fett und träge gewesen, mit blassen Augen und außerdem dumm. Ein schlaffer Widerling, der alle um Verzeihung bat, der Angst hatte, andere anzustecken, ihnen im Weg zu sein, sie mit seinem stinkenden Atem anzuhauchen. Jetzt war der arme Wicht zu Gott heimgekehrt. Vielleicht hing er auf einer Wolke herum, endlich befreit von den glitschigen Handschuhen. Vielleicht traf er dort oben die Mutter, vielleicht schaukelte sie auf der Nachbarwolke. Er hatte seine Mutter geliebt. Beim Gedanken an Tormods unsteten Blick und die blonden Wimpern mußte er heftig schlucken. Gereizt schüttelte er sich und ging weiter.

Die dunkle Gestalt war vor dem hellgrünen Hintergrund sehr gut zu sehen, aber niemand sah sie. Die anderen schliefen noch. Und ein Neuer hatte Tormods Platz übernommen. Durch seinen Selbstmord hatte Tormod sich auf etwas Praktisches reduziert, das sie so dringend brauchten: ein freies Bett. Wirklich eine überraschende Verwandlung, dachte er. Tormod war nicht mehr Tormod, er war ein freies Bett. Und er selbst würde auch zu einem leeren Bett mit strammgezogenem Laken werden. Er lauschte auf die Stimme und nickte vage, dann schlenderte er weiter durch den dichten Wald. Als die Nachtwache endlich durch seinen Türspalt lugte, war er schon seit zwei Stunden auf der Landstraße unterwegs. Die Nachtwache wagte nicht, von ihrer Unterhaltung zu berichten. Nein, mir ist nichts aufgefallen, er war wie immer. Die Sonne stand jetzt hoch am Himmel und traf sie durch das Fenster des Stationszimmers, wo sie ihre Morgenbesprechung abhielten, mitten ins Gesicht. Die Worte brannten ihr wie Säure im Hals.

Er ging am Reitstall vorbei. Hörte die großen dunklen Tiere unruhig mit den Hufen scharren. Eines hatte ihn bemerkt und schnaubte heftig. Er sah sie aus dem Augenwinkel und spürte die bedrückende Sehnsucht, bei ihnen, wie sie zu sein. Niemand geht zu einem Pferd und fragt: Wer bist du? Dem Pferd wird die Last auferlegt, die es tragen kann, danach darf es sich ausruhen. Und ein Pferd, das nichts leistet, bekommt eine Kugel in den Kopf. Einfach. Tag für Tag. Mit einem Kind auf dem Rücken über die Koppel wandern. Aus der alten Badewanne trinken. Im Stehen schlafen, mit gesenktem Kopf. Insekten abschütteln. Bis die Zeit um ist.

Er ging die Landstraße entlang. Bald würden die Menschen sich aus Decken und Laken befreien. Würden aus Ameisenhügeln und Höhlen quellen, er spürte das schon jetzt wie ein Zittern in der Luft. Bald würde der Verkehr einsetzen. Errki ging jetzt schneller. Besser, er verzog sich wieder in den Wald. Ein seltenes Mal hob er den Kopf. Er liebte den Wald, der immer in Bewegung war, den flimmernden Lichtschein zwischen den Blättern und den Grasgeruch in seinen breiten Nasenlöchern. Das Geräusch von Zweigen und Heidekraut, die unter seinen Füßen sanft nachgaben. Bäume, grau und trocken, die einfach nur dastanden, im Boden verankert. Er brach ein Farnblatt ab und hielt zugleich die Wurzel in der Hand. Hielt sie sich vor die Augen und murmelte: Wurzel, Stengel und Blatt. Wurzel, Stengel und Blatt.

Schließlich war er müde. In der Ferne sah er eine

Felskuppe und darunter einen dunklen Schatten. Er steuerte darauf zu und rollte sich im Gras zusammen. Die ganze Zeit horchte er auf die Stimme. Die Stimme summte in ihm, sanft und gleichmäßig wie eine Turbine. In der Tasche hatte er ein Schraubglas. Der Schlaf ist der Bruder des Todes, dachte er und schloß die Augen.

Er befand sich am Rand einer Hochebene.

So konnte nur Errki gehen, schwer und schleppend wie eine flügellahme Krähe, und doch schnell. Alles an ihm schlotterte vor sich hin, die langen Haare, die offene Jacke, die Hose mit dem breiten Schlag, die er schon lange nicht mehr abgelegt hatte. Eine alte Polyesterhose, die streng nach Schweiß und Urin roch. Er hielt den Kopf schräg, so als sei an seinem Hals eine Sehne gerissen, und er schaute nur selten auf. Er starrte eifrig den Boden an und sah nur seine stetig weitertrabenden Füße. Sie gingen von selbst. Er brauchte kein Ziel, er konnte stundenlang laufen, ohne müde zu werden, immer weiter, wie ein aufgezogenes Spielzeug mit Schlüssel im Rücken und gespannter Feder.

Er war ein Mann von vierundzwanzig, mit schmalen Schultern und überraschend breiten Hüften. Seine schlechten Hüftgelenke waren ein Familienerbstück. Er brauchte einen ganz besonderen Hüftschwung, um die Beine bewegen zu können. Einen gereizten Schwung, als wollte er sich von einer unangenehmen Last befreien. Zahllose Leute hatten ihm deswegen schon erzählt, er habe einen Gang wie ein altes Weib. Sein Hals war ebenfalls dünner und länger als der der meisten Männer, fast zu dünn, um das Gewicht seines Kopfes zu tragen. Nicht, daß sein Kopf außergewöhnlich groß gewesen wäre, aber sein Inhalt war einwandfrei schwerer als bei vielen anderen Menschen.

Errki wog nur sechzig Kilo und aß nicht viel. Es fiel ihm so schwer, sich zu entscheiden. Brot oder Cornflakes? Wurst oder Hamburger? Apfel oder Banane? Wie schafften die anderen es eigentlich, dauernd solche Entscheidungen zu treffen? *Wie konnten sie sicher sein, daß sie richtig gewählt hatten?*

In der Hosentasche hatte er ein Glas mit Schraubverschluß, und dieses Glas enthielt alles, was er brauchte, um seine Beine gefügig zu machen und seine Gedanken in akzeptablen Reihen aufzustellen. Im Flur von Haus Wegweiser, im Bus, in der Bahn, auf der Landstraße.

Wenn er nicht in Bewegung war, lag er still da und ruhte sich aus.

Seine Haare waren lang und schwarz und strähnig, sie hingen vor seinem Gesicht wie schmutzige Fransen. Seine Haut war von Aknenarben zerfurcht. Mit dreizehn hatte er die ersten Pickel gehabt, sie waren angeschwollen wie kleine Vulkane. Er hatte aufgehört, sich zu waschen. Wenn er sie mit Wasser und Seife behandelte, leuchteten die Pickel noch viel wütender auf. Bedeckten aber alte Staub- und Fettschichten die Haut, fielen sie weniger auf. Sein Gesicht unter den struppigen Haaren war lang und schmal, mit scharfen Wangenknochen und dünnen schwarzen Augenbrauen. Die Augen lagen tief und schienen sich abseits halten, ausweichen zu wollen. Wenn jemand aber ihren Blick festhalten konnte, dann strahlten sie mit blassem Glanz. Er schaute seine Gesprächspartner schräg von unten her an. Seine langen Haare und die vielen Kleidungsstücke sorgten dafür, daß er auch im sonnigen Sommer ganz weiße Haut hatte. Die Hose hing auf seinen Hüften und wurde von einem Ledergürtel gehalten. Die Gürtelschnalle zeigte einen Messingadler mit ausgebreiteten Flügeln und krummem Schnabel. Der Adler hatte kleine emaillierte Augen, die eine unsichtbare Beute anstarrten, vielleicht Errkis bescheidenes Geschlechtsorgan unten in der verdreckten Hose. Es war wenig entwickelt für einen Mann seines Alters und hatte noch nie den Weg in eine Frau gefunden. Das wußte aber niemand, und er selbst hatte dieses schmerzliche Wissen verdrängt und dachte lieber an andere, wichtigere Dinge. Außerdem war der Adler wirklich beeindrukkend, wie er im Rhythmus von Errkis Hüftschwung auf und ab schwebte. Vielleicht machte er andere glauben, das Gerät unter ihm könne durchaus als Raubtier durchgehen.

Es war still und heiß auf den Wegen. Gelbe Felder rechts und links, so weit das Auge reichte. In der Ferne sah er eine junge Frau mit einem Kinderwagen. Sie hatte seine schwarze, watschelnde Gestalt schon entdeckt und wußte, daß sie an ihm vorbei mußte. Nirgendwo bog ein Seitenweg ab. Er sah seltsam aus, und als er näher kam, spürte sie, wie ihr Körper sich verspannte. Sofort wurde ihr Gang steif. Die Gestalt wakkelte und schob sich vorwärts, dieses Wesen wirkte verängstigt und aggressiv zugleich, und die Frau dachte, sie dürfe ihm nicht in die Augen schauen, müsse so schnell wie möglich weitergehen. Am besten mit gleichgültiger, überlegener Miene. Auf keinen Fall durfte sie ihre Angst zeigen; sie stellte sich vor, daß er diese Angst wie ein unerzogener Hund wittern und sie dann angreifen würde.

Die junge Frau war so licht und schön, wie Errki schwarz und häßlich war. Selbst durch seinen dunklen Schleier sah er sie wie ein scharfes Licht auf sich zukommen. Krampfhaft hielt sie den Kinderwagen fest. Sie schob ihn gereizt vor sich her wie einen Schild, so als sei sie bereit, den Inhalt des Wagens zu opfern, wenn sie dadurch ihre eigene Haut retten könnte. Dachte Errki. Er war in Gedanken versunken gewesen und hatte die trippelnde Gestalt am Rand seines Blickfeldes eben erst bemerkt. Diese Gestalt sah belanglos aus, wie flatterndes weißes Papier. Er blickte nicht auf. Er hatte die Umrisse und die Bewegungen längst registriert. Unter allem, was es in Errkis Vorstellungswelt gab, war eine junge Frau mit einem Kinderwagen so ungefähr das Jämmerlichste. Er konnte einfach nicht fassen, daß solche Frauen diesen dämlichen Ausdruck von Seligkeit mit sich herumtrugen, bloß weil sie ein Kind aus sich herausgequetscht hatten. Trotz der jammernden Milliarden, die auf der Erde hausten, veränderte sich das gesamte Weltbild dieser Frauen, es war einfach unbegreiflich. Er schaute trotzdem kurz zu ihr hinüber und stellte sich die folgende Frage: Böse Absichten oder keine? Gute kannte er nicht. Außerdem ließ er sich von niemandem an der Nase herumführen. Dem äußerlichen, oberflächlichen Eindruck nach waren seine Feinde nicht zu erkennen. Unter der Babydecke konnte sich durchaus ein Dolch verbergen. Er sah einen Gegenstand mit gespaltener Spitze und gezackter Kante vor sich. Man wußte nie.

Sie kamen aneinander vorbei. In dem Moment hörte Errki das dünne Klirren von Glas. Die junge Frau schloß die Hände noch fester um den Griff des Kinderwagens. Für eine Sekunde schaute sie hoch. Zu ihrem Entsetzen sah sie das seltsame Leuchten seiner Augen, und unter der offenen schwarzen Jacke sah sie den Aufdruck seines T-Shirts:

KILL DIE ANDEREN.

Das konnte sie nicht vergessen. Und so war sie eine von mehreren, die später gegenüber der Polizei bezeugen konnten, diesen Mann genau an dem Tag genau an der Stelle gesehen zu haben.

Die anderen waren immer hinter ihm her. Nicht nur hinter seinem verwüsteten Leib, in dem die Organe wild durcheinander lagen, seinem steinharten Herzen, das hinter seinem Knochengitter zitterte. *Sie wollten in ihn hinein.* Wollten mit einer grellen Lampe in seine geheime Kammer eindringen. Sie packten ihre bösen Absichten in schöne Worte, sie faselten vom Segen der Wirklichkeit, von einer spannenden, herausfordernden Gemeinschaft. Es war unerträglich.

Wo er das alles doch gar nicht wollte!

Verwirrt schüttelte er den Kopf. Seine Gedanken waren unkontrolliert weitergewandert und störten nun. Er taumelte wieder in die Kammer und ließ sich auf die verdreckte Matratze sinken. Er war glücklich darüber, daß er aus der Anstalt, die ihn zu ersticken drohte, geflohen war, daß er das verlassene Haus gefunden hatte. Er drehte sich auf die Seite, zog die Knie an, schob die Hände zwischen die Oberschenkel und preßte die Wange an die angeschimmelte Matratze. Er starrte tief in sich hinein, in den düsteren, staubigen Keller, in den durch ein schmales Loch in der Decke ein trüber Lichtstrahl fiel. Der einen kreisrunden Fleck auf den Steinboden malte. Und dort saß Nestor. Neben ihm lag ein zerlumpter Mantel. Der Mantel sah ziemlich unschuldig aus, wie von jemandem vergessen, aber er wußte es besser. Lange blieb er still liegen und wartete, und dann schlief er wieder ein. Die Wunde mußte in Ruhe heilen. Während sie heilte, träumte er. Nach der Strafe kam immer Trost, und den nahm er entgegen. Das gehörte zu ihrer Abmachung. Es war drei Minuten nach sechs, am Morgen des 4. Juli, und langsam zog eine gewaltige Hitze herauf.

DAS HAUS WAR EINE ÜBERRASCHUNG, es versteckte sich im Dickicht. Eine alte Kate, seit Jahrzehnten unbewohnt. Erstaunlich gut erhalten, obwohl Landstreicher längst nahezu alle Einrichtungsgegenstände ramponiert hatten. Nicht wenige hatten sich im Laufe der Jahre vorübergehend hier niedergelassen, den heruntergekommenen Räumen ihre Prägung aufgedrückt oder leere Flaschen hinterlassen.

Er blieb eine Weile zwischen den Bäumen stehen und starrte. Es war ein Holzhaus mit einem mit üppigem Gras bewachsenen Vorhof. Vorsichtig streckte er die Hand nach der schweren Tür aus und schob sie auf. Wartete einen Moment und schnupperte. Im Haus fand er Küche, Wohnzimmer und zwei Kammern, und in einem Etagenbett lag eine alte Matratze mit gestreiftem Bezug. Er schlich sich von Zimmer zu Zimmer und schaute sich um. Nahm den Geruch des alten Holzes in sich auf. In diesem Haus war Errki seinen Ahnen näher, als er ahnte. Es war eine alte Almhütte, errichtet auf der Rodung eines der vielen finnischen Siedlerplätze des 17. Jahrhunderts. Während er durch das Haus ging, belauschte er aufmerksam die stummen Wände. In diesem Haus schien sich irgend etwas zugetragen zu haben. In den Wänden hing arge Wut. An mehreren der dicken Baumstämme ragten Splitter aus riesigen Wunden, jemand schien mit einer Axt auf sie losgegangen zu sein. Kein Fenster war unversehrt, in den geborstenen Rahmen saßen nur noch vereinzelte Glasscherben. Er dachte kurz nach. Mit dem Auto konnte man unmöglich herkommen, und seines Wissens hatte niemand ihn gesehen, als er vom Weg abgebogen und den Hang heraufgeklettert war. Er hatte keine Uhr, aber er wußte, daß genau eine halbe Stunde vergangen war, seit er die Landstraße verlassen hatte. Daß er nichts zu essen und keine anderen Kleider hatte, machte ihm keine Sorgen. Aber er hatte Durst. Er bewegte die Kiefer, um ein wenig Speichel zu produzieren. Kaute am Ende auf seiner eigenen Zunge herum.

Schließlich ging er in den Raum, der früher die Küche gewesen war, und öffnete aufs Geratewohl einige Schubladen. Die Griffe waren verschwunden, er mußte seine langen Fingernägel wie Hebel benutzen. Er fand eine Gabel mit abgebrochenen Zinken und eine Packung Stearinkerzen. Krümel und Spinngewebe. Kronkorken. Eine leere Streichholzschachtel. Vor dem eingeschlagenen Fenster hingen die Reste einer Tüllgardine; als er sie berührte, zerfielen sie zwischen seinen Fingern zu Staub. Er ging zurück ins Wohnzimmer. Von dort schaute ein Fenster auf den Hof, das an der Wand gegenüber dagegen auf einen See. An dieser Wand stand ein altes Sofa mit grünem, genopptem Bezug, an der gegenüberliegenden ein Schrank. Er öffnete die Tür und schaute hinein. Leer. Der Bretterboden war verschmutzt und klebrig. Vorsichtig ließ er sich auf das Sofa sinken. Die Federn ächzten, und eine Staubwolke stob von dem verschlissenen Bezug auf. Also ging er wieder in die erste Kammer, zu dem Bett mit der Matratze. Streifte Jacke und T-Shirt ab und legte sich hin. War für eine Ewigkeit verschwunden. Als er endlich wieder erwachte, hatte er vergessen, wo er war, und außerdem hatte er geträumt. Deshalb beging er den großen Fehler, ohne vorheriges Nachdenken in die Sonne hinauszulaufen. Es war demütigend, seinen eigenen Inhalt von der Treppe kratzen und sich Nestors boshaftes Gelächter anhören zu müssen. Während ihm sein Gedärm wie Schlangenbrut durch die Finger glitt.

Er erwachte zum zweitenmal. Setzte sich vorsichtig auf und starrte ins Leere. Strich sich über die Brust, doch die Brust war unversehrt. Nur eine rote, gezackte Narbe war noch vorhanden. Sie begann mitten zwischen den Brustwarzen und zog sich zum Nabel hinunter. Die Sonne stand jetzt höher am Himmel. Er stand auf. Die Kammer war fast leer, außer dem Bett gab es nur einen grob gezimmerten Nachttisch, kaum mehr als eine Kiste. Langsam durchquerte er den Raum. Öffnete die Nachttischschublade. Und während er hineinstarrte, rieb er sich zerstreut eine wehe Stelle an der Hüfte. Er hatte auf etwas Hartem gelegen. Er kehrte zum Bett zurück und betrachtete die Matratze. Betastete sie mit den Fingern. Dort lag etwas Schmales, Hartes. Mißtrauisch hob er die Matratze an und drehte sie um. Auf der Unterseite wies der Bezug ein großes Loch auf, ein wenig von der Schaumgummifüllung war entfernt worden. Er schob die Hand in das Loch und bohrte sich einen Weg. Fand etwas Kaltes. Zog es hervor und starrte es verwundert an, mochte seinen Augen nicht trauen. Ausgerechnet hier, in dieser heruntergekommenen Kate, in einer alten, angeschimmelten Matratze, lag ein Revolver. Er hielt ihn vorsichtig mit beiden Händen und schaute in den Lauf hinein. In Errkis Händen war diese Waffe ein fremder Gegenstand, doch als er sie in die rechte Hand nahm und mit dem Finger den Abzug berührte, spürte er, wie gut sie darin lag. Welche Kraft sie besaß. Alle Macht auf Himmel und Erden. Brise, Windstoß und Sturm. Neugierig öffnete er das Magazin und schaute hinein. Dort steckte eine einzige Kugel.

Aufgeregt nahm er sie heraus und untersuchte sie sorgfältig. Sie war lang und blank und an der Spitze überraschend rund. Er schob sie wieder ins Magazin und freute sich darüber, wie gut sie hineinpaßte. Nachdem er diesen Fund gemacht hatte, sah er sich erst einmal ausgiebig um. Irgendwer hatte hier übernachtet und den Revolver versteckt. Das war seltsam. Vielleicht war der Unbekannte überrascht worden und hatte die Waffe nicht mitnehmen können. Vielleicht wartete er auf den richtigen Zeitpunkt, um zurückzukommen und sie zu holen. Es war ein schöner Revolver. Errki hatte keine Ahnung von Waffen, aber diese hielt er für einen großkalibrigen Revolver von teurer Marke. Er las die kleinen Buchstaben auf dem Schaft: Colt.

»Was meinst du, Nestor«, murmelte er und drehte und wendete die Waffe. Dann hielt er inne und ließ sie fallen. Sie knallte auf den Boden. Er lief in die Küche, klammerte sich am Spülbecken an und blieb eine Weile so stehen. Das hätte er sich ja denken können. Daß Nestor ekelhafte Vorschläge machen würde. Er hörte, wie sie da unten in dem finsteren Keller lachten, daß der Staub nur so aufflog. Dann ging er wieder in die Kammer und starrte den Revolver lange an. Endlich schob er ihn in die Matratze zurück. Er brauchte ihn nicht, er hatte andere Waffen. Danach wanderte er durch das Haus, von der Küche ins Wohnzimmer und zurück, und die ganze Zeit starrte er die verdreckten Bodenbretter an. Sie knackten und ächzten in unterschiedlicher Tonhöhe. Bald hatte er auf seiner Wanderung von Zimmer zu Zimmer eine ganze Melodie gespielt. Seine schwarzen Haare wurden wütend hin und her geschwenkt, Jacke und Hose taten es ihnen nach. Er streckte die Arme schräg nach unten und bewegte die Finger im Takt der Brettermusik. Er wurde in den Rhythmus hineingesogen, er ging und ging, er konnte nicht aufhören und wollte es auch gar nicht. In dieser leichten Trance fand er Frieden, er brauchte nur zu gehen, hin und her, mit gleichmäßigen Schritten und gespreizten Fingern. Knack knack, Errki geht, hin und her, wieder und wieder, von Zimmer zu Zimmer, knacketiknack.

Er wußte nicht, wie lange er schon unterwegs war, aber schließlich faßte er Mut und blieb vor der Haustür stehen. Öffnete sie, vorsichtig. Hemmungslos ergoß sich der Sonnenschein über die Bäume. Er schlug die Augen nieder und trat vorsichtig auf die Steintreppe. Ging langsam durch das Gras. Blieb stehen, schnupperte in Richtung der Tannenzapfen über und der Buntnesseln und Farnsträucher unter ihm. Wurzel, Stengel und Blatt. Endlich war er wieder unterwegs. Wußte nicht, wohin, wußte nicht, was er vorhatte. Nestor lenkte seine Schritte den Hang hinab, zu den Häusern. Es war noch immer früh am Morgen. Ganz besonders morgenmuntere Menschen hatten wohl gerade ihre Füße auf den Boden gesetzt. Sie hatten die Vorhänge zur Seite geschoben und in den strahlenden Tag hinausgeblickt. Einen heißen Tag. Hell. Flimmernd und grün. Optimistisch schmiedeten sie Pläne für diesen Tag, zur Feier des schönen Wetters und des schmerzlich kurzen Sommers. Eine von denen, die da Pläne machten, war Halldis Horn. Sie lebte allein auf einem kleinen Hof, nicht weit von der alten Finnenrodung entfernt. Und als Errki die ersten Schritte durch das Gras machte, streifte sie sich gerade das Nachthemd über den Kopf.

Ihre erste und auch ihre zweite Jugendblüte waren längst vorbei. Und sie war viel zu dick. Aber für einige wenige vorurteilslose Gemüter bot sie absolut einen Anblick. Groß und rund und hochbusig, mit einem grauen Zopf, der ihr wie eine Eisentrosse über den Rücken hing. Ihr Gesicht war rund und frisch, ihre Wangen rosig angehaucht, ihr Blick hatte sein scharfes Funkeln behalten.

Sie ging durch Wohnzimmer und Küche und öffnete die Tür zum Hof. Hob das Gesicht in die Sonne. Blieb eine Weile auf der Treppe stehen, in karierter Schürze und Holzpantinen, und schaute sich aus zusammengekniffenen Augen um. An den Beinen trug sie braune Kniestrümpfe. Nicht, weil es kalt gewesen wäre, sondern weil sie wußte, daß Frauen in ihrem Alter besser nicht zuviel nackte Haut zeigen, und auch wenn nie ein Mensch herkam, abgesehen vom Kaufmann einmal die Woche, gab es doch immer den Herrgott mit seinem ewigen, allwissenden Blick. Was ja seine Vor- und Nachteile hatte, um es mal so zu sagen. Denn sie war zwar gläubig, kritisierte das göttliche Walten aber auch bisweilen voller Zorn und betete danach nicht um Vergebung. Jetzt starrte sie eine Löwenzahninvasion an. Überall wuchs Löwenzahn, er schien zu gedeihen wie Unkraut und drohte ihren ganzen gepflegten Hof zu ruinieren. Zweimal jeden Sommer rückte sie dem Unkraut mit einer Hacke zu Leibe. Ihren wütenden Hieben fiel eine Pflanze nach der anderen zum Opfer. Sie arbeitete gern, aber zwischendurch jammerte sie doch hin und wieder, um ihren seligen Ehemann daran zu erinnern, in was für Schwierigkeiten er sie gebracht hatte, als er einfach so über seinem Treckerlenker zusammengebrochen war. Und das nur, weil ein Gerinnsel von Reiskorngröße eine seiner Adern verstopft hatte. Daß ihr zäher, kräftiger Mann, dieser Muskelberg, sich davon hatte umwerfen lassen, begriff sie einfach nicht, auch wenn der Arzt versucht hatte, ihr den ganzen Prozeß zu erklären. Für sie blieb der Tod ihres Mannes so unbegreiflich wie die Tatsache, daß Flugzeuge nicht abstürzen, oder die, daß sie ihre Schwester Helga in Hammerfest anrufen und jedes Wort von deren quengelnder Stimme deutlich verstehen konnte.

Aber jetzt mußte sie ans Werk, ehe es zu heiß wurde. Sie holte die Hacke und trug sie über den Hof. Überschattete ihre Augen mit der Hand und schaute sich um, um ihr Vorgehen zu planen. Beschloß, an der Treppe anzufangen und sich fächerförmig weiterzuarbeiten, vorbei am Brunnen und weiter in Richtung Vorratshaus. Im Flur fand sie Eimer und Harke. Sie arbeitete mit festem Rhythmus, hackte eifrig, bis sie müde wurde, zwei bis drei Hiebe pro Pflanze. Dann harkte sie in ruhigerem Tempo alles zusammen, füllte den Eimer und leerte ihn über dem Komposthaufen hinter dem Haus. Vom Staub bist du gekommen, dachte sie und schlug energisch auf den Eimerboden. Dann hackte sie weiter. Ihr breiter Hintern zeigte zum Himmel und wogte im Takt der Hacke. Ihre Schürze mit den roten und grünen Karos bewegte sich im Sonnenschein sanft hin und her. Ihre Stirn war schweißnaß, der Zopf fiel immer wieder über ihre Schulter nach vorn. Normalerweise steckte sie ihn hoch, aufgerollt wie eine glatte Schlange, aber damit wollte sie bis nach dem Waschen warten.

Sie hörte gern zu, wie die Hacke durch das Gras sauste, scharf wie eine Axt, sie hatte sie ja selbst geschliffen. Ab und zu traf sie einen Stein und jammerte ein wenig beim Gedanken an die papierdünne Schneide. Die Unkrautstengel blieben auf dem Schlachtfeld liegen wie gefallene Soldaten. Bei der Arbeit sang oder summte sie nie. Die Arbeit erforderte all ihre Konzentration, und außerdem konnte der Schöpfer sonst denken, sie habe ein wirklich schönes Leben, was Halldis doch für eine Übertreibung gehalten hätte. Erst nach dem Unkrautjäten wollte sie sich waschen und Frühstück machen. In Gedanken deckte sie schon den Tisch. Mit selbstgebackenem Brot und aus altem Ziegenkäse gekochtem Streichkäse.

Sie richtete sich auf. Hoch über den Baumwipfeln schrien einige Vögel, und sie glaubte, ein Rascheln zu hören, als sei ein Tier durch das Blattwerk gehuscht. Dann war es wieder still. Aber sie blieb noch eine Weile stehen und sah sich um, sie erschlich sich einen Augenblick der Ruhe und ließ ihren Blick über den Wald gleiten, wo sie jeden einzelnen Baum kannte. Sie glaubte, in diesem vertrauten Muster aus schwarzen Stämmen etwas Dunkles zu sehen. Etwas, das vorher nicht dort gewesen war. Etwas, das dieses Muster brach.

Sie versuchte, diese Unregelmäßigkeit zu fixieren, sie starrte hinüber, aber da sich nichts bewegte, tat sie es als Einbildung ab. Ihr Blick wanderte zum Brunnen. Das Gras überragte den Brunnendeckel, vielleicht sollte sie sich eine Schere holen und es stutzen. Doch dann bückte sie sich und arbeitete weiter, jetzt mit dem Rücken zu Treppe und Tür. Ihr breiter Hintern wurde von den schon zu dieser frühen Stunde kräftigen Sonnenstrahlen gebacken, und der Schweiß strömte ihr kitzelnd über die Innenseite der Oberschenkel. Das war das Leben der Halldis Horn. Ein Problem nach dem anderen zu lösen, so wie sie auftauchten, ohne zu klagen. Sie war ein Mensch, der die Schöpfung oder den Sinn des Lebens nie hinterfragte. Das gehörte sich nicht. Außerdem hatte sie Angst vor der Antwort. Mit wogendem Hintern hackte sie weiter. Und oben am Hang, hinter einem Baum versteckt, stand Errki und starrte sie an.

DIE FRAU FASZINIERTE IHN. Wie die wuchtigen Tannen schien sie aus der Erde zu wachsen. Hinter ihr hörte er ihr Geräusch, eine einsame, majestätische Posaune. Lange stand er dort oben und verschlang sie mit den Augen, ihre runden Schultern, ihr wehendes Kleid. Er sah sie nicht zum erstenmal. Diese Frau lebte allein, das wußte er. Sie sagte nur selten etwas und lauschte nur dem Wind oder den schreienden Elstern. Er ging einige Schritte weiter, Zweige knackten. Jetzt konnte er die Hacke deutlicher hören. Er starrte ihre Hände an, grobe Hände mit dicken Fingern. Die Schneide wurde mit einer gewaltigen Kraft, die nichts Weibliches hatte, durch das Unkraut bewegt. Als er, nun ganz und gar lautlos, weiterging, sah er, daß die Frau registriert hatte, daß sich ein lebendes Wesen näherte. Denn Menschen, die allein leben, entwickeln einen ganz besonderen Sinn für alles, was sie umgibt. Ihr Rhythmus änderte sich, wurde langsamer, dann schneller, schien abstreiten zu wollen, daß etwas passierte. Schließlich unterbrach sie ihre Arbeit und richtete sich auf. Entdeckte ihn. Erstarrte. Stand stocksteif, angespannt und mit wogendem Busen da. Eine von Furcht angeschlagene Saite zitterte zwischen ihnen. Die Hände der Frau umklammerten die Hacke. Ihre Augen waren einen Moment lang weit aufgerissen, dann wurden sie schmal und hart. Sie fürchtete sich nur selten auf dieser Welt, aber jetzt war sie sich nicht sicher.

Er blieb stehen. Wollte sie weitermachen sehen. Er wollte ihr doch nur zusehen, wie sie diese einfache

Arbeit verrichtete, wollte sich in den Rhythmus und ihren wogenden Hintern vertiefen. Aber Halldis hatte Angst. Errki spürte die vielen scharfen Signale, die sie aussandte, und blieb mit geballten Fäusten stehen, unfähig, sich zu bewegen. Ihre Blicke trafen ihn wie ein Pfeilregen.

DIE SONNE STIEG HÖHER. Brannte unbarmherzig auf Volk und Vieh und zundertrockenen Wald nieder. Gurvin, der Leiter der ländlichen Polizeidienststelle, saß allein und in Gedanken versunken in seinem Büro. Er öffnete einen Hemdknopf und blies sich kalte Luft auf die Brust. Sein Schweiß strömte nur so. Danach wollte er sich die Haare aus der Stirn streichen, aber sie fielen immer wieder zurück. Er gab auf und versuchte, durch tiefe Konzentration seinen Herzrhythmus zu verlangsamen. Er hatte gehört, die alten Indianer hätten diese Technik beherrscht, doch bei ihm löste die tiefe Konzentration nur noch heftigere Schweißausbrüche aus. Und dann hörte er draußen schlurfende Schritte. Die Tür wurde geöffnet, und ein fetter Junge von vielleicht zwölf kam herein. Der Junge keuchte und blieb stehen. In der Hand hielt er einen flachen, grauen Koffer von leicht ungewöhnlicher Form. Vielleicht enthielt er ein Musikinstrument, eine Harfe zum Beispiel. Obwohl dieser Bursche so gar keine Ähnlichkeit mit einem Harfner hat, dachte Gurvin. Er musterte den Jungen aufmerksamer. Der Knabe war wirklich ungewöhnlich fett, Arme und Beine ragten von seinem Rumpf weg, so, als sei er mit Gas vollgepumpt worden und könne jeden Moment abheben. Seine Haare waren braun, dünn und fettig und klebten in dünnen Strähnen an seinem Kopf. Er war barfuß und trug verwaschene, abgeschnittene Jeans und ein verdrecktes T-Shirt. Sein Mund stand vor Aufregung halb offen.

»Na?«

Robert Gurvin, Chef der ländlichen Polizeidienststelle, schob seine Papiere beiseite. Er hatte im Moment nicht viel zu tun und freute sich über Besuch. Und jetzt konnte er sich an diesem ungewöhnlichen Anblick gar nicht satt sehen.

»Kann ich dir irgendwie behilflich sein?«

Der Junge trat einen Schritt vor. Er keuchte noch immer, und er schien etwas auf dem Herzen zu haben, das er sofort loswerden mußte. Gurvin rechnete mit etwas in der Größenordnung eines gestohlenen Fahrrades. Die Augen des Jungen glänzten, und er zitterte so heftig, daß der Beamte unwillkürlich an ein heißes Soufflé im Backofen denken mußte, das jeden Moment zusammenfallen wird.

»Halldis Horn ist tot!«

Die Stimme balancierte auf der Kippe zwischen heller Kinderstimme und dem dunkleren Tonfall des angehenden Mannes. Es klang wie ein kräftiger Katarrh, der dringend behandelt werden müßte. Der Junge fing im Baß an, schlug aber bei dem Wort »tot« ins Falsett um.

Der Beamte lächelte nicht mehr. Er musterte den Jungen verwundert und mochte vorerst seinen Ohren noch nicht trauen. Er kniff die Augen zusammen und zupfte sich an den Nackenhaaren.

»Was sagst du da?«

»Halldis ist tot. Sie liegt auf ihrer Türschwelle.«

Der Junge sah aus wie ein tapferer Soldat, der als einziger ins Lager zurückkommt und den entsetzlichen Verlust der gesamten Truppe meldet. Bis ins Mark erschüttert, aber mit einer Art mühsam erkämpfter Würde dem Oberkommando gegenüber hatte er nun seine Botschaft übermittelt.

»Setz dich, Junge!« befahl der Beamte und nickte zu dem leeren Sessel hinüber. Der Junge blieb stehen.

»Du meinst doch die Frau von dem Hof oben in Finnemarka?«

»Ja.«

»Kommst du jetzt von dort?«

»Ich bin da vorbeigegangen. Sie liegt auf der Türschwelle.«

»Bist du ganz sicher, daß sie tot ist?«

»Ja.«

Gurvin runzelte die Stirn. Diese Hitze konnte wirklich jeden um den Verstand bringen.

»Hast du sie untersucht?«

Der Junge starrte ihn ungläubig an, die bloße Vorstellung schien ihn an den Rand einer Ohnmacht zu treiben. Er schüttelte den Kopf. Bei dieser Bewegung lief ein Zittern über seinen umfangreichen Körper wie eine Welle.

»Du hast sie nicht angerührt?«

»Nein.«

»Woher willst du dann wissen, daß sie tot ist?«

»Ich bin sicher«, keuchte der Junge.

Der Beamte zog den Kugelschreiber aus seiner Brusttasche und machte eine Notiz.

»Und wie heißt du?«

»Snellingen. Kannick Snellingen.«

Der Beamte schaute auf. Der Name war so wunderlich wie der Junge und paßte eigentlich gut zu ihm. Gurvin verriet mit keiner Miene, was er von der Namensgebung der alten Snellingens hielt.

»Du bist wirklich auf Kannick getauft? Das ist kein Spitzname? Oder eine Abkürzung für Karl Henrik oder so?«

»Nein, ich heiße Kannick. Mit ck.«

Gurvin schrieb mit weiten Schnörkeln und elegantem Schwung.

»Du mußt meine Überraschung schon verzeihen«, sagte er höflich. »Es ist ein ungewöhnlicher Name. Dein Alter?«

»Zwölf.«

»Und Halldis Horn ist also tot, hast du gesagt?«

Kannick nickte. Er atmete immer noch schwer und trat ungeduldig von einem nackten Fuß auf den anderen. Sein Koffer stand neben ihm auf dem Boden. Er war von Aufklebern übersät. Gurvin registrierte ein Herz und einen Apfel und zwei ihm unbekannte Namen.

»Und du machst wirklich keine Witze?«

»Wirklich nicht.«

»Auf jeden Fall rufe ich erst einmal an, mal sehen, ob sie sich meldet«, sagte Gurvin.

»Versuchen Sie das nur. Sie wird sich nicht melden.«

»Setz dich solange«, sagte der Beamte. Er nickte noch einmal zu dem Stuhl hinüber, aber der Junge blieb weiterhin stehen. Gurvin kam der Gedanke, daß er vielleicht nicht mehr hochkommen würde – wenn es ihm überhaupt gelang, seinen Hintern auf den Sessel zu zwingen. Im Telefonbuch fand er die Nummer von Thorvald Horn. Er ließ es immer wieder klingeln. Halldis war eine alte Frau, aber sie war doch recht gut zu Fuß. Sicherheitshalber wartete er noch eine Weile. Es war wunderbares Wetter. Vielleicht war sie draußen auf dem Hof und brauchte eine Weile, um ins Haus zu gelangen. Der Junge ließ ihn nicht aus den Augen und leckte sich immer wieder die Lippen. Gurvin sah, daß die Stirn unter dem strähnigen Pony, zu der die Sonne nicht durchdrang, bleicher war als die Wangen. Das T-Shirt war etwas zu kurz, und über den Jeans quoll der üppige Bauch hervor.

»Ich habe Bescheid gesagt«, brachte der Junge atemlos hervor. »Kann ich jetzt gehen?«

»Nein, leider nicht«, sagte der Beamte und legte den Hörer auf die Gabel. »Sie meldet sich nicht. Ich muß wissen, wann ungefähr du an ihrem Hof vorbeigekommen bist. Ich muß nämlich einen Bericht schreiben. Das hier kann doch wichtig sein.«

»Wichtig? Sie ist tot.«

»Ich brauche eine ungefähre Uhrzeit«, sagte Gurvin ruhig.

»Ich habe keine Uhr. Und ich weiß nicht, wie lange ich von ihrem Hof bis hierher gebraucht habe.«

»Was sagst du zu dreißig Minuten?«

»Ich bin fast den ganzen Weg gerannt.«

»Dann sagen wir fünfundzwanzig.«

Der Beamte schaute auf die Uhr und machte noch eine Notiz. Er konnte sich nicht vorstellen, daß dieser fette Knabe ein nennenswertes Tempo vorzulegen imstande war, schon gar nicht, wenn er auch noch einen Koffer zu schleppen hatte. Er griff noch einmal zum Telefon und wählte wieder die Nummer der Horns. Ließ es achtmal schellen und legte auf.

Eigentlich gefiel ihm das alles ganz gut. Es war eine Abwechslung, und die konnte er wirklich brauchen.

»Kann ich jetzt nach Hause gehen?«

»Sag mir nur noch schnell deine Telefonnummer.«

Der Junge winselte plötzlich los. Das Doppelkinn zitterte unter dem runden Gesicht, und die Unterlippe verzog sich. Endlich tat er dem Polizisten leid. Der

Junge schien wirklich etwas Schreckliches gesehen zu haben.

»Soll ich vielleicht deine Mutter anrufen?« fragte er leise. »Könnte sie dich holen kommen?«

Kannick schniefte. »Ich wohne in Guttebakken.«

Diese Auskunft sorgte dafür, daß der Beamte ihn in einem ganz neuen Licht betrachtete. Sein Blick schien sich zu trüben, und Kannick sah ziemlich klar vor sich, wie der Erwachsene ihn in seinem inneren Archiv im Fach »unzuverlässig« ablegte.

»Ach, wirklich?«

Gurvin brachte seine sämtlichen Fingerknöchel der Reihe nach zum Knacken und seufzte abschließend tief.

»Soll ich da anrufen, damit du abgeholt wirst?«

»Dafür sind nicht genug Leute da. Im Moment hat nur Margunn Dienst.«

Er trat wieder von einem Fuß auf den anderen und schniefte noch immer. Der Beamte war gleich milder gestimmt.

»Halldis Horn war alt«, sagte er. »Alte Menschen sterben. So ist es eben im Leben. Du hast wohl noch nie einen toten Menschen gesehen, oder?«

»Doch, vorhin.«

Gurvin lächelte. »In der Regel schlafen sie einfach ein. In ihrem Schaukelstuhl zum Beispiel. Das ist kein Grund, sich zu fürchten. Kein Grund, nachts wachzuliegen. Versprichst du mir das?«

»Da oben war jemand«, sagte der Junge.

»Oben beim Hof?«

»Errki Johrma.«

Kannick flüsterte diesen Namen wie einen Fluch.

Jetzt schaute Gurvin ihn überrascht an.

»Er stand hinter einem Baum, gleich beim Vorratshaus. Ich habe ihn ganz deutlich gesehen. Und dann ist er zwischen den Bäumen verschwunden.«

»Errki Johrma? Das kann nicht stimmen.« Gurvin schüttelte den Kopf. »Der ist doch in der Anstalt. Schon seit einigen Monaten.«

»Dann ist er bestimmt ausgebrochen.«

»Das läßt sich ja durch einen Anruf klären«, sagte der Beamte ruhig, und dann biß er sich auf die Lippe. »Hast du mit ihm gesprochen?«

»Sind Sie verrückt?«

»Ich werde mich nach ihm erkundigen. Aber vorher sollte ich mich um Halldis kümmern.«

Die Sache mit Errki mußte er erst einmal verdauen. Er war zwar nicht abergläubisch, aber er entwickelte doch ein gewisses Verständnis dafür, daß andere es waren. Errki Johrma drückte sich da oben zwischen den Bäumen herum, und Halldis Horn war tot. Oder zumindest ohnmächtig. Er glaubte, das alles schon einmal gehört zu haben. Eine Geschichte, die sich wiederholte.

Plötzlich fiel ihm etwas ein. »Warum schleppst du eigentlich diesen Koffer mit dir herum? Ihr habt eure Orchesterproben doch wohl nicht mitten im Wald?«

»Nein«, sagte der Junge und stellte sich so hin, daß er den Koffer zwischen den Füßen hatte; er schien Angst zu haben, der Kasten könnte beschlagnahmt werden. »Das sind nur Sachen, die ich immer bei mir habe. Ich bin gern im Wald.«

Der Beamte musterte ihn nachdenklich. Der Junge strahlte plötzlich heftigen Trotz aus, aber unter dem Trotz verbarg sich Furcht, etwas schien ihn bis ins Mark verängstigt zu haben. Er rief in Guttebakken an, einem Heim für verhaltensgestörte Jungen, und ließ sich die Leiterin geben. In aller Kürze umriß er die Situation.

»Halldis Horn? Tot auf ihrer Treppe?«

Vor Skepsis und Sorge klang ihre Stimme ganz dünn. »Ich kann wirklich nicht sagen, ob er lügt«, erklärte sie. »Sie lügen allesamt, wenn es ihnen gerade paßt, und ab und zu rutscht ihnen auch mal eine Wahrheit heraus. Heute hat er mich schon einmal an der Nase herumgeführt, schließlich hat er offenbar den Bogen mitgenommen, den er nur in Begleitung Erwachsener benutzen darf.«

»Den Bogen?«

Gurvin begriff nicht, wovon sie da redete.

»Hat er keinen Koffer bei sich?«

Der Beamte warf einen Blick auf den Jungen und auf den Gegenstand, den der zwischen den Beinen hielt.

»Doch, hat er.«

Kannick begriff, wovon die Rede war, und preßte seine fetten Waden fester zusammen.

»Da steckt ein Glasfaserbogen drin mit neun Pfeilen. Er zieht damit durch den Wald und schießt Krähen ab.«

Sie hörte sich nicht streng an, sondern nur besorgt. Nach diesem Gespräch rief Gurvin noch in der psychiatrischen Klinik Haus Wegweiser an, in der Errki Johrma derzeit lebte. Oder leben sollte, denn es stellte sich heraus, daß er tatsächlich weggelaufen war.

Gurvin versuchte, die Episode zu bagatellisieren. Die Gerüchte über Errki waren ohnehin schlimm genug. Er erwähnte Halldis nicht. Kannick wurde immer nervöser. Er lugte zur Tür hinüber. Was ist denn da bloß passiert, fragte sich Gurvin. Er kann sie doch um Himmels willen nicht mit einem Pfeil getroffen haben?

»Immerhin ist Halldis an einem schönen Tag gestorben«, sagte er schließlich und blickte den Jungen aufmunternd an. »Und sie war alt. Von einem solchen Tod träumen wir alle. Wenn wir keine jungen Dachse mehr sind.«

Kannick Snellingen sagte nichts dazu. Er schüttelte nur stumm den Kopf und blieb, den Koffer zwischen den Beinen, kerzengerade stehen. Die Erwachsenen glaubten immer, sie wüßten alles. Aber bald würde auch dieser Polizist auf andere Gedanken kommen.

Gurvin fuhr langsam zu Halldis Horns kleinem Hof. Er war lange nicht mehr hier oben gewesen, wohl ein ganzes Jahr nicht mehr. Es war, als rotiere in seiner Brust ein zackiger Stein. Jetzt, da er allein im Auto saß, ließ der Gedanke ihm keine Ruhe. *Was mochte der Junge gesehen haben?*

Der Junge hatte die zwei Kilometer bis zum Heim unbedingt zu Fuß gehen wollen. Margunn hatte versprochen, ihm entgegenzugehen. Und so, wie Gurvin die Heimleiterin kannte, warteten auf Kannick Saft und Rosinenbrötchen, eine kurze Ermahnung und eine Hand, die ihm durch die Haare fuhr. Alles andere hatte Zeit. Margunn war mehr als klug genug, um zu wissen, was der Junge brauchte. Am Ende war Kannick auch ein wenig ruhiger geworden. Mit tapferer Miene war er losgetrottet.

Der Subaru kämpfte sich mit dem Eifer eines Terriers den Hang hinauf. In dieser Gegend hatten alle Wagen Allradantrieb, das brauchten sie im winterlichen Schnee und im matschreichen Frühling. Die Hänge waren steil, selbst die trockene, feste Straße, auf der Gurvin jetzt unterwegs war, machte schon Probleme. Er dachte an Errki Johrma. Die Klinik hatte mitteilen können, daß der Bursche einen so prosaischen Fluchtweg wie ein offenes Fenster gewählt hatte. Und dann hatte er also diese Gegend angesteuert, in der alle ihn kannten. Und wieso auch nicht, hier fühlte er sich schließlich zu Hause. Der Junge schien nicht gelogen zu haben. Wie die meisten Leute hier in der Gegend hatte Gurvin ein gespanntes Verhältnis zu Errki, denn über den waren zahlreiche Gerüchte im Umlauf, und diese Gerüchte waren allesamt ebenso häßlich wie der Mann selbst. Auf Errki folgte immer irgendein Unglück. Er war wie ein böses Omen, das Entsetzen und Grauen hervorrief. Erst nach seiner Einweisung in die Klinik war auch ein Funken von Verständnis für ihn zu beobachten gewesen. Der Arme ist doch krank, hieß es jetzt, wie gut, daß er endlich sachkundige Hilfe findet. Angeblich war er ja fast verhungert. Es hieß, er sei in seinem Bett in der Sozialwohnung gefunden worden, abgemagert wie ein Kriegsgefangener. Dort hatte er auf dem Rücken gelegen, die Decke angestarrt und mit monotoner Stimme vor sich hin gesungen: Erbsen, Fleisch und Speck. Erbsen, Fleisch und Speck. Immer wieder.

Gurvin dachte an Ereignisse von vor langer Zeit zurück. Ab und zu schaute er aus dem Fenster. Im tiefsten Herzen hoffte er wohl, daß Errki nicht auftauchen werde. Er war so unerträglich anders. Schwarz und scheußlich und ungepflegt. Seine Augen waren zwei schmale Spalten, die sich niemals richtig öffneten, ab und zu fragte man sich, ob sich dahinter überhaupt Augen befanden, wie bei normalen Menschen, oder ob dort nur ein schroffer Abgrund klaffte, durch den man direkt in das verkorkste Gehirn blicken konnte.

Und doch mochte Gurvin einfach nicht glauben, daß Halldis tot sein sollte. Er hatte Halldis und Thorvald schon als Kind gekannt, er hatte sie beinahe für unsterblich gehalten, und er konnte sich ihren kleinen Hof nicht leer und verlassen vorstellen. Sie war doch immer dort gewesen. Bestimmt hatte der Junge etwas anderes gesehen, etwas, das er falsch verstanden und das ihm angst gemacht hatte. Errki Johrma zum Beispiel, der hinter einem Baum lauerte. Das reichte aus, um wirklich jeden seinen klaren Blick einbüßen zu lassen. Vor allem einen überspannten Jungen, der selbst nicht immer so recht bei Verstand war. Beide Seitenfenster waren geöffnet, aber Gurvin war trotzdem in Schweiß gebadet. Er war fast oben angekommen und sah schon das Dach von Halldis' Vorratshaus. Es war wirklich erstaunlich, daß eine alte Frau noch so tadellose Ordnung halten konnte; er stellte sich vor, daß sie praktisch ununterbrochen mit Harke oder Sense auf ihrem Hofplatz herumpusselte. Und das stimmte ja auch. Jetzt sah er den Platz, trotz der Dürre grün und üppig. Überall sonst war das Gras gelb. Nur Halldis konnte der Natur trotzen. Vielleicht trotzte sie auch nur dem Gießverbot. Er starrte zum Wohnhaus hinüber. Einem niedrigen roten Haus mit roten Fensterrahmen. Die Haustür stand offen. Und er erlitt den ersten Schock. In der Tür konnte er einen Kopf und einen Arm erkennen. Er fuhr zusammen. Verwirrt machte er den Motor aus. Er sah zwar nur Kopf und Arm, wußte aber, daß Halldis tot war. Da hatte der Junge doch wirklich die Wahrheit gesagt! Zögernd öffnete er die Autotür. Denn obwohl alle sterben müssen und obwohl Halldis eine alte Frau gewesen war, war er plötzlich mit dem Tod allein.

Gurvin hatte schon häufiger Tote gesehen, er hatte nur vorübergehend vergessen, welch seltsames Gefühl das war. Dieses unfaßbare Gefühl, allein zu sein, mehr als sonst. Der einzige zu sein. Er stieg langsam aus dem Auto und ging mit kurzen Schritten weiter, so als wolle er die endgültige Konfrontation so lange wie möglich vor sich herschieben. Unwillkürlich schaute er noch einmal zurück. Jetzt hatte er keine Wahl mehr. Er konnte nur weitergehen, sich über sie bücken, einen Finger an ihren Hals legen, sich davon überzeugen, daß sie wirklich tot war. Nicht, daß er noch Zweifel gehegt hätte. Der Winkel, in dem ihr Kopf zu ihrem weißen Arm lag, ihre gespreizten Finger, das alles sagte genug. Aber er mußte sich von ihrem Tod überzeugen. Danach konnte er sich ins Auto setzen, einen Krankenwagen bestellen und mit einer Zigarette und Musik im Radio warten. Im Haus brauchte er nichts zu unternehmen. Das hier war ein natürlicher Tod, was sollte er da groß überprüfen? Er hatte die Tote fast erreicht, als er zurückfuhr. Eine graue, milchige Flüssigkeit war über die Treppe geflossen. Vielleicht hatte sie ein Gefäß in der Hand gehabt, das sich bei ihrem Sturz entleert hatte. Er legte die letzten Meter mit hämmerndem Herzen zurück.

Und ihr Anblick überwältigte ihn ganz einfach. Er glotzte einige Sekunden lang vor sich hin, erst dann konnte er deuten, was er da vor sich hatte. Sie lag mit gespreizten Beinen auf dem Rücken. Mitten in ihrem runden Gesicht, unter dem linken Auge, war eine Hacke tief eingedrungen. Ein Stück der blanken Schneide war zu sehen. Der Mund stand offen, die Prothese war verrutscht und machte aus dem ihm so vertrauten Gesicht eine häßliche Grimasse. Er wich zurück und keuchte auf. Sein erster Impuls war, dieses Gesicht von der Hacke zu befreien, aber das durfte er nicht. Er machte auf dem Absatz kehrt und hatte gerade die Grasfläche erreicht, als ihm sein Mageninhalt aus dem Mund sprudelte. Während er sich erbrach, dachte er an Errki. Halldis tot, Errki in der Nähe. Vielleicht stand er noch immer da oben im Wald, hinter einem Baum versteckt, und starrte ihn an. Die eigene Stimme hallte ihm in den Ohren wider: *Von einem solchen Tod träumen wir alle. Wenn wir keine jungen Dachse mehr sind.*

Kaum sechzig Minuten später wimmelte es auf dem Hofplatz nur so von Menschen.

Hauptkommissar Konrad Sejer starrte in das unverletzte Auge der Toten. Sein Gesicht war ausdruckslos. Ihr Gesicht hatte sich aufgrund von inneren Blutungen verfärbt. Sejer ging ins Haus und staunte darüber, wie aufgeräumt alles war. Und wie still. Kein Gegenstand in der kleinen Küche schrie ihn an. Er ging die Post durch, legte einen Brief beiseite und machte sich Notizen. Schaute sich lange und ausgiebig um. Auf den ersten Blick aber kam ihm alles ganz normal vor.

Die meisten hatten klare, fest umrissene Aufgaben; daran hielten sie sich und konzentrierten sich auf ihre Arbeit, so gut sie konnten. Aber sie wußten, daß sie das alles noch einmal erleben würden, später, an schlechten Tagen. Diejenigen, die für kurze Zeit nicht zum Zuge kamen, sondern warten mußten, kehrten der Treppe den Rücken und rauchten eine Zigarette. Danach steckten sie die Kippe sorgfältig zurück in die Packung. Paß auf, wohin du deine Füße setzt und was du anfaßt. Bleib ganz ruhig, mach Platz für den Fotografen, das hier ist einfach nur ein Fall, die Reaktion wird erst später einsetzen, und du hast sie doch gar nicht gekannt. Trauern werden andere. Hoffentlich.

Gurvin stand rauchend am Brunnen. Er rauchte, seit die Kollegen eingetroffen waren, jetzt aber drehte er sich um und sah den Männern zu. Er hörte ihre Stimmen, leise, knapp, sehr ernst; ihr Tonfall brachte Respekt vor Halldis zum Ausdruck. Die sich vielleicht in Gedanken gesehen hatte, wie seiner Ansicht nach alte Leute das oft machten, wenn sie auf die Achtzig und auf das Ende zugingen. Vielleicht hatte Halldis sich im offenen Sarg liegen sehen, in einem schönen Kleid, mit gefalteten Händen. Vielleicht mit diskret geschminkten

Wangen, geschminkt von einer fürsorglichen Person, die ihr Handwerk beherrschte und Halldis, bevor diese ihrem Schöpfer gegenübertrat, möglichst schön machen sollte. Aber so war es nicht gekommen. Halldis war einfach nicht schön. Ihr halber Kopf war zerstört, und kein Mensch auf der ganzen Welt würde ihn verschönern können. Gurvin nahm sich noch eine Zigarette. Ertappte sich dabei, wie er zum Wald hinüberstarrte, als glaube er sich noch immer von Errkis brennenden Blicken beobachtet. Warum, fragte er sich. Eine alte Frau wie Halldis Horn hatte auf Errki doch unmöglich wie eine Bedrohung wirken können – oder hielt er einfach alle Menschen, die ihm über den Weg liefen, für Feinde? Was hatte sie gesagt oder getan, womit hatte sie solche Angst in ihm erweckt, daß er sie vernichten mußte? Gurvin glaubte, die meisten Verbrechen verstehen zu können, wenn er sich wirklich Mühe gab. Er konnte sechzehnjährige Bengel verstehen, die sich nachts begierig nach Spannung auf der Straße herumtrieben. Die Autos knackten, damit durch die Stadt düsten und sich dabei eine Flasche teilten. Tempo. Rausch. Die wollten, daß sie verfolgt wurden, daß endlich jemand auf sie achtete. Auch Vergewaltigungen konnte er begreifen. Wut, Ohnmacht dem weiblichen Geschlecht gegenüber, das darauf bestand, ein Rätsel zu sein, das der Mann erst behutsam lösen mußte, ehe er eingelassen wurde. Und in richtig schweren Stunden konnte er sogar prügelnde Männer verstehen. Aber das hier war ihm zu hoch. Wie etwas in einem Mann keimen und wachsen konnte, wie es sich langsam ausbreitete wie ein Gift. Wie es alle normalen Hemmungen beseitigte und den Mann zum wilden Tier machte. Danach konnte er sich an nichts erinnern. Der Mord wurde zu einem bösen Traum, war nicht mehr wirklich. Nicht einmal, wenn dieser Mann aller Wahrscheinlichkeit zum Trotz seine Krankheit überwand, zu klarem Bewußtsein kam und erfuhr: Diese grauenhafte Tat hast du begangen. Aber damals warst du krank.

Er starrte zum Hauptkommissar hinüber, dessen Miene nicht verriet, was in ihm vorging. Nur ein seltenes Mal fuhr er sich, wie um seine Frisur geradezurücken, mit der Hand durch die kurzen Haare. Ab und zu erteilte er einen Befehl oder stellte eine Frage, alles mit der Autorität, die sich ganz natürlich aus einer beeindruckend tiefen Stimme und einer Größe von fast zwei Metern ergab. Gurvin schaute in dem Moment auf, als Halldis' Leichnam im gummierten Leichensack verschwand. Danach war nur noch das Haus, mit seinen offenen Fenstern und Türen. Es würde wohl verkauft werden, wahrscheinlich an irgendeinen Trottel aus der Stadt, der schon länger von einer Kate im Wald träumte. Vielleicht würde es hier oben dann endlich Kinder geben, die eine Schaukel und einen Sandkasten brauchten. Buntes Plastikspielzeug würde auf dem Rasen herumliegen. Junge, schockierend leicht bekleidete Menschen. Vielleicht war es gut, daß Halldis das nicht erleben mußte. Es wäre schön, wenn es so kommen würde, dachte Gurvin. Aber in seinem Innern saß doch ein bohrendes Gefühl, das er nicht vertreiben konnte.

5. Juli, unverändert heiss.

Hauptkommissar Konrad Sejer folgte einem Impuls. Er bog ab und schlenderte in die Bar des Park-Hotels. Er war ansonsten kein Kneipengänger. Bei genauerem Nachdenken ergab es sich, daß er seit Elises Tod in keiner Bar mehr gewesen war. Diese Entscheidung erschien ihm jetzt als vernünftig. Im Lokal war es angenehm dunkel und um einiges kühler als auf der Straße. Die dicken Teppiche dämpften seine Schritte, und ohne das gleißende Sonnenlicht konnte er auch die Augen ganz öffnen.

Die Bar war fast leer, nur am Tresen saß eine einzelne Frau. Sie fiel sofort auf, weil sie allein war und weil sie ein rotes Kleid trug. Er sah ihr Profil. Sie durchsuchte offenbar gerade ihre Handtasche. Das Kleid war wirklich schön. Weich, eng, mohnrot. Sie hatte blonde, sanft über die Ohren fallende Haare. Plötzlich schaute sie hoch und lächelte. Sie kam ihm sonderbar bekannt vor. Sie hatte Ähnlichkeit mit der jungen Kollegin auf der Wache, an deren Namen er sich nie erinnern konnte. Vor ihr auf dem Tresen stand kein Glas, offenbar hatte sie noch keine Gelegenheit gehabt, etwas zu bestellen. Vielleicht suchte sie ja gerade ihr Geld.

»Hallo«, sagte er und ging langsam auf sie zu. »Heiß heute. Möchtest du etwas trinken?«

Das war einfach so aus ihm herausgerutscht. Er lehnte sich an den Tresen, ein wenig überrascht von seiner eigenen Kühnheit. Vielleicht war die Hitze daran schuld. Oder das Alter, das ihn bisweilen für einen Moment belasten konnte. Er war jetzt fünfzig, und der Weg führte abwärts in eine geheimnisvolle Dunkelheit.

Doch sie nickte und lächelte. Er konnte in ihren Ausschnitt blicken. Die Brüste unter dem roten Stoff verschlugen ihm den Atem. Und ihr Schlüsselbein, gerade und dünn, das sich unter der Haut abzeichnete. Er war plötzlich verlegen. Er hatte ja gar nicht die junge Kollegin vor sich, sondern Astrid Brenningen, die auf der Wache in der Rezeption saß. Wie hatte er nur so dumm sein können! Diese Frau hier war doch zwanzig Jahre älter als die Kollegin und hatte nicht die geringste Ähnlichkeit mit ihr. Sicher war das trübe Licht an diesem Irrtum schuld.

»Einen Campari bitte.« Sein Gegenüber lächelte neckisch, und er suchte in seiner Gesäßtasche nach Geld, während er versuchte, sich nichts anmerken zu lassen. Er war nicht darauf gefaßt gewesen, ihr hier zu begegnen, so ganz allein. Aber um Himmels willen, warum sollte Astrid nicht in eine Bar gehen, um etwas zu trinken, und warum sollte er sie nicht dazu einladen? Sie war doch fast eine Kollegin. Sie sprachen zwar nie miteinander, aber das lag nur daran, daß er einfach keine Zeit hatte, um an ihrem Rezeptionstresen stehenzubleiben. In der Regel war er zu irgendeinem Termin unterwegs, der wichtiger war als ein Flirt an der Rezeption. Außerdem flirtete er nie, deshalb wußte er nicht, was plötzlich in ihn gefahren war.

Sie nippte elegant an ihrem Campari und lächelte auf eine seltsam vertraute Weise. Er spürte ein Prickeln im Nacken. Er mußte sich noch fester an den Tresen lehnen, um nicht zu stürzen. Seine Knie gaben nach, sein Herz rutschte nach unten und schlug wie besessen. Es war ja gar nicht Astrid Brenningen, sondern Elise!

Ihm brach der Schweiß aus. Er konnte es nicht fassen, daß sie plötzlich da saß, einfach so, nach all den Jahren, daß sie lächelte, als sei nichts passiert.

»Wo warst du die ganze Zeit?« stammelte er und wischte sich mit dem Handrücken den Schweiß von der Stirn. Da sah er seinen nackten Unterarm. Wieder fühlte er eine Ohnmacht nahen. Er trug ja nicht einmal ein Hemd! Er stand in der Bar des Park-Hotels, mit nacktem Oberkörper! Verzweifelt drehte er sich auf die Seite und zog die Bettdecke hoch. Dann öffnete er die Augen. Kniff sie im Tageslicht verwirrt wieder zu. Der

Hund saß neben dem Bett und starrte ihn an. Es war sechs Uhr.

Der Hund hatte große, blanke Augen, wie polierte Kastanien. Jetzt legte er auf hinreißende Weise den Kopf schräg. Sein schwerer Schwanz peitschte zweimal optimistisch. Sejer versuchte, seinen Traum abzuschütteln.

»Du wirst langsam grau«, sagte er abrupt und starrte die Schnauze des Hundes an; das Fell, das sie umgab, hatte denselben Farbton angenommen wie seine eigenen Haare.

»Brav zu Hause bleiben. Die Wohnung hüten!«

Er hörte sich strenger an als beabsichtigt, so als wolle er seine Verlegenheit über den Traum verbergen. Er stieg aus dem Bett. Der Hund fiepte gekränkt und ließ sich auf den Boden sinken. Es klang, als habe jemand aus geringer Höhe einen Sack Kartoffeln fallen lassen. Der Hund schaute seinen Herrn verletzt an. Sejer staunte immer wieder über diesen herzzerreißenden Blick und begriff nicht, wie ein Tier von siebzig Kilo mit einem frikadellengroßen Gehirn solche Gefühle in ihm auslösen konnte.

Er duschte mit gesenktem Blick, länger als sonst, demonstrativ den Rücken zur Tür gekehrt, wie um zu betonen, wer hier der Chef sei.

Diese heißen Tage konnte er nicht leiden. Er zog leicht bewölktes, windstilles Wetter vor, vierzehn, fünfzehn Grad, August oder September, mit angenehm dunklen Abenden und Nächten.

An diesem Morgen ließ er sich wirklich Zeit. Er las die Zeitung von Anfang bis Ende. Der Mord in Finnemarka machte Schlagzeilen und wurde auch in den Radionachrichten als erstes erwähnt. Und mit dieser Tragödie würde er sich in den kommenden Wochen beschäftigen. Er hörte ein Interview mit dem Kollegen

Gurvin und frühstückte dabei. Danach ging er mit dem Hund spazieren. Stellte das Küchenfenster auf Kipp, ließ die Markisen herunter, überzeugte sich davon, daß der Reserveschlüssel in der Vase vor der Wohnungstür lag. Wenn er Überstunden machen mußte, ging eine freundliche Nachbarin mit dem Hund Gassi.

Als er dann endlich zur Arbeit ging, war es schon acht Uhr. Noch immer war er mit seinem Traum beschäftigt. Eine Hand hatte seinen Herzmuskel gepackt und daran gerissen, es tat jetzt noch weh. Elise war nicht mehr bei ihm. Nein, sie war nicht nur nicht mehr bei ihm, sie war überhaupt nicht mehr. Und er trottete allein dahin, nun schon im neunten Jahr. Seine Beine bewegten sich sicher und rhythmisch, er wusch und kämmte sich, aß und arbeitete, das Leben gefiel ihm sogar ab und zu. Eigentlich gefiel das Leben ihm fast immer. Oder war es eine Übertreibung, das zu behaupten? Nur selten und für kurze Zeit überwältigte ihn dieses Gefühl der Ohnmacht, wie jetzt, nach diesem Traum. Es passierte, wenn er abends allein war und Musik hörte. Musik, die Elise gemocht hatte, die sie zusammen aufgelegt hatten. Eartha Kitt. Billie Holiday.

Ein Strom von sommerlich gekleideten Menschen war in der Fußgängerzone unterwegs. Es war Freitag. Ein langes Wochenende stand bevor, und in allen Gesichtern malte sich der Traum davon, was dieses Wochenende bringen sollte. Sejer selbst hatte keine Pläne. Er wollte erst Mitte August Urlaub nehmen, und außerdem war der Ferienmonat Juli eine stille Zeit. Falls es nicht so heiß wurde, daß die Menschen vollständig die Fassung verloren. Die Hitzewelle dauerte bereits drei Wochen an, und schon jetzt, dreizehn Minuten nach acht, zeigte das Thermometer oben am Kaufhaus sechsundzwanzig Grad.

Da die Wache am Rand der Innenstadt lag, kam er sich ein wenig vor wie jemand, der gegen den Strom schwimmt. Immer wieder mußte er im Gewimmel ausweichen oder beiseite treten, alle schienen in die Gegenrichtung zu streben. Zu Büros und Geschäften, die wie ein Ring um den großen Platz lagen. Er schaute zum wolkenlosen Himmel hinauf. Der Himmel hatte eine luftige, lichte Farbe, in der sein Blick sich verlor. Hinter dem dünnen Lichtschleier lauerte tiefe, kalte Finsternis. Warum mußte er plötzlich daran denken?

Sejer sah rasch in einige Gesichter in der Menge. Für Zehntelsekunden fing er die Blicke dieser Menschen auf, dann schauten die anderen zu Boden. Vorher hatten sie einen großgewachsenen, sehnigen Mann mit langen Beinen gesehen. Auf eine entsprechende Frage hätten sie sicher geantwortet, daß dieser Mann vermutlich eine leitende Stellung bekleidete. Gut, wenn auch ein wenig konservativ angezogen. Kittfarbene Hose, blaugraues Hemd, schmaler dunkelblauer Schlips mit einer nur aus der Nähe sichtbaren aufgestickten Kirsche.

In der Hand trug er einen schwarzen Aktenkoffer mit einem Messingschloß, in den Deckel waren die Buchstaben KS eingestanzt. Seine Schuhe waren grau und blankgeputzt. Seine Augen schauten forschend drein und wirkten unter den silbrigen Haaren überraschend dunkel. Aber vieles war ihm eben nicht anzusehen. Er war im schönen Dänemark geboren und aufgewachsen, und der Tag seiner Geburt hatte ihm und seiner Mutter große Mühen bereitet. Noch immer, fünfzig Jahre später, war unter seinem Haaransatz der Abdruck der Zange zu erkennen. Oft kratzte er sich da, wie aus einer schwachen Erinnerung heraus. Die Menschen, die ihm begegneten, konnten auch nicht sehen, daß sich unter dem gebügelten Hemd einzelne verschorfte Hautstellen befanden. Daß er an Schuppenflechte litt. An einer Unruhe im Leib, die kam und ging. Tief in seinem privaten Universum hatte er einen wunden Punkt. Er hatte seine Trauer um Elise nie ausgelebt, sie war gewachsen und gewachsen und dann zu einem schwarzen Loch implodiert, in das er bisweilen hineingezogen wurde.

Jetzt sah er die Menschenmenge wieder deutlich. Und aus dem Gewimmel von luftig, hell und sommerlich gekleideten Menschen hob eine Gestalt sich ab. Ein Mann von Anfang Zwanzig kam ihm entgegen, mit raschen Schritten ging er dicht an den Mauern entlang. Trotz der Hitze war er warm angezogen, er trug eine schwarze Hose und einen dunklen Pullover. An den Füßen hatte er braune Schnürschuhe und um den Hals ausgerechnet einen schwarzen Schal mit Rippenmuster. Aber es war nicht in erster Linie seine Kleidung, die ihn so anders aussehen ließ als die übrigen Menschen auf der geschäftigen Straße. Nicht für eine Sekunde hob er den Kopf, um sich umzusehen. Sein energischer, rascher Gang und gerade die Tatsache, daß er nicht aufblickte, sondern konsequent den Asphalt anstarrte, ließen die anderen automatisch ausweichen und ihm Platz machen. Sejer entdeckte den Mann, als dieser noch fünfzehn oder zwanzig Meter von ihm entfernt war. Der rasche Gang, die verbissene Haltung der ganzen Gestalt und auch die unpassende Kleidung lösten bei dem Hauptkommissar eine Erinnerung aus. Der lockere Wollschal war sehr lang, der Mann hatte ihn sich mehrmals um den Hals gewickelt. Sejer war gerade an der Fokusbank vorbeigegangen und hatte das leise Klicken des elektrischen Schlosses gehört, das verriet, daß die Bank nun geöffnet war. Der Schal könnte auch eine Mütze sein, mit einem einzigen Handgriff über den

Kopf zu ziehen, eine Mütze, die nur einen Spalt für die Augen freiließ. Über der Schulter trug der Mann eine Tasche. Und nicht nur das: Die Tasche stand offen, die rechte Hand des Mannes war in ihr versteckt. Die Linke hatte er in der Hosentasche. Falls er Handschuhe trug, so waren sie nicht zu sehen.

Sejer ging weiter. Sekunden später war der Mann nur noch wenige Meter von ihm entfernt. Einem Impuls folgend drückte Sejer sich wie der andere an die Wand und starrte ebenfalls den Asphalt an. Er beschloß, so weiterzugehen, er wollte wissen, ob der Mann ihm ausweichen oder ob sie zusammenstoßen würden. Er amüsierte sich ein wenig über diese Gedanken und dachte plötzlich, daß er sicher schon zu lange bei der Polizei sei. Doch zugleich beunruhigte ihn etwas an der Gestalt des anderen. Er steigerte sein Tempo und ahnte die dunkle Gestalt eher, als daß er sie vor sich sah. Und wie er erwartet hatte, kam es durchaus nicht zu einem Zusammenstoß. Der andere trat zur Seite und lief an ihm vorbei. Also war er doch nicht ganz und gar in Gedanken versunken. Er achtete auf seine Umgebung. Vielleicht hatte er den Kopf gesenkt, damit niemand sein Gesicht sah und sich später daran erinnerte. Aber Sejer konnte sich daran erinnern. Ein breites, fleischiges Gesicht mit rundem Kinn und hellen Locken. Gerade Augenbrauen. Kurze, breite Nase.

Dann lag die Begegnung hinter ihnen. Der Mann drückte sich wieder an die Mauern und ging noch schneller. Sejer schaute ihm aus zusammengekniffenen Augen nach und spürte ein Prickeln im Nacken, als der andere in der Fokusbank verschwand. Es waren vielleicht dreißig Sekunden vergangen, seit Sejer das Klikken des Schlosses gehört hatte. In Gedanken wanderte er durch die Filiale. Er hatte dort sein Gehaltskonto. Die

Kunden mußten zunächst die Glastür und danach eine schmale Passage durchqueren, die nach links führte. Die eigentliche Bank war von der Straße her nicht zu sehen. Die Schalter lagen auf der linken Seite, die Regale mit Überweisungen und anderen Vordrucken standen neben dem Eingang, rechts bot eine Sitzgruppe Platz für vier oder fünf Personen. Hinter dem Tresen konnten bei großem Andrang fünf Angestellte arbeiten. Zu dieser frühen Stunde reichte sicher einer. Es war möglich, die Bank durch einen anderen Ausgang zu verlassen, der auf den Platz führte. Ein Bankräuber konnte dort seinen Wagen abstellen, den Zündschlüssel stecken lassen, einmal um den Block gehen, die Glastür öffnen, die Bank ausrauben und innerhalb weniger Sekunden verschwunden sein. In der Fußgängerzone würde es großes Aufsehen erregen, wenn jemand dort einen Wagen abstellte. Aber zur Bank gehörten vier Parkplätze mit Parkuhren, gleich neben dem Ausgang zum Platz. Sejer starrte noch immer die Tür an, durch die der Mann verschwunden war, er fand einfach keine Ruhe. Mit resigniertem Schulterzucken und energischen Schritten kehrte er um. Er brauchte es ja niemandem zu verraten. Er öffnete die Tür, schlenderte durch den engen Gang und erreichte die Schalter. Neben dem Mann mit der Tasche hatte sich eine weitere Kundin eingefunden, eine junge Frau. Eine Bankangestellte setzte gerade ihre Brille auf und beugte sich über die Computertastatur. Der Mann mit der Tasche kehrte Sejer den Rücken und füllte eine Überweisung aus. Er schaute nicht auf, als Sejer hereinkam. Er schien es eilig zu haben.

Sejer blickte sich verwirrt um. Er mußte irgendeinen Vorwand für sein Erscheinen finden und nahm deshalb eine Broschüre über zusätzliche Altersversorgung aus einem Regal. Dann ging er. Es muß ja wohl Grenzen geben, rief er sich selbst zur Ordnung. Er war ohnehin einige Minuten zu spät dran, eigentlich kam er nie erst in letzter Sekunde auf die Wache. Wieder in der Fußgängerzone, lief er rasch weiter. Er passierte den Schmuckladen, Brunner Blumen und Pino Pino, wo Elise ihre Kleider gekauft hatte. Das rote zum Beispiel. Gleich darauf konnte er das Dach der Wache sehen. Er wollte gerade die Straße überqueren, als der Schuß fiel. Ein Stück entfernt, aber doch deutlich. Und irgendwer schrie auf.

Die meisten blieben stehen. Nur einige wenige zuckten mit den Schultern, schauten sich kurz um und gingen weiter. Andere drückten sich auf der Straßenseite, die der Bank gegenüberlag, an die Mauern. Eine Mutter legte beschützend die Arme um ihr Kind. Ein alter Mann, vielleicht schwerhörig, blickte sich verwirrt um und schien sich zu fragen, warum alle Welt stehenblieb. Er glotzte Sejer hinterher, als der kofferschwenkend vorbeirannte. Sejer war ein guter Läufer, aber der Koffer ruinierte seinen Rhythmus und ließ ihn blödsinnig aussehen. Eine Frau kam aus der Bank getaumelt. Sie lehnte sich an die Wand und schlug die Hände vors Gesicht. Er erkannte die Kassiererin. Nun sank sie in sich zusammen und setzte sich ganz einfach auf den Asphalt.

»Polizei«, keuchte er. »Was ist passiert? Ist jemand verletzt?«

»Polizei?«

Sie blickte verwundert zu ihm hoch. »Er hat mich ausgeraubt«, flüsterte sie. »Er hat mich ausgeraubt und ist auf den Platz hinausgelaufen. Und dann ist er weggefahren, in einem weißen Auto.«

Sejer riß die Augen auf, als sie weitersprach.

»Er hat eine Frau mitgenommen.«

»Was sagen Sie da?«

»Er hat sie mitgenommen. Aus der Bank und ins Auto.«

»Er hat eine Geisel genommen?«

»Er hat ihr den Revolver ins Ohr gesteckt.«

Sejer starrte über den Platz. Aus dem Springbrunnen rieselte Wasser, die Türkentauben pickten in trauter Eintracht Krümel auf. Ihnen konnte der Banküberfall ja auch egal sein. Sejer ließ die Frau sitzen und lief zu zwei Jungen, die in eine eifrige Diskussion vertieft waren. Sie standen beim Springbrunnen und hatten Bank und Hauptstraße gleichermaßen gut im Blick.

»Habt ihr gesehen, in welche Richtung er gefahren ist?«

Die beiden schwiegen und starrten ihn an.

»Polizei«, teilte er mit und stellte seinen Koffer ab.

»Das ging aber schnell«, rief der eine Junge, ein dünner Wicht mit zweifarbigen Haaren, der seine Sonnenbrille auf den Kopf hochgeschoben hatte. Seine Haare waren eigentlich schwarz, aber in der Mitte hatte er einen Streifen bleichen lassen. Er drehte sich um und zeigte auf die Hauptverkehrsstraße, die zwischen Feuerwache und Restaurant Diamant aus der Stadt hinausführte.

»Er hat eine Frau vor sich hergestoßen. Hat sie in den Wagen gedrückt.«

»Was war das für ein Wagen?« fragte Sejer rasch und fingerte an seinem Gürtel herum, um das Telefon loszumachen.

»Ein kleiner weißer. Renault vielleicht.«

»Der Typ ist noch einen Moment stehengeblieben und hat die Antenne rausgezogen.«

»Wir müßten eigentlich schon bei der Arbeit sein«, sagte der andere erwartungsvoll. »Aber es war gar kein Renault. Eher ein Peugeot.«

»Heute kommt ihr eben zu spät«, sagte Sejer kurz. »Das kann jedem passieren. Trug der Mann eine Mütze?«

»Ja.«

»Schwarzen Pullover und Cordhose?«

»Wissen Sie, wer das ist?«

»Nein.«

»Müssen wir mit auf die Wache kommen?«

»Wahrscheinlich.«

Sie können das so verabredet haben, dachte Sejer plötzlich, sie können gemeinsame Sache machen. Vielleicht ist die Frau seine Freundin. Eine falsche Geisel. Zwei Menschen in der Bank, dreißig Sekunden nachdem geöffnet worden ist, wie wahrscheinlich ist das? Derzeit waren die Verbrecher so verdammt erfinderisch.

Die kleinen Menschengruppen lösten sich inzwischen wieder auf, nur einige wenige blieben noch stehen, vielleicht in der leisen Hoffnung, als Zeugen benötigt zu werden. Ansonsten war nichts zu sehen. Der Mann war verschwunden. Das Ganze hatte nur ein paar Sekunden gedauert. Hier und dort wunderte sich jemand darüber, wie einfach das alles war. Mit einem schnellen Wagen und guten Ortskenntnissen konnte man in einer halben Stunde weit kommen.

Der Dachs drückte sich die Brille auf die Nase. »Sie haben doch alles auf Video, oder?«

»Wollen's hoffen«, murmelte Sejer, der gemischte Erfahrungen hatte, was Videoüberwachung betraf. Er drehte sich um, als ein Streifenwagen auf den Platz fuhr. Gøran Soot sprang heraus, worauf Sejer die Stirn runzelte, dann folgte Karlsen, und Sejer atmete erleichtert auf.

»Wir haben eine Geiselnahme. Eine junge Frau. Und die Waffe ist geladen. Er hat in der Bank einen Schuß abgegeben.«

Karlsen starrte den Jungen mit den Dachshaaren mit unverhohlener Neugier an.

»Diese beiden kommen mit zur Vernehmung, sie haben den Bankräuber und sein Auto gesehen. Holt euch so schnell wie möglich das Video, wir müssen feststellen, wer diese Geisel ist. Und laßt die E18 und die E76 sperren. Gebt die Meldung an die Lokalsender weiter. Es ist ein kleines weißes Auto, möglicherweise französisch.«

»Hat er viel erwischt?«

Karlsen schaute durch die Tür der Bank.

»Weiß ich noch nicht. Wie viele Leute kriegen wir zusammen?«

»Nicht viele. Ich hab Skarre aufs Land zu Gurvin geschickt, vier sind auf einem Seminar, weitere vier haben Urlaub.«

»Dann müssen wir Verstärkung beantragen. Und uns erst mal auf die Geisel konzentrieren.«

»Wollen hoffen, daß er die Tür aufmacht und sie am Straßenrand absetzt.«

»Hoffen ist immer erlaubt«, sagte Sejer kurz. »Und jetzt reden wir mit der Kassiererin.«

Die beiden Jungen mußten in einem Streifenwagen warten, was sie wirklich nicht weiter störte. Sejer und Karlsen gingen in die Bank, wo die Kassiererin zusammen mit dem Filialleiter in der Sitzgruppe Platz genommen hatte. Der Filialleiter war im Tresorraum gewesen, hatte dort den Schuß gehört und sich erst nach oben getraut, als er das Martinshorn hörte.

Sejer starrte die junge Frau an. Sie war kalkweiß, Schweißtropfen bedeckten ihre Stirn. Ihr war kein Haar gekrümmt worden. Sie hatte nur eine Hand heben, einige Bündel mit Geldscheinen aus dem Fach nehmen und sie auf den Tresen legen müssen. Trotzdem war ganz deutlich, daß ihr Leben sich auf einen Schlag geändert hatte. Vielleicht würde sie ihr Testament machen. Sie hatte nicht viel, aber diese Dinge sollten doch rechtzeitig erledigt werden. Er setzte sich neben sie und bemühte sich um einen teilnahmsvollen Ton.

»Geht's Ihnen gut?« fragte er leise.

Die Frau erlaubte sich ein kurzes Schluchzen.

»Ja«, sagte sie, die Stimme so fest wie möglich. »Mir geht es gut. Aber wenn ich an die Frau denke, die er mitgenommen hat – Sie hätten ihn mal hören sollen! Ich wage mir gar nicht vorzustellen, was er ihr antun kann.«

»Aber, aber«, sagte Sejer ruhig. »Wir wollen doch nicht gar zu schwarz sehen. Er hat diese Frau mitgenommen, um sich freies Geleit zu seinem Wagen zu verschaffen. Hatten Sie ihn schon einmal gesehen?«

»Noch nie.«

»Wissen Sie noch, was er bei dem Überfall gesagt hat?«

»Ja, wortwörtlich sogar«, antwortete sie. »Das werde ich nie vergessen. Er trat hinter sie. Zuerst legte er ihr den Arm unters Kinn und zog sie vom Tresen weg, dann drückte er sie zu Boden und stellte den Fuß auf ihren Kopf. Und dann schrie er mich an: ›Wenn du auch nur eine Sekunde herumtrödelst, verschmier ich diesen Schädel auf dem Boden.‹ Dann gab er einen Schuß ab. An die Decke, meine ich. Die Platten explodierten, der Staub flog in alle Richtungen. Meine Haare sind voller Gips.«

Sie wischte sich mit dem Blusenärmel den Schweiß von der Stirn, und er gönnte ihr eine Pause, in der er zusah, wie Karlsen die Kamera von der Decke schraubte und die Videokassette herausnahm.

»Er sprach norwegisch?«

»Ja.«

»Akzentfrei?«

»Ja. Er hatte eine helle Stimme. Ein wenig heiser vielleicht.«

»Und diese Frau, hat sie auch etwas gesagt?«

»Kein Wort. Sie war vor Angst wie erstarrt. Und der Mann wußte genau, was er tat. So ein richtiger Menschenhasser. Das war bestimmt nicht sein erster Überfall.«

»Das werden wir sehen«, sagte Sejer und ließ sich das Video geben. »Bitte kommen Sie mit uns auf die Wache, und sehen Sie sich mit uns das Video an.«

»Ich muß nur vorher noch telefonieren.«

»Das werden wir in die Wege leiten.«

Karlsen sah sie an. »Können Sie uns so ungefähr sagen, wieviel Geld Sie ihm gegeben haben?«

»Gegeben?« schrie sie und starrte ihn wütend an. »Was ist denn das für eine Ausdrucksweise? Ich habe ihm rein gar nichts gegeben, ich bin ausgeraubt worden.«

Sejer zwinkerte dem Kollegen zu und starrte die Decke an.

»Verzeihung«, sagte Karlsen. »Ich meine, wie groß ungefähr ist seine Beute?«

»Heute ist Freitag«, antwortete die Kassiererin verletzt. »Ich hatte ungefähr hunderttausend in der Kasse.«

Sejer starrte durch die offene Tür. »Laßt uns alle zusammenrufen, die die beiden gesehen haben. Das waren doch mehrere. Auf jeden Fall kriegen wir einen brauchbaren Steckbrief.«

Er seufzte, als er das sagte. Er hatte den Mann doch selbst deutlich gesehen, aus nur einem Meter Entfernung. Aber wieviel wußte er wirklich noch?

»Es war ein weißes Auto, und es schien neu zu sein. Ziemlich klein«, sagte die Kassiererin rasch. »Viel mehr habe ich nicht gesehen. Es war offen, und sicher hatte er den Zündschlüssel stecken lassen, denn er fuhr schon an, noch ehe er die Tür ins Schloß gezogen hatte. Quer über den Platz, zwischen den Blumenkästen hindurch und dann auf die Straße.«

»Der Wagen ist wahrscheinlich gestohlen. Vielleicht steht sein eigener irgendwo am Fluchtweg. Möglicherweise ist der Mann gefährlich. Die Geiselnahme ist sicher aus einem Impuls heraus geschehen. Wenn es wirklich eine war. Er kann ja nicht damit gerechnet haben, daß so früh am Morgen hier schon Kundschaft sein würde. Und – ist die Frau durch den anderen Eingang in die Bank gekommen?«

»Ja.«

Sejer blickte zur der klaffenden Wunde in der Decke und runzelte die Stirn. »Immerhin ist er ziemlich entschlossen. Oder vielleicht verzweifelt.«

Ein weiterer Streifenwagen fuhr vor, zwei Techniker in Overalls stiegen aus. Sie schauten sich das Loch in der Decke an.

»Ich wüßte ja gern, wieviel von der Sorte er hat«, sagte der eine.

»Daran wage ich gar nicht zu denken«, sagte Sejer düster. »Aber er ist zweifellos ein zäher Brocken. Erst nimmt er eine Geisel, und dann feuert er mitten im Morgengewühl los.«

»Effektiv«, meinte der Techniker. »Alle sind wie

gelähmt. Der hatte nur ein Interesse: den Banküberfall schnell hinter sich zu bringen. Keine Trödelei, alles ratzfatz. Trug er Handschuhe?«

Die Kassiererin nickte. »Dünne Fingerhandschuhe.«

Sejer verfluchte sich selbst, weil er nicht länger in der Bank geblieben war und damit die Pläne des Räubers durchkreuzt hatte. Aber der hätte dann nur gewartet und wäre an einem anderen Tag wieder aufgetaucht. Er schaute noch einmal in die Augen der Kassiererin. Sie zeigten den ganz besonderen Glanz, der auftritt, wenn jemand aus dem Leben, das alle für selbstverständlich halten, herausgerissen worden ist. Er konnte es verstehen und verstand es auch wieder nicht.

»Alles klar«, sagte er. »Wir haben viel zu tun. Fangen wir an.«

ER KEUCHTE. Er beugte sich auf dem Sitz vor, wie um dem Auto damit aus der Stadt herauszuhelfen. Er hatte alles lange geplant. In Gedanken war er den Überfall immer wieder durchgegangen, hatte alles ganz genau vor sich gesehen. Er hatte sich geirrt. Es war schwindelerregend schnell gegangen, er hatte das Geld, so weit, so gut, aber etwas stimmte nicht. Neben ihm saß jemand.

Auf der Straße wimmelte es nur so von eiligen Menschen. Niemand gönnte dem weißen Wagen auch nur einen Blick. Er ließ die Kupplung schleifen, glitt über die Kreuzung, starrte verbissen auf die Straße und ließ heiße Luft aus seiner Lunge. Nach dem ersten Block streifte er die Mütze ab. Sofort kam er sich nackt vor. Er wandte sich nicht von der Geisel weg, er hatte keine Wahl. Er konnte die Motorradmütze nicht aufbehalten. Alle, die ihm entgegenkamen, hätten das bemerkt und sich Richtung, Auto und Nummer eingeprägt. Die Geisel saß neben ihm und ließ den Kopf hängen. Sie kamen am Brautsalon vorbei. Er drosselte das Tempo, als ein Mercedes auf der linken Seite heranglitt, und starrte vor sich hin. Erst jetzt, nach zwei Minuten, als sein Puls sich ein wenig beruhigt hatte, kam ihm der Gedanke, daß es seltsam still sei. Er schaute zu seinem Fahrgast hinüber. Etwas stimmte hier nicht. Ihm wurde schlecht. Und mit der Übelkeit kam die Angst und damit die Furcht, einen Fehler zu begehen, einen noch schlimmeren.

Was zum Henker sollte er mit der Geisel anfangen?

So weit hatte er noch nicht gedacht. Er hatte sich darauf konzentriert, so schnell wie möglich zu fliehen, sichergehen zu können, daß niemand sich auf ihn stürzen und ihn zu Boden werfen würde. Über solche Fälle hatte er in der Zeitung gelesen. Über Leute, die den Helden spielen wollten.

»Du hast mein Gesicht gesehen«, sagte er heiser.

Seine Stimme klang sehr dünn für seinen kräftigen Körper.

»Und was machen wir jetzt wohl, was meinst du?«

In diesem Moment kamen sie an einem Bestattungsunternehmen vorbei, und sein Blick fiel auf einen weißen Sarg im Schaufenster. Messinggriffe. Oben ein Kranz aus roten und weißen Blumen. Der Kranz lag schon seit Jahren dort und war natürlich aus Plastik. Er schien in der Hitze schmelzen zu wollen, genau wie er selbst. Der Pullover klebte ihm am Leib, seine Cordhose schien fast zu dampfen. Er schaltete und bremste, um ein Taxi vorbeizulassen. Die Geisel schwieg, aber ihre Schultern bebten leicht, und er dachte, endlich kommt eine Reaktion. Das empfand er als Erleichterung. Er hatte nach dieser Belastung ein Bedürfnis danach, alles aus sich herauszulassen. Alles aus sich herauszulassen, verdammt noch mal, zum Beispiel mit einem Schrei aus dem halb offenen Fenster. Er zitterte, aber er rang um Beherrschung.

»Ich habe gefragt, was wir jetzt machen sollen!«

Das klang so jämmerlich. Er hörte seine eigene Angst, seine Stimme war hoch und schrill. Plötzlich wäre er gern allein gewesen, aber es war noch zu früh, um anzuhalten. Erst mußten sie die Innenstadt verlassen und eine abgelegene Stelle erreicht haben, wo er diesen unerwünschten Menschen loswerden konnte. *Der sein Gesicht gesehen hatte!*

Nach wie vor Schweigen. Er wurde immer nervöser. Es war alles so anstrengend gewesen, die Wochen der Planung, die schlaflosen Nächte, Zweifel und Unruhe. Sonst war er einfach der Chauffeur, der mit der Planung nichts zu tun hatte. Darum kümmerten sich andere, er selbst wartete draußen mit laufendem Motor, normalerweise war er nicht einmal bewaffnet. Er hatte etwas versprochen, und dieses Versprechen hielt er jetzt. Aber er hatte eine Geisel. In der Bank war diese Geiselnahme ihm als kluger Schachzug erschienen. Vor der Bank standen die Leute wie gelähmt, niemand rührte auch nur einen Finger, aus Angst, die Waffe könne losgehen und die Geisel vor aller Augen in Fetzen reißen. Jetzt wußte er nicht, was er machen sollte. Und die Geisel war ihm auch keine Hilfe. Die schwieg einfach nur. »Es gibt natürlich nur zwei Möglichkeiten«, krächzte er.

Er konnte das Schweigen nicht mehr ertragen. »Du kommst weiter mit. Oder ich lege dich irgendwo am Straßenrand ab, in einem Zustand, in dem du keine Aussage machen kannst.«

Sein Fahrgast blieb stumm.

»Was zum Teufel hast du eigentlich so früh am Morgen in der Bank zu suchen gehabt? He?«

Da noch immer keine Antwort kam, kurbelte er das Fenster ein Stück weiter nach unten und ließ sich vom Fahrtwind das glühende Gesicht abkühlen. Er hätte sein Gesicht nicht zeigen, hätte eigentlich kein Wort sagen dürfen, aber auf das Gefühlschaos, das in ihm zu brodeln begonnen hatte, war er nicht vorbereitet gewesen. Dieses Gefühl überzukochen. Er hatte so lange gewartet, war eine Ewigkeit allein gewesen, er war nur ein dünner Strich, der zu zerbrechen drohte, und zu allem Überfluß saß nun auch noch jemand neben ihm und sah ihn an.

Er fuhr am Krankenhaus vorbei, bog beim Orthopädischen Institut plötzlich links ab, überquerte die Hauptstraße und fuhr durch die Øvre Storgate, vorbei an der stillgelegten Apotheke und dann an der Centralgarage. Er näherte sich dem Bahnübergang. Und in diesem Moment sprang die Ampel auf Rot. Er wollte schon hinüberjagen, entschied sich dann aber anders. Er durfte ja nicht auffallen. Durch die Zähne fauchte er: »Stillsitzen und die Fresse halten. Der Revolver liegt bereit.«

Diese Bemerkung hätte er sich sparen können. Die Geisel schwieg. Im Rückspiegel sah er einen roten Volvo, der hinter seinem Wagen zum Stehen kam. Der Fahrer trommelte mit den Fingern auf dem Lenkrad herum. Ihre Blicke begegneten sich im Spiegel. Er hielt verzweifelt nach dem Zug Ausschau und hörte ihn schließlich heranpoltern; für einen Moment wurde sein Herzklopfen davon übertönt. Seltsamerweise saß die Geisel ganz still da und schaute aus dem Fenster. Der Zug dröhnte vorüber. Aber die Schranke bewegte sich nicht. Er schaltete und wartete. Der Wagen hinter ihm kam noch etwas näher, fast berührte er seine Stoßstange. Direkt neben ihm stand ein grüner Citroën.

Schweiß floß ihm in die Augen, aber die Schranke rührte sich nicht. Für einen wilden Moment dachte er, die Polizei habe sie geschlossen. Könne in der nächsten Sekunde mit scharfer Munition seine Tür aufschießen und ihn aus dem Wagen reißen. Er war eingeschlossen. Er konnte weder drehen noch zurücksetzen, warum zum Teufel wurde die Schranke nicht geöffnet? Der Zug war doch schon über alle Berge, der Motor des Volvos hinter ihm dröhnte auf; er hob die Hand, die den Revolver hielt, und fuhr sich damit über die Stirn. Dachte, daß der Fahrer des grünen Citroën die Waffe jetzt sicher gesehen hatte. Endlich hob die Schranke sich, langsam und widerwillig. Er huckelte vorsichtig über den Bahnübergang. Der Volvo hinter ihm verschwand nach rechts. Er wollte den Fluß überqueren, wollte Platz, Streifenwagen und Menschenmenge unterhalb umfahren. Während die Polizei die Leute ausfragte, würde er in nur dreißig Meter Entfernung vorbeikommen. Er war beeindruckt von seinem Plan. Das Problem war die Geisel. Plötzlich bremste er und hielt an. Der Wagen war halbwegs hinter einem Müllcontainer vor dem Busbahnhof versteckt. Er zog die Handbremse an.

»Was ich wissen will«, sagte er, »ist, was du so verdammt früh in der Bank zu suchen hattest.«

Weiterhin Schweigen.

»Du bist taub, was? Du kannst nicht hören, Scheiße.«

Die Geisel hob den Kopf. Zum erstenmal starrte der Bankräuber in die flackernden Augen. Im Auto war es still, und es wurde immer heißer. Unsicher versuchte er, den Ausdruck in dem bleichen Gesicht zu deuten. In der Ferne hörte er ein Martinshorn. Es setzte leise ein, wurde ein wenig lauter, verstummte mit leisem »Plopp«. Ein seltsames Gefühl überkam ihn, er hatte die Bank gar nicht ausgeraubt, sondern träumte einen Traum ohne logische Handlung, darin kamen und gingen seltsame Gestalten, deren Bedeutung er nicht verstand.

»Na gut«, sagte er und stieß die Geisel mit dem Revolverlauf an. »Auch Taube hören, wenn man ihnen auf die Schulter klopft.«

Er schaltete wieder, überquerte die Brücke und passierte die Bank. Er wollte keinen einzigen Blick in diese Richtung werfen, konnte seine Angst aber einfach nicht kontrollieren. Ganz kurz starrte er nach links. Vor dem Eingang der Bank hatte sich eine Gruppe von Menschen versammelt. Eine Person überragte alle anderen. Ein hochgewachsener Mann mit kurzen silbergrauen Haaren.

Er hätte sich eigentlich auf den Mord in Finnemarka konzentrieren müssen. Aber er saß an seinem Schreibtisch und starrte ein kreideweißes Blatt Papier an. Wenn er die Augen schloß, sah er deutlich, fast wie ein Foto, das Gesicht des Bankräubers vor sich. Schwierig war es nur, seinem Gegenüber dieses Bild zu vermitteln.

So hatten schon viele vor ihm gesessen, hatten geschwitzt und sich abgemüht, sich an alles zu erinnern, an ein besonderes Kennzeichen, an die Augenfarbe, an die Nase, ob nun lang oder kurz. Er hatte das Gefühl, ein gutes Gedächtnis zu haben, und er hielt sich für einen aufmerksamen Beobachter mit Blick für Einzelheiten. Aber jetzt kamen ihm Zweifel. Er war ziemlich sicher, daß der Mann blond gewesen war, aber dann überlegte er sich, daß das scharfe Sonnenlicht in der Fußgängerzone den Haaren einen goldenen Schimmer hatte geben können, den sie in Wirklichkeit gar nicht besaßen. Außerdem war der Mann dunkel gekleidet gewesen, auch das konnte die Haare ein wenig heller wirken lassen. Aber er hatte einen kleinen Mund gehabt, da war Sejer sicher. Leicht gebräunte Haut, vielleicht mit einem Stich ins Rote. Und er konnte sich an die Kleider erinnern. Der Mann war sehr muskulös gewesen, bestimmt ziemlich durchtrainiert. Nicht so groß wie er selbst, eigentlich für einen Mann überhaupt nicht groß.

Sejer starrte den Zeichner an. Ursprünglich hatte der bei einer Zeitung gearbeitet, war nur durch Zufall bei der Polizei gelandet und hatte sich hier als überaus geeignet für seine Aufgabe erwiesen, nicht zuletzt psychologisch gesehen.

»Als erstes mußt du mir helfen, lockerer zu werden.« Sejer lächelte. »Du mußt erst mal Vertrauen aufbauen, nicht wahr? Zeigen, daß du mir zuhörst und mir glaubst.«

Der Zeichner verzog den Mund zu einem säuerlichen Lächeln. »Du darfst nicht solche Angst davor haben, die Kontrolle zu verlieren, Konrad«, sagte er trocken. »Im Moment bist du nicht der Chef. Du bist ein Zeuge.«

Sejer hob eine Hand und gab sich geschlagen.

»Als erstes«, sagte der Zeichner, »solltest du das Gesicht dieses Mannes vergessen.«

Sejer blickte ihn verwundert an.

»Vergiß die Einzelheiten. Schließ die Augen. Stell dir seine Gestalt vor und konzentrier dich auf den Eindruck, den du von ihm hattest. Welche Signale hat gerade diese Gestalt ausgesandt? Er kam in einer ziemlich geschäftigen Straße auf dich zu, und aus irgendeinem Grund ist er dir aufgefallen. Was war dieser Grund?«

»Er kam mir so verbissen vor. Erfüllt von irgend etwas.«

Sejer schloß gehorsam die Augen und stellte sich den Mann vor. Das Gesicht war jetzt nur ein heller, verschwommener Fleck in seiner Erinnerung. »Seine Schritte waren hart und eilig. Er hatte die Schultern hochgezogen. Es war so eine Mischung aus Angst und Zielstrebigkeit. Die Panik schien gleich unter der Oberfläche zu lauern. Er hatte solche Angst, daß er nicht für eine Sekunde wagte, jemanden anzusehen. Er wirkte nicht direkt wie ein professioneller Bankräuber. Er war zu verzweifelt.«

Der Zeichner nickte und machte unten auf seinem Blatt eine Notiz.

»Versuch, seinen Körper zu beschreiben, wie hat der sich beim Gehen bewegt?«

»Nur wenig. Kurze, knappe Bewegungen. Kein Armeschwenken, kein Watscheln oder Hinken. Geradeaus. Mit geraden Beinen. Steife Schultern.«

»Denk an die Proportionen«, befahl der Zeichner. »Arme und Beine im Verhältnis zum Rumpf. Kopfgröße. Halslänge. Fußgröße.«

»Keine langen Beine oder Arme. Eher ein wenig kurz geraten. Er hatte zwar eine Hand in der Umhängetasche und die andere in der Hosentasche, aber ich glaube doch, daß es so war. Kurzer, dicker Hals. Keine großen Füße. Kleiner als meine, ich habe Schuhgröße vierundvierzig. Er trug lockere Kleider, aber sein Körper kam mir ziemlich muskulös vor.«

Noch ein Nicken. Endlich berührte der Bleistift das Blatt, Sejer hörte das leichte Zusammentreffen von Graphit und Papier. Der Strich war von zitternder Lebhaftigkeit, wie etwas, das sich bewegt.

»Die Schultern? Breit oder schmal?«

»Breit. Rund. Wie man sie vom Gewichtheben bekommt. Anders als meine«, fügte er hinzu.

»Ach, die sind doch breit genug.«

»Aber nicht so voluminös. Eher flach und knochig, wenn du verstehst, was ich meine.«

Sie lachten kurz. Der Zeichner, der Riste hieß, allgemein aber Ritzewicht genannt wurde, war klein und rund und kahl, er trug eine schmale, ovale Brille und hatte lange, dünne Finger.

»Der Kopf?«

»Groß. Rund. Volle Wangen, wenn auch nicht gerade Apfelbäckchen. Rundes Kinn. Kein eckiges oder energisches. Kein Grübchen oder so.«

»Wie saß der Kopf auf dem Rumpf? Falls du verstehst, wie ich das meine.«

»Tief zwischen den Schultern. Er hing irgendwie vor dem Rumpf. Wie bei einem schmollenden Kind.«

»Hervorragend«, sagte Riste. »Das ist wichtig. Der Haaransatz?«

»Ist der auch wichtig?«

»Ja, ist er. Der Haaransatz prägt das Gesicht erheblich. Sieh dich doch an. Du hast einen fast perfekten Haaransatz. Gleichmäßig und gerade über der Stirn, an den Schläfen schön geschwungen. Und überall gleichermaßen dicht. Ziemlich selten.«

»Ach, wirklich?«

Sejer schüttelte den Kopf. Er war nicht besonders eitel, jetzt jedenfalls nicht mehr, und das letzte, worüber er sich den Kopf zerbrechen mochte, war sein Haaransatz. Er überlegte.

»Geschwungen, nicht gerade. Vielleicht vorn in der Mitte eine kleine Spitze. Er hatte kurze Haare, deshalb war das so deutlich zu sehen.«

Diese langsame Art, sich einem Gesicht zu nähern,

ließ den Mann viel deutlicher werden. Der Zeichner wußte, was er tat. Sejer starrte fasziniert auf das Papier und sah eine Gestalt daraus hervorwachsen, langsam, wie ein Negativ beim Entwickeln.

»Und nun die Haare.«

Riste zeichnete sehr blaß, damit jederzeit neue Striche über oder neben die alten gezogen werden konnten. Er benutzte keinen Radiergummi. Auch die vielen dünnen Striche trugen dazu bei, die Gestalt lebendig zu machen.

»Lockig und dicht, fast ein bißchen afrikanisch. Sehr kurz geschoren allerdings. Wie bei mir.«

Er fuhr sich über den Schopf, der stachlig und kurz war wie eine Bürste.

»Farbe?«

»Blond. Möglicherweise hellblond, aber ich bin mir nicht ganz sicher. Du weißt schon, ein gewisses Blond sieht manchmal sehr hell aus, wirkt aber wie dunkelblond, wenn es naß wird. Das hängt vom Licht ab. Ich weiß es nicht so recht. So ungefähr deine Haarfarbe vielleicht.«

»Meine Haarfarbe?« Der Ritzewicht schaute auf. »Ich hab doch gar keine Haare.«

»Nein, ich meine die, die du mal hattest.«

»Woher weißt du denn, was ich für eine Haarfarbe hatte?«

Sejer war unsicher. Er wußte nicht, ob er sein Gegenüber beleidigt und sich blamiert hatte.

»Das weiß ich natürlich nicht«, sagte er. »War nur so geraten.«

»Du hast richtig geraten. Meine Haare sind, ich meine, sie waren fast hellblond. Gut getippt. Sehr guter Beobachter.«

»Das Bild sieht ihm schon ziemlich ähnlich.«

»Jetzt kommen wir zu den Augen.«

»Das ist nicht so leicht. Ich habe sie nicht gesehen. Er starrte doch nach unten, und in der Bank hat er mir den Rücken gekehrt.«

»Schade. Aber die Kassiererin hat sie gesehen, und die ist nach dir an der Reihe.«

»Das ist mehr als schade, es ist eine Katastrophe, daß ich nicht gewartet habe. Eigentlich bin ich alt genug, ich sollte meine Intuition ernst nehmen.«

»Na ja, man kann eben nicht alles schaffen. Die Nase?«

»Sehr kurz und ziemlich breit. Auch ein bißchen afrikanisch, wenn man das so sagen kann.«

»Der Mund?«

»Kleiner Schmollmund.«

»Die Augenbrauen?«

»Dunkler als die Haare. Gerade. Breit. Fast zusammengewachsen.«

»Die Wangenknochen?«

»Kaum zu sehen. Zu fleischiges Gesicht.«

»Irgendwelche besonderen Kennzeichen?«

»Gar keine. Klare, glatte Haut. Kein sichtbarer Bartwuchs. Kein Schatten auf der Oberlippe. Frisch rasiert.«

»Oder schlecht ausgerüstet. Irgendwas Besonderes an seiner Kleidung?«

»Nicht, daß ich wüßte. Aber sie ist mir trotzdem aufgefallen.«

»Inwiefern?«

»Sie paßte irgendwie nicht zu ihm. Als würde er sich normalerweise nicht so anziehen. Es sah altmodisch aus.«

»Wahrscheinlich hat er sich längst umgezogen. Schuhe?«

»Braune Schnürschuhe.«

»Und die Hände?«

»Die habe ich nicht gesehen. Wenn sie zum übrigen Körper passen, dann sind sie kurz und rund.«

»Und das Alter, Konrad?«

»Zwischen neunzehn und vierundzwanzig.«

Er mußte noch einmal die Augen schließen, um den Zeichner auszusperren.

»Größe?«

»Um einiges kleiner als ich.«

»Alle sind kleiner als du«, sagte der Ritzewicht trocken.

»Vielleicht eins siebzig.«

»Gewicht?«

»Er war kräftig gebaut. Über achtzig Kilo, schätze ich. Du hast mich nicht nach den Ohren gefragt«, fügte Sejer hinzu.

»Wie waren die Ohren?«

»Klein und wohlgeformt. Runde Ohrläppchen. Keine Ringe oder Stecker.«

Sejer ließ sich im Sessel zurücksinken und lächelte zufrieden. »Jetzt müssen wir wohl nur noch feststellen, welche Partei er wählt.«

Der Zeichner schmunzelte. »Was tippst du?«

»Wahrscheinlich wählt er überhaupt nicht.«

»Wie gut hast du die Geisel gesehen?«

»So gut wie gar nicht. Sie hatte mir den Rücken gekehrt. Da mußt du die Kassiererin fragen«, sagte Sejer nachdenklich. »Hoffen wir, daß die nicht allzu empfindlich ist.«

GURVIN HATTE DEN HAUPTKOMMISSAR ERWARTET. Aber wegen eines bewaffneten Raubüberfalls, der am frühen

Morgen in der Innenstadt passiert war, kam nur ein einzelner Beamter, um den Bericht abzuholen.

Jacob Skarre sah mit seinen hellen Locken und seinem feingeschnittenen Gesicht aus wie ein halbwüchsiger Chorknabe. Die Uniform stand ihm gut, sie saß wie angegossen an seiner schlanken Gestalt. Gurvin selbst fühlte sich immer unwohl in dieser Kleidung. Vielleicht lag es an seiner Figur. Auf jeden Fall wollte die Uniform sich nicht seinem Körper anpassen.

Die zufriedene Miene des jungen Mannes löste Unbehagen in ihm aus. Unwillkürlich ließ er sein eigenes Leben Revue passieren. Das machte er auch sonst in regelmäßigen Abständen, aber den Zeitpunkt dafür wollte er eigentlich selbst bestimmen.

Die ärgste Empörung über den Mord an Halldis hatte sich inzwischen gelegt. Gurvin wurde zum Objekt einer Aufmerksamkeit, wie er sie schon lange nicht mehr erlebt hatte. Er mußte sich eingestehen, daß ihm das gefiel. Aber er hatte Halldis gekannt. Plötzlich fiel ihm ein, was sie immer gesagt hatte, wenn er und andere Jungen sie um irgend etwas anbettelten.

Ihr seid zu viele! Als ich jung war, haben nur die zähesten Rotzgören überlebt!

»Wie sieht es aus«, fragte Gurvin vorsichtig, als er aus Skarres Brusttasche eine Zigarettenpackung hervorlugen sah, »sollen wir es wagen, gegen das Rauchverbot zu verstoßen?«

Skarre nickte und griff nach der Packung.

»Ich hab Halldis und Thorvald von klein auf gekannt«, sagte Gurvin und zog an seiner Zigarette. »Wir Kinder durften hinter ihrem Vorratshaus Himbeeren und Rhabarber pflücken. Und so alt war sie ja noch gar nicht. Sechsundsiebzig, das ist doch kein Alter. Sie war noch ziemlich fit. Das war Thorvald auch.

Aber der ist vor sieben Jahren an einem Infarkt gestorben.«

»Sie hat also allein gelebt?«

Skarre blies seinen Rauch zur Decke.

»Sie hatten keine Kinder. Halldis hatte nur eine jüngere Schwester in Hammerfest.«

»Sie haben einen Bericht verfaßt«, sagte Skarre. »Kann ich den mal sehen?«

Gurvin fischte eine Plastikmappe aus der Schreibtischschublade und reichte sie ihm. Skarre las sehr aufmerksam. »›Bisher steht noch nicht fest, ob etwas aus der Wohnung entfernt worden ist.‹ Ihr habt doch sicher Schubladen und Schränke untersucht?«

»Wissen Sie«, antwortete Gurvin. »Halldis hatte eine ganze Menge Silberbesteck. Das lag alles noch da, in einem Schrank im Wohnzimmer. Und auch die wenigen Schmuckstücke, die sie im Schlafzimmer aufbewahrte, waren noch da.«

»Und Bargeld?«

»Wir wissen doch nicht, ob sie welches hatte.«

»Habt ihr zum Beispiel ihre Handtasche gefunden?«

»Die hing an einem Haken im Schlafzimmer.«

»Hatte sie eine Brieftasche?«

»Nein, das stimmt, eine Brieftasche haben wir nicht gefunden.«

»Manche sind nur auf Bargeld aus«, sagte Skarre. »Typen, denen es Probleme machen würde, Wertgegenstände abzusetzen. Leute ohne Kontakte. Er wollte sie sicher nicht umbringen. Vielleicht hat sie ihn überrascht. Vielleicht war sie gerade nicht im Haus, als er sich hinter ihrem Rücken in die Küche geschlichen hat.«

»Und dann stand sie plötzlich in der Tür, meinst du das so?«

»Ja, zum Beispiel. Wir müssen feststellen, ob Bargeld entwendet worden sein kann. Hat sie selbst eingekauft?«

»Ganz selten ist sie mal mit dem Taxi in die Stadt gefahren. Aber Lebensmittel hat sie sich ins Haus bringen lassen, vom Kaufmann hier im Ort. Einmal pro Woche.«

»Der Kaufmann hat sie also beliefert – und sie hat bar bezahlt? Oder hat sie anschreiben lassen?«

»Das weiß ich nicht.«

»Rufen Sie ihn an«, sagte Skarre. »Vielleicht weiß er, wo sie ihr Geld aufbewahrt hat. Wenn sie Vertrauen zu ihm hatte.«

»Davon gehe ich doch mal aus«, sagte Gurvin und griff zum Telefon. Gleich danach hatte er den Kaufmann an der Strippe und sprach leise mit ihm.

»Er sagt, daß sie ihre Brieftasche in der Brottrommel liegen hatte. In einer Brottrommel aus Metall, die auf der Anrichte steht. Die habe ich auch untersucht. Es war ein halbes Brot darin, sonst nichts. Er sagt, die Brieftasche war rot und hatte ein Muster im Leder. Krokodilimitat und Schnappschloß aus Messing.«

Skarre las den Bericht noch einmal. »Eine Person namens Errki Johrma ist angeblich in der Nähe ihres Hofes gesehen worden. Erzählen Sie mir von ihm. Ist der Junge, der ihn erwähnt hat, zuverlässig?«

»Darüber läßt sich streiten.«

Gurvin lächelte, als er an Kannick dachte. »Aber wenn er die Wahrheit sagt, dann eröffnen sich schwindelerregende Möglichkeiten. Errki war nämlich in der psychiatrischen Klinik Haus Wegweiser untergebracht und ist dort ausgebrochen. Er ist hier aufgewachsen. Mit anderen Worten, es ist nicht unwahrscheinlich, daß er zurückgekehrt ist und da oben durch den Wald streift.«

»Wäre er denn zu einem Mord fähig?«

»Er ist nicht ganz so, wie er sein sollte.«

»Erzählen Sie mehr über ihn. Was ist er für einer?«

»Ein junger Mann in Ihrem Alter. Geboren in Valtimo in Finnland. Ist bei seinen Eltern aufgewachsen, mit einer jüngeren Schwester. War immer schon anders. Ich weiß nicht, wie die Diagnose genau lautet, aber jedenfalls ist er ziemlich weit weg. Und das schon seit Jahren.«

»Aber ist er gefährlich?«

»Das wissen wir einfach nicht. Es sind so viele Geschichten über ihn im Umlauf, und ich halte durchaus nicht alle für die Wahrheit. Er ist fast zu einer Art Sagengestalt geworden, eine von den Figuren, mit denen Kindern Angst eingejagt wird, wenn sie nicht ins Bett gehen wollen. Ich hab das auch schon gemacht.«

»Jedenfalls ist er eingewiesen worden. Heißt das, daß er als gefährlich gilt?«

»Vielleicht ist er vor allem eine Gefahr für sich selber. Aber wann immer hier im Dorf irgend etwas schiefgeht, wird Errki die Schuld zugeschoben. Das war schon so, als er noch klein war. Und wenn er nicht direkt die Schuld trägt, dann scheint er sich doch alle Mühe zu geben, so dazustehen, als ob. Was immer er damit erreichen will. Und er führt Selbstgespräche.«

»Er ist also psychotisch?«

»Davon bin ich überzeugt. Und es ist ziemlich typisch, daß ausgerechnet Errki an dem Tag, an dem sie ermordet wird, bei Halldis' Hof auftaucht. Es ist schon mal etwas Ähnliches passiert. Aber ihm konnte nie etwas nachgewiesen werden. Er schwebt wie ein böses Omen durch die Gegend. Wie der schwarze Vogel aus dem Märchen, der den Tod ankündigt. Verzeihen Sie, daß ich unsachlich werde«, Gurvin seufzte, »ich versuche nur, ihn so zu beschreiben, wie die Leute hier ihn beschreiben würden.«

»Wie lange ist er schon krank?«

Skarre aschte in die Kaffeetasse seines Gesprächspartners.

»Das weiß ich nicht genau, aber mir kommt es so vor, als sei er das von klein auf gewesen. Er war immer schon anders. Eigen und menschenscheu. Hatte nie Freunde. Ich glaube, er wollte keine. Er war acht, als seine Mutter gestorben ist, ich glaube, damals hat alles angefangen. Nach dem Tod der Mutter ist der Vater mit Errki und seiner Schwester in die USA gegangen, da haben sie sieben Jahre verbracht, in New York. Angeblich hat Errki dort eine Lehre gemacht, bei einem Magier.«

»Bei einem Magier?« Skarre lächelte. »Sie meinen einen Zauberkünstler?«

»Ich weiß nicht so recht. Eher eine Art Zauberer, glaube ich. Und als sie dann nach Norwegen zurückkehrten, kamen gleich Gerüchte auf, Errki könne alles mögliche passieren lassen. Sie wissen schon, durch pure Willenskraft.«

»Du meine Güte«, sagte Skarre und schüttelte skeptisch den Kopf.

»Lachen Sie nur. Ich kenne Leute, die um einiges klarer im Kopf sind als Sie oder ich und seltsame Dinge über Errki Johrma erzählen können. Thorvald Horn behauptete zum Beispiel, daß sein Hund immer die Ohren anlegte und knurrte, wenn Errki in der Nähe war. Oft sogar eine ganze Weile, bevor er auftauchte, so als könne der Hund ihn schon von weitem riechen. Nun riecht Errki in der Regel auch nicht gut, er ist ziemlich ungepflegt. Es gibt Geschichten über Pferde, die weggelaufen sind, als er näher kam. Uhren sind angeblich stehengeblieben. Glühbirnen brennen durch. Türen fallen ins Schloß. Er ist wie ein plötzlicher Windstoß, der das Laub hochwirbelt. Und er hat diesen Blick – als käme er aus einem anderen, höherstehenden Universum. Verzeihen Sie«, sagte Gurvin unvermittelt. »Ich spreche nicht sonderlich gut über ihn, aber ich kann einfach keine mildernden Umstände finden. Er ist in jeder Hinsicht scheußlich und abstoßend.«

»Wir können ihn aber nicht zum Mörder ausrufen, weil er ein begabter Illusionskünstler ist, weil er Sinn für Effekte hat oder an einer Krankheit leidet«, sagte Skarre nachdenklich. »Wir werden Kontakt zur Klinik aufnehmen und mit dem behandelnden Arzt sprechen. Der kann uns sicher einiges erzählen. Und er muß ja sowieso gefunden werden, damit er uns erzählen kann, was er da oben zu suchen hatte. Die Fingerabdrücke auf der Hacke waren schwach?«

»Zwei ganz belanglose Abdrücke, außer denen von Halldis. Das ist eigentlich seltsam. Die Hacke hat einen Glasfaserschaft, und Halldis' Abdrücke waren ungewöhnlich deutlich. Er kann den Schaft also nicht abgewischt haben. Im Haus dagegen haben wir viele Abdrücke gefunden, dazu Fußspuren im Blut auf der Treppe und einige im Flur und in der Küche. Sie können von Turnschuhen stammen. Das Sohlenprofil ist ziemlich deutlich, es müßte uns um einiges weiterhelfen können. Die Technik soll Schwarzweißabzüge davon machen. Der Mord ist auf jeden Fall im Flur passiert. Halldis stand mit dem Rücken zur Treppe, und er kam aus dem Inneren des Hauses auf sie zu. Vielleicht hatte sie die Hacke in der Hand, und er hat sie ihr weggerissen. Dann hätte er allerdings deutliche Fingerabdrücke hinterlassen müssen. Ich begreife außerdem nicht, wieso er sie unbedingt umbringen mußte. Wenn er das Geld gefunden hatte, hätte er doch einfach wegrennen können. Sie hätte ihn nicht eingeholt. Aber ich kenne Halldis. Sie war ein Dickkopf. Ich könnte wetten, daß sie in der Tür stand und ihn einfach nicht durchlassen wollte. Ich kann das richtig vor mir sehen«, sagte er leise. »Die wütende Halldis, erfüllt von gerechtem Zorn.«

»Wenn er sie umgebracht hat, dann vielleicht, weil sie ihn erkannt hatte. Sie hätte ihn doch angezeigt.«

»Ja«, sagte Gurvin nachdenklich. »Wer Errki war, wußte sie natürlich. Und bei seinem Ausbruch konnte er ja kein Geld mitnehmen. Er brauchte Geld.«

Skarre nickte.

»Aber groß kann die Ausbeute nicht gewesen sein«, fuhr Gurvin fort. »Bestimmt hat sie in ihrem Haus keine großen Summen aufbewahrt. Sie lebte doch allein.«

»Ja. Aber sehr weit vom nächsten Haus entfernt. Vielleicht hatte sie keine Angst vor einem Überfall? War ihr denn schon einmal etwas Ähnliches passiert?«

»Nein. Und sie war stark. Es würde mich nicht wundern, wenn sie mit der Hacke auf ihn losgegangen wäre.«

»Dann könnte er jetzt verletzt sein.«

»Sie haben die Fotos der Leiche gesehen?«

»Ja, aber nur kurz.«

»Nicht sehr schön, was?«

Skarre wäre fast schlecht geworden beim Gedanken an die Bilder, die ihm an diesem Morgen vorgelegt worden waren. »Wo wohnt Errki Johrmas Vater?«

»Der ist in die USA zurückgekehrt.«

»Und die Schwester?«

»Die auch.«

»Haben sie Kontakt zueinander?«

»Nein. Das liegt aber nicht an den beiden – Errki will nichts mit ihnen zu tun haben.«

»Kennen Sie den Grund?«

»Er fühlt sich ihnen überlegen.«

»Ach?«

»Er fühlt sich allen überlegen. Er lebt in seiner eigenen Welt und folgt seinen eigenen Gesetzen. Und in diesem Universum ist er der Herrscher. Das ist nicht so leicht zu erklären. Sie müssen ihn kennen, um das zu verstehen.«

»Aber er ist doch sicher auch verzweifelt? Wenn er ernstlich krank ist?«

»Verzweifelt?« Gurvin kostete das Wort aus, als sei dieser Gedanke ihm noch nie gekommen. »Wenn ja, dann verbirgt er das sehr gut.«

Skarre nickte in Richtung Straße. »Wir lassen schon nach ihm fahnden. Begleiten Sie mich jetzt zu dem Hof? Ich möchte das Haus sehen.«

Gurvin zog seine Jacke von der Stuhllehne. »Wir nehmen den Subaru«, sagte er leise. »Die Straße nach da oben ist verdammt steil.«

Der Wald, der den Hof umgab, wirkte dichter als sonst. Die Bäume schienen sich ehrfurchtsvoll aufgerichtet zu haben und den Verlust der Frau zu betrauern, die alles hier am Leben erhalten hatte. Und obwohl auf ihrem Hofplatz nie etwas herumgelegen hatte, weder Werkzeug noch Schubkarren noch vergessene Kleidungsstücke auf der Bank vor der Sonnenwand, wirkte der Hof jetzt vollständig verlassen. Er atmete nicht mehr. Die Blumen unter dem Küchenfenster kränkelten bereits, nur vierundzwanzig Stunden nach Halldis' Tod hatte die stechende Sonne sie schon in Lebensgefahr gebracht. Die Treppe war gereinigt worden, doch ein dunkler Fleck war noch zu sehen. Skarre starrte zum Wald hinauf.

»Was hat dieser Junge hier oben gemacht?«

»Mit Pfeil und Bogen auf Krähen geschossen.«

»Darf er das?«

»Natürlich nicht. Er macht, was er will. Er wohnt in Guttebakken.«

Das schien alles zu erklären. Skarre begriff.

»Und er wußte auch, wer Errki ist?«

»Ja, sicher. Errki ist leicht zu erkennen. Der Junge tut mir wirklich leid. Zuerst findet er die tote Halldis. Dann entdeckt er Errki oben im Wald. Er war total erschöpft und außer Atem, als er bei mir ankam. Sicher hat er gedacht, er würde das nächste Opfer sein.«

»Weiß Errki, daß der Junge ihn gesehen hat?«

»Der Junge glaubt das zumindest.«

»Aber Errki hat nicht versucht, ihn aufzuhalten?«

»Offenbar nicht. Er ist einfach im Wald verschwunden.«

»Gehen wir ins Haus.«

Gurvin schloß die Tür auf und führte Skarre durch den kurzen Flur in die Küche. Für Jacob Skarre nahm Halldis Horn Gestalt an, als er den Linoleumboden betrat und die aufgeräumte Küche sah. Kupferkessel, blank und sauber. Ein altmodisches Spülbecken mit grünem Gummirand. Ein alter Evalet-Kühlschrank. Und die Zeitung von gestern, die zusammengefaltet auf der Fensterbank lag. Ansonsten war hier geputzt und staubgesaugt worden. Skarre öffnete die Brottrommel.

»Wo habt ihr Fingerabdrücke gefunden?«

»Auf der Türklinke und am Rahmen der Küchentür. Auf der Brottrommel waren nur die von Halldis. Wenn die Abdrücke, die wir gefunden haben, vom Mörder stammen, warum waren dann die auf der Hacke so undeutlich? Und warum gibt es auf der Brottrommel keine? Wie kann er die Brieftasche herausgenommen haben, ohne Fingerabdrücke zu hinterlassen, wo er doch sonst allerlei Gegenstände im Haus angefaßt hat? Das verstehe ich nicht.«

Skarre kniff die Augen zusammen.

»Ab und zu war doch sicher auch mal Besuch hier? Und hat Sachen angefaßt?«

»So gut wie nie. Wir haben allerdings einen Brief gefunden«, sagte Gurvin. »Abgestempelt in Oslo. ›Schau in den nächsten Tagen mal vorbei. Gruß, Kristoffer.‹«

»Ein Verwandter?«

»Wissen wir noch nicht. Aber ich glaube, daß sie ihren Mörder gekannt hat. In dieser Hinsicht ist die Statistik auf meiner Seite. Und dann ist er in Panik geraten.«

»Wir Menschen sind ja so empfindlich.«

Skarre ging ins Wohnzimmer. Dort stand Halldis' Schaukelstuhl mit der karierten Wolldecke. Er hob die Decke hoch und roch vorsichtig daran, registrierte den Geruch von Seife und Kampfer. Ein Haar kitzelte seine Nase. Er faßte es mit zwei Fingern und zog daran. Es war vielleicht einen halben Meter lang und silbergrau.

»Hatte sie so lange Haare?« fragte er verwundert.

Gurvin nickte. »Früher war sie eine Schönheit. Uns Kindern war das gar nicht klar, wir fanden sie einfach dick und gemütlich. Dahinten hängt ihr Hochzeitsbild.«

Skarre ging hinüber. Der Anblick von Halldis Horn als Braut hätte jedem den Atem verschlagen können.

»Dieses Kleid war aus Fallschirmseide«, sagte Gurvin. »Und der Schleier aus einer alten englischen Gardine. Das hat sie uns erzählt. Und wir haben höflich zugehört, wie Kinder das eben machen; wir mußten doch irgendwie für Rhabarber und Himbeeren bezahlen.«

Unvermittelt drehte er sich um und ging wieder in die Küche.

»Wo ist das Schlafzimmer?« rief Skarre.

»Hinter dem grünen Vorhang.«

Skarre schob den Vorhang beiseite und öffnete die Tür. Es war ein kleines, schmales Zimmer, das Bett hatte ein hohes Kopf- und Fußende. Die Seite, auf der Thorvald geschlafen hatte, war noch immer bezogen. Aus dem Fenster konnte er den Wald und einen Teil des Vorratshauses sehen. Über dem Bett hing ein gerahmtes Gedicht:

Sie sahen ihn unter den Falken.
Er kommt von Süden, er brennt.
Tragt alles hinaus, laßt nichts zurück.
Für jede Mücke in einem Spalt
wird er dich bald
zur Rechenschaft ziehen.

Darunter hatte jemand, vielleicht Halldis selbst, mit blauem Kugelschreiber folgenden Kommentar geschrieben: *Wie schrecklich!*

Skarre lächelte kurz. Und stellte fest, daß Gurvin verschwunden war. Er trottete ihm nach, suchte ziellos im Gras und hoffte auf irgendeine Offenbarung. Auf etwas, das die anderen übersehen hatten. Eine Kippe, ein Streichholz, egal, was. Er schaute noch einmal zum Haus hinüber. Unter dem Küchenfenster klaffte ein Loch im Holz, es war zwar ausgebessert worden, aber immer noch deutlich zu sehen.

»Das stammt von dem Tag, an dem Thorvald gestorben ist«, sagte Gurvin. »Halldis stand in der Küche. Thorvald saß auf dem Trecker. Sie winkte ihm zu. Wollte sagen, daß das Essen fast fertig war. Sie fand, daß er ungewöhnlich schnell fuhr, so als sei er auf seine alten

Tage noch albern geworden und wolle sich ein bißchen aufspielen. Der Trecker dröhnte den Weg herunter. Und gleich darauf krachte er gegen die Wand. Halldis stand am Fenster und schaute ins Führerhaus. Sah, daß Thorvald über dem Lenkrad zusammengebrochen war. Er war sofort tot.«

Skarre schaute wieder zum Wald. »Wo sollten wir Errki suchen, was meinen Sie?«

Gurvin blinzelte in die Sonne.

»Der treibt sich sicher rum. Schläft mal hier, mal da. Seine Wohnung hat er nicht aufgesucht, bisher jedenfalls nicht. Vielleicht streift er noch durch den Wald.«

»Und weiter oben ist nur Ödland?«

»Ja, mehr oder weniger. Ein Ödland von vierhundertdreißig Quadratkilometern. Auf der anderen Seite des Hügels stehen etliche Ferienhäuser. Und dann sind da die Rodungen der alten Finnensiedlungen. Auf einigen sind später Hütten errichtet worden. Im Herbst nutzen die Jäger sie, manchmal legen Beerensammler dort eine Pause ein. Errki ist ein ausdauernder Wanderer. Nur ist es einfach hoffnungslos, auf gut Glück den Wald abzusuchen. Vielleicht versteckt er sich im Keller der Klinik, vielleicht ist er per Anhalter unterwegs nach Schweden. Oder nach Hause, nach Finnland. Er ist so ein Typ, immer unterwegs.«

»Wenn er so auffällig ist, wie Sie ihn beschrieben haben, dann muß er doch gesehen werden.«

»Das ist noch die Frage. Er schleicht umher. Plötzlich steht er da, und niemand hat ihn kommen hören.«

»Wir haben eine ausgezeichnete Hundestreife«, sagte Skarre optimistisch. »Wissen Sie, ob er Medikamente nimmt?«

»Fragen Sie im Krankenhaus. Warum wollen Sie das wissen?«

Skarre zuckte mit den Schultern. »Ich wüßte gern, was passiert, wenn er sie plötzlich absetzen muß.«

»Vielleicht reißen die inneren Stimmen dann die Herrschaft an sich.«

»Wir haben wohl alle unsere inneren Stimmen«, sagte Skarre und lächelte.

»Ja, meine Güte«, erwiderte Gurvin und nickte. »Aber die kommandieren uns nicht herum.«

Gurvin lenkte seinen Wagen durch den Wald. Dabei wirbelte er eine Staubwolke auf.

»Wo Errki auftaucht, passiert etwas Scheußliches«, sagte er verbissen. »Er war acht, als seine Mutter gestorben ist, habe ich das schon gesagt?«

Skarre nickte.

»Sie ist eine Treppe hinuntergefallen und hat sich das Genick gebrochen. Und Errki glaubte, daran schuld zu sein.«

»Wirklich?«

»Damit hat er anderen Kindern schreckliche Angst eingejagt. Und die sind ihm ausgewichen. Ich glaube, das war ihm nur recht so. Einige Jahre später wurde oben bei der Kirche ein älterer Bauer gefunden. Offiziell war er von der Leiter gefallen. Aber Errki war gesehen worden, als er vom Unglücksort wegrannte. Vielleicht verstehen Sie jetzt besser, daß das Dorf sein Urteil schon gefällt hat, ob er nun Halldis' Mörder ist oder nicht. Und wenn Sie mich fragen – ich neige zur selben Ansicht. Schauen Sie sich doch um. Das ist eine einsame Gegend. Wer sich nicht auskennt, kommt nicht her. Und Errki kennt sich aus, er ist schließlich hier aufgewachsen.«

»Aber es stimmt doch auch«, sagte Skarre langsam und gab sich alle Mühe, nicht wie ein Oberlehrer zu klingen, »daß die Vorstellung von Psychiatriepatienten und ihrem Hang zu Gewalttätigkeiten um einiges übertrieben ist. Ein Mythos, der Vorurteilen entspringt. Ängsten und Unwissenheit. Sie müssen einen klaren Kopf behalten, jetzt, wo Sie mitten in diesem Fall stekken. Und weil Sie ihn kennen und Halldis gekannt haben. Wenn die Zeitungen Wind von der Sache bekommen, werden sie aus Errki ein wahres Ungeheuer machen.«

Gurvin sah ihn an. »Das ist ja gerade das Problem. Weil er immer allein ist, allen Menschen aus dem Weg geht und kaum je ein Wort sagt, wissen wir eigentlich gar nicht, wer er ist. Was er ist.«

»Krank«, sagte Skarre.

»Das wird behauptet. Aber im Grunde verstehe ich das nicht.« Er schüttelte den Kopf. »Ich verstehe nicht, wie fremde Stimmen sich im Kopf eines Menschen ausbreiten und ihn zwingen können, Dinge zu tun, an die er sich später nicht erinnert.«

»Wir wissen nicht, ob er der Täter ist.«

»Wir haben Fingerabdrücke und mehrere Fußspuren. Er kann so verrückt sein, wie er will, und von einer Sekunde zur anderen alles vergessen. Aber vor technischen Beweisen kann er nicht davonlaufen. Und diesmal haben wir technische Beweise.«

»Das hört sich alles so an, als ob Sie ihn gern wegen dieses Mordes festnehmen würden?«

Skarre klang ganz unschuldig. Gurvin durchschaute ihn nicht. »Das wäre schon gut. Wir fanden es auch alle gut, als er endlich aufgrund von Paragraph 5 eingewiesen wurde. Endlich wußten wir, wo er war. Jetzt läuft er durch die Gegend und führt Selbstgespräche. Gott soll mich schützen, aber meine Kinder müssen abends früh im Haus sein, solange er frei herumläuft.«

»Errki hat vielleicht größere Angst als Ihre Kinder«, sagte Skarre leise.

Gurvin kniff den Mund zusammen und gab Gas. »Sie sind nicht von hier. Sie kennen ihn nicht.«

»Nein«, Skarre lächelte, »aber ich gebe gern zu, daß Sie meine Neugier geweckt haben.«

»Wie schön, daß Sie mit einem unbezwingbaren Glauben an die Menschen gesegnet sind«, sagte Gurvin. »Aber vergessen Sie nicht, daß Halldis tot ist. Jemand hat sie ermordet. Jemand war da, hat die Hacke gehoben und in ihr Auge gepreßt. Und ob dieser Jemand nun Errki war oder ein anderer, auf jeden Fall finde ich es grauenhaft, daß dieser Mensch ein Recht auf Verteidigung hat. Denn eine solche Tat läßt sich einfach nicht verteidigen.«

»Die Tat soll auch nicht verteidigt werden. Nur der Mensch, der dahintersteht«, korrigierte Skarre. »Und wir wissen nicht, warum sie gestorben ist. Darf ich hier im Auto rauchen?«

Gurvin nickte und griff nach seinen eigenen Zigaretten. »Wie ist denn Ihr Chef? Erzählen Sie ein bißchen über ihn.«

Skarre lächelte. Das war immer seine erste Reaktion, wenn Konrad Sejer erwähnt wurde.

»Streng und grau. Ein bißchen autoritär. Verschlossen. Tüchtig. Messerscharfer Verstand. Gründlich, geduldig, zuverlässig und ausdauernd. Hat eine Schwäche für kleine Kinder und alte Damen.«

»Und für die dazwischen nicht?«

»Er ist Witwer.« Skarre schaute aus dem Fenster. »Er hat vergessen, daß er nur versprochen hat, mit ihr zusammenzubleiben, bis der Tod sie scheidet. Er glaubt, es gelte bis zu seinem eigenen Tod.«

Sejer starrte den grauen Bildschirm an.

Die Bank. Die Schalter. Die Fenster zum Platz, durch die das Licht hereinfiel und das Bild undeutlich machte. Er hatte alles vor sich, von Anfang bis Ende. Aber die Aufnahmen waren undeutlich. Es war schwer, da einen Menschen zu identifizieren. Der Wagen war über alle Berge. Sie hatten die Ausfahrtstraßen gesperrt, aber kein kleines weißes Auto war aufgetaucht. Vielleicht war der Wagen längst irgendwo abgestellt worden, vielleicht war der Bankräuber über eine Brücke gefahren und dann auf dem Südufer zurückgekehrt, um sich und sein Auto in der Innenstadt zu verstecken. Im Grunde rechnete Sejer damit, daß die Geisel inzwischen auf freien Fuß gesetzt worden war, aber er konnte sich nicht darauf verlassen. Er lehnte sich im Sessel zurück und schlug die langen Beine übereinander. Er hatte seinen Schlips gelockert und die Ärmel aufgekrempelt, sein Hemd war ein wenig zerknittert. Die Kassiererin, der Filialleiter und etliche Zeugen, die vor der Bank gestanden hatten, als der Räuber hinausgestürzt war, waren der Reihe nach verhört worden. Er selbst hatte ebenfalls seine Beobachtungen zu Protokoll gegeben. Hatte sich den Kopf zerbrochen, um möglichst viele Details zu finden. Der Polizeizeichner hatte zugehört und genickt und ein hervorragendes Bild angefertigt. Sejer hatte es überwältigend ähnlich gefunden. Anfangs zumindest. Dann waren ihm Zweifel gekommen. Er setzte sich gerade, als jemand an die Tür klopfte. Skarre und Gurvin betraten das Zimmer.

Gurvin blickte Sejer interessiert an. »Ich höre, Sie hatten eine Geiselnahme?« Er machte sich an seiner Sonnenbrille zu schaffen und setzte sich in einen freien Sessel. Jetzt waren die Rollen vertauscht. Er war auf der

Wache, wo die großen Jungs über alle möglichen Geräte verfügten.

»Ich sehe mir gerade diesen hoffnungslosen Film an«, sagte Sejer düster. »Die Qualität ist einfach unmöglich.«

»Dürfen wir den auch sehen?« fragte Skarre neugierig.

»Natürlich. Brille aufsetzen nicht vergessen, falls das nötig ist.«

Er ließ das Video noch einmal laufen und wartete auf Reaktionen. Da waren die Schalter. Nun kam die junge Frau durch den Eingang vom Platz her. Sie schaute sich ein wenig unsicher um und ging zum Regal mit den Broschüren. Knapp fünfzehn Sekunden später tauchte der Bankräuber auf. Er schien beim Anblick der Kundin, die vor ihm gekommen war, zusammenzuzucken. Dann schnappte er sich eine Überweisung und fing an zu schreiben. Die Tür öffnete sich zum drittenmal, und nun folgte die Reaktion, die Sejer erwartet hatte.

»Ja du meine Güte«, rief Skarre. »Bist du das nicht, Konrad?« Überrascht starrte er seinen Chef an. Sejer wollte es mit Fassung tragen. Er lachte. Gurvin schaute verwundert drein.

»Aber sicher bin ich das. Ich war auf dem Weg zur Arbeit, durch die Fußgängerzone, und setzte mir plötzlich in den Kopf, daß die Person, die mir da entgegenkam, verdächtige Ähnlichkeit mit einem Bankräuber hätte. Also machte ich kehrt und schaute dem Mann hinterher. Sah, daß er in der Bank verschwand. Und ging auch hin.«

»Ja? Und dann?«

»Das siehst du ja im Film. Ich habe mich umgeschaut, habe die junge Frau gesehen, alles war ruhig und friedlich. Da bin ich wieder gegangen.« Er starrte die anderen resigniert an. »Ich bin einfach wieder gegangen.«

Skarre prustete los. Gurvin sehnte sich schmerzlich nach Kollegen.

»Ich hatte die Bank kaum verlassen, da hat er zugeschlagen. Schaut jetzt genau hin.« Der Bankräuber lief quer durch den Raum und bedrohte die Geisel. Dann fiel ein Schuß. Gurvin keuchte auf. Kniff die Augen zusammen und starrte die anderen ungläubig an.

»Wir müssen diese Frau finden«, sagte Sejer. »Wenn wir sie nicht da rausholen können, riskieren wir, daß Geiselnahme in Mode kommt. Und etwas Schlimmeres könnte wohl kaum passieren. Mit diesem elenden Band ist es nur fast unmöglich, sie zu identifizieren, deshalb können wir bloß hoffen, daß sie bald vermißt gemeldet wird. Trotzdem«, er spulte zurück und ließ das Band noch einmal laufen, »irgendwas stimmt hier nicht.«

»Was denn?« fragte Skarre.

»Etwas an ihrer Reaktion. Genauer gesagt, an ihrem Mangel an Reaktion. Sie schreit nicht, sie fuchtelt nicht mit den Armen. Sie scheint fast in Trance zu sein. Oder, um es mit anderen Worten zu sagen, sie ist nicht überrascht. Als hätte sie mit diesem Überfall gerechnet. Vielleicht hatten sie sich verabredet.«

Skarre blickte ihn verwundert an.

»Wenn es nun abgekartetes Spiel war. Wenn sie zusammengehören. Wenn sie einfach seine Freundin ist.«

»Ich glaube nicht, daß das der Fall ist«, murmelte Gurvin undeutlich. Er starrte den flimmernden Bildschirm an. »Diese Geisel ist ein Mann. Und heißt Errki Johrma.«

Plötzlich ging ihm die Wahrheit auf. Brach wie ein harter Stoß in sein Bewußtsein ein. Er hatte einen Irren an Bord.

Er fuhr, so schnell es möglich war, ohne Aufsehen zu erregen. Die ganze Zeit behielt er im Rückspiegel den Verkehr im Auge. Sein Puls hämmerte, sein Körper war verspannt und nervös, und er atmete so flach, daß er immer nur die oberste Luftschicht in der Lunge erneuerte. Davon wurde ihm schwindlig. Er schielte zu dem Mann neben ihm hinüber. »Ich frag dich noch einmal. Was hattest du so früh am Morgen in der Bank zu suchen?«

Errki hörte die schneidenden Trommeln. Sie schlugen einen lauten Wirbel in langsamem Takt. Er schwieg. Öffnete und schloß die Fäuste, starrte den Boden des Autos an, als suche er etwas. Die Wörter ertranken im Lärm der Trommeln. Nicht bewegen, nichts sagen. Er wiegte sich hin und her und schloß die Augen.

»Ich frage, was zum Teufel hattest du so früh am Morgen in der Bank zu suchen?«

Jetzt hörte Errki die wütende Stimme. Der Mann hatte Angst. Er prägte sich das ein und fing an, in Gedanken eine Antwort zu formulieren. Nestor hörte seinen Gedanken zu, der mußte die Antwort erst akzeptieren, ehe er sie aussprechen durfte. Deshalb dauerte es seine Zeit. Nestor nahm alles genau. Nestor war ...

»Bist du taub, Mann?«

Bin ich taub, fragte Errki sich. Das war eine neue Frage, die eine neue Antwort verlangte. Er schob die erste beiseite und machte sich an die zweite. Nestor hörte noch immer zu. Der Mantel blieb weiterhin stumm. Nein, dachte er, ich höre gut. Ich höre den Puls in seinen Adern hämmern, der Druck ist viel zu hoch, und er braucht wahnsinnig viel Energie für diese einfache Kontaktaufnahme. Aber will er wirklich eine Antwort, die nicht richtig durchdacht worden ist? Bringen wir nicht Respekt zum Ausdruck, wenn wir uns bei der Antwort Zeit lassen? Andererseits – hat er überhaupt Respekt verdient? In irgendeiner Hinsicht?

Einer jungen Frau mit Gewalt Geld wegzunehmen war ja wohl keine Leistung. Für Errki zumindest nicht. Außerdem hatte der Mann eine Waffe. Aber er war offenbar ungeheuer stolz auf seine Tat. Vor lauter Stolz quollen ihm die Wangen auf, und jetzt mußte er Druck ablassen.

»Kann ich vielleicht mal eine Antwort haben?«

Die Stimme, ein klangvoller Tenor, wurde von den Trommeln ruiniert. Sie brachten die Wörter durcheinander und ließen sie schrill klingen. Schade, dachte Errki. Männer kümmerten sich nie ausreichend um ihre Stimme. Sie interessierten sich für Muskeln. Ihre Frisur. Die richtige Jeansmarke. Solchen jämmerlichen Kram. Errki stellte fest, daß er ohne weitere Anstrengung einen erwachsenen Mann fast in den Wahnsinn treiben konnte. Einfach, indem er schwieg. Das konnten die meisten nicht ertragen. Keine Antwort zu bekommen. Nicht zu erfahren, wen sie da vor sich hatten. Oder was. Errki schwieg.

Der Bankräuber atmete schwer. Seine kurzen Locken waren bereits schweißnaß. Er schaute in den Spiegel, drosselte das Tempo, fuhr an den Straßenrand und hielt an. Der Motor lief. Der Bankräuber schaute kurz zu Errki hinüber und fauchte: »Ich muß ein paar Klamotten ausziehen. Versuch ja nicht abzuhauen!«

Errki hatte das durchaus nicht vor. Der Revolver quälte ihn. Er spürte ihn wie einen scharfen Strahl. Aber jetzt legte der Bankräuber die Waffe aufs Armaturenbrett, oberhalb vom Lenkrad. Er mühte sich damit ab,

Pullover und Cordhose auszuziehen, wobei er noch immer Handschuhe trug. Es war ein kleines Auto, die Sache war also nicht einfach. Er keuchte und fluchte und kämpfte mit seiner Hose, aber endlich hatte er es geschafft und war verschwitzter denn je. Nun trug er Kleidung, die sicher eine Art Tarnung bieten sollte, wie Errki annahm. Nestor im Keller wieherte leise. Unter den dicken Sachen hatte der Bankräuber knallbunte Bermudashorts mit Früchten und Palmen und ein blaues Unterhemd mit einem Donald-Bild getragen. Plötzlich langte er an Errki vorbei und öffnete das Handschuhfach. Nahm eine Sonnenbrille heraus und setzte sie auf. Damit war seine Erscheinung perfekt. Errki mußte ihn einfach anstarren. Der kräftige Mann sah seltsam aus in seinen bunten Shorts. Und er kämpfte um die Kontrolle über seine Stimme.

»Du hast keine Ahnung von der ganzen Kiste, also halt die Fresse. Halt die Fresse, bis ich dich etwas frage.«

Errki hatte kein Wort gesagt. Trotz seiner Lederjacke und der schwarzen Hose schwitzte er nicht. Er gab sich alle Mühe, ganz ruhig zu sitzen. Wenn er sich nicht bewegte, war er fast unsichtbar.

»Verdammt, du stinkst ja vielleicht!«

Der Bankräuber schnaubte heftig, um seinen Abscheu zu zeigen, und machte das Fenster noch weiter auf. Errki fragte sich, ob der Mann auf diesen Ausbruch eine Reaktion erwartete oder ob er einfach Dampf ablassen wollte. Sicherheitshalber schwieg er weiterhin. Außerdem sang Nestor mit leiser Stimme einen schönen Choral, und wenn Nestor ein seltenes Mal guter Laune war, sollte man das genießen. Errki fand es nicht besonders wichtig, wohin sie unterwegs waren oder was passieren würde, wenn sie ihr Ziel erreicht hatten. Er wandte all seine Kraft auf, um sich einzukapseln, um alles andere auszuschließen. Diesen Mann. Diesen Augenblick. Den Revolver. Aber er konnte seine Hände nicht stillhalten. Sie öffneten und schlossen sich unaufhörlich, immer schneller.

»Mußt du die ganze Zeit mit den Händen rumfuchteln?« fragte der Bankräuber gereizt. »Das sieht doch krank aus. Verdammt, das macht mich total verrückt.«

Worauf Errki anfing, sich hin und her zu wiegen. Hier konnte er sich einfach nicht unsichtbar machen, neben ihm saß ein Sturm, der sich so bald nicht legen würde. Er versuchte, sich von diesem Sturm wegzudrehen. Starrte aus dem Fenster. Die Trommeln quälten seine Ohren. Er machte eine kleine Handbewegung, um den anderen zum Schweigen zu bringen.

»Du interessierst dich vielleicht nicht für Geld«, sagte der Bankräuber, jetzt etwas ruhiger. »Du kapierst vielleicht nicht, wozu das gut ist?«

Errki hörte zu. Der andere hatte die Stimme gesenkt. Jetzt war er plötzlich ungeheuer anwesend, hinter dieser Frage steckte echte Neugier. *Interessierst du dich für Geld?* Doch, im Grunde schon. Aber er hatte ja ein paar Kronen in der Tasche. Die Antwort war also gewissermaßen ja und nein zugleich. Ob er das sagen sollte?

»Wenn du mich fragst, dann glaube ich, du bist aus irgendeiner Anstalt abgehauen. Ist ja auch nicht so lustig da. Hauen viele ab. Und dann trotten sie mit eingekniffenem Schwanz zurück. Wie sieht das bei dir aus? Bist du auch so einer?«

Bist du auch so einer? Die Frage war fast schon rührend, dieser verdeckte Wunsch, endlich zu erfahren, wer er war. Errki schloß wieder die Augen. Langsam ließen sie die Stadt hinter sich. Böse Absichten oder keine. Er stellte fest, daß er das einfach nicht wußte. Erbsen, Fleisch und Speck, dachte er, Blut, Schweiß und Tränen. Das hier war beunruhigend.

Die Straße stieg jetzt sachte an. Weiter vorn, auf einer Anhöhe auf der linken Seite, gab es einen Aussichtspunkt. Das wußte Errki, er kannte sich hier aus. Diese Straße war eine der vielen, auf denen er im Laufe der Jahre umhergewandert war. Zunächst mußten sie einen Tunnel passieren, und plötzlich war das Wageninnere in Dunkel getaucht. Der Fahrer wurde sofort nervös, er schien einen Angriff zu fürchten. Er riß sich die Sonnenbrille von der Nase, als ihm aufging, wie dunkel es war. Dann lag der Tunnel hinter ihnen. Errki kniff die Augen zusammen. Es war nur noch ein Kilometer bis zu der Mautschranke, an der es keine eigene Spur für Autofahrer mit Dauerkarte gab. Sie mußten also entweder anhalten und bezahlen oder die Sperre durchbrechen. Es handelte sich lediglich um eine rot-weiß angestrichene Holzschranke. Der Fahrer war offenbar auch schon auf diesen Gedanken gekommen. Wieder drosselte er das Tempo.

»Bau ja keinen Scheiß«, fauchte er.

Das hatte Errki auch gar nicht vor. Er versuchte einfach nur, ganz still zu sitzen, unsichtbar zu sein, doch sein Körper schien sein eigenes Leben zu leben und wollte nicht gehorchen.

Der Fahrer bremste. Er hatte einen Entschluß gefaßt. Hastig bog er nach links ab und fuhr zu dem Aussichtspunkt hoch. Errki konnte sich nicht so recht vorstellen, was er vorhatte, aber es war sehr ruhig auf dieser Straße. So früh war da oben sicher noch kein Schwein. Der Bankräuber umklammerte den Revolver und wischte sich mit dem Handrücken den Schweiß von der Stirn. Hinter dem Wagen stoben Sand und Staub auf. Sie hatten sich schon ein gutes Stück von der Hauptstraße entfernt, die Autos unten sahen wie buntes Spielzeug aus. Er bog um die letzte scharfe Kurve und hielt schließlich am Geländer. Von hier aus konnten sie die Mautschranke sehen. Und registrierten es gleichzeitig: Zwei Streifenwagen standen neben dem Kassenhäuschen. Ein Keuchen war zu hören, dann ein Fauchen, als der Bankräuber durch zusammengebissene Zähne ausatmete. Er legte den Rückwärtsgang ein und entfernte sich vom Geländer. Hielt wieder an. Schlug mit dem Revolver auf das Lenkrad. Errki konnte das Chaos in seinem Kopf hören. Der Mann blies sich dermaßen auf, daß ihm der Schweiß regelrecht von der Stirn strömte, sein Herz war nahe an der Grenze dessen, was es überhaupt verkraften konnte. Jetzt ein kleiner Kratzer in der Halsschlagader, und das Blut würde als roter Strahl bis zur Mautschranke spritzen.

»Okay, Kumpel, was schlägst du vor?«

Kumpel. Was für ein jämmerlicher Anbiederungsversuch. Der arme Wicht war einfach ratlos, es war kaum zu ertragen. Errki wollte weg. Vorsichtig wandte er den Kopf und schaute in den Wald hinein, wo sich ein Weg zu schlängeln schien. Es war eine schnelle, fast unmerkliche Bewegung gewesen, aber dem Bankräuber war sie nicht entgangen. Er schaute in dieselbe Richtung. Sein Gehirn funktionierte wieder. Er wendete den Wagen und fuhr über den Aussichtsplatz. Auf den ersten fünfzehn oder zwanzig Metern konnten sie den Weg noch befahren, dann verengte er sich zu einem ziemlich ausgetrampelten Pfad. Als sie anhielten, war der Wagen vom Aussichtspunkt aus nicht mehr zu sehen, versteckt im dichten Laub. Der Bankräuber drehte sich um und nahm die Tasche vom Rücksitz.

»Wir gehen zu Fuß weiter.«

Errki blieb sitzen. Der Bankräuber lief um das Auto herum und schwenkte seine Waffe.

»Du gehst vor. Der Boden ist schön trocken. Ich kann bis heute nacht hier warten. Der Streifenwagen wird nicht lange dort stehen, dafür haben sie nicht genug Leute. Na los. Tempo!«

Nicht bewegen, nichts sagen. Er hörte, daß in der Ferne der Mantel erwacht war und nun flatterte. Nestor brachte ihn auf den neuesten Stand der Ereignisse. Ihr Lachen hallte so laut in ihm wider, daß sein ganzer Leib vibrierte. Er legte sich eine Hand auf die Brust, um den Druck zu dämpfen.

»Was ist los mit dir? Spiel hier bloß nicht den Kranken, darauf fall ich nicht rein. Los, mach, daß du aus der Karre kommst.«

Errki stieg aus. Der Bankräuber trat hinter den Wagen, öffnete den Kofferraum und schaute hinein. Für einen wilden Moment fürchtete Errki, er solle in den winzigen Kofferraum gesperrt werden, wo er sich nicht würde bewegen und nichts würde sehen können. Doch der Bankräuber wühlte darin herum und nahm einen Gegenstand heraus. Ein in Plastikfolie gewickeltes Paket. Er öffnete es und zog eine Plane heraus. Schaute in den grünen Laubhimmel. Die Plane war auch grün. Dann sah er Errki an.

»Leg die Plane über den Wagen. Sie wird unten mit Haken festgemacht. Dann ist die Karre so gut wie unsichtbar. Je länger sie brauchen, um sie zu finden, desto besser.«

Er warf Errki die Plane über die Arme. Errki blieb mit dem grünen Stoff in den Händen stehen. Es war eine Nylonplane, dünn und glatt und widerspenstig, sie rutschte aus seinem schlaffen Griff und fiel zu Boden.

»Na los. Erst mußt du sie ganz auseinanderfalten, dann legst du sie über das Auto.«

Errki legte die Plane auf den Boden und klappte die Ecken auseinander. An jeder war ein Stück Schnur mit einem Metallhaken befestigt. Er hob die Plane an einem Ende hoch und versuchte, damit die Motorhaube zu bedecken. Sofort rutschte sie wieder herunter. Er hatte noch nie etwas so Widerliches zwischen den Händen gehabt wie diesen grünen, glatten Stoff, es war ekelhaft.

»Verdammt, Mann, du bist ja total unbrauchbar!«

Errki machte noch einen Versuch. Die ganze Zeit spürte er den Revolverlauf wie einen Stich in die Seite. Endlich konnte er die Plane aufs Autodach legen, doch als er dann auch die Seiten bedecken wollte, glitt sie wieder herunter. Der Bankräuber schwitzte und verfluchte Errkis Ungeschicklichkeit. Er schob sich den Revolver in den Hosenbund, riß Errki die Plane aus den Händen und hatte sie innerhalb weniger Sekunden befestigt. Dann nahm er die Waffe wieder in die Hand.

»Dich sollten wir wohl so schnell wie möglich in die Anstalt zurückschaffen. Kannst du dich überhaupt allein anziehen? Oder trägst du immer diese Klamotten? Sieht so aus. Na los, auf geht's.«

Endlich, endlich durfte Errki gehen. Das fiel ihm nicht schwer, er konnte stundenlang durchhalten. Hinter ihm ging der Bankräuber, mit erhobenem Revolver, die Tasche über der Schulter. Die Tasche mit dem Geld. Der Weg wurde schmaler, still umschloß sie der Wald, nur spärliches Licht drang durch das Laubdach. Der Bankräuber wurde gelassener. Fühlte sich sicherer, so weit weg von den Menschen. Hier konnte niemand sie sehen, er hätte viel früher auf diese Idee kommen sollen. Die Polizei würde nicht im Wald suchen, sondern sich auf Straßen und Autos konzentrieren.

Und sein Versprechen hatte er gehalten. Er hatte das Geld.

Errki machte lange Schritte, der Bankräuber keuchte hinterher. Es war heiß, und die Tasche war nicht gerade leicht. Sie enthielt ein Reiseradio, eine Flasche Whisky, mit der er feiern wollte, eine Schachtel Munition und das Geld.

»Nicht so schnell, wir werden doch nicht verfolgt.«

Aber Errki ging. Hinter sich hörte er den anderen ächzen. Schon nach zweihundert Metern atmete der Bankräuber schwer, konnte nicht mit Errki Schritt halten, der Weg führte steil nach oben, und das Gelände wurde immer unwegsamer.

»He, du. Ich bin hier der Chef.«

Drei Trommeln schlugen in ernstem Untakt einen Wirbel. Errki hörte, wie Nestor einen Schleimklumpen ausspuckte, das war sein Kommentar zu dieser Behauptung. Er ging einfach weiter, wurde durchaus nicht langsamer. Errki hatte nur eine Geschwindigkeit, entweder er ging schnell, oder er lag und ruhte sich aus. Aber er wurde unweigerlich langsamer, denn der Weg führte steil hinauf zu einem Hügelkamm. Von dort oben würden sie sehen können, ob die Polizei die Hauptstraße noch sperrte. Errki warf seinen Oberkörper hin und her, der andere machte harte, ruckhafte Schritte. Er hatte mehr Muskeln als Errki, war aber weniger ausdauernd. Und er trug eine Tasche voll Geld. Dieser Gedanke versetzte ihn in frohe Stimmung, und er beschloß, seine Freude mit diesem Irren zu teilen.

»Wie heißt du?« rief er.

Seine Stimme klang fast freundlich. Der Frage folgte ein leises Klatschen, so als habe sich das Trommelfell gelockert. Errki schwieg und ging weiter. Es war eine harmlose Frage, aber man konnte nie wissen. Nestor hockte im Halbdunkel und starrte ihn an. Das Feuer in seinen Augen brannte mit kleiner, blauer Flamme.

»Das kannst du mir ja wohl verraten!« sagte der Mann hinter ihm und schnaubte verärgert. »Wenn du mir nicht bald antwortest, glaube ich wirklich, daß du stumm bist oder so. Vielleicht bist du Ausländer? So siehst du übrigens aus. Wie ein Landfahrer zum Beispiel. Oder ein Zigeuner. Oder ist das dasselbe? Jetzt antworte schon, zum Teufel!«

Errki bog nach links ab, da eine riesige Espe über den Weg gefallen war. Er kämpfte sich durch das Dickicht, schob mit seinen dünnen Armen Zweige und Blätter beiseite. Der Mann hinter ihm hatte noch größere Probleme, er mußte mit der einen Hand die Tasche halten, die andere umklammerte den Revolver. Er kam einfach nicht auf die Idee, die Arme durch die Henkel zu schieben und so die Tasche zum Rucksack zu machen. Irgendwann kamen sie wieder auf den Weg. Sahen, daß es weiter vorn heller wurde.

»Wo du dich schon so verdammt zierst, muß ich eben großzügiger sein.«

Errki hörte, daß der Bankräuber hinter ihm stehenblieb.

»Ich heiße Morgan.«

Errki lauschte. Der andere hatte *Morgan* mit überdeutlichen Konsonanten ausgesprochen, wie einen Namen, den er sich schon lange wünschte. Er hieß bestimmt nicht so. Nestor lachte glucksend. Es klang, als schenke jemand voller Andacht einen kostbaren Wein aus. Errki ging unverdrossen weiter und hörte, wie der andere, der so gern Morgan heißen wollte, hinter ihm herrief: »Wir machen eine Pause! Wir haben es nicht eilig.«

Errki ging.

»Jetzt bleib gefälligst stehen, sonst schieß ich.«

Geh nur. Er schießt nicht.

Errki drehte sich um. Morgan sah sein Gesicht und wurde an ein Stück trockenen Granit erinnert. Er lächelte nicht, er zitterte nicht, er sah vollständig leblos aus, er zwinkerte nicht einmal. Ein heftiges Unbehagen überkam Morgan. Ein stummer, steinerner Teufel, der wie eine Maschine ging. Wer zum Henker war er?

»Bleib oben bei der Kuppe stehen. Da ruhen wir uns aus.«

Mach schon. Krankheit, Tod und Elend.

Nestor flüsterte mit dünnen Lippen. Errki gehorchte. Er steuerte die vielleicht zwanzig Meter entfernte graue Hügelkuppe an.

Morgan war erschöpft. Er hatte keineswegs die totale Kontrolle, die er sich von dem Revolver erhofft hatte. Er mußte ein bißchen Gift ablassen.

»Tut mir leid, dir das sagen zu müssen. Aber du hast einen Gang wie ein altes Weib.«

Errki blieb stehen. Und dachte:

Du solltest das Krokodil erst reizen, wenn der Fluß hinter dir liegt.

Sejer starrte Gurvin benommen an.

»Können Sie das noch einmal sagen?«

»Sicher. Aber Sie haben schon richtig gehört.«

»Sie behaupten also, die Geisel sei identisch mit dem aus der psychiatrischen Klinik entlaufenen Patienten, der in Verbindung mit dem Mord an Halldis Horn gesucht wird?«

Gurvin breitete die Hände aus. »Ich bin ganz sicher. Das war für den Bankräuber bestimmt eine ziemliche Überraschung.«

Sejer mußte kurz aus dem Fenster schauen und sich davon überzeugen, daß die Aussicht sich nicht verändert hatte. Was sollten sie jetzt machen? Er schaute Gurvin an. »Ist er gefährlich?«

»Das wissen wir nicht genau.«

»Und wann ist er überhaupt ausgebrochen?«

»Vorgestern nacht. Durch das Fenster.«

Sejer ließ das Video noch einmal laufen und drückte den Pausenknopf, als die Geisel in Großaufnahme zu sehen war.

»Ich dachte, das wär' eine Frau«, murmelte er.

»Das kann ich verstehen«, sagte Gurvin. »Es liegt an seiner Kopfhaltung und seinem Gang. Und an den langen Haaren.«

»Ist er schon lange krank?«

»Solange ich ihn kenne.«

»Schizophren?«

»Vermutlich.«

Sejer stand auf und lief hin und her, um diese Information zu verdauen. »Na, das war eine Überraschung. Jetzt sind es also zwei Männer, die wir suchen, einer mit ernsthaften psychischen Störungen, vielleicht sogar ein Mörder, der andere ein verzweifelter Bankräuber mit scharf geladener Waffe. Seltsame Kombination. Vielleicht tun sie sich zusammen.«

»Niemand tut sich mit Errki zusammen.«

Sejer blickte Gurvin mit ernster Miene an. »Und was ist mit der Klinik? Haben Sie schon mit seinem Arzt gesprochen?«

»Nur mit einer Krankenpflegerin, die bestätigen konnte, daß er ausgebrochen ist. Der Arzt kommt später an die Reihe.«

»Und dieser Junge, der sie gefunden hat, der Errki am Tatort gesehen hat – ist der zuverlässig?«

»Vermutlich nicht, so ganz allgemein betrachtet. Er wohnt im Kinderheim Guttebakken. Aber in diesem Punkt bin ich doch ziemlich sicher, daß er die Wahrheit sagt. Ich muß zugeben, daß ich zunächst meine Zweifel hatte, als er bei mir im Büro auftauchte. Er kam mir irgendwie manisch vor. Aber es stimmte ja alles. Errki kann man nicht verwechseln. Und der Junge weiß ja sehr gut, wer das ist.«

»Was wollte Errki eigentlich so früh am Morgen in der Bank? Seine Sozialhilfe abheben?«

»Keine Ahnung. Bestimmt hat der Bankräuber das auch gefragt, aber eine vernünftige Antwort hat er wohl kaum erhalten. Ich wüßte wirklich gern, was die beiden im Moment machen. Meine Phantasie reicht dafür nicht aus«, sagte Gurvin ernst.

»Wenn sie überhaupt noch zusammen sind. Vielleicht hat er Johrma vor Schreck laufenlassen.«

»Das würde mich nicht wundern.«

»Und der wird natürlich nicht hier aufkreuzen und sich melden, falls er frei ist. Wie um Himmels willen machen wir jetzt weiter?«

Er öffnete einen Ordner auf seinem Schreibtisch und las vor: »Ein weißer Renault Mégane ist in Frydenlund gestohlen worden. Nagelneu, in der vergangenen Nacht. In so einem Auto sind sie losgefahren, es kann sich also um das gestohlene handeln. Vielleicht haben sie den Wagen inzwischen gewechselt. Vielleicht hat er Johrma laufenlassen. Das wollen wir hoffen.«

Gurvin schwieg. Bankräuber konnten so vieles sein, wirklich gefährlich waren die wenigsten, aber man konnte nie wissen.

»Ist Johrma überhaupt fähig zu einer Aussage?«

Gurvin zuckte mit den Schultern. »Davon gehe ich

aus, falls ein Arzt dabei ist. Aber unsere Fragen wird er wohl kaum beantworten. Jedenfalls nicht so, daß wir es verstehen könnten. Und wenn er es wirklich getan hat, wird er sicher nicht verurteilt werden.«

»Nein, wohl kaum.«

Sejer rieb sich die Augen. »Es war eine Zwangseinweisung, ja?«

»Ja.«

»Er wirkte also bedrohlich?«

»Das weiß ich alles nicht so genau. Es ist schon möglich, daß er vor allem für sich selber eine Gefahr war.«

»Selbstmordversuch?«

»Keine Ahnung. Sprechen Sie mit seinem Arzt. Errki ist seit einigen Monaten in der Klinik, irgend etwas müssen die also inzwischen wissen. Obwohl ich nicht glaube, daß jemand ihn wirklich durchschauen kann. Mir kommt er vor wie ein chronischer Fall. War schon als kleines Kind anders als die anderen.«

»Leben die Eltern noch?«

»Vater und Schwester. Sie leben in den USA.«

»Hat er eine Privatadresse?«

»Eine Sozialwohnung. Da haben wir schon nachgesehen. Und ich habe mit einem anderen Bewohner gesprochen, der uns Bescheid sagt, wenn er auftaucht. Bisher hat er sich dort nicht blicken lassen.«

»Ist er Finne?«

»Sein Vater. Errki ist in Valtimo geboren. Er war vier, als sie nach Norwegen gekommen sind.«

»Hat er irgendwas mit Drogen zu tun gehabt?«

»Nicht, daß ich wüßte.«

»Körperlich stark?«

»Kein bißchen. Seine Kräfte sitzen anderswo.« Gurvin tippte sich mit dem Zeigefinger an die Stirn.

Skarre starrte den Bildschirm an. Er versuchte, die Augen unter den schwarzen Haaren einzufangen, aber es gelang ihm nicht.

»Irgendwie verstehe ich das jetzt besser, wo ich den Film sehe«, sagte er. »Er benimmt sich nicht so, wie man das von jemandem erwartet, der in einer Bank überfallen und als Geisel genommen wird. Er wehrt sich nicht. Sagt kein Wort. Was mag wohl in seinem Kopf ablaufen?«

Er schaute zu Gurvin hinüber und zeigte auf den Bildschirm.

»Er horcht auf etwas.«

»Innere Stimmen?«

»Sieht so aus. Ich habe häufiger gesehen, wie er mit dem Kopf nickt, als lausche er einer Art innerem Monolog.«

»Aber er sagt nie etwas?«

»Nur sehr selten. Er spricht auf eine seltsame, feierliche Weise, und in der Regel versteht niemand, was er sagen will. Und dieser Desperado mit der schwarzen Mütze hat wohl auch nicht viel begriffen, falls sie überhaupt miteinander gesprochen haben.«

»Kennt er sich in der Gegend gut aus?«

»Sehr gut. Er ist immer unterwegs. Ab und zu versucht er es mal per Anhalter, aber nicht viele wagen es, ihn mitzunehmen. Er fährt gern Bus oder Zug. Hin und her. Will in Bewegung sein. Es ist ihm egal, wo er schläft. Auf einer Parkbank. Im Wald. An einer Bushaltestelle.«

»Und absolut keine Freunde?«

»Er will keine.«

»Haben Sie ihn gefragt?« hakte Sejer nach.

»Errki fragt man nicht. Man geht ihm aus dem Weg«, erwiderte Gurvin schlicht.

Sejer dachte nach. Seine kurzgeschnittenen grauen Haare funkelten in der Sonne. Er erinnerte Gurvin an einen griechischen Asketen, nur fehlte der berühmte Lorbeerkranz um den Schädel. Sejer hing noch lange seinen Gedanken nach und kratzte sich zerstreut am Ellbogen.

»Ich dachte, in diesem Heim leben nur alte Leute«, sagte er endlich.

»Früher war das so«, erwiderte Gurvin. »Jetzt gibt es eine jugendpsychiatrische Abteilung mit vierzig Patienten, verteilt auf vier Stationen, eine ist geschützt. Oder geschlossen, wie wir sagen würden. Ich war einmal mit einem Jungen aus Guttebakken dort.«

»Ich muß mich unbedingt mit dem Arzt in Verbindung setzen. Warum kann niemand sagen, ob Errki gefährlich ist oder nicht?«

»Es gibt so viele Gerüchte.« Gurvin sah ihn an. »Er ist der Typ, der für alles verantwortlich gemacht wird. Soviel ich weiß, ist er noch nie kriminell geworden, abgesehen von Schwarzfahrerei und Ladendiebstählen. Aber jetzt bin ich nicht mehr so sicher.«

»Was stiehlt er?«

»Schokolade.«

»Und er hat keinen Kontakt zu seiner Familie?«

»Er will sie nicht sehen, und sie können ihm ja auch nicht helfen. Der Vater hat seinen Sohn als hoffnungslosen Fall abgeschrieben. Und Sie dürfen ihm da keine Vorwürfe machen. Für Errki gibt es ganz einfach keine Hoffnung.«

»Vielleicht ist es gut, daß sein Arzt Sie nicht hören kann«, sagte Sejer leise.

»Schon möglich. Aber er war schließlich fast sein Leben lang krank. Auf jeden Fall seit dem Tod seiner Mutter vor sechzehn Jahren. Und das sagt doch einiges.«

Sejer erhob sich und schob den Sessel unter den Schreibtisch. »Gehen wir einen Kaffee trinken. Und Sie erzählen mir alles, was Sie wissen.«

KANNICK THRONTE WIE EIN RIESIGER BUDDHA im Bett. Sein Publikum, das im Halbkreis auf dem Boden saß, staunte darüber, daß er die Beine so anwinkeln konnte, trotz seiner vielen Kilo. Zuerst hatte niemand ihm glauben wollen. Wie sollten sie auch glauben, daß Kannick im Wald eine Leiche gefunden hatte? Noch dazu eine in Stücke gehackte? So hatte er sich ausgedrückt. In Stücke gehackt. Vor allem Karsten, der Älteste, der eine Art Monopol auf die Wahrheit hatte, konnte das nicht glauben. Kannick sah Karstens Gesicht in dem Moment, als Margunn bestätigt hatte, daß alles so war, noch genau vor sich. Es war einer seiner großen Siege gewesen. Jetzt wollten sie die ganze Geschichte von seinen Lippen hören, in allen Einzelheiten. Aber sie wohnten lange genug in Guttebakken, um zu wissen, daß es nichts umsonst gibt, und deshalb häuften sich vor Kannick auf der Bettdecke die Geschenke. Eine Tafel Schokolade, ein rosa Hubba Bubba, eine Tüte Kartoffelchips und eine Schachtel Mokkabohnen. Und das beste: zehn Zigaretten und ein Wegwerffeuerzeug. Alle warteten mit leuchtenden Augen, und Kannick war klar, daß sie sich nicht mit einer trockenen Aufzählung der Tatsachen abspeisen lassen würden. Sie wollten Blut, nicht mehr und nicht weniger. Und sie hatten Halldis gekannt. Hier war nicht von einer Zeitungsnotiz die Rede, sondern von einem lebendigen Menschen. Jedenfalls war sie das noch vor kurzem gewesen.

Es war Kannick verboten worden, allzuviel über den Mord zu sprechen. Margunn wollte nicht, daß die Jungen sich deshalb aufregten. Sie waren ohnehin schon wild genug, nur mit Mühe und Not konnte sie diese bunte Versammlung im Zaum halten, schließlich hatte das Heim viel zuwenig Personal.

Kannick kniff die dunkelblauen Augen zusammen. Er beschloß, mit Simon anzufangen und mit Karsten aufzuhören. Simon war erst acht Jahre alt und sah aus wie eine halbgeschmolzene Schokoladenmaus. Ebenso süß und dunkel und weich.

»Ich war mit dem Bogen unterwegs«, fing Kannick an und bohrte seinen Blick in Simons braune Augen. »Hatte gerade mit dem zweiten Pfeil eine fette Krähe erwischt. Ich habe in einem Geheimfach im Koffer zwei Jagdspitzen, die habe ich mir aus Dänemark kommen lassen. Sagt das aber nicht weiter. In Norwegen sind die nämlich verboten«, erklärte er wichtig.

Karsten zog die Leidensmiene, die nur er zustande brachte.

»Der Flattermann stürzte ab wie ein Sack Zucker und landete vor meinen Füßen. Im Wald war kein Schwein zu sehen, aber ich hatte das fiese Gefühl, daß jemand in der Nähe war. Ihr kennt mich ja. Wißt, daß ich immer im Wald bin. Ich spüre es, wenn etwas bevorsteht. Vielleicht, weil ich mich so viel im Element der Tiere aufhalte.«

Er holte tief Luft und war ziemlich zufrieden mit diesem dramatischen Anfang. Simon hing an seinen Lippen. Niemand wagte auch nur zu seufzen, sie hatten Angst, er könnte den Faden verlieren.

»Ich ließ die Krähe liegen und wanderte zu Halldis' Hof hinüber.«

Jetzt wandte er sich an Sivert, einen sommersprossigen Elfjährigen mit einem Zopf im Nacken.

»Es war so komisch still da unten. Halldis steht immer

früh auf, deshalb hielt ich nach ihr Ausschau. Dachte, ich könnte ein Glas Saft von ihr kriegen. Es war weit und breit niemand zu sehen. Aber die Vorhänge waren geöffnet, deshalb dachte ich, sie sitzt vielleicht mit Kaffee und Zeitung in der Küche, das macht sie ja oft.«

Jan Farstad, allgemein Jaffa genannt, schaute Kannick in die Augen und wartete gespannt.

»Und dann«, fuhr der fort, »gab es ja auch die Möglichkeit, ein Stück selbstgebackenes Brot mit Käse zu schnorren. Einmal hab ich acht Scheiben gekriegt; mehr wollte sie dann doch nicht rausrücken.«

Bei dieser traurigen Erinnerung kniff er kurz die Augen zusammen.

»Jetzt komm schon zur Sache, Mann!« rief Karsten und warf einen verlangenden Blick auf die Mokkabohnen, seinen eigenen Obolus, der jetzt auf der Bettdecke lag.

»Ich sah sie, kaum daß ich beim Brunnen war. Und ich kann euch sagen«, er schluckte schwer, »dieser Anblick wird mich bis an mein Lebensende verfolgen.«

»Aber was hast du denn nun gesehen?«

Karstens Stimme stieg ins Falsett. Er war der einzige Junge mit einer Andeutung von Schnurrbart und beginnender Pickelentwicklung um die Nasenflügel.

»Die Leiche von Halldis Horn!« verkündete Kannick und schnappte nach Luft, weil er die ganze Zeit das Atmen vergessen hatte. »Auf dem Rücken, quer über der Türschwelle. Mit einer Hacke im Auge. Und aus diesem Loch lief pure Gehirnmasse. Es sah übrigens aus wie Haferbrei.« Er schien plötzlich ins Leere zu blicken.

»Was ist Gehirnmasse?« fragte Simon leise.

»Das Gehirn natürlich«, erklärte Karsten gereizt.

»Ein Gehirn kann doch wohl nicht fließen?«

»Aber sicher, es fließt wie bescheuert. Das hast du nicht gewußt, was, daß du eine dünne Suppe zwischen den Ohren hast?«

Simon zupfte an einem Faden in seinem Hemd und war erst zufrieden, als der gerissen war.

»Ich habe einmal ein Gehirn gesehen, in einem Glas. Und das ist überhaupt nicht geflossen.«

Er klang beleidigt und zugleich ein wenig verängstigt, schließlich hatte er es gewagt, in dieser erfahrenen Gesellschaft Widerspruch laut werden zu lassen. Er war hier schließlich der Kleinste.

»Natürlich ist das nicht geflossen, du Amateur! Das war ja auch fixiert. Dann ist es so ähnlich wie ein Pilz, und du kannst es in dünne Scheiben schneiden. Das habe ich im Fernsehen gesehen.«

»Was ist fixiert?« fragte Simon jetzt.

»Geronnen«, erklärte Karsten. »Man gießt etwas drauf, und dann gerinnt es. Aber bei Kannicks Gehirn ist das gar nicht nötig. Das ist schon vor langer Zeit erstarrt.«

»Hör doch auf. Laß Kannick weitererzählen!«

Diesmal hatte sich Philip eingeschaltet. Wenn die beiden sich jetzt stritten, würden sie vielleicht nie hören, was noch passiert war. Jeden Moment konnte Margunn hereinkommen. Nicht, daß sie ernstlich glaubte, die Jungen würden sich an ihr Verbot halten, das wußte sie besser, sie kannte sie ja schließlich. Die Frage war, wieviel Zeit sie ihnen lassen würde. Für die Einzelheiten.

Kannick wartete mit pastorenhafter Geduld und schielte auf die Opfergaben. In Gedanken beschloß er, mit den Mokkabohnen anzufangen.

»Der Leichnam war schon in Verwesung übergegangen«, erklärte er mit ganz besonderer Betonung auf »Verwesung«.

»Was sagst du da?«

Karsten schnaubte. »Jetzt hör aber auf. Zufällig dauert es mehrere Tage, bis die Verwesung einsetzt. Wenn Errki es noch nicht einmal geschafft hatte, abzuhauen, kannst du mir nicht erzählen ...«

»Weißt du eigentlich, wie heiß es da oben im Wald ist?« Kannick warf sich quer über das Bett, und seine Stimme zitterte vor Empörung. »Bei der Hitze ist eine Leiche in ein paar Minuten verwest.«

»Du hast doch keine Ahnung. Und ich werd die Bullen danach fragen, wenn sie herkommen. Aber du bist bestimmt nicht weiter wichtig, Kannick, sonst wären sie schon längst hiergewesen.«

»Der Polizist im Dorf hat gesagt, daß sie ganz bestimmt kommen werden.«

»Das werden wir ja sehen. Aber erzähl uns nichts vom Verwesen, das nehmen wir dir nicht ab. Und schließlich haben wir für die Wahrheit bezahlt.«

»Na gut. Die schlimmsten Einzelheiten kann ich ja überspringen. Immerhin sind Kinder dabei. Aber zurück zur Hacke ...«

»Was für eine Art von Hacke war es denn?«

Das war wieder Philip.

»Eine von der Sorte, mit der man im Boden hackt. Um Kartoffeln oder Unkraut herauszuholen. Sie sah aus wie eine Axt, nur mit längerem Schaft. Im Grunde war es eine Axt, denn der Kopf war mehr oder weniger in zwei Teile gespalten worden. Und ein Auge hatte sich gelockert und hing an einem dünnen Hautfaden über die Backe ...«

Karsten verdrehte die Augen. »Du hast zu viele Videos gesehen. Erzähl uns lieber von Errki«, verlangte er.

»Wer ist Errki?« Das war nun wieder Simon. Er war

nicht aus der Gegend und erst vor kurzem ins Heim gekommen.

»Der Schrecken des Waldes«, Karsten kicherte. Er kratzte an seinem Pickel herum.

»Der kommt bestimmt ungeschoren davon. Der kommt immer ungeschoren davon. Außerdem ist er knatschverrückt, und Verrückte werden nie verurteilt. Sie sitzen in der Anstalt und fressen Pillen, und dann werden sie entlassen und können weitermorden. Wenn die den in eine Zwangsjacke stecken, beißt er sie einfach tot.«

»Der wird entlassen?« fragte Simon besorgt.

»Der ist doch gar nicht in der Anstalt, du Trottel. Sie haben ihn ja noch nicht gefunden.«

»Wo ist er denn?«

»Oben im Wald.«

Simon schaute ängstlich aus dem Fenster und zu den Bäumen hinüber.

»Errki ist geisteskrank. Aber geisteskrank ist nicht dasselbe wie dumm«, sagte Kannick nachdenklich. »Er hat gesehen, daß ich ihn gesehen habe. Vielleicht hat er es jetzt auf mich abgesehen. Eigentlich müßte ich unter Polizeischutz gestellt werden.«

Er schielte bekümmert zu den anderen hinüber, um sich davon zu überzeugen, daß sie ihn richtig verstanden hatten. Und sie wußten sofort, was es bedeutet, in einer dermaßen bedrohlichen Lage zu sein. Mit einem rachsüchtigen Irren auf den Fersen. Etwas Schlimmeres konnte es ja wohl kaum geben.

»Pa. Der ist sicher längst über alle Berge. Du sagst ja selber, daß er nicht blöd ist. Wie sah er eigentlich aus?« fragte Karsten. »War er so richtig blutüberströmt?«

»Er stand hinter einem Baum«, sagte Kannick leise. »Er stand so ganz komisch da, seine Hände hingen einfach nach unten, und er starrte mich an. Er hat so seltsame Augen. Mein Onkel hat grönländische Schlittenhunde, und Errkis Augen sehen aus wie die von diesen Kötern. Weiß irgendwie, wie bei einem toten Fisch.«

Er dachte an den schicksalhaften Moment zurück, als er mit hämmerndem Herzen bei Halldis gestanden und verängstigt zum Wald hinüber geschaut hatte, zu den schwarzen Bäumen, zwischen denen dann plötzlich diese Gestalt aufgetaucht war. Zuerst ganz ruhig. Dann hatte sie sich bewegt, und etwas Schwarzes hatte sich langsam vorgebeugt, und erst da hatte er gesehen, daß es sich um ein Gesicht handelte. Um ein weißes Gesicht mit stechendem Blick. Der Teufel selber hätte Kannick in keine tiefere Verzweiflung stürzen können. Er war wie ein Hase den Weg hinuntergejagt, hatte seinen Koffer mit dem Bogen wegwerfen wollen, es aber nicht gekonnt, war weitergelaufen und hatte sich nicht einmal umgeschaut.

»Hat er schon andere Leute umgebracht?« fragte Jaffa, löste seinen Körper aus dem Lotossitz und streckte seine steif gewordenen Beine aus.

»Zuerst seine Mutter. Und dann diesen Alten oben bei der Kirche«, erklärte Kannick voller Überzeugung. »Und trotzdem läuft dieser Typ frei herum. Ziemlich übel, ein Heim wie dieses«, er umfaßte Zimmer und Hof mit seinen Blicken, »ein Haus voller Minderjähriger in ein Dorf zu legen, in dem ein Massenmörder lebt.«

»Du Idiot«, sagte Karsten nachdrücklich. »Das Heim war zuerst hier, und erst dann ist Errki wahnsinnig geworden.«

»Aber warum wird er denn nicht eingesperrt?« fragte Simon ängstlich.

»Das war er ja. Aber er ist ausgebrochen. Bestimmt hat er die Nachtwache k.o. geschlagen und die Schlüssel geklaut.«

Simon hatte mehr Stoff zum Nachdenken, als ihm lieb war. Verstohlen glitt er zu Karsten hinüber und lehnte sich an ihn.

»Keine Angst, Simon. Hier sind doch die Türen abgeschlossen«, beruhigte ihn der Ältere.

»Und Errki bleibt nie lange an einem Ort. Er wandert umher. Im Moment ist er bestimmt auf dem Weg in die Stadt, um da noch jemanden umzubringen.«

»Wen denn?« jammerte Simon.

»Einfach irgendwen. Der braucht nicht zu hassen, um zu töten.«

»Aber warum macht er es dann?«

»Das muß er. Das ist ein innerer Drang.«

Simon wollte sich die Sache mit diesem »inneren Drang« erklären lassen, aber dann verließ ihn der Mut. Kannick griff nach der Schachtel mit den Mokkabohnen und öffnete den Deckel. Nahm das Stück Wellpappe oben weg und reichte die Schachtel verlegen herum. Sein neuer Status überwältigte ihn. Nie hatte irgendwer so lange stillgesessen, nur um ihm zuzuhören. Die anderen griffen gierig zu, und für kurze Zeit war nur ihr Schmatzen zu hören.

Karsten war sauer. Er konnte sich nicht damit abfinden, daß nicht er die Leiche gefunden hatte. Daß das diesem Trottel Kannick passiert war, daß der eine Tote gesehen hatte, obwohl er doch zwei Jahre jünger war und noch dazu viel zu fett. Auch von den anderen hatte keiner je eine Leiche gesehen.

»Hatte sie die Augen offen?« fragte er kurz.

Kannick kaute und dachte einen Augenblick nach. »Ganz weit offen. Das eine, das sie noch hatte.«

Plötzlich schaltete Philip sich ein. »Ich hab mal von einem Mädchen gehört, das eine Puppe hatte, und die Puppe wurde über Nacht lebendig. Ihre Fingernägel wuchsen. Als das Mädchen morgens aufwachte, war es blind. Die Puppe hatte ihr die Augen ausgekratzt.«

»Hier ist nicht die Rede von einem Video!« schrie Kannick wütend. »Das hier ist die Wirklichkeit. Dein Problem ist, daß du Wirklichkeit und Phantasie nicht auseinanderhalten kannst. Deshalb bist du doch hier, aber das hast du sicher nicht gewußt.« Er schloß die Augen, um sich besser auf seine Erinnerung konzentrieren zu können. »Ihr Auge guckte so entsetzt, als ob sie den Teufel selber gesehen hätte.«

»So groß war der Unterschied bestimmt nicht«, kommentierte Karsten trocken. »Ich wüßte gern, ob er vorher noch was zu ihr gesagt hat. Oder ob er bloß auf sie losgestürzt ist und ihr den Kopf zerhackt hat. Und sie lag auf der Türschwelle?«

»Ja.«

»Mit dem Kopf auf der Treppe oder im Haus?«

»Auf der Treppe.«

»Dann muß er im Haus gewesen sein«, sagte Karsten. »Bestimmt hat er Schokolade gesucht.«

»Wenn er sie gefragt hätte, hätte sie ihm sicher welche gegeben.«

»Errki fragt nicht, der greift einfach zu. Das weiß doch jeder.«

Plötzlich fuhren sie zusammen. Die Tür ging auf, und vor ihnen stand Margunn.

»Ihr habt es aber gemütlich!«

Sie musterte die kleine Gruppe von Jungen, alle schwiegen andächtig und kauten auf ihren Mokkabohnen herum. Niemand sollte behaupten, sie könnten keine behagliche Atmosphäre herstellen, sogar an diesem seelenlosen Ort schafften sie das. Margunn wußte, worüber die Jungen gesprochen hatten, war aber trotzdem stolz auf sie.

»Wer erzählt hier Märchen?«

Sie zwinkerte ihnen arglos zu. Alle starrten zu Boden. Sie hatten sich in die puren Engel verwandelt, selbst Karsten schlug ein wenig mit den Flügeln.

»Ich geb euch eine Cola aus.«

Damit war sie verschwunden.

Auch Kannick dachte an die Sache mit dem inneren Drang, während sein Blutzucker langsam auf einen akzeptablen Pegel stieg und er die wunderbare Schläfrigkeit spürte, die nur Süßigkeiten ihm bescheren konnten. Er wurde dann angenehm müde und ein wenig träge, wie in einem leichten Rausch. Im Rausch fand er Ruhe. Er wußte nicht, wovon, aber er konnte nicht genug davon bekommen.

»Wir kriegen sicher nur Cola light«, seufzte er und riß die Hubba-Bubba-Packung auf. Es war genau ein Stück für jeden. Seine Freigebigkeit kannte an diesem Tag keine Grenzen. Und der Mord an Halldis hatte sie auf eine Weise zusammengeführt, an die sie nicht gewöhnt waren. Normalerweise waren sie eine ziemlich zerrissene und konfliktfreudige Truppe, in der alle aneinander zogen und zerrten und um ihre jämmerliche Position in dieser ausgestoßenen kleinen Gesellschaft kämpften. Sie hatten aufgehört, von einer Zukunft zu träumen, abgesehen von Simon, der angeblich einen reichen Onkel hatte. Der hatte angedeutet, daß Simon später auf seinem Hof wohnen könne, wo er dreißig Rennpferde hatte. Doch zuerst mußte er eine vier Monate lange Haftstrafe wegen kleiner Rechnungsbetrügereien absitzen, und er wollte den Jungen nicht zu sich holen, solange er noch in der Warteschleife für den Knast hing, wie er sagte. Danach würden sie zusammen einen neuen Anfang machen, und alle Hindernisse würden aus dem Weg geräumt sein.

Margunn tauchte wieder auf, und tatsächlich, in den Gläsern auf ihrem Tablett war zuckerfreie Cola.

»Nicht auf den Boden kleckern, Jungs.«

Sie bedachte Kannick mit einem warnenden Blick. Margunn hatte keine Begabung fürs Schimpfen. Das waren schließlich ihre Jungs, die sie liebte. Jeglicher Versuch, sie zu tadeln, stürzte ab wie ein geplatzter Luftballon, und alle liebten sie, weil sie die einzige war, die sich etwas aus ihnen machte. Es gab natürlich noch weiteres Personal, Thorleif zum Beispiel, Inga und Richard. Die waren schon in Ordnung und taten ihre Pflicht, aber sie waren jung und strebten bessere Posten an. Für sie waren die Jungen ein Stück unwegsames Gelände, das sie so schnell wie möglich hinter sich bringen mußten. Margunn dagegen hatte ihr Ziel erreicht. Sie war sechzig und wollte nicht mehr weiterkommen. Sie war in diesem häßlichen Haus mit den grauen Asbestplatten gelandet, wo in jedem Zimmer ein grünlicher, schwüler Geruch hing. Und sie mochte das, so, wie viele Menschen den verschimmelten Raum ganz hinten im Keller lieben, weil sie die Hoffnung, in all dem Abfall etwas Wertvolles zu finden, nie aufgeben. Und das spürten die Kinder. Nur Simon konnte keine eigenen Schlüsse ziehen. Er fragte die anderen und glaubte ihren Antworten.

Karsten verteilte die Colagläser. Alle Kiefer waren mit Kaugummis beschäftigt. Kannick schielte wieder zu den Sachen auf seiner Bettdecke und fragte sich, ob er noch mehr austeilen oder den Rest für schlechte Zeiten bunkern solle. Dies war eine goldene Stunde, und die nächste konnte weit in der Zukunft liegen.

»Wo ist Halldis jetzt?« fragte Pålte, als Margunn wieder gegangen war. Eigentlich hieß er Pål Theodor, und eigentlich war er hier fehl am Platze. Nur hatte das niemand erkannt. Irgendwo in seinem Erwachsenenleben erwartete ihn eine großartige Entschädigungssumme von mehreren Millionen. Und das hielt ihn aufrecht.

»Im Leichenkeller natürlich«, sagte Kannick und trank einen Schluck Cola. »In einer Tiefkühltruhe.«

»Kühlfach«, korrigierte Karsten. »Die Leiche muß natürlich obduziert werden, und wenn sie gefroren ist, kann sie ja nicht zerschnitten werden.«

»Zerschnitten?«

Simons Augen waren schwarz vor Entsetzen.

Karsten legte ihm einen Arm um die Schultern. »Wenn Leute sterben, werden sie danach zerschnitten. Damit die Todesursache festgestellt werden kann.«

»Die Ursache war eine Hacke im Auge«, kommentierte Philip und ließ ein leises Rülpsen hören.

»Sie müssen aber genau wissen, wo die Hacke sie getroffen hat. Das können sie nicht raten.«

»Die Hacke hat sie genau ins Auge getroffen.«

»Ja, aber sie müssen einen Totenschein ausschreiben. Ohne Totenschein kann niemand begraben werden. Ich wüßte ja gern, warum er die Hacke genommen hat«, sagte Karsten. »Er hätte sie doch sicher auch mit bloßen Fäusten umbringen können.«

»Dazu hatte er wahrscheinlich gerade keine Lust«, sagte Kannick und zog einen Schmollmund. Dann machte er eine dicke Blase, die sein halbes Gesicht versteckte, bis sie endlich platzte und ihm auf Nase und Mund klebte. Er kratzte das Kaugummi mit schmutzigen Fingern zusammen und kaute weiter.

»Aber jetzt sucht die Polizei ihn doch, oder?«

Simon zog sich immer wieder am Ohrläppchen, um sich zu beruhigen.

»Ganz bestimmt. Sie kämmen das Gelände durch und sind mit Gewehren bewaffnet, glaube ich. Und sie tragen kugelsichere Westen. Bald kriegen sie ihn.«

Karsten schüttelte den Kopf. »Das Blöde ist ja, daß sie Mörder immer heil und unverletzt fangen wollen.«

Er sah die anderen an. Hiermit kannte er sich aus. »In Amerika ist das alles besser. Da werden sie von den Bullen ganz einfach umgenietet. Die nehmen da viel mehr Rücksicht auf die Bevölkerung. Ich bin für die Todesstrafe!« erklärte er feierlich. Und mit diesem Kommentar war die Versammlung aufgehoben.

Der Mann, der sich Morgan nannte, setzte sich auf einen Baumstumpf.

Seine Waffe lag neben ihm im Gras. Ab und zu schaute Errki verstohlen zu den Bermudashorts mit Palmen und Früchten hinüber.

Morgan versuchte, sich ein Bild von seiner Lage zu machen. Es hätte schlimmer sein können. Bank, Stadt und Auto lagen hinter ihm. Und er hatte das Geld, wie versprochen. Der Wagen war versteckt, und wenn es ein wenig begangener Weg war, dann dauerte es vielleicht Tage, bis er entdeckt wurde. Im Auto würden sie seine Fingerabdrücke nicht finden. Er hatte die ganze Zeit Handschuhe getragen. Er fragte sich, ob sie schon wußten, wer seine Geisel war. Manchmal funktionierte die Videoüberwachung in Banken ja nicht gut.

»Hör mal«, sagte er leise, der Trommelwirbel klang jetzt gedämpfter, fand Errki, Morgan hatte in seinem Kopf also ein wenig Ordnung geschaffen, »das kannst du mir doch wenigstens sagen.« Er schaute zu Errki hoch, der mit aneinandergepreßten Knien auf einem Baumstumpf saß. »Ob du irgendwo ausgebrochen bist. Aus einem Heim oder so. Oder ob du allein zurechtkommst und eine Wohnung hast, oder ob du bei deiner Mutter lebst. Ich bin einfach nur neugierig. Das ist doch keine so schreckliche Frage, oder?«

Er wartete und zog eine Packung Tabak aus der Tasche. Errki schwieg. Nestor nahm gerade die Position ein, wo er sich hinhockte, das Kinn auf die Knie preßte und die Hände vor den Schienbeinen verschränkte. Seine *Position.* Und solange Nestor in dieser Haltung verharrte, konnte Errki nicht sprechen.

»Ich meine, ob du aus einem Krankenhaus weggelaufen bist oder so. Sucht jemand nach dir? Bist du vermißt gemeldet?«

Bei dieser Frage warf Errki mehrere Male den Kopf hin und her.

»Wir können doch etwas abmachen«, sagte Morgan. »Ich stelle dir eine Frage. Wenn du die beantwortest, darfst du mir auch eine Frage stellen, und die muß ich beantworten, um dir noch eine stellen zu dürfen. Das ist doch kein Problem?«

Er war ziemlich stolz auf diese gute Idee und schaute seine Geisel an. Trotz der schwarzen Lederjacke und der dunklen Hose schien Errki nicht zu schwitzen. Das war seltsam. Morgan selbst war schweißnaß, sein Unterhemd wies schon dunkle Flecken auf.

»Ich will doch bloß wissen, wer du bist«, fügte er hinzu. »Das ist irgendwie nicht so leicht zu sehen.«

»Man sieht nicht viel, wenn der Teufel die Kerze hält«, sagte Errki leise.

Er sagte es müde, so als koste es ihn zu viel Kraft, für einen Jämmerling wie Morgan Wörter zu vergeuden.

Morgan fuhr zusammen, als er Errkis Stimme hörte.

Es war eine helle, schöne Stimme, und Errki hatte in tiefem Ernst gesprochen. Errki legte den Kopf schräg und lauschte auf Nestors Flüstern. Der Vorschlag kam ihm bekannt vor. Es war ein Spiel, das sie in der Anstalt spielten. In der Gruppentherapie.

»Ich fange an«, sagte er.

Morgan lächelte, erleichtert angesichts dieser ganz normalen Forderung.

»Aber es gilt auch für dich, ja? Wenn ich ehrlich antworte, darf ich dich fragen, und du mußt mir eine ehrliche Antwort geben.«

Errki stimmte zu, indem er Morgans Blick erwiderte.

»Was willst du jetzt machen?« fragte er und hörte zugleich aus der Kellertiefe her Nestors leises Lachen.

Morgan runzelte die Stirn. Er schielte zu dem Schwarzgekleideten hinüber und leckte sich die Lippen.

Was willst du jetzt machen? Das war eine unerwartete Frage. Aber er konnte sich ja einfach eine Antwort ausdenken, dieser Verrückte würde sowieso nichts damit anfangen können. Andererseits durften sie nicht lächeln. Vor diesen leuchtenden Augen zu lächeln erschien ihm allerdings auch unmöglich. Auf irgendeine Weise fühlte er sich schrecklich allein. Was willst du jetzt machen? Verdammt, das wußte er nicht. Da saß er nun mit einer Tasche voll Geld und einem unbegreiflichen Trottel. Er zögerte und zuckte mit den Schultern.

»Ich warte auf die Dunkelheit.«

Warte auf die Dunkelheit. Nestor verzog die Lippen zu etwas, das Ähnlichkeit mit einem Lächeln hatte. *Nun sag es schon, Errki. Sorg dafür, daß dem Kerl die Augen aufgehen.*

»Es wird nicht dunkel«, sagte Errki. »Jetzt, mitten im Sommer.«

»Ich bin doch kein Idiot«, fauchte Morgan.

O doch, genau das ist er, wieherte Nestor und schaukelte hin und her wie ein durchgedrehtes altes Weib.

»Zwischen Mitternacht und zwei Uhr morgens ist es nahezu stockdunkel. Wenn es soweit ist, sehen wir weiter.«

Er klang wieder bedrohlich, und die Trommeln waren völlig aus dem Takt geraten.

»Jetzt bin ich dran. Was fehlt dir eigentlich?«

Errki spreizte die Finger. Und diesen Anblick fand Morgan ekelhaft. Wenn dieser Dussel nicht so oft die Finger gespreizt und mit dem Kopf gewackelt hätte, wäre er fast erträglich gewesen.

Eine ehrliche Antwort, dachte Errki. Was fehlt mir? Ein kalter Windhauch wirbelte den grauen Kellerstaub hoch. Nestor knurrte leise. Was fehlt mir? Er schlug die Augen nieder. Im Gras, dicht bei seinen Füßen, war ein blutroter Fleck zu sehen. Der Fleck breitete sich aus, wurde langsam größer. Wenn er den Fuß einen Zentimeter weiter setzte, würde das Blut seinen Turnschuh färben.

»Na? Kommt bald eine Antwort?« Morgan starrte ihn wütend an. »Wir hatten eine Abmachung. Was fehlt dir? Ehrliche Antwort. Na los.«

Errki saß wie angewachsen da und starrte seine Füße an.

»Ich will fair sein«, sagte Morgan. »Anders als du, du bist eben nicht ganz normal. Ich stelle dir eine andere Frage. Aber wenn du die auch nicht beantwortest, bin ich ernsthaft sauer.«

Er starrte Errki an, um den Ernst der Lage deutlich zu machen.

»Du bist so verdammt schnell den Hang hoch gelaufen, so was habe ich noch nie gesehen. Kennst du dich hier oben aus?«

»Ja«, sagte Errki und blickte auf. Er hielt seine Füße ganz still.

Morgans Interesse war geweckt. »Du kennst dich richtig gut hier aus? Dann weißt du vielleicht eine Stelle, wo wir auf den Abend warten können? Vielleicht könnten wir uns eine Hütte aus Tannenzweigen bauen, was meinst du?«

Jetzt waren Errki gleich zwei Fragen gestellt worden. Er zögerte ein wenig und ärgerte sich über die Unklarheit des anderen. *Richtig gut auskennen. Hütte aus Tannenzweigen.*

»Ja«, sagte er und sah sich den Blutfleck genauer an. Einige Insekten fühlten sich davon angezogen, krabbelten darauf herum und genossen das Festmahl.

»Du kennst dich also richtig gut aus, und ja, wir bauen uns eine Hütte aus Tannenzweigen«, sagte Morgan zufrieden. »Alles klar. Du baust die Hütte. Ich halte den Revolver. Außerdem kann ich diesen Stechkram hier nicht vertragen.«

Träge zeigte er auf den untersten Zweig einer Tanne. Errki starrte die Waffe an, die dreißig Zentimeter von seinen Füßen entfernt im Gras lag.

»Jetzt erzähl schon den Rest«, sagte Morgan. »Wie gut hast du Einzelheiten im Blick? Wenn du mich identifizieren solltest, zum Beispiel für die Bullerei. Nicht, daß es soweit kommen wird, aber einfach so, aus Jux. Wie würdest du mich beschreiben?«

Errki flüsterte: »Ich bin dran.«

»Entschuldigung, du hast recht. Schieß los.«

Morgan leckte am Papier und schob sich die Zigarette zwischen die Lippen. Suchte nach einem Feuerzeug.

»Was fehlt *dir*?« fragte Errki.

Morgan starrte ihn überrascht an. Runzelte ärgerlich

die Stirn. Nestor wieherte. Der Mantel bewegte in seiner Ecke ein wenig die Arme. Er war immer so schlaff. Irgendwie kraftlos. Manchmal hatte Errki das Gefühl, er sei nur ein Bluff. Ganz einfach ein verdammter Bluff.

»Mir fehlt gar nichts, zum Teufel«, sagte Morgan wütend. »Und bisher habe ich dich nicht mal gekratzt. Ob das so weitergeht, hängt von dir und deiner Bereitschaft zur Zusammenarbeit ab.«

Er fühlte sich nicht wohl in seiner Haut. Der Umgang mit Irren war schwierig, sie waren so unvorhersagbar. Aber sie hatten ihre eigene Logik, das wußte er immerhin. Nur mußte diese Logik gefunden werden.

»Ich sag dir eins«, erklärte er. »Ich hab ein bißchen Ahnung von deinem Problem. Meinen Zivildienst hab ich nämlich in einer psychiatrischen Klinik gemacht. Das hättest du nicht gedacht, was? Ich hab den Kriegsdienst verweigert. Aufgrund meiner pazifistischen Überzeugung.«

Er schielte zu der Waffe hinüber und stieß ein begeistertes, brüllendes Gelächter aus. »Vor allem an einen komischen Vogel erinnere ich mich, der hat dauernd an seinen Unterhosen rumgeschnüffelt. Ansonsten konnte er keiner Fliege was zuleide tun. Wie ist das eigentlich mit dir? Riechst du auch an deinen Unterhosen?«

Errki mußte die öde Tatsache zur Kenntnis nehmen, daß dieser Mann einfach kindisch war. Er betrachtete den Blutfleck. Der war immer noch da.

»Wo ich gerade dran denke«, sagte Morgan. »Jetzt bin ich wieder mit Fragen an der Reihe. Wie würdest du mich beschreiben, wenn die Polizei dich fragte. Na los, zeig mal, was du kannst.«

Ein Trottel von Mann, dachte Errki. Ein lockiger Clown mit bescheuerten Shorts. Fast die ganze Zeit hat er Angst. Wenn er den Revolver verliert, ist er hilflos. In der Anstalt würden sie sicher sagen, daß er als Kind übersehen worden ist.

Er bedachte Morgan mit einem dermaßen brennenden Blick, daß der zusammenfuhr.

Größe: Etwas unter eins siebzig, bestimmt nicht darüber.

Morgan schwieg und wartete.

Gewicht: Zwanzig Kilo mehr als ich. Alter: Vielleicht zweiundzwanzig. Dichte, sandfarbene Locken. Gerade graue Augenbrauen. Graublaue Augen. Kleiner Mund mit vollen Lippen.

Morgan zog an seiner Zigarette und seufzte ungeduldig.

Kleine Ohren mit fleischigen Ohrläppchen. Kurze Wurstfinger, runde Oberschenkel und Waden. Ein wenig aufgedunsen. Kleidung: Bescheuert. Intelligenz: Innerhalb der Norm, aber ziemlich weit unten.

Es herrschte Totenstille. Sogar die Vögel hielten die Klappe. Nur Errki hörte das Kichern aus dem Keller. Morgan sprang auf und riß den Revolver an sich.

»Von mir aus kannst du so scheißgeheimnisvoll sein, wie du willst. Auf jetzt, wir müssen weiter.«

Er hatte das ekelhafte Gefühl, zum Narren gehalten zu werden, wußte aber nicht so recht, wieso.

»Du bist nur ein Bild«, sagte Errki plötzlich.

»Fresse halten, hab ich gesagt.«

»So eins, das niemand umdrehen mag, um den Text auf der Rückseite zu lesen.«

»Los jetzt.«

»Hast du dir das mal überlegt?« fragte Errki eindringlich. »Niemand weiß, wer du bist. Ist das nicht schrecklich, Morgan?«

Morgan blickte ihn verwundert an. Errki erhob sich bewußt langsam, machte einen langen Schritt, um nicht in das klebrige Blut zu treten, und ging dann den Pfad hinunter, in Richtung der Aussichtsstelle, wo das Auto stand.

»Nein, zum Teufel. Weiter nach oben. Bist du denn total bescheuert?«

»Was machst du, wenn ich gehe, wohin ich will?« fragte Errki leise.

»Dir eine Scheißkugel zwischen die Augen pflanzen und ein Loch suchen, wo ich dich reinstecken kann. Tempo jetzt.«

Also ging Errki. Schneller denn je. Er war ausgeruht, und wenn er in Bewegung war, fühlte er sich wohler.

»Schon gut, das ist schnell genug. Wenn du dich wirklich hier auskennst und mir nicht was vom Pferd erzählt hast, dann such uns eine alte Hütte oder irgendwas, wo wir uns verstecken können.«

Eine alte Hütte. Davon gab es mehrere, die meisten lagen auf der anderen Seite des Kamms, etwa zwei Kilometer entfernt. Das Gelände war unwegsam, außerdem herrschte eine schreckliche Hitze. Errki hatte Durst. Er sagte nichts, ging aber davon aus, daß das auch für Morgan galt. Er hörte ein Keuchen und bald darauf Morgans Stimme, die jetzt ruhiger klang.

»Wenn du einen Bach oder so siehst, dann sag mir Bescheid. Ich habe schweinemäßig Durst.«

Errki wanderte weiter. Seine langen schwarzen Haare flogen von einer Seite auf die andere, und das taten auch seine Jacke und die weiten Hosenbeine. Morgan starrte verwirrt hinter ihm her. Dieser Mann war total unbegreiflich, vollkommen anders als alle anderen Menschen. Warum lasse ich ihn nicht laufen, fragte er sich, warum schleppe ich diese schwarze Vogelscheuche mit mir rum? Ich hätte ihn im Auto sitzen lassen können. Habe ich einfach Angst, er könnte mich der Polizei beschreiben? Oder gibt es noch andere Gründe? Er überlegte sich, daß der andere vielleicht nicht einmal reden würde, wenn er der Polizei in die Finger geriete. Er warf einen Blick auf die Uhr. In einer halben Stunde kamen im Radio Nachrichten, würden sie eine Pause einlegen und mal hören, was die Polizei inzwischen in Erfahrung gebracht hatte. Er machte so lange Schritte, wie er nur konnte, aber der Durst wütete in seinem Mund und seinem Hals. Er hatte Whisky, aber er war auch gescheit genug, damit zu warten. Irre konnten gefährlich sein. Dieser hier war zwar körperlich nicht besonders gut ausgerüstet, aber Irrsinn und ein Mangel an Hemmungen konnten gewaltige Kraft freisetzen, das wußte er. Vielleicht sollte er ihm so weit wie möglich nach dem Mund reden. Ihn nicht zu sehr provozieren. Und sie waren ja auch keine Feinde, er hatte diesen Verrückten doch aus einem reinen Impuls heraus mitgenommen. Er hatte das Gefühl gehabt, einen riesigen Schild vor sich zu halten, als er mit diesem Irren aus der Bank gerannt war. Keine Panik, sagte er sich. Der redet einfach nur so komisches Zeug. Denk an dein Jahr in der Anstalt, daran, wie die sich alle gefürchtet haben.

Errki blieb stehen und klopfte auf seine Jackentaschen. Erst auf die eine, dann auf die andere. Er steckte eine Hand in die Hosentasche, drehte sich um und starrte ins Gras.

»Was ist los?« Morgan sah ihn an. »Hast du was verloren? Ich meine, abgesehen vom Verstand.«

Errki klopfte noch einmal seine sämtlichen Taschen ab.

»Du kannst eine Fluppe von mir haben, wenn du deinen Tabak nicht findest.«

»Das Glas«, murmelte Errki und schaute sich um.

»Welches Glas?«

»Die Medikamente.«

»Du nimmst Medikamente? Wo hast du sie verloren?«

Errki gab keine Antwort. Er ließ seinen Blick durch den Wald wandern und wackelte mehrere Male mit dem Kopf.

»Nimmst du antipsychotische Mittel? Na gut, wenn du sie verloren hast, mußt du eben ohne auskommen. Ich meine, deshalb kriegst du doch keinen Tobsuchtsanfall, oder?«

Tobsuchtsanfall. Nestor summte vor sich hin, es klang wie Strom in einem Kabel. *Nicht einmal dieses Wort kapiert er.* Errki setzte sich wieder in Bewegung.

»Solche Chemikalien sind sowieso ein Scheiß«, murmelte Morgan und dachte dabei über dieses Problem und seine möglichen Folgen nach. »Die ziehen dich bloß nach unten. Du kriegst statt dessen einen Whisky von mir«, fügte er hinzu.

Wieder blieb Errki stehen. Schaute Morgan an.

»Ich heiße Errki.«

»Errki?«

»Ich bin nur zu Besuch. Die Hand, die man nicht abhacken kann, muß man küssen.«

Er ging weiter. Morgan blieb im Heidekraut stehen und schaute ihm hinterher. Ihm ging plötzlich auf, daß er, der Wärter, wie ein Hund hinter seinem eigenen Gefangenen hertrottete. Der andere war schnell, kam viel rascher vorwärts als er, viel leichter. Die Rollen waren vertauscht worden. Hier hing er im Schlepptau wie ein altes Weib. Niemand wußte, wo sie waren, niemand konnte ihm zu Hilfe kommen, wenn etwas passierte. Er umklammerte den Revolver. Ein Schuß in den Oberschenkel würde schon reichen. Der Kerl hatte eigentlich keine Chance. Wenn es erst dunkel wurde, würde er allein weitergehen, den anderen vielleicht fesseln, um sich einen Vorsprung zu sichern. Mehr nicht. Der Bursche war abstoßend. Aber er hatte auch etwas Faszinierendes. Die Augen. Die seltsamen Sprüche. Die Feierlichkeit, die von ihm ausging, so als komme er aus einer anderen Welt. Diese Erkenntnis überraschte Morgan. Vielleicht war er ein brillanter Geist, so was wie ein Genie. Er glaubte, das einmal gehört zu haben, daß die Leute, die richtig verrückt werden, in Wirklichkeit über den schärfsten Verstand verfügen. Das war hier vielleicht genau das Problem. Der Bursche hatte zuviel Durchblick gehabt. Etwas hatte er in seinem Jahr in der Anstalt eben doch gelernt. Plötzlich sah er, daß die Entfernung zwischen ihnen immer größer wurde. Er jagte hinterher. Nach einer Weile wurde er nervös. Wohin gingen sie eigentlich, wie sollte das alles enden?

»Wir machen eine Pause. Gleich kommen Nachrichten.«

Er rief unnötig laut, um seine Position klarzustellen, als seien ihm daran Zweifel gekommen, und das machte ihm angst. Errki ging weiter, weiter und weiter – und ignorierte ihn vollständig.

»He! Errki!«

Die Trommeln lärmten. Errki blieb stehen und drehte sich um. Der Mann hinter ihm zitterte vor Wut. Nichts ist so jämmerlich wie ein Mann, der die Lage aus dem Griff verliert, dachte er.

»Du brauchst dich nicht jedesmal so anzustellen, wenn ich dir einen Befehl erteile. Ich bin hier der Chef.«

Falsch. Er ist der, der den Revolver hat.

Errki preßte die Lippen aufeinander.

»Setzen, jetzt kommen Nachrichten. Ich will hören, was sie sagen.«

Sie waren beinahe oben auf dem breiten Hügelkamm, hinter dem sich ein weiterer Kamm hinzog, blaßgrün und durch den Dunst unendlich fern. Morgan suchte in seiner Tasche nach dem Radio. Dann machte er sich an der Antenne zu schaffen. Errki legte sich im Heidekraut auf den Rücken und schloß die Augen.

»Wenn du so daliegst, siehst du aus wie ein Toter.«

Morgan versuchte, die Ruhe zu bewahren. Er betrachtete Errki mit echter Verwunderung. »Wie schaffst du es, so weiß zu bleiben, wenn die Sonne so knallt wie jetzt?« Er wieherte vor Lachen. »Aber du lebst ja in einer anderen Welt, und da ist es verdammt dunkel, was?«

Er fand einen Lokalsender. Trommelte ungeduldig mit den Fingern, während die restliche Blasmusik verstummte.

»Und jetzt die Nachrichten.« Papier raschelte. *»Ein Mann Anfang Zwanzig konnte heute nach einem Überfall auf die Fokusbank mit einer Beute von knapp hunderttausend Kronen entkommen. Der Überfall ereignete sich am frühen Morgen, unmittelbar nach Öffnung der Filiale. Der Bankräuber nahm einen Kunden als Geisel. Auch ein Schuß wurde abgegeben, jedoch wurde niemand verletzt. Bisher gibt es keine Spuren von Bankräuber und Geisel, aber die Polizei verfügt über eine außergewöhnlich gute Beschreibung.«*

Morgan runzelte die Stirn. Eine außergewöhnlich gute Beschreibung?

»Die beiden Männer verschwanden mit einem weißen Kleinwagen in der Stadt. Straßensperren haben bisher kein Resultat erbracht.«

»Wovon reden die da? Ich hab die Mütze doch erst abgenommen, als sie uns nicht mehr sehen konnten.«

Er stellte das Radio ins Gras. »Die lügen!«

Wütend zog er seinen Tabak aus der Tasche und drehte sich eine Zigarette. Errki horchte auf eine Fliege, die emsig vor seinen Augen herumsummte.

»Auch im Fall der sechsundsiebzigjährigen Halldis Horn, die gestern morgen ermordet wurde, verfügt die Polizei noch nicht über sichere Hinweise. Die Frau wurde in ihrem Haus gefunden, sie war auf brutale Weise mit einem scharfen Gegenstand erschlagen worden. Die schlimm zugerichtete Leiche wurde von einem spielenden Kind entdeckt.«

Morgan schaute ins Leere.

»Das meine ich mit richtiger Gemeinheit. Kapierst du den Unterschied? Das Geld, das ich mitgenommen habe, wird niemand vermissen. Die Bank ist versichert. Niemand ist verletzt worden. Und das Auto hat nicht mal eine Schramme abgekriegt. Aber es gibt eben auch Leute, die andere umbringen, um eine leere Brieftasche zu erbeuten.«

Errki hörte noch immer der Fliege zu. Er war davon überzeugt, daß sie ihm etwas sagen wollte, ihr Eifer mußte doch eine Bedeutung haben. Es war schrecklich anstrengend, wieviel dieser Clown redete, er hatte die Bedeutung des Wortes nicht begriffen; man sollte es bei sich behalten und für einen wichtigen Moment aufbewahren.

»Und ausgerechnet eine alte Oma! Ich kapier das nicht. Das muß doch ein Verrückter gewesen sein.«

Bei diesem Wort schielte er zu Errki hinüber.

»Kannst du überhaupt Hütten aus Tannenzweigen bauen? Alter Pfadfinder oder so?«

Errki öffnete ein Auge und starrte ihn an. Morgan mußte an den matten Schein einer Lampe hinter einem dünnen Vorhang denken.

»Auf jeden Fall brauchen wir bald Wasser. Du kennst nicht zufällig einen feinen Bach? Oder einen Weiher?«

Nestor wiegte sich hin und her, wie so oft hockte er da und hatte das Kinn auf die Knie gelegt. Diese Art zu sitzen beeindruckte Errki immer wieder, Nestor hielt stundenlang durch, ohne müde zu werden. Der Mantel, der nicht aufrecht stehen und nicht einmal sitzen konnte, weil er rein gar nichts enthielt, höchstens dusselige Kommentare, wedelte leise mit einer Taschenklappe. Nur um zu zeigen, daß er noch immer da war und auch bleiben wollte, bis irgendwer ihn wegschleppte, er selbst konnte ja nicht gehen.

»Trinkst du gern Whisky? Long John Silver, absolut genial temperiert.«

Morgan zog an seiner Zigarette und starrte vor sich hin. Kratzte sich an der Wade, weil ihm die ganze Zeit irgendwelche Insekten auf die Nerven gingen. Ihm brach der Schweiß aus, als er nach dem Viehzeug schlug, und einen Moment lang starrte er Errki, der bewegungslos im Gras lag, mißtrauisch an.

»Wie schaffst du es, so still zu liegen?« fragte er mürrisch. »Du hast doch eine ganze Fliegenarmee direkt über der Visage.«

Er drückte die Zigarette im Gras aus. Sprang auf und ging zu Errki hinüber. Bückte sich über ihn, packte ihn an der Schulter und zog ihn hoch.

Errki schwankte. »Faß mich nicht an!«

»Ach, das gefällt dir also nicht, ja? Du hast vielleicht Angst, ich könnte dich anstecken oder so? Leute wie du haben doch immer Angst vor Bazillen, stimmt das nicht? Aber mir fehlt nichts, und gestern habe ich geduscht, was mehr ist, als man von dir behaupten kann.«

Ein plötzlicher Windstoß ließ den Mantel flattern, er rollte über den Boden. Errki fuhr zusammen und hob die Hände.

»Was ist los mit dir?« Morgan sah ihn an. »Ist dir

schlecht, oder was? Deine Medikamente kann ich dir nicht besorgen, aber ehrlich, wenn ich das könnte, würde ich es tun. Ich bin nicht geizig. Und dieser Überfall«, er schluckte schwer. »Das kapierst du nicht, aber es war wirklich ein Freundschaftsdienst.«

Das sagte er mit allergrößter Aufrichtigkeit. Errki war verwirrt. Der andere blies sich in der einen Sekunde auf wie ein Prallsack und war in der nächsten freundlich wie ein Krankenhauspastor. Er drehte sich um und ging. Er ging sehr schnell und war schon weit weg, als Morgan sich gefaßt hatte.

»Nicht so eilig, ich komme jetzt.«

Aber Errki machte lange Schritte, verschwand plötzlich halb hinter einem Strauch. Morgan hörte das trockene Knacken abbrechender Zweige. »Jetzt warte gefälligst. Ich hab einiges zu tragen.«

Er ging und ging. Die beiden im Keller schauten ihm hinterher. Nestor drehte unmerklich den Kopf. Vielleicht gab er dem Mantel ein kleines Zeichen, und der winkte mit einem Arm, um es aufzuschnappen. Die beiden schienen etwas zu planen oder einen wichtigen Entschluß zu fassen. Er ging schneller. Das wollten sie doch, sie wollten sehen, was dann passierte. Hinter sich hörte er die Schritte des anderen und seinen keuchenden Atem. Er dachte an den Revolver, daran, was der vermochte, an alle Macht im Himmel und auf Erden.

»Errki, zum Teufel. Ich schieße!«

Morgan lief. Ihm ging auf, wie dicht der Wald war, daß Errki jeden Moment verschwinden konnte, er konnte sich einfach hinter einen Busch hocken und abwarten, bis Morgan vorbeigelaufen war. Morgan kannte sich hier oben doch nicht aus, o verdammt, ob er den Weg zur Straße finden würde?

»Ich schieße, Errki, ich habe viele Kugeln. Weißt du, was diese Kugel macht, wenn ich dich im Bein treffe? Sie stülpt dir die Wade um!«

Die Wade? Errki mußte sich arg konzentrieren, um sich an einen Körperteil namens Wade zu erinnern. Er sah sie nie, sie war immer hinter ihm. Also lief er einfach weiter, bis er einen scharfen Knall hörte und etwas in Ohrhöhe an ihm vorübersauste. Es war, als ob die Kugel ihn anhauchte. Eine Sekunde darauf bohrte sie sich vor ihm in einen Baumstamm. Weiße Holzsplitter ragten wie struppige Haare aus dem Stamm. Er blieb stehen.

»So, ja. Jetzt hast du kapiert. Das hab ich mir gedacht.«

Morgan hechelte wie ein Hund. »Beim nächsten Mal nehm ich deine Wade. Und jetzt geht's langsamer. Wir müssen bald eine Pause machen, ich halte dieses Gerenne nicht durch. Und es ist schon spät.«

Errki biß sich auf die Lippe. Jetzt war es bald soweit. Er spürte, daß er kurz davor und nicht vorbereitet war. Er schaute sich um. Wußte genau, wo sie sich befanden. Der andere wußte das nicht. Ruhiger ging er weiter. Er durfte den anderen nicht reizen. Er sah die Wunde im Baum vor sich. Und die Wunde in einem Rücken, eine ganze Explosion, tief drinnen im Mark, zerfetzte Haut, Blut, das wie aus einem geöffneten Hahn strömte, der große Sprung in die Ewigkeit.

Danach sehnte er sich. Aber er schob es vor sich her, mußte sich noch vorbereiten, auf den richtigen Tag, die richtige Stunde warten. Bald würde es soweit sein. Das spürte er. Es war so viel passiert. Der Mann hinter ihm war ihm vielleicht als Helfer geschickt worden. So stellte er sich die Sache vor: Er würde sich ins endlose Universum fallen lassen, in eine Bahn, die nur ihm gehörte, wo andere links und rechts vorüberkamen, außerhalb seiner Reichweite, nur als schwaches Zittern in der Atmosphäre, vorüberhuschender Hauch. Vielleicht schwebte seine Mutter so dahin, die Arme wie Flügel ausgestreckt, mit dem Licht der Sterne wie Kristalle in ihrem schwarzen Haar. Und hinter ihr der weiche Flötenton. Die Alternative war, so weiterzumachen wie jetzt. Immer mit einem hechelnden Verfolger im Rükken. Ich bin müde, dachte er. Wer hat uns in diesem Rennen an den Start gepeitscht, wer erwartet uns auf der Ziellinie, wie verdammt weit müssen wir noch? Blut, Schweiß und Tränen. Schmerz, Trauer und Verzweiflung.

Sie hatten eine Lichtung erreicht. Die Bäume wichen beiseite und eröffneten den Blick auf einen kleinen Hofplatz. Endlich hatte Morgan ihn eingeholt. Die Tasche klatschte auf den Boden. Seine Augen funkelten.

»Ach, sieh mal an! Ein Häuschen, nur für uns. Hier können wir Papa, Mama und Kind spielen.«

Er sah wirklich zufrieden aus. »Himmel, wie ich mich darauf freue, in das Haus zu kommen.«

Er lief an Errki vorbei, auf die Tür zu. Errki sah den dunklen Fleck oben auf der Steinplatte, wo noch einen Tag zuvor seine dampfenden Eingeweide gelegen hatten. Morgan achtete nicht darauf, er stemmte die Hand gegen die morsche Tür und schob sie langsam auf. Dann schaute er ins Haus.

»Dunkel und kühl«, stellte er fest. »Na los.«

Errki stand noch am selben Fleck. Er versuchte, sich an etwas zu erinnern, aber dieses Etwas schnellte wie ein Gummiband zurück. Seine elastischen Gedanken quälten ihn schon seit Jahren.

»Hier drinnen ist es schön. Komm jetzt.«

Er schob Errki in den Raum, der früher, als das Haus

von Hirten bewohnt worden war, als Wohnzimmer gedient hatte. Dann trat er ans Fenster.

»Ein kleiner See. Perfekt. Sicher kann man da unten auch baden.«

Er steckte den Kopf durch die Fensteröffnung mit der zerbrochenen Scheibe und nickte. Errki war plötzlich total erschöpft. Vorsichtig machte er einige Schritte in Richtung Kämmerchen.

»Und wo willst du hin?« Morgan sah ihn an. Errki öffnete die Tür und starrte die gestreifte Matratze an. Zog Jacke und T-Shirt aus und ließ sich fallen.

»Meine Güte, ein Etagenbett!« Morgan lächelte. »Von mir aus. Leg dich einfach hin. Solange ich weiß, wo du steckst.«

Errki gab keine Antwort. Dachte nur, daß Schlafen das beste für ihn sei, denn ihm folgten ja doch nur Tod und Elend, und wer schläft, sündigt nicht. Er atmete schwer und regelmäßig.

»Du warst ein prima Pfadfinder. Wir sprechen nachher weiter.«

Sicherheitshalber überprüfte er das Fenster in der Kammer. Wollte wissen, ob Errki da entkommen könnte. Die Fensterscheibe war kaputt, aber die Sprossen saßen noch drin, und das Fenster ließ sich nicht öffnen. Es hatte sich im Rahmen verkeilt. Sollte Errki einen Fluchtversuch unternehmen, würde er das hören. Er ging zurück ins Wohnzimmer. Als seine Schritte sich entfernten, öffnete Errki die Augen. Er lag auf etwas Hartem, deshalb rutschte er ein wenig zur Seite. Der Revolver.

MÄCHTIG RAGTE DAS KRANKENHAUS zwischen den Bäumen auf. Der Anblick verschlug Sejer für einen Moment den Atem, er fuhr an den Straßenrand, hielt an und stieg aus. Blieb eine Stunde stehen, nahm den Anblick in sich auf. Er hatte das Gefühl, daß das Gebäude ihn anschrie: DAS HIER IST ERNST!

Es stand auf dem höchsten Punkt der Umgebung. So sollte eine Anstalt aussehen, und so sollte sie der ganzen Welt zeigen, daß der Weg zum klaren Bewußtsein kein Rosengarten war. Wer das noch nicht begriffen hatte, würde es sicher hier begreifen, die Menschen, die in tiefster Verzweiflung herkamen und in diese Riesin von Anstalt geführt wurden.

Die Straße war in schlechtem Zustand, sie war schmal und voller Löcher. Er hatte angenommen, daß sie in all den Jahren, seit er sie zuletzt befahren hatte, ausgebessert worden sei, aber das war nicht der Fall. Ihm fiel ein, daß er einmal als junger Beamter ein Mädchen hergebracht hatte, sie war auf der Toilette eines Busbahnhofs gefunden worden, nackt, hinter verschlossener Tür. Sie hatten die Tür aufbrechen müssen. Ihr Gesicht war angstverzerrt. Sie hielt eine Rolle Toilettenpapier in der Hand und fing sofort an, sich das Papier in den Mund zu stopfen, als enthalte es lebenswichtige, geheime Informationen, die sie mit ihrem Leben verteidigen müsse. Ihre Hand hing zwischen ihnen in der Luft. Sie starrte die Hand an wie eine Kralle. Sejer hatte eine Decke dabei, die er ihr um die Schultern legen wollte. Die ganze Zeit sprach er leise, und obwohl sie zuhörte, schien sie ihn nur durch grauenhaften Lärm zu hören und sich alle Mühe geben zu müssen, ihn überhaupt wahrzunehmen. Doch ihr Gesicht sprach eine deutliche Sprache: Er war gekommen, um sie einer schrecklichen Strafe zuzuführen. Seine Worte, seine Beteuerungen, sein sanfter Tonfall, die ganze Glaubwürdigkeit, über die er, wie er wußte, verfügte, prallten an ihr ab. Und deshalb mußte er das tun, was er am wenigsten wollte: sie mit Gewalt aus der Zelle herausholen. Er konnte sich noch an ihr Schreien und an ihre spitzen, dünnen Schultern erinnern.

Es war ein stattliches Bauwerk, bei genauerem Hinsehen jedoch wurde seine Autorität durch den schlechten Zustand gemindert. Die roten Steine waren verblaßt und im Begriff, denselben Grauton anzunehmen wie der Asphalt unter ihnen. Das Haus versank allmählich in der Ewigkeit. Und doch war es schön, wenn auch nur jetzt, in diesem prachtvollen Sonnenschein. Es fiel Sejer nicht schwer, sich das Heim bei anderem Wetter vorzustellen, im Herbst zum Beispiel, wenn die Bäume ihre nackten Äste spreizten und Wind und Regen gegen die Fensterscheiben peitschten, sicher hatte es dann eher Ähnlichkeit mit Draculas Schloß. Das Dach wurde von einem imposanten Turm gekrönt, der mit patinagrünen Kupferplatten gedeckt war. Die Fassade wies mehrere schöne Erker auf, die Fenster jedoch waren hoch und schmal und paßten eigentlich nicht zum übrigen Bauwerk. Ein ansehnliches Portal mit reich verzierter Treppe bildete den Haupteingang. Daneben befand sich ein klassischer Krankenhauseingang mit breiten Glastüren, es war möglich, mit einem Krankenwagen vorzufahren und eine Bahre hineinzubringen.

Er betrat das Haus. Und passierte, ohne es recht zu bemerken, eine nahezu unsichtbare Rezeption.

»Entschuldigung? Wo wollen Sie hin?« Das hatte eine junge Frau hinter ihm hergerufen.

»Verzeihung. Polizei. Ich muß mit Doktor Struel sprechen.« Er zeigte seinen Dienstausweis.

»Dann gehen Sie in den ersten Stock und fragen da noch einmal.«

Er dankte und ging die Treppe hoch. Im ersten Stock wurde er in ein Wartezimmer geschickt, aus dessen Fenster man auf Garten und Wald blickte. Das Gießverbot galt offenbar nicht für dieses Gelände, denn die Rasenflächen waren grün und dunkel wie Samt. Vielleicht sollten sie ihr Geld für andere Zwecke ausgeben, dachte er. Er konnte sich nicht vorstellen, daß die Farbe des Rasens für die Heiminsassen von entscheidender Bedeutung war. Obwohl er davon im Grunde keine Ahnung hatte. Überlegte er und fuhr herum, denn er hatte das seltsame Gefühl, daß jemand ihn anstarrte.

In der offenen Tür stand eine Frau.

»Ich bin Doktor Struel«, sagte sie. Sejer nahm ihre ausgestreckte Hand.

»Kommen Sie mit in mein Sprechzimmer.«

Er folgte ihr durch den Gang und trat in ein geräumiges Sprechzimmer. Dort wurde ihm ein Platz auf einem Sofa angeboten. Er saß in einem Sonnenstreifen, und sofort brach ihm der Schweiß aus. Dr. Struel ging ans Fenster. Sie kehrte ihm den Rücken zu und starrte auf den Rasen. Machte sich an einer trostlosen Topfblume zu schaffen, die sich in ihrer Haut offensichtlich nicht wohl fühlte.

»So«, sagte die Frau endlich und drehte sich um. »Sie sind also der Mann, der meinen Errki sucht.«

Meinen Errki. Irgendwie rührend, wie sie das sagte. Ganz ohne Ironie.

»Sehen Sie das wirklich so?«

»Sonst will ihn ja niemand«, erwiderte sie schlicht. »Ja, er gehört mir. Ist meine Verantwortung, meine Aufgabe. Und ob er die alte Frau nun ermordet hat oder nicht, daran ändert sich nichts.«

»Mit wem haben Sie gesprochen?«

»Gurvin hat mich angerufen. Aber ich kann es eigentlich nicht glauben«, sagte sie. »Ich sag das lieber gleich, damit Sie wissen, wo ich stehe. Laßt ihn eine Weile frei herumlaufen, er kommt schon freiwillig zurück.«

»Ich glaube nicht, daß er freiwillig zurückkommt. Jedenfalls nicht so bald.«

Etwas in seiner Stimme, etwas sehr Ernstes, ließ sie Argwohn schöpfen.

»Wie meinen Sie das? Ist ihm etwas zugestoßen?«

»Wieviel hat Gurvin Ihnen erzählt?«

»Er hat mich über den Mord in Finnemarka unterrichtet. Hat gesagt, daß Errki in der Nähe des Hauses gesehen worden ist, zu einem, wie er es nannte, auffälligen Zeitpunkt.«

»Nicht in der Nähe. Er wurde auf dem Hof gesehen. Und deshalb verstehen Sie sicher, daß wir ihn finden müssen. Das Haus ist sehr einsam gelegen.«

»Es ist typisch für Errki, sich im Wald zu verkriechen, er geht Menschen aus dem Weg. Und das mit gutem Grund.«

Sie war sehr schroff. Sejer merkte, daß in ihm etwas aufstieg. Irritation.

»Verzeihen Sie meine Ignoranz«, sagte er langsam. »Aber ich muß diese Möglichkeit einfach in Betracht ziehen. Es war ein schlimmes Verbrechen und ganz und gar unnötig, denn offenbar ist nichts aus dem Haus entfernt worden als eine Brieftasche mit einigen wenigen Kronen. Und der Mörder befindet sich auf freiem Fuß. Die Menschen der Umgebung haben Angst.«

»Errki wird immer die Schuld zugeschoben«, sagte sie leise.

»Aber er ist bei dem Haus gesehen worden, und sie hat wirklich sehr einsam gewohnt. Da oben wimmelt es nicht gerade von Leuten. Und da er geistig gestört ist, können wir es nicht ausschließen, daß er etwas mit der Sache zu tun hat.«

»Sie meinen, er steht unter stärkerem Verdacht, weil er krank ist?«

»Na ja, ich ...«

»Sie irren sich. Er begnügt sich mit Ladendiebstahl. Schokolade und so.«

»Es sind allerlei Gerüchte über ihn in Umlauf.«

»Genau. Gerüchte.«

»Und die sind ganz ohne Grund entstanden, meinen Sie?«

Sie gab keine Antwort.

»Das ist aber nur die halbe Geschichte«, fuhr er fort. »Heute morgen hat es in der Innenstadt einen Überfall gegeben. Einen bewaffneten Überfall auf die Fokusbank.«

Sie prustete los. »Also wirklich. Errki kann sich nicht genügend konzentrieren, um eine solche Kraftanstrengung zu bewältigen. Jetzt haben Sie wirklich auch den letzten Rest Glaubwürdigkeit verloren.«

»Ich bin noch nicht fertig«, sagte er kurz. Was sie da über seine Glaubwürdigkeit gesagt hatte, gefiel ihm überhaupt nicht. »Die Bank wurde von einem jungen Mann überfallen, möglicherweise etwas jünger als Errki. Er trug dunkle Kleidung und war vermummt, deshalb konnten wir ihn noch nicht identifizieren. Aber das größte Problem ist, daß er eine Geisel genommen hat. Einen Kunden der Bank. Er hat die Geisel mit dem Revolver in sein Auto gezwungen und ist mit ihr verschwunden. Und diese Geisel ist als Errki Johrma identifiziert worden.«

Jetzt schwieg sie endlich. Er konnte ihre Verlegenheit förmlich hören.

»Errki?« stammelte sie. »Als Geisel genommen?« Sie stand auf. »Und Sie haben keine Ahnung, wo sie sich aufhalten?«

»Leider nein. Wir haben alle Ausfahrtsstraßen gesperrt, und bei dem Fluchtauto kann es sich um einen weißen Mégane handeln, der in der Nacht auf heute gestohlen worden ist. Vermutlich ist der Wagen längst irgendwo abgestellt worden, aber wir haben ihn noch nicht gefunden. Wir wissen auch nicht, was dieser Bankräuber für eine Persönlichkeit hat, ob er gefährlich ist oder nicht. Aber er hat in der Bank einen Schuß abgegeben, vermutlich, um dem Personal angst zu machen, und er wirkte ziemlich verzweifelt.«

Sie setzte sich wieder. Nahm einen Gegenstand vom Tisch und umklammerte ihn mit der Hand.

»Wie kann ich Ihnen helfen?« fragte sie leise.

»Ich muß wissen, was er für ein Mensch ist.«

»Dann sitzen wir heute nacht noch hier.«

»Dazu fehlt mir die Zeit. Sie glauben also nicht, daß er die alte Frau umgebracht hat. Wie lange ist er schon Ihr Patient?«

»Bei uns ist er seit vier Monaten. Aber er hat große Teile seines Lebens in verschiedenen Institutionen verbracht. Der Stapel von Berichten und Krankengeschichten über Errki ist unendlich hoch.«

»Hat es bei ihm jemals Anzeichen von Gewalttätigkeit gegeben?«

»Wissen Sie«, sagte sie, »in Wahrheit ist er unglaublich defensiv. Nur wenn er wirklich in die Enge getrieben wird, beißt er um sich. Und ich kann mir nicht vorstellen, daß eine alte Frau ihm solche Angst eingejagt oder ihn dermaßen provoziert haben soll, daß er deshalb zum Mörder geworden ist.«

»Wir wissen nicht, was da oben passiert ist, was die

alte Frau getan hat oder nicht. Aber ihre Brieftasche ist auf jeden Fall verschwunden.«

»Das war garantiert nicht Errki. Er stiehlt nur Schokolade und so was. Aber niemals Geld.«

Sejer seufzte leise. »Schön, daß Sie so fest an ihn glauben. Vermutlich braucht er das ganz besonders. Und außer Ihnen hält wohl niemand zu ihm, oder?«

»Hören Sie.« Sie sah ihn an. »Felsenfest sicher bin ich nicht. Ich kann felsenfeste Sicherheit auch nicht ertragen. Ich halte es aber für meine Pflicht, an seine Unschuld zu glauben. Früher oder später werde ich ihm diese Frage nämlich beantworten müssen. Wenn er wie Sie jetzt auf diesem Sofa sitzt und mich fragt: Glaubst du, daß ich es war?«

Dr. Struel war Mitte Vierzig. Blond und eckig, mit sehr kurz geschnittenen Haaren und langem Pony. Ihr Gesicht wirkte im Vergleich zu ihrer kräftigen Gestalt überraschend feminin, sie hatte runde Wangen mit haarfeinem Flaum, das sah er im Sonnenlicht, das unbarmherzig durch das Fenster drang. Sie trug Jeans und eine weiße Bluse, unter den Armen hatte sie feuchte Flecken. Jetzt strich sie sich die Haare aus der Stirn, doch der lange Pony wogte sofort wie eine blonde Welle zurück.

Sejer setzte sich gerade. »Ich würde gern sein Zimmer sehen.«

»Das liegt im Erdgeschoß. Ich führe Sie hin. Aber sagen Sie mir noch – wie ist sie ermordet worden?«

»Sie wurde mit einer Unkrauthacke erschlagen.«

Dr. Struel verzog kurz das Gesicht. »Das paßt nicht besonders gut zu Errki und seinem verschlossenen Wesen.«

»Das würde jeder sagen, der an ihn glaubt und sich für ihn verantwortlich fühlt.«

Er stand auf und wischte sich den Schweiß von der Stirn.

»Verzeihung, aber ich sitze genau in der Sonne. Darf ich mich woanders hinsetzen?«

Sie nickte, und er ging zu ihrem Schreibtisch, vor dem ein Holzstuhl stand. Und dabei sah er die Kröte. Sie lag hinter einem Papierstapel auf der Lauer. Groß und fett, oben graubraun, unten heller. Sie bewegte sich nicht, selbstverständlich nicht, sie war ja nicht echt, aber es hätte ihn nicht überrascht, wenn sie plötzlich einen Satz gemacht hätte, so natürlich sah sie aus. Neugierig hob er sie hoch. Dr. Struel beobachtete ihn und lächelte. Die Kröte war seltsam kalt, obwohl es doch so heiß war. Vorsichtig drückte er sie zusammen und begriff. Sie war mit einer Art Gelee gefüllt und konnte deshalb in andere Formen gepreßt werden. Das machte er nun, wenn auch vorsichtig. Er konnte den Inhalt des Rumpfes in die dünnen Beine drücken. Jetzt war die Kröte restlos deformiert und sah aus wie eine Mißgeburt. Er quetschte weiter daran herum. Merkte, daß sie zwischen seinen Händen langsam warm wurde.

Die Augen der Kröte starrten ihn an. Sie waren blaßgrün und hatten einen schwarzen Strich. Der Rücken war rauh und uneben, am Bauch war sie ziemlich glatt. Er drückte unten zu und quetschte den gesamten Inhalt in den Oberkörper. Jetzt sah die Kröte ausgesprochen athletisch aus, mit breiten Schultern und strotzendem Brustkasten.

Danach versuchte er eine andere Variante. Der Inhalt wurde in den Bauch gedrückt, und der Kopf hing schlaff wie ein Stofflappen zur Seite. Er legte die Kröte auf den Tisch. Das Gelee glitt nicht, wie er erwartet hatte, zurück in die ursprüngliche Form. Er hob den Klumpen noch einmal hoch und versuchte nach besten

Kräften, die alte Gestalt wiederherzustellen. Als die Kröte wieder krötenhaft aussah, legte er sie an ihren alten Platz.

»Witzig«, sagte er leise.

»Nützlich«, sagte Dr. Struel und strich der Kröte über den Rücken.

»Was machen Sie damit?«

»Sie ist zum Anfassen da, wie Sie das gerade gemacht haben. Und die Art, wie Sie sie anfassen, verrät mir etwas über Ihr Wesen.«

Er schüttelte den Kopf. »Das nehme ich Ihnen nicht ab.«

Sie lächelte jetzt fast mütterlich. »Doch, wirklich. Es sagt mir etwas darüber, wie ein Mensch Dinge angeht. Sie zum Beispiel.«

Er hörte ihr skeptisch zu, war aber zugleich von ihrer Stimme gefangen.

»Sie haben sie ganz vorsichtig hochgehoben und sich die Sache erst überlegt, ehe Sie zugedrückt haben. Als Sie gesehen haben, daß sie ihre Form ändert, haben Sie alle Möglichkeiten durchgespielt. Viele finden solche Kröten widerlich, Sie nicht. Die Art, wie Sie den Kopf schräggelegt haben, als Sie ihr in die Augen schauten, sagt mir, daß Sie den Seltsamkeiten des Lebens offen und freundlich gegenübertreten. Sie haben vorsichtig gedrückt, fast zärtlich, als ob Sie Angst hätten, die Kröte könne platzen. Aber das kann sie nicht. Das garantiert zumindest der Hersteller. Falls Sie nicht ungewöhnlich scharfe Fingernägel haben oder so«, fügte sie hinzu. »Aber Sie haben ziemlich schnell aufgehört, so als hätten Sie Angst, die Sache könnte sich zu einem gefährlichen Spiel entwickeln. Und nicht zuletzt: Sie haben sie sorgfältig in ihre alte Form zurückgedrückt, ehe Sie sie weggelegt haben.«

Sie machte eine Pause und blickte ihn lange an. »Das sagt mir, daß Sie ein vorsichtiger Mann sind, aber durchaus über Neugier verfügen. Sie sind außerdem ein wenig altmodisch und haben Angst vor neuen, ungewohnten Formen. Ihnen ist es lieber, wenn die Dinge so aussehen, wie sich das gehört; wenn sie bleiben, wie sie sind, so, wie Sie sie kennen und verstehen.«

Er lachte ein unsicheres Lachen. Ihre Stimme ließ ihn auf seltsame Weise weich werden. Er kam sich selbst schon ein wenig geleeartig vor.

»Mit Hilfe dieser Kröte und mit tausend anderen kleinen Dingen, mit anderen Spielen und Aufgaben und vor allem mit Hilfe von Zeit kann ich fast mehr über Sie in Erfahrung bringen, als Sie selber wissen.«

An Selbstvertrauen fehlt es dir wirklich nicht.

»Hat Errki diese Kröte gesehen?« fragte er laut.

»Natürlich. Sie liegt immer hier.«

»Was hat er damit gemacht?«

»Er sagte: Schaff dieses widerliche, ekelhafte Tier weg, sonst beiß ich ihm den Kopf ab und verschmier seinen Inhalt auf dem Tisch.«

»Haben Sie ihm geglaubt?«

»Er hat noch nie gelogen.«

»Aber Sie haben doch gesagt, er sei nicht gewalttätig.«

Unvermittelt schnappte sie sich die Kröte und zog mit aller Kraft an den vier Beinen, so daß sie sich dehnten wie Gummibänder. Sejer tat dieser Anblick fast weh. Dann band sie zuerst die Vorder- und dann die Hinterbeine zu einem Knoten. Und legte die Kröte rücklings auf den Tisch. In seiner ganzen Hilflosigkeit bot das Geschöpf einen schmerzlichen Anblick. Dr. Struel lachte, als sie Sejers Gesichtsausdruck sah. »Jetzt zeige ich Ihnen sein Zimmer.«

»Wollen Sie sie nicht losbinden?« fragte er besorgt.

»Nein.« Sie lächelte neckend.

Durch sein Inneres rollte eine Welle. Er hörte verwundert zu.

Sie warfen einen Blick in Errkis Zimmer. Ein schlichter Raum mit Bett, Kommode, Waschbecken und Spiegel. Vor dem Spiegel hing ein Zeitungsblatt. Vielleicht wollte er sich nicht sehen, wenn er daran vorüberging. Das Fenster war hoch und schmal und stand offen. Der Raum war einfach kahl. Nichts hing an den Wänden oder lag auf dem Boden.

»So ungefähr sieht auch das aus, was wir anbieten können«, sagte Sejer nachdenklich. »Eine Zelle.«

»Wir schließen die Türen nicht ab.«

Er ging hinein und lehnte sich an die Wand. »Warum haben Sie sich für Psychiatrie entschieden?«

Während er das sagte, las er ihr Namensschild. Dr. S. Struel, er fragte sich, wofür dieses S stehen mochte. Vielleicht für Solveig. Oder Sylvia.

»Weil«, antwortete sie und schloß die Augen, »weil normale Menschen«, das »normal« klang wie eine Herabsetzung, »ich meine, die, die Erfolg haben, die gut ausgerüsteten, zielbewußten Menschen, die alle Regeln einhalten, die ihr Ziel problemlos erreichen, die über perfekte soziale Antennen verfügen, die mit größter Selbstverständlichkeit navigieren, die dort ankommen, wo sie ankommen wollen, die ihren Willen durchsetzen – sind die denn in irgendeiner Hinsicht interessant?«

Diese Frage kam ihm witzig vor. Er konnte sich ein Lächeln nicht verkneifen.

»Das einzig Interessante auf dieser Welt sind die Verlierer«, sagte Dr. Struel. »Oder die, die wir als Verlierer bezeichnen. In allen Formen der Abweichung liegt ein Aufruhr. Und ich habe den Mangel an Aufruhr nie verstehen können.«

»Was ist mit Ihnen selbst«, fragte er plötzlich. »Gehören Sie denn nicht zu diesen erfolgreichen, zielbewußten Menschen? Und begehren Sie auf?«

»Nein«, gab sie zu. »Und das verstehe ich nicht. Denn im Grunde bin ich grausam verzweifelt.«

»Grausam verzweifelt?« fragte er besorgt.

»Sind Sie das nicht?« Sie blickte ihn lange an. »Wir können doch auf dieser Welt kein aufgeklärter, intelligenter, engagierter Mensch sein, ohne zugleich in tiefe Verzweiflung zu geraten. Das ist einfach unmöglich.«

Bin ich eigentlich zutiefst verzweifelt, fragte er sich.

»Außerdem kommen die Persönlichkeiten wie aus einem Guß in dieser Gesellschaft am besten zurecht«, sagte sie. »Ganze, felsenfest sichere, konsequente Menschen. Sie wissen schon, die mit Charakterstärke.«

Jetzt konnte er sein Lachen nicht mehr unterdrücken.

»Hier bei uns ist Platz für Aufruhr, wir haben keine Angst vor Krach. Wir haben auch keine Angst davor, nicht gut genug zu sein.« Wieder strich sie sich die Haare aus der Stirn. »Und ich könnte wohl in keiner anderen Form von Gemeinschaft existieren, als wir sie hier haben.«

Er fand es wunderbar, daß sie laut dachte und ihn daran Anteil nehmen ließ, obwohl er ein Fremder war. Und zugleich kam er sich gar nicht vor wie ein Fremder.

»Wie ist es denn bei euch?« fragte sie dann.

»Bei uns?« Er dachte kurz nach. »Bei uns gibt es Ordnung und Struktur und einen Haufen echte Persönlichkeiten aus einem Guß.«

Er bemühte sich, seine Stimme unter Kontrolle zu bringen, sie klang wohl doch ein wenig zu lebhaft. »Wenig Platz für Improvisation und Phantasien. Ein großer Teil unserer Arbeit besteht aus der Suche nach winzigen physischen Dingen – Haare, Fingerabdrücke oder Blutreste. Spuren von Schuhen oder vielleicht Autoreifen. Danach kommt ein philosophischer Teil, und obwohl er in unseren Berichten nie ausführlich erwähnt wird, gibt es ihn eben doch. Das ist natürlich das einzige in diesem Beruf, das wirklich spannend ist. Und wenn es diesen Teil nicht gäbe, würde ich wohl etwas anderes machen.«

»Und was ist mit denen, die Sie festnehmen und in den Käfig stecken?«

Er musterte sie bestürzt. »So drücken wir uns eigentlich nicht aus.«

Jetzt will sie mich provozieren, dachte er, vielleicht hat sie das Gefühl, daß normale Höflichkeitsregeln für sie nicht gelten. Wo es ihr doch so sehr um Aufruhr geht.

»Ich würde sie gern anderswohin schicken«, sagte er ruhig.

Er war so fasziniert von dieser Frau, von ihrem breiten, hellen Gesicht und den dunklen Augen mit den hellen Ringen, daß er sich fast vor dem fürchtete, was er als nächstes sagen würde. Und dabei überraschte er sich sonst nie. »Wenn es einen anderen Ort gäbe«, fügte er hinzu. »Aber in unserer ganzen Armut sind wir noch nicht weiter gekommen als bis zu – diesem Käfig.«

»Sind sie Ihnen wichtig?« fragte sie. Er mußte aufschauen und ihre Miene betrachten. Genaugenommen sah sie so aus, als habe sie es faustdick hinter den Ohren.

»Ja, das schon. Aber dafür bleibt mir nicht viel Zeit. Außerdem arbeite ich nicht im Gefängnis. Aber ich weiß, daß sie dem Gefängnispersonal wichtig sind.«

»Ach.« Sie zuckte mit den Schulten. »Und wir haben wohl auf jeden Fall einige der humansten Strafanstalten der Welt.«

»Human?« Er konnte nicht verhindern, daß sein Ton scharf wurde. »Sie nehmen Rauschgift. Sie brechen aus, springen aus dem Fenster, brechen sich die Beine oder sogar den Hals, werden verrückt, vergewaltigen sich gegenseitig, verprügeln einander und begehen Selbstmord. So human geht es bei uns zu!«

Er holte Atem.

»Sie sind Ihnen wirklich wichtig!« Sie lächelte.

»Das habe ich doch gesagt.«

»Aber ich wollte es genau wissen.«

Wieder war es still, und wieder staunte er über dieses seltsame Gespräch. Dieser Frau schien der übliche Respekt vor der Autorität zu fehlen, deren Teil er war und die die Menschen immer voller Ehrfurcht sprechen oder gleich schweigen ließ. Na gut, mit einer Ausnahme wurde er ja wohl noch fertig.

»Errki«, sagte er schließlich. »Erzählen Sie mir von Errki.«

»Nur, wenn Sie das wirklich interessiert.«

»Aber das tut es doch.«

Sie öffnete die Zimmertür. »Kommen Sie, wir gehen in die Kantine und trinken eine Cola. Ich habe Durst.«

Er ertappte sich dabei, wie er hinter ihr hertrottete und versuchte, das Verwirrende, Störende zu verdrängen, das sich in seinem Kopf abspielte oder in seiner Brust oder seinem Bauch oder wo auch immer. Er war sich in keiner Hinsicht mehr sicher.

»Welchen Weg ist Errki wohl gegangen?«

»Durch den Wald.«

Sie zeigte auf die linke Seite des Hauses. »Da hinten liegt ein kleiner Weiher, den wir Brunnen nennen, dort haben wir schon gesucht. Wenn er an diesem Weiher vorbei und dann weiter in den Wald gegangen ist, stößt er an der Autobahnunterführung auf die Hauptstraße. Und wenn er in Finnemarka gesehen worden ist, dann stimmt diese Richtung.«

Als sie kurz darauf in der Kantine saßen und sie Zitronensaft in ihre Cola tropfen ließ, fragte er neugierig: »Können Sie einem ganz normalen Menschen erklären, was eine Psychose eigentlich ist?«

Ihm fiel auf, daß der Zitronensaft die Cola langsam heller werden ließ.

»Sind Sie denn ein ganz normaler Mensch?«

Ihr Tonfall hatte etwas Neckendes. Er wußte nicht so recht, ob er das als Kompliment auffassen sollte oder lieber nicht. In seiner Verwirrung spielte er an dem Mobiltelefon in seinem Gürtel herum.

»In gewisser Weise ist das ganz unmöglich, es ist zu abstrakt«, sagte sie leise. »Aber ich betrachte eine Psychose als Versteck. Es geht darum, daß alle normalen Verteidigungsmechanismen zusammengebrochen sind. Der Weg in Ihre Seele steht offen. Alle Welt kann dort herumtrampeln. Noch der unschuldigste Annäherungsversuch wird als feindlicher Angriff erlebt. Errki hat sich ein Versteck gesucht. Er versucht zu überleben, indem er eine innere Überlebensstrategie entwickelt. Eine Art korrigierende Instanz, die nach und nach vollständig die Oberhand gewinnt und seine Freiheit und die Möglichkeit zu eigenen Entscheidungen einschränkt. Haben Sie das verstanden?«

Sie trank einen Schluck Cola und wischte sich mit dem Handrücken über den Mund.

Er nickte. »Will er denn überhaupt da herauskommen?«

»Vermutlich nicht, und das ist das Problem. Denn alle Formen von Krankheit bringen natürlich einen Gewinn. Sie wissen schon, wenn jemand uns umsorgt, während wir mit Fieber im Bett liegen. Das ist doch wunderbar.«

Du hast gut reden, dachte er verletzt.

»Und wie krank ist Errki?«

»Das ist ein Teil des Problems. Immerhin ist er nicht mehr bettlägerig. Er ißt, er bekommt Medikamente. Mit anderen Worten, er arbeitet bis zu einem gewissen Grad mit.«

»Und – Schizophrenie? Was ist das?«

»Dieses Wort benutzen wir in unserer ganzen Hilflosigkeit, weil es praktisch ist, für alle Dinge eine Schublade zu haben – wenn die Psychose schon eine Weile vorhält. Sagen wir, einige Monate.«

»Ist Errki schon lange krank?«

»Er gehört zu denen, die von vielen wohl mehr oder weniger aufgegeben worden sind. Er wandert wie eine Art Reklamation von einem Ort zum anderen.« Sie seufzte tief. »Wenn er diese Frau umgebracht hat, dann fürchte ich, daß es für ihn keine Hoffnung mehr gibt. Dann wird ihm wohl nicht mehr geholfen werden. Nicht so, wie ich ihm helfen wollte.«

»Und«, er sah sie an und hob sein Glas, »was wissen Sie über die Ursache von Errkis Krankheit?«

»Nicht viel. Aber ich habe meine Theorien.«

»Können Sie mir darüber etwas sagen?«

»Ich habe mich ab und zu gefragt, ob es mit dem Tod seiner Mutter zusammenhängen könnte.«

»Die Gerüchte besagen doch, Errki habe sie umgebracht«, sagte Sejer schnell. Im Grunde ein wenig zu schnell.

»Sicher, das habe ich gehört. Diese Gerüchte hat er selbst gestreut.«

»Warum denn das?«

»Weil er es auch glaubt.«

»Aber Sie glauben es nicht?«

»Ich lasse die Möglichkeit offen. Wir brauchen alle eine Chance«, sagte sie mit fester Stimme.

Ja, dachte er. Ich brauche vermutlich auch eine Chance. Aber ich würde sie wohl nicht einmal dann nutzen, wenn sie mir in den Schoß fiele. Sie trägt keinen Ring, aber das muß nichts bedeuten. Früher war es ein sicheres Zeichen. Es war ganz einfach zu sehen, wer ledig war. Bei Elise hatte er es sehen können. Lange, glatte Finger ohne Ring. Was in aller Welt sind das für Gedanken, fragte er sich plötzlich.

»Wie ist sie gestorben?« fragte er.

»Sie ist eine Treppe hinuntergefallen.«

»Er hat sie nicht gestoßen?«

»Er war acht Jahre alt.«

»Achtjährige stoßen und knuffen die ganze Zeit. Aus Versehen, zum Beispiel, oder beim Spielen. Errki war im Haus, nicht wahr?«

»Er hat es unmittelbar miterlebt.«

»Sonst aber niemand?«

»Nein.«

»Was genau wissen Sie?«

»So gut wie nichts. Er saß auf der Treppe, als Hilfe kam, und offenbar hatte er schon lange da gesessen, ohne sich rühren zu können.«

Sie griff in ihre Blusentasche, in der eine Packung Prince Mild steckte. »Es ist so lange her«, fügte sie hinzu.

»Noch etwas: Gurvin hat erwähnt, daß Errki in den USA gelebt hat?«

»Er hat mit Vater und Schwester in New York gewohnt, sieben Jahre lang. Sie waren regelmäßig zu Besuch in Norwegen, zu Weihnachten und so.«

»Und – stimmt es, daß er Kontakt zu einem etwas seltsamen Mann hatte?«

Jetzt lächelte sie. »Das habe ich nicht überprüfen können. Ich habe mit dem Vater gesprochen, und der gibt zu, nie so recht gewußt zu haben, was Errki in seiner Freizeit machte. Er hat sich mehr um die Schwester gekümmert. Anders als Errki ist ihr alles geglückt, vor allem sozial gesehen. Aber Sie denken sicher an diesen Zauberer, nicht wahr?«

»Vielleicht hat der ihm Grillen in den Kopf gesetzt?«

»Die hatte er sicher schon. Aber besser ist die Sache dadurch auch nicht geworden. Das Schlimmste ist...« Sie verstummte plötzlich und starrte in ihre Cola. Offenbar überlegte sie, ob sie weitersprechen sollte oder ob sie damit zu weit gehen würde.

»Das schlimmste ist«, wiederholte sie schließlich, »daß ich mich manchmal frage, ob er wirklich über diese Fähigkeit verfügt. Ob er wirklich mehr sieht als wir anderen, ob er Ereignisse auslösen kann. Durch tiefe Konzentration. Dinge, die sich nur so erklären lassen, daß er sie durch seine Willenskraft verursacht.«

So. Jetzt war es gesagt.

Sejer runzelte die Stirn. Jetzt, wo er gerade angefangen hatte, sie so gut leiden zu mögen, fand er es sehr ärgerlich, daß sie doch nicht ganz klar im Kopf war. Nicht die nüchterne, intelligente Frau, für die er sie gehalten hatte. Verflixt!

»Erzählen Sie«, bat er.

Sie richtete ihren Blick auf eine Statue im Garten, eine nackte Frau, die auf den Knien lag und auf das Krankenhausgelände starrte.

»Ich werde Ihnen von unserer allerersten Stunde erzählen, Errkis und meiner. Alle Patienten haben eine feste Therapeutin oder einen Therapeuten, außerdem gehören sie einer Gruppe an und gehen in Gruppentherapie. Tag und Stunde waren also gekommen. Ich wartete in meinem Sprechzimmer auf ihn, neugierig, ob er die Zeit einhalten würde, nachdem ich ihm den Weg gezeigt hatte. Und er kam ganz pünktlich. Ich nickte zum Sofa hinüber, und er setzte sich. Ließ sich einfach fallen. Ich konnte seine Augen nicht sehen. Es war still im Zimmer. Dieser Augenblick hat immer etwas Magisches. Die erste Stunde, die ersten Worte.«

Sie sprach leise und sehr langsam. Sejer spürte, wie er in ihre Gedanken hineingezogen wurde, wie er fast mit den beiden in dem Zimmer saß.

»Wir haben genau eine Stunde, fing ich an. Und heute werde ich bestimmen, wie wir diese Stunde nutzen. Er sagte nichts dazu. Ich ließ die Stille andauern, ich habe keine Angst vor Stille, es passiert immer wieder, daß sie in der ersten Stunde nicht viel oder auch gar nichts sagen. Selbst in der zweiten noch. Deshalb habe ich mich nicht gewundert. Er saß ganz entspannt da, schien sich auszuruhen. Er war nicht nervös oder ängstlich. Irgendwann beschloß ich, von mir zu erzählen, leise und ruhig.«

»Was haben Sie gesagt? Können Sie überhaupt über sich selbst sprechen?«

»Natürlich, innerhalb gewisser Rahmen.« Und jetzt schien sie zu deklamieren: »Ich soll persönlich sein, aber nicht privat; engagiert, aber nicht aufdringlich. Energisch, aber nicht scharf oder autoritär. Teilnahmsvoll, aber nicht sentimental … Und so weiter und so weiter. Ich sagte also zu Errki, daß wir, er und ich, eine Sprache finden müßten, nur für uns beide, die sonst niemand versteht. Die sonst niemand deuten kann. Mit ›sonst niemand‹ meinte ich die Stimmen, die er in sich hört und die ihm das Leben sauer machen. Ich sagte, wir brauchten eine Möglichkeit zum Kommunizieren, und die solle unser Geheimnis sein. Ein Kode. Wenn er mir also etwas sagen wolle, solle er das kodieren. Ich würde es schon deuten können, wenn ich nur ein bißchen Zeit hätte, und es würde mein Problem sein, seinen Kode zu knacken.«

Sie legte eine Atempause ein.

»Aber er schwieg, und die Zeit verging, und ich wartete auf irgendein Zeichen. Am Ende wäre ich fast eingenickt. Seine Art war einfach so beruhigend. Er saß da, als ob das Zimmer ihm gehörte. Als er endlich aufstand, fuhr ich zusammen. Ohne mich anzusehen, ging er zur Tür. Das ist gegen die Regeln, also befahl ich ihm stehenzubleiben. Er drehte sich nur um und zeigte auf sein linkes Handgelenk, an dem er allerdings keine Uhr trug. Die Stunde war zu Ende. Es gab auch keine Wanduhr. Aber es stimmte, es waren genau sechzig Minuten vergangen.«

»Was haben Sie gemacht?« fragte Sejer neugierig.

Sie lachte leise. »Ich habe versucht, ihn auszutricksen. Ich sagte, wir hätten noch fünf Minuten, aber ich lächelte dabei. Und da kam das allererste Wort über seine Lippen. Das erste Wort, das er je zu mir gesagt hat. *Gelogen.*«

Sejer schaute aus dem Kantinenfenster auf den grünen Rasen. Ihm fiel ein, daß es schon spät war, daß er bald zur Wache zurückkehren mußte, am besten mit wichtigen Auskünften. Er hatte, seit er hier draußen war, noch nicht einmal ein Telefongespräch geführt. Vielleicht waren die beiden schon gefunden worden. Während er hier saß und sich in die Psychiatrie und ihre Geheimnisse hineinträumte. Oder in diese Frau. In alles mögliche. In eine andere Zukunft, als er bisher erwartet hatte.

»Danach«, sagte sie, »habe ich in mein Tagebuch geschrieben: Eins zu null für Errki.«

»Wie reagiert Errki, wenn er sich bedroht fühlt, was meinen Sie?«

Sie sah ihn an und machte beim Gedanken an die Lage, in der Errki sich befand, ein besorgtes Gesicht. »Er gibt nach, solange es geht. Er ist defensiv.«

»Aber wenn er nicht mehr nachgeben kann? Wenn er ausreichend bedroht oder provoziert wird, was macht er dann?«

»Ich habe vorhin schon versucht, das zu erzählen, aber da haben Sie es nicht begriffen. Er beißt einfach zu.«

»Er beißt? In was denn?«

»In alles, was er gerade erreichen kann.«

ERRKI SCHLIEF. Morgan stand in der Tür und betrachtete ihn. Eine rote, gezackte Narbe zog sich vom Halsansatz bis zum Nabel. Sie war nicht gut verheilt. Er dachte eine Weile nach. Konnte sich beim besten Willen nicht vorstellen, was eine dermaßen häßliche Narbe hinterlassen haben mochte. Also starrte er Errki an, obwohl er ihn doch eigentlich hatte wecken wollen. Er hatte lange allein auf dem alten Sofa im Wohnzimmer gesessen und träge vor sich hingestarrt. Radio gehört. Es gab keine neuen Erkenntnisse. Hunderttausend Kronen, hatte sie gesagt. Er hatte nachgezählt, und es stimmte.

Morgan stand mäuschenstill da. Es kam ihm sehr intim vor, einen schlafenden Mann so anzustarren. Bei einer schlafenden Frau wäre es etwas anderes gewesen. Glaubte er. Errki atmete flach, seine Augenlider bewegten sich ein wenig, er schien zu träumen. Seine schwarze Jacke und sein T-Shirt lagen auf dem Boden. Warum will ich ihn wecken? dachte Morgan. Warum stehe ich hier wie ein Köter, der Gesellschaft braucht, und fühle mich einsam? Soll er doch weiterknacken. Er redet ja sowieso nicht, ist viel zu sehr in sein verkorkstes Innenleben vertieft, um mir zuzuhören. Und trotzdem, wenn er schläft, sieht er aus wie alle anderen.

Er fragte sich, ob der Irrsinn auch im Schlaf vorhanden war. Ob auch Errkis Träume verrückt waren. Oder ob er tief in sich eine Höhle hatte, in der alles so war, wie es sein sollte. Eine Höhle, die er sich nicht eingestehen wollte.

Dann fuhr er zusammen. Ohne Vorwarnung öffnete Errki die Augen. Von einer Sekunde zur anderen war er erwacht. Er hatte sich nicht bewegt, wie die meisten es vor dem Erwachen tun, hatte sich nicht gereckt, hatte nicht gegrunzt oder gestöhnt. Hatte einfach nur die Augen geöffnet. Die waren überraschend groß, doch als er Morgan entdeckte, kniff er sie zusammen.

»Was hast du mit deinem Brustkasten angestellt?« fragte Morgan unwillkürlich. »Sieht aus, als ob du Harakiri begangen hättest.«

Errki schwieg, denn die beiden unten im Keller mühten sich noch ab, um in ihre üblichen Positionen zu gelangen. Manchmal waren sie unerträglich langsam.

»Ich brauche Gesellschaft«, erklärte Morgan. Im

Grunde fand er es gut und richtig. »Es ist schon spät. Trinken wir einen Whisky?«

Errki erhob sich langsam. Nichts passierte. Er lugte zu Morgans Revolver hinüber, streifte sich sein T-Shirt über den Kopf und folgte Morgan ins Wohnzimmer. Das Radio stand auf der Fensterbank, die Antenne zeigte aus dem zerbrochenen Fenster. In dem alten Haus herrschte eine angenehme Temperatur, über dem Wald jedoch hing warmer Dunst, und der See in der Ferne schien in der Hitze zu flimmern.

»Ich habe Hunger«, sagte Morgan. »Deshalb trinke ich einen Whisky.«

Er fischte die Flasche aus seiner Umhängetasche und drehte den Verschluß herunter. Es war eine Literflasche. Errki blieb abwartend stehen und schaute zu; wie zumeist hielt er den Kopf gesenkt und starrte nach oben, und wie zumeist sah er aus, als hecke er etwas aus.

»Whisky ist gut gegen alles«, sagte Morgan und wunderte sich wieder einmal über diesen Blick, der etwas ganz Besonderes zu wissen schien, etwas Schicksalhaftes über Leben und Tod, das sonst niemand je gesehen hatte. »Er hilft gegen Hunger und Durst. Gegen Liebeskummer und Langeweile. Gegen Verzweiflung und Angst.«

Er nahm einen ausgiebigen Schluck. Sein Gesicht verzog sich wie eine Gummimaske, als der starke Schnaps durch seine Kehle floß.

»Nichts ist so gemütlich wie ein gemäßigtes Alkoholproblem«, sagte er dann. »Verstehst du, was ich mit dem Begriff gemäßigt meine?«

Das verstand Errki durchaus. Morgan wischte sich über den Mund.

»Ich trinke regelmäßig. Aber nie morgens, niemals zuviel und niemals, wenn ich Auto fahren muß. Ich habe das unter Kontrolle.« Er trank noch einen Schluck. »Und wenn du jetzt glaubst, ich würde mich dermaßen vollaufen lassen, daß du abhauen kannst, dann bist du schief gewickelt.«

Er hielt Errki die Flasche hin. Errki musterte sie ein wenig verdutzt. Er machte sich nicht besonders viel aus Schnaps, fühlte sich aber innerlich matt und leer, und wo sie doch nur Whisky hatten, brauchte er sich nicht zu entscheiden. Sie hatten nur dies, eine Flache voll Whisky. Und er hatte nicht darum gebeten, sie war ihm ja förmlich aufgezwungen worden. Er betrachtete das Etikett und drehte die Flasche langsam um. Dann roch er daran.

»Na los, das ist doch kein Gift!«

Errki setzte die Flasche an und trank. Keine Träne trat ihm in die Augen, als der Whisky durch seine Kehle floß.

Eine plötzliche Wärme breitete sich in seinem Zwerchfell aus. Begann als Brennen am Gaumen, sank langsam nach unten, füllte schließlich den ganzen Magenbereich. Und dann stellte sich allmählich der süßliche Geschmack ein, fast wie Konfekt.

»Gut, was?« Morgan lächelte. »Wo wohnst du eigentlich? Du hast doch sicher eine Wohnung?«

Unten am Meer, dachte Errki. *Unten im Naherholungsgebiet, schön gelegen und von der Gemeinde bezahlt. Ein Zimmer, Küche und Bad. Über mir wohnt der alte Mann, der nachts immer hin und her läuft und der manchmal weint. Das höre ich, aber es ist mir egal. Wenn ich ihm die Hand reiche und ihm zuhöre, vermittle ich ihm Hoffnung, und es gibt keine Hoffnung. Für niemanden.*

»Warum muß das so verdammt geheim sein?« fragte Morgan. Und griff zur Flasche.

»Weil es da stinkt«, sagte Errki leise.

Beim Klang dieser Stimme fuhr Morgan zusammen. »Es stinkt? Deine Wohnung? Das glaub ich gern. Du stinkst schließlich auch. Es wäre vielleicht an der Zeit, daß du mal an die frische Luft kommst.«

»Rohes Fleisch riecht schrecklich. Vor allem bei dieser Hitze.«

»Was faselst du da?«

»Es liegt auf dem Küchentisch. Ich esse es immer zum Frühstück.«

Das sagte er mit tiefernstem Gesicht. Morgan starrte ihn mißtrauisch an. »Redest du jetzt Scheiß, oder hast du Halluzinationen? Du redest Scheiß, was? Ich glaub ja gern, daß du verrückt bist, aber ich glaub nicht, daß du zum Frühstück rohes Fleisch frißt.«

Ihm lief, trotz der Hitze, ganz langsam ein Schauer kalten Unbehagens über den Rücken. Was war das nur für ein Mensch, mit dem er es hier zu tun hatte?

»Nimm doch noch einen Schluck Whisky. Vielleicht ist es ja nicht gut, daß du deine Medikamente nicht schlucken kannst. Aber wenn du mich fragst, dann ist Whisky besser.« Er ließ sich auf den Boden sinken und legte die Waffe neben sich. »Du, sag mal. Wann hast du kapiert, daß du verrückt wirst?«

Errki bedachte ihn mit einem langen, schrägen Blick.

»War das so, wie es in den Büchern steht, daß du morgens aufgestanden bist und dich ganz elend gefühlt hast? Und dann bist du zum Spiegel gegangen und hast zu deinem großen Entsetzen gesehen, daß in deinen Augenhöhlen rote Würmer herumwimmeln?«

Er lachte wiehernd und schraubte den Verschluß auf die Flasche.

Errki schloß die Augen. Unten im Keller war ein leichtes Dröhnen zu hören, wie eine Warnung. »Es waren keine Würmer«, sagte er mit seiner leisen, hellen Stimme, »sondern Käfer. Mit blankem Panzer. Sie haben im Licht vom Fenster geglänzt, schwarz wie Öl.«

Morgan kniff nervös die Augen zusammen. »Du erzählst doch Scheiß, oder? So läuft das doch nicht. Du bist zwar ein Idiot, aber deshalb brauchst du mich noch lange nicht so zu behandeln, als ob auch ich einer wäre. Ich nehme an, es ist so«, fügte er nachdenklich hinzu, »daß es ungeheuer wichtig ist, in Erfahrung zu bringen, warum man krank geworden ist. Deshalb habe ich ja gefragt. Vielleicht ist es erblich? War deine Mutter verrückt?«

Errki schwieg und horchte. Auf die Worte, die wie Müllstücke aus dem Mund des anderen polterten. Wie feuchtes Papier, Kartoffelschalen, Kaffeesatz und Apfelbutzen.

»Was ist mit dir?« fragte er leise. »Wann hast *du* es gemerkt?«

»Was denn gemerkt?« Morgan kniff erneut die Augen zusammen und schaute aus dem Fenster. »Es ist wirklich nicht leicht, mit dir ein Gespräch zu führen. Wenn es etwas gibt, worüber du gern sprichst, dann sag Bescheid. Du kannst dir das Thema aussuchen.« Er seufzte tief. »Es ist noch lange bis zum Abend.«

Neues Schweigen. Errki saß mit angezogenen Beinen auf dem Sofa.

»Große Teile der Welt leben im Krieg«, sagte er endlich.

»Ach was? Ja, das kann sein. Erzähl doch ein bißchen über die Anstalt«, sagte Morgan. Er klang jetzt fast flehentlich.

Das hätte Errki durchaus gekonnt. Wenn er gewollt hätte. Zum Beispiel hätte er von Ragne erzählen können, die sich nicht damit abgefunden hatte, als Mädchen geboren worden zu sein, und die immer wieder in einer Blutlache im Bett oder unter der Dusche gefunden wurde, wo sie versucht hatte, sich die Geschlechtsorgane abzuschneiden. Und bei einem Mädchen war das nicht leicht. Limo, Tee und Kaffee, dachte Errki. Bier, Wein und Schnaps. Aber das diesem durchgeknallten Trottel erzählen? Nie im Leben.

»Dann eben nicht«, sagte Morgan resigniert. Er schaute Errki an: »Bist du ein Genie? Ein funkensprühender, brillanter Kopf? Das soll kein Witz sein, ich kann mir durchaus vorstellen, daß du ziemlich gescheit bist, auch wenn du nicht so aussiehst.«

Errki schwieg. Dieser Mann war nicht nur ein Narr, er war ganz einfach ein Jammerlappen.

Morgan seufzte. Er war erschöpft. Der andere wollte nicht sprechen. Er selbst konnte den Klang seiner Stimme nicht mehr ertragen, und außerdem redeten sie ja doch nur Unsinn. Und schlafen konnte er auch nicht. Er konnte nicht mehr Whisky trinken. Er war so was nicht gewohnt – mit einem zusammenzusitzen, der keine Antworten gab. Das machte ihn nervös.

»Was hast du mit dem Geld vor?« fragte Errki plötzlich mit auserlesener Freundlichkeit.

»Mit dem Geld?«

»Dem Geld von dem Banküberfall. Willst du dir ein Nintendo kaufen? Alle Jungen wünschen sich ein Nintendo.«

Morgan sprang auf und ging zum Fenster. Dort blieb er stehen und starrte zum See. Der war blank wie Glas und hatte eine satte rotbraune Farbe, wie Erz. Er sah die nackte Felseninsel und die verdorrte Kiefer, die sich darüber neigte. Bald kamen wieder Nachrichten. Und dann dachte er an das Auto, wann würde das wohl entdeckt werden? Denn dann wußten die anderen, daß sie in den Wald gegangen waren.

»Ich muß pissen«, sagte er und durchquerte das Zimmer. Den Revolver nahm er mit. »Du bleibst hier. Ich stelle mich auf die Treppe.«

Er ging nach draußen und atmete die warme Luft. Es war die heißeste Zeit des Tages. Er sehnte sich nach einer Dunkelheit, die nicht kommen würde. Oder erst im Herbst. Alles nur Nervkram, dachte er mißmutig.

Errki erhob sich vom Sofa, setzte sich auf den Boden und lehnte sich an die Wand. Er hörte, wie der Strahl das trockene Gras traf, und ein leises Klicken, als Morgan seinen Reißverschluß wieder hochzog. Der Whisky wärmte seinen Leib behaglich. Er wollte mehr davon. Morgan trat wieder ins Haus. Er konnte Morgan um Whisky bitten, aber das verstieße gegen ein geheiligtes Prinzip. Um etwas zu bitten. Nein, das war unvorstellbar. Und jetzt kam Morgan, mit trotzigen Schritten. Stieg über die Tasche hinweg. Kehrte Errki den Rücken zu und machte sich am Radio zu schaffen. Richtete die Antenne anders aus. Errki betrachtete Morgans Unterhemd und dann seine muskulösen Waden. Was es wohl für ein Gefühl war, ein Mann zu sein, mit allem, was zu einem Mann gehört, und doch so unharmonisch auszusehen, so, als sei er willkürlich aus nicht zueinander passenden Einzelteilen zusammengesetzt? Es war still. Errki wollte eine Bitte äußern. Er wußte nicht mehr, wann er zuletzt um etwas gebeten hatte, es mußte Jahre her sein. Er hatte das Gefühl, daß die Wörter sich zusammenballten und zu einem Klumpen wurden, den er nicht heraufholen konnte.

Also starrte er die Tasche an. Er konzentrierte seine ganze Kraft auf das eine Auge und spürte seinen eigenen Blick wie einen Strahl, der durch das Zimmer schoß. Er traf den schwarzen Leinenstoff der Tasche, und schon bald stieg von dort eine dünne Rauchsäule auf. Und dann nahm er einen schwachen Brandgeruch wahr. Morgan fuhr herum. Im Keller war ein leises Rummeln zu hören, so als hätten große Steinmassen sich gelöst und stürzten zu Tal. Das Rummeln wurde immer lauter, es hörte sich an wie Donner. Nestor flammte auf. Gleich darauf sah Errki etwas durch den schmutzigen Bretterboden wachsen. Einen Fluß aus Blut. Er starrte ihn an, der Fluß strömte nur wenige Zentimeter an seinem Fuß vorbei. Die Tasche stand am anderen Ufer.

»Was ist los mit dir?« fragte Morgan unsicher. »Geht's dir nicht gut?«

Errki fixierte weiter die Tasche.

»Ich finde, du solltest noch einen Whisky trinken. Vielleicht hilft das ja.« Seine Stimme klang ängstlich.

Errki blieb sitzen. Er starrte auf das Blut.

»Trink schon, hab ich gesagt.«

Aber Errki rührte sich nicht. Er konnte die Tasche nicht mit der Hand erreichen, also würde er einen Schritt machen müssen. Und dabei würden seine Füße im heißen, klebrigen Blut ausrutschen.

»Verdammt, du machst wirklich aus allem ein Drama! Soll ich dir vielleicht noch ein Lätzchen vorbinden und dich auf den Arm nehmen?«

Morgan riß die Tasche hoch, nahm die Flasche heraus und hielt sie Errki hin. Errki schnappte sie sich und trank. Die Tasche hörte auf zu brennen.

Da hast du Glück gehabt. Beim nächsten Mal darfst du nicht mit soviel Glück rechnen.

»Ich bin nicht geizig«, sagte Morgan plötzlich. »Du kannst über Morgan sagen, was du willst, aber geizig bin ich nicht.«

Er schielte zu dem gierig trinkenden Errki hinüber.

Dann verschwand er in der Küche. Errki spürte, daß er die Wahrheit gesagt hatte. Morgan hatte viele Eigenheiten, aber geizig war er nicht. Er durchwühlte die Küchenschubladen, und Errki hörte, daß er die Speisekammertür öffnete. Während Morgan außer Sichtweite war, trank Errki mehrmals ausgiebig. Von Morgan war leises Fluchen zu hören, Gegenstände wurden wütend umhergeschleudert. Etwas raschelte. Das bedeutete, daß er sich an den in Plastikfolie gewickelten Kerzen zu schaffen machte. Nun ging er in die Kammer. Errki trank weiter, hörte, wie Morgan gegen die Wände schlug. Dann schallte Morgans Stimme durch das ganze Haus: »Was, zum Teufel, sieh doch mal!«

Errki erhob sich und watschelte in die Küche. »Du hast gerufen, Herr?« Er hielt die Flasche in der Hand.

Morgan hatte den Revolver auf die Fensterbank gelegt. »Schau mal, was ich gefunden hab!«

Er hielt Errki etwas vors Gesicht. Vergilbtes, trockenes Papier, mehrere Male zusammengefaltet. »Auf dem Boden unter den Betten. Eine Karte von Finnemarka. Laß uns mal nachsehen, wo wir sind.« Er las vor: »Landkarte der Region Finnemarka, Staatliches Kartenamt, 1965. Hilf mir, Errki!«

Morgan nahm den Revolver an sich und ging ins Wohnzimmer. Errki folgte ihm.

»Kennst du dich mit Karten aus? Du mußt mir helfen. Kannst du so ungefähr feststellen, wo dieses Haus liegt?«

Er faltete die Karte auseinander, die zwischen seinen Fingern zu zerfallen drohte.

Errki schaute sich die Karte an. Dann tippte er mit der Fingerspitze auf einen kleinen, blaßblauen Fleck. »Hier sind wir«, sagte er leise.

»So einfach?« Morgan starrte den Fleck an. »Woher willst du das so sicher wissen?«

»Schau dir den See dahinten an«, sage Errki. »Und seine Umrisse. Vergleich das mit der Karte. Der See heißt Himmelreichsweiher.«

»Meine Güte. Du hast ja wirklich lichte Momente.«

Morgan ging zum Fenster und schaute hinaus. Der See hatte genau die gleichen Umrisse wie der auf der Karte. »Verdammt, kennst du dich so gut aus? So weit sind wir eigentlich gar nicht gelaufen«, fügte er hinzu. »Ich kann heute nacht über den Hügel gehen und dann hier herauskommen.« Wieder zeigte er auf die Karte. »Und aus lauter Jux werde ich mit dir Kleider tauschen.«

Er schnappte sich die Whiskyflasche. Endlich fühlte er sich besser. Er wußte, wo sie waren. Er befand sich nicht mehr in einem weißen Fleck, alles hatte einen Namen, Hügel und See, und ringsum gab es ein Netz aus numerierten Straßen.

»Du gehst den Weg zurück, den wir gekommen sind. Und ich gehe weiter nach – das muß Nordwesten sein. Du kannst meine Shorts haben. In Hawaiishorts siehst du bestimmt wunderbar aus. Ich laß dich laufen. Zwischen Mitternacht und ein Uhr morgens.«

Er machte ein zufriedenes Gesicht. Jetzt hatte er ein Ziel.

»Die Nachrichten«, sagte er plötzlich und fuhr hoch. Stolperte zum Radio und drehte es lauter. Eine Frau verlas die Meldungen. Errki ließ sich wieder auf den Boden sinken und schloß die Augen. Seine Lippen waren wie betäubt und angenehm schlaff vom Schnaps.

»Das Hauptaugenmerk der Polizei gilt neben dem Überfall auf die Fokusbank dem ungewöhnlich brutalen Mord an der sechsundsiebzigjährigen Halldis Horn in Finnemarka. Die

Polizei teilte mit, daß eine Spur verfolgt wird, die möglicherweise zum Täter führt, gab aber aus Rücksicht auf den derzeitigen Stand der Ermittlungen nichts Näheres über diese Spur bekannt. Die Ermittler gehen jedoch davon aus, daß der Mord bald aufgeklärt sein wird.«

Morgan sah Errki an. »Wo sie wohl gewohnt hat? Hast du sie gekannt?« Er kratzte sich den Kopf. »Meinst du, sie werden hier in der Gegend suchen? Begreifst du, was in einem vorgeht, der etwas dermaßen Schreckliches tut?«

Errki warf unwillig seine langen Haare in den Nakken. Aber eine Antwort gab er nicht.

»Wie kam es zu der Zwangseinweisung?« fragte Sejer. »Hat er jemanden bedroht?«

Dr. Struel schüttelte den Kopf. »Er wollte nicht mehr essen. Er war schon arg unterernährt, als er hergebracht wurde.«

»Warum wollte er nicht mehr essen?«

»Er konnte sich nicht entscheiden, was er essen wollte. Er saß am Mittagstisch und streckte die Hand erst nach dem einen und dann nach dem anderen Brotbelag aus.«

»Und was haben Sie gemacht?«

»Als er aufgegeben hatte und in sein Zimmer gegangen war, machte ich ihm ein Wurstbrot und brachte es ihm. Keine Milch und keinen Kaffee, einfach nur dieses Wurstbrot. Ich stellte ihm den Teller auf den Nachttisch. Angerührt hat er das Brot nicht.«

»Warum nicht?«

»Ich hatte einen Fehler gemacht. Ich hatte das Brot in der Mitte durchgeschnitten, und deshalb wußte er nicht, welche Hälfte er zuerst essen sollte.«

»Sie wollen damit sagen, es ist möglich, daß man verhungert, weil die Entscheidung so schwerfällt?«

»Ja.«

Sejer schüttelte den Kopf und versuchte zu begreifen, wie unsäglich schwer es sein konnte, mit diesem Leben fertig zu werden.

»Und Sie glauben wirklich, daß er über außergewöhnliche Kräfte verfügt?«

Sie machte eine resignierte Handbewegung. »Ich erzähle nur, was ich gesehen habe. Und andere erzählen anderes.«

»Haben Sie ihn gefragt, wie er das macht?«

»Ich habe ihn gefragt: Wer hat dir das beigebracht? Und er hat gelächelt und gesagt: The Magician. Der Magier aus New York.«

»Aber das ist wohl eher ein Zufall?«

»Das glaube ich nicht. Im Laufe des Lebens kommt das eben ein seltenes Mal vor, etwas, das wir einfach nicht erklären können.«

»Bei mir nicht«, sagte er lächelnd.

»Nicht?« Sie lachte. »Sie sind also einer von denen, die fast überall Durchblick haben?«

Er hatte das Gefühl, sich lächerlich gemacht zu haben.

»So war es nicht gemeint. Was kann er sonst noch?«

»Einmal saßen wir zu mehreren im Raucherzimmer und spielten Karten. Errki war auch dabei, spielte aber nicht mit, er haßt Gesellschaftsspiele. Es war später Abend, draußen war es dunkel, und die Deckenlampe brannte. Plötzlich sagte Errki in seiner seltsamen, ruhigen Art: Wir sollten eine Kerze auf dem Tisch haben. Ja, dachte ich, das könnte gemütlich sein. Ich bat ihn, eine Kerze aus der Küche zu holen, aber das wollte er nicht. Die anderen wollten es auch nicht. Sie meinten, die Kerze würde den Karten im Weg stehen. Errki tat mir leid. Zum erstenmal hatte er einen Vorschlag gemacht, und niemand wollte auf ihn hören. In dem Moment erlosch das Licht. Im Raucherzimmer und überhaupt im ganzen Haus war es stockfinster, und wir machten einen Höllenlärm, als wir auf der Suche nach Kerzen umherpolterten. Ich hab euch ja gewarnt, sagte Errki nur.

Aber es hat nicht immer alles so gut geklappt. Unter anderem wollte er fliegen lernen, und einmal ist er dazu aus einem Fenster im zweiten Stock gesprungen. Daß er das überlebt hat, war ein Wunder. Aber er landete auf einem Fahrradständer, und das hat ihm eine ziemlich häßliche Narbe auf der Brust verpaßt. Das war damals, als er in New York wohnte.«

»Hat er zu der Zeit LSD genommen?«

»Ich weiß es nicht. Und sein Vater wußte es auch nicht. Der hat sich nicht sonderlich um ihn gekümmert.«

»Ist er so häßlich, wie behauptet wird?«

»Häßlich?« Sie blickte ihn empört an. »Er ist doch nicht häßlich. Vielleicht ein wenig ungepflegt.«

»Ist er unglücklich?« Diese Frage erschien ihm, kaum daß er sie ausgesprochen hatte, ziemlich blödsinnig, aber Dr. Struel lachte nicht.

»Natürlich. Aber das weiß er nicht. Er läßt solche Gefühle nicht an sich heran.«

»Welche Gefühle kann er denn überhaupt an sich heranlassen?«

»Verachtung. Herablassung. Arroganz.«

Sie seufzte tief. »Im Grunde ist er der begabte kleine Junge, der nur das Beste will. Der alles richtig machen möchte. Und solche Angst davor hat, einen Fehler zu begehen, daß er am Ende schlicht handlungsunfähig ist. In der Schule kam er im mündlichen Unterricht überhaupt nicht zurecht, er murmelte nur vor sich hin, und niemand hörte, was er sagte. Schriftlich dagegen war er ein absolutes As.«

»Und Sie haben ihn so nach und nach zum Reden gebracht?«

»Er redet jetzt, wenn er Lust hat. Manchmal kann er extrem beredt sein, witzig sogar. Er hat einen tödlichen Humor.«

»Hat er jemals einen Selbstmordversuch unternommen?«

»Abgesehen von diesem Fenstersturz in New York, bei dem ich nicht genau weiß, ob es einer war, glaube ich das nicht.«

»Er gilt also nicht als suizidgefährdet?«

»Nein. Aber in dieser Branche steht nie etwas endgültig fest.«

»Hätten Sie Verständnis, wenn er es versuchte?«

»Natürlich. Sich das Leben zu nehmen ist ein Menschenrecht.«

»Ein Menschenrecht? Meinen Sie wirklich?«

Sie starrte ihre Hände an. »Ich habe nichts übrig für Therapeuten, die ihren Patienten sagen, daß Sterben keine Lösung sei. Natürlich ist es für die Betreffenden eine Lösung. Daß manche sich für den Tod entscheiden, ist eine logische und sonnenklare Konsequenz der Tatsache, daß wir die Wahl haben, und es ist eine Lösung, für die Menschen sich zu allen Zeiten entschieden haben.«

»Aber Sie versuchen doch sicher, das zu verhindern?«

»Ich sage: Die Entscheidung liegt bei dir. Und ich fühle mich nicht immer ganz wohl in meiner Haut, wenn ich ihnen auf Biegen und Brechen ein Leben aufzwingen muß. Oder wenn ich ihnen eine Psychose stehle, die ihnen trotz allem als einziger Fluchtweg erscheint.«

Ich werde heute nacht nicht schlafen können, dachte er. Ihr Gesicht wird in der Dunkelheit vor mir schweben und mich festhalten. Ihre Worte werden in meinen Ohren widerhallen. Er ertappte sich dabei, wie er seinen Trauring hin und her drehte, und gleichzeitig dachte er, daß sie, sollte sie aller Wahrscheinlichkeit zum Trotz Interesse an ihm gefaßt haben, dieses nun sofort unterdrücken würde. Vielleicht sollte er den Ring ablegen. Andererseits hatte er schon vor langer Zeit beschlossen, ihn dereinst mit ins Grab zu nehmen. Aber der Ring signalisierte, daß es in seinem Leben eine Frau gab. Jetzt hatte Dr. Struel den Ring gesehen. Und dieses Wissen störte ihn.

»Errki wandert gern durch den Wald und über die Landstraße. Aber die Gesellschaft von Menschen sucht er nicht?«

»Nein«, mußte sie zugeben.

»Jetzt war es offenbar anders, schließlich ist er bis in die Stadt gegangen und hat sich sogar in eine Bank verirrt. Meinen Sie nicht, das bedeutet, daß ihn etwas belastet? Daß er das Gefühl hatte, Hilfe zu brauchen? Weil etwas passiert ist?«

Plötzlich sah sie ängstlich aus. Wieder durchwogte ihn eine Welle. Als die Welle sich zurückzog, schaute er in sein Herz, das so lange ein leerer Strand gewesen war. Zum erstenmal seit vielen Jahren stand an diesem Strand eine Frau.

»Ist etwas vorgefallen?« Skarre sah ihn an.

»Wie meinst du das?«

»Du bist so lange weggeblieben.«

Sejer sagte nichts dazu. Er stand vor dem Waschbecken und hatte Skarre den Rücken gekehrt. Skarre wurde unsicher. Sejer war zwar bisweilen verschlossen, aber jetzt teilte sein gerade aufgerichteter Rücken mit, daß irgend etwas ihm gewaltig zusetzte.

»Ich habe einiges an nützlichen Informationen erhalten«, sagte Sejer, drehte sich aber nicht um. Er öffnete den Wasserhahn und klatschte sich kaltes Wasser in das überhitzte Gesicht. Erst nachdem er sich sorgfältig abgetrocknet hatte und mit den Fingern durch seinen kurzen Schopf gefahren war, fragte er: »Haben wir die Bilder von den Spuren am Tatort schon?«

»Nein, aber sie sind unterwegs. Sehr gute Schwarzweißbilder, sagt das Labor. Sie tippen auf Turnschuhe. Man sieht wohl das typische Zickzackprofil. Die Spuren sind neununddreißig Zentimeter lang, das entspricht Schuhgröße dreiundvierzig. Mehr weiß ich im Moment noch nicht.«

»Doktor Struel kann sich nicht vorstellen, daß Errki zu einem Mord imstande sein soll. Sie sagt, er beißt zu, wenn er provoziert wird.«

»Sie? Und er beißt?« Skarre blickte ihn lange an. »Es ist also eine Ärztin? Konnte sie dir etwas darüber sagen, wie er sich bei einer Geiselnahme wohl verhält?«

»Sie meint, er zieht sich in sich zurück. Bezeichnet ihn als defensiv. Aber wir wissen ja noch nicht viel über diesen Bankräuber und was der für ein Typ ist.«

»Vielleicht amüsieren die beiden sich gerade königlich.«

»Das wäre nicht das erste Mal. Aber ich habe mir etwas überlegt. Was, meinst du, würde wohl passieren, wenn der Bankräuber erführe, daß seine Geisel von der Polizei gesucht wird, und zwar im Zusammenhang mit einem Mord?«

Skarre lächelte kurz. »Vielleicht würde er sich fürchten und Errki laufenlassen.«

»Vielleicht. Und es ist im Grunde ja nicht unwahrscheinlich, daß er Radio hört, um sich über die Lage zu informieren.«

»Aber die Presse hat doch keine Ahnung? Die wissen doch nicht, daß die Geisel identisch ist mit dem Mann, der in der Nähe von Halldis' Haus gesehen wurde, oder?«

»Das ist aber nur eine Frage der Zeit, meinst du nicht?«

Er sah zur Tür, die auf einen langen Flur hinausführte, an dem viele Büros nebeneinander aufgereiht lagen. »Das ist ein großes Haus. Es dauert nicht lange, bis da etwas durchsickert.«

»Und dann kann er gefährlich werden, nicht wahr?«

Sejer sah ihn an. »Was würdest du machen? Versuch, mit deiner kriminellen Gehirnabteilung zu denken.«

»Ach, die ist doch winzig klein«, klagte Skarre, »ich würde mich fürchten und ihn wegschicken. Und da er geistesgestört ist, ist er sicher nicht einfach im Umgang. Wenn sie aber Kontakt zueinander gefunden haben«, fügte er hinzu, »dann sehen sie beide darin vielleicht eine Art Unterstützung. Und warum sollte der eine den anderen denunzieren? Sie stehen doch beide quer zum Gesetz. Wenn es dagegen zu einem Konflikt kommt...«

»Ja, der eine ist verrückt, der andere bewaffnet. Wir müssen sie finden«, sagte Sejer. »Ehe sie sich gegenseitig umbringen. Ich schlage vor, wir lassen die Sache an den Rundfunk durchsickern.«

»Du glaubst, er läßt ihn laufen?«

»Vielleicht. Du fährst inzwischen zu diesem Briggen, dem Kaufmann, der Halldis versorgt hat. Er ist der einzige, der in regelmäßigen Abständen mit ihr gesprochen hat. Das heißt, viele Jahre lang einmal die Woche. Er muß sie doch gut gekannt haben. Du mußt außerdem feststellen, wer dieser Kristoffer ist, der ihr den Brief geschrieben hat. Hast du schon etwas gegessen?«

»Ja. Und du?«

»Ich fahre nach Guttebakken und rede mit dem Jungen, der die Leiche gefunden hat. Danach fahre ich zum Krankenhaus.«

»Warum das?«

»Ich will nachsehen, ob es Unterlagen über Errkis Mutter gibt, über ihren Tod.«

»Aber das ist doch sechzehn Jahre her.«

»Irgend etwas werde ich sicher finden. Aber ehe du aufbrichst: Sieh dich mal in einer der Abstellkammern um, und hol einen Schrubber!«

»Einen was?«

»Schau in die Besenkammer. Einen Schrubber.«

»Kein Mensch putzt noch mit Schrubber«, sagte Skarre nachsichtig. »Heute wird mit Mop geputzt.«

»Dann hol einen Mop. Irgendwas mit einem langen Stiel.«

Skarre verschwand und brachte einen Mop. Wie die Hacke, mit der Halldis ermordet worden war, hatte auch der Mop einen Glasfaserschaft.

Sejer ging in Stellung. »Ich bin Halldis Horn«, sagte er ernst. »Und du bist der Mörder.«

»Aber mit dem größten Vergnügen«, behauptete Skarre und baute sich vor ihm auf.

»Ich stehe mit der Hacke in der Hand auf der Treppe. Ich bin zwar größer als Halldis, und dieser Schaft ist länger. Aber ich nehme an, daß ich das Ding so halten würde, ich würde die Hände in der Mitte um den Schaft schließen.«

Skarre nickte.

»Und dann kommst du auf mich zu. Du greifst nach der Hacke. Mach schon, Jacob.«

Skarre starrte den Schaft einen Augenblick lang an und packte dann mit beiden Händen zu. Automatisch legte er eine Hand oberhalb von Sejers Händen an, die andere unterhalb.

»Bleib so stehen.« Sejer starrte die vier Hände an. »Hier waren Halldis' Fingerabdrücke, in der Mitte des Schafts. Hoch oben haben wir einen anderen Abdruck gefunden, einen ziemlich kleinen. Und außerdem saßen Abdrücke ziemlich weit unten. Er hat also mit einer einzigen Bewegung zugepackt, dann hat er die Hacke losgerissen, hat sie gehoben und damit zugeschlagen. Aber kannst du mir verraten, Jacob – wo sind die Spuren seiner anderen Finger?«

Skarre konnte das nicht. »Vielleicht wollte er sie in aller Eile beseitigen und hat nicht alle erwischt.«

»Und ihre sind erhalten geblieben? Das kommt mir wenig wahrscheinlich vor.«

»Wenn er nun Finger hat, die aus irgendeinem Grund schlechte Abdrücke machen?«

»Wie das?«

»Keine Ahnung. Wenn er sich zum Beispiel irgendwann mal die Finger verbrannt hat, dann gibt es keine Abdrücke mehr.«

»Jetzt verirrst du dich aber in Spekulationen, finde ich.«

»Stimmt.« Skarre kniff die Augen zusammen. »Ich begreife das auch nicht.«

»Sind das die gleichen Abdrücke wie die, die im Haus gefunden wurden?«

»Das wird im Labor noch untersucht.«

»Irgend etwas ist hier seltsam«, sagte Sejer.

»Ich glaube nicht an Seltsamkeiten«, wandte Skarre

ein. »Ich denke, daß es eine logische Erklärung gibt, die gibt es doch eigentlich immer. Vielleicht ist Errki einer von der Sorte, die an ihren Fingern herumkaut. Ich habe von solchen Typen gehört. Vielleicht hat er seine Finger zernagt. Er ist doch ein ziemlich komischer Vogel. Diese Ärztin hat nicht zufällig etwas darüber gesagt?«

»Ob er an den Fingern nagt?«

»Schau her«, sagte Skarre und streckte eine Hand aus. »Sieh dir meinen Zeigefinger an, die Kuppe. Was siehst du?«

»Nicht viel. Sie ist – blank, gewissermaßen?«

»Stimmt. Dieser Finger hinterläßt keinen Abdruck. Und weißt du, warum nicht?«

»Weil du ihn dir verbrannt hast?«

»Nein. Ich hab damit in Dreikomponentenkleber gefaßt. Vor langer Zeit.«

»Aber das ist nur einer von zehn Fingern.«

»Ich sage ja auch nur, daß es eine logische Erklärung gibt. Also? Die Ärztin kann sich nicht vorstellen, daß ihr Patient einen Mord begehen würde?«

»Nein.«

»Glaubst du ihr?«

»Sie weiß unbestreitbar einiges darüber, wer er ist, und verfügt über eine ziemlich solide fachliche Erfahrung.«

»Aber darauf nimmst du doch sonst keine Rücksicht. Ich glaube, daß es so einfach ist. Ich glaube, er war es.«

»Du hast dich zu lange mit Gurvin unterhalten.«

»Ich versuche nur, vernünftig zu denken. Er ist dort draußen aufgewachsen. Sie hat ihn gekannt. Kein Mensch kam je zu ihrem Haus, nur dieser Kaufmann. Errki ist am Morgen des Mordes auf dem Hof gesehen worden. Und er ist sehr krank.«

»Würdest du darauf wetten?« fragte Sejer lächelnd.

»Ja, warum nicht.«

»Dann halte ich dagegen.«

»Wenn du verlierst, kommst du mit mir ins Königliche Wappen und läßt dich vollaufen.«

Bei dieser Vorstellung durchlief Sejer ein kalter Schauder.

»Und wenn du verlierst, springst du mit dem Fallschirm ab. Okay?«

»Äh. Na gut.«

»Kann ich das schriftlich haben?«

»Verläßt du dich nicht auf mein christliches Ehrenwort?«

»Doch, natürlich.« Sejer schüttelte den Kopf und lehnte den Mop an die Wand. »Mach dich jetzt auf den Weg. Aber eins mußt du wissen. Wir Menschen können nicht alles mit dem gesunden Menschenverstand erklären.«

Er zog eine Schublade auf, um klarzustellen, daß das Gespräch beendet sei. »Kauf dir ein Paar hohe Stiefel«, sagte er noch.

»Wozu?«

»Für den Fallschirmabsprung. Damit du dir nicht den Knöchel brichst.«

Skarre wurde noch ein wenig bleicher und verschwand.

Sejer setzte sich und machte in aller Eile einige Notizen über seine Unterredung mit Dr. Struel. Danach schlug er das Telefonbuch beim Buchstaben S auf. Und behielt dabei die Tür im Auge, so als habe er Angst, auf frischer Tat ertappt zu werden. Den Namen hatte er bald gefunden, er stand zwischen Strougal und Stryken. Struel, Sara, Ärztin.

Sara, dachte er. Romantisch. Exotisch.

Und darunter stand: Struel, Gerhard. Arzt. Mit derselben Nummer. Sejer seufzte tief und klappte das Telefonbuch zu. Sara und Gerhard. Wie elegant das klang. Enttäuscht wie ein Kind schob er das Telefonbuch beiseite.

BRIGGEN'S LANDKAUFHAUS war dermaßen zugekleistert mit Schildern und Reklametafeln, daß es mit einem Rummelplatz Ähnlichkeit hatte. Schrille orangerote, rosa und gelbe Anschläge überall. Hausgemachte Fischfrikadellen, tiefgefrorene Kalbsleber.

Ansonsten hätte es ein schönes Haus sein können, ein rotgestrichener zweigeschossiger Bau; Skarre nahm an, daß Briggen über dem Laden wohnte. Er stellte den Wagen ab und ging hinein. Es gab zwei Kassen, hinter der einen saß eine junge Frau und las in einer Illustrierten. Eine kräftige Dauerwelle hielt ihren runden Kopf in eisernem Griff. Die Frau schaute hoch und sah Skarres Uniform. Mit einem Klatschen landete die Illustrierte auf ihren Knien.

Skarre sah gut aus. Sah in jeder Hinsicht gut aus mit seinem freundlichen Gesicht und der Wolke aus blonden Locken. Und er hatte die seltene Fähigkeit, allen Menschen die gleiche ehrliche Aufmerksamkeit zukommen zu lassen. Auch denen, die ihn nicht interessierten, wie diese Frau hier. Sie trug eine Brille mit schwarzem Gestell und mehr als zehn Kilo zuviel an ihrem stumpfen Körper. Er strahlte sie an.

»Ihr Chef, ist der in der Nähe?«

»Oddchen? Der ist im Lager und packt Fischstäbchen aus. Gehen Sie dahinten an der Milch vorbei und dann durch die Tür neben dem Gemüse.«

Skarre trottete davon.

Die Kassiererin öffnete ihre Zeitschrift wieder, nahm aber keine einzige Zeile wahr. Sie schaute nach links, wo sie im Plexiglas, das die Kasse wie ein Wandschirm umgab, ihr Spiegelbild gerade noch erkennen konnte. Ihre Haare und ihr Gesicht waren blaß und ein wenig undeutlich; wenn sie die Brille abnahm, hatte sie fast Ähnlichkeit mit einer älteren Ausgabe von Shirley Temple. In Gedanken ging sie alles durch, was sie über Halldis Horn wußte, denn es war doch durchaus möglich, daß der Polizist auch mit ihr sprechen wollte. Sie bereitete sich gründlich auf diese Unterhaltung vor. In zwei oder drei Minuten würde er vor ihrer Kasse stehen, und wenn sie einige Antworten auswendig lernte, konnte sie dann sein Gesicht studieren und sich jede kleinste Einzelheit einprägen. Wirklich blöd, daß sie nichts wußte, nichts Wichtiges. Das hätte ihr einen Platz in seiner Erinnerung gegeben. »Ach ja, die mollige Kassiererin bei Oddchen Briggen, die diese kleine, aber absolut entscheidende Auskunft liefern konnte, durch die wir im Grunde den ganzen Fall gelöst haben. Wie hieß sie noch gleich?«

Pech, daß sie einen so hoffnungslosen Namen hatte. Sie schaute wieder in ihre Zeitschrift, auf das Foto von Claudia Schiffer. Aus dem Büro hörte sie die Stimmen der beiden, ein geheimnisvolles Murmeln.

»Wie viele Jahre«, fragte Jacob Skarre und zog sein Notizbuch aus der Tasche, »haben Sie Halldis Horn Lebensmittel gebracht?«

Briggen knöpfte seinen rot-grünen Nylonkittel auf, ehe er antwortete. »Sicher sind das so an die acht Jahre. Früher hat Thorvald alles geholt, was sie brauchten. Den habe ich auch gekannt. Sie haben schon immer hier gewohnt.«

Der Kaufmann war irgendwo zwischen fünfzig und

sechzig, groß und rund, mit frischer brauner Haut und roten Wangen. Dichten, kurzgeschorenen Haaren und Pony. Seine Augen waren braun, sein Mund saß auf der einen Seite ein wenig schief. Er hatte kurze Arme und kurze Beine und kleine Hände mit molligen Fingern, die er energisch ineinander verschränkte. Ein wenig hektisch vielleicht, eifrig wie ein Kind bestrebt, in diesem erschütternden Fall etwas beitragen zu können. Seine Fingernägel hatte er fast ganz heruntergenagt, nur ein kleiner Rest war oberhalb der Nagelhaut zu sehen.

»Was hat sie gekauft?« fragte Skarre.

»Nur das Allernötigste. Milch und Butter und Kaffee. Papierwaren und Eier. Sie hat sich nicht viel gegönnt. Dabei hätte sie sich das durchaus leisten können, wirklich. Sie hatte Geld auf dem Sparbuch. Und, wie sie selber sagte, nicht gerade wenig. Jetzt wird wohl ihre Schwester alles erben. Die Schwester in Hammerfest. Helga Mai.«

»Hat sie Ihnen erzählt, daß sie einige Ersparnisse hatte?«

»Ja, hat sie. Sie war stolz darauf.«

»Können auch andere davon gewußt haben?«

»Davon gehe ich aus.«

Skarre dachte, wenn das Gerücht, daß jemand Geld hat, erst einmal aufgekommen ist, dann flitzt es herum wie eine Eidechse durch heißen Sand. Die Tatsache, daß das Geld auf der Sparkasse liegt, geht in dem Begehren, es an sich zu reißen, unter. Am Ende nimmt das Gerücht unwirkliche Dimensionen an. Halldis hat Geld, Halldis schwimmt im Geld! Und vielleicht hat sie das Geld unter dem Bett versteckt. Machen das nicht fast alle alten Leute? Sie hatte es nicht für gefährlich gehalten, sich dem Kaufmann anzuvertrauen, den sie so gut kannte.

Ein kleines, geheimnisvolles Lächeln, eine leise Anspielung. Und damit war es heraus. Vielleicht gegenüber einem anderen festen Kunden. Ach, weißt du, Halldis steht nicht gerade im Hemd da. Vielleicht war diese Bemerkung schon damals gefallen, als ihr Mann gestorben war und die Leute im Dorf sich Sorgen um sie machten. Viele konnten es gehört haben. Und Briggen hatte es auf jeden Fall gewußt.

»Sie wissen doch«, sagte Briggen, »daß die beiden keine Kinder hatten. Deshalb haben sie ziemlich viel auf die hohe Kante gelegt, und Luxus war ihnen nicht weiter wichtig. Thorvald hat wie ein Kind an seinem Traktor herumgebastelt. Geschmiert und geölt und geputzt und gerieben. Gott weiß, was die eigentlich mit dem Geld vorhatten. Falls es wirklich so viel war, wie sie angedeutet hat.«

Skarre notierte: »Halldis Horns Konto überprüfen.«

»Und ihre Schwester? In Hammerfest?«

»Die lebt gut, mit Mann und Kindern und Enkeln.«

»Wenn Halldis also Geld hatte, dann kommen die in den Genuß?«

»Möchte ich meinen. Thorvald hatte keine Verwandtschaft, nur einen Bruder, der aber längst tot ist. Einiges von dem Geld hatten sie von diesem Bruder geerbt.«

»Sie sind also einmal die Woche zu ihr gefahren?«

»Nein, sie hat mich bestellt, und manchmal ließ sie eine Woche ausfallen. In der Regel bin ich aber donnerstags hingefahren.«

»Wann waren Sie zuletzt bei ihr?«

»Am Mittwoch.«

»Wie viele Angestellte haben Sie hier im Laden?«

»Nur Johnna. Die Kassiererin.«

»Sonst niemanden?«

»Im Moment nicht.«

»Sie hatten also noch mehr Leute?«

»Vor langer Zeit. Einen jungen Mann. Aber der war bald wieder verschwunden.«

»Hat er Halldis gekannt?«

Briggen verflocht immer wieder seine Finger miteinander. »Na ja, ich glaube schon. Er war einige Male dabei, wenn ich sie beliefert habe, aber besonders schien ihn das nicht zu interessieren.« Er klang eindeutig verlegen und abweisend, als er das sagte.

»Ich muß um den Namen dieses Jungen bitten.«

Briggen schien den Namen lieber für sich behalten zu wollen. Er rutschte auf seinem Stuhl hin und her und knöpfte trotz der Hitze seinen Kittel wieder zu.

»Tommy, Tommy Rein.«

»Ein junger Mann?«

»Anfang Zwanzig. Aber er hat sich für niemanden hier oder für das Dorf überhaupt interessiert.«

»Wissen Sie, wo er sich jetzt aufhält?«

»Nein.«

»Sie haben beim ersten Mal gesagt, Halldis habe ihre Brieftasche in der Brottrommel aufbewahrt?«

»Das stimmt. Aber sie hatte nie viel Geld im Haus. Ich meine, so genau weiß ich das nicht, aber ich habe ja gesehen, wie sie die Brieftasche öffnete und Geld herausnahm, um mich zu bezahlen. In der Regel nur ein paar Hunderter.«

Skarre notierte. »Und Errki Johrma – Sie wissen, wer das ist?«

»Natürlich. Er war oft hier im Laden.«

»Was hat er gekauft?«

»Gar nichts. Er hat genommen, was er haben wollte, und ist gegangen. Wenn ich hinter ihm herrief, drehte er sich in der Tür um, überrascht gewissermaßen, weil ich mich so aufregte, und hob seine Beute hoch, wie um mir zu zeigen, daß es sich wirklich nur um Schokolade handelte. Und weil er nun einmal so ist, wie er ist, habe ich ihn auch nie verfolgt. Er ist nicht gerade einer, dem man gern auf die Schulter tippt. Und natürlich hat er nie große Werte mitgehen lassen, es war wirklich nur Kleinkram. Ab und zu war ich trotzdem stocksauer. Gesetze und Regeln waren dem ganz einfach egal.«

»Ich verstehe«, sagte Skarre. »Wer außer Ihnen kann noch gewußt haben, daß Halldis ihre Brieftasche in der Brottrommel aufbewahrte, was meinen Sie?«

»Niemand, meines Wissens.«

»Aber Tommy Rein hat es doch wissen können, oder nicht?«

»Äh, da bin ich mir nicht sicher.«

»Was ist mit Hausierern, Losverkäufern und Wanderpredigern, die kommen doch sicher auch hier ins Dorf? Hatte sie manchmal Besuch von solchen Leuten? Hat sie so etwas erwähnt?«

»Nein, die haben sich bei Halldis nie sehen lassen. Das war ihnen zu anstrengend. Es ist zu weit, und die Straße ist zu schlecht. Nein, das können Sie vergessen. Konzentrieren Sie sich auf Errki. Er ist ja immerhin auf ihrem Hof gesehen worden.«

»Das wissen Sie also?«

»Das wissen alle.«

»Die Brieftasche«, sagte Skarre. »War die rot?«

»Knallrot, mit Messingverschluß. Sie hatte ein Bild von Thorvald drin, ein altes, aus der Zeit, als er noch Haare hatte. Wissen Sie«, sagte Briggen unvermittelt, »ich war froh, als Errki endlich in die Anstalt gekommen ist. Und ich hoffe, daß Sie ihn finden, und ich hoffe, daß er es war.«

»Warum hoffen Sie das?«

Briggen verschränkte die Arme. Wobei ihm sein Bauch ziemlich im Weg war.

»Dann ist er ein für allemal untergebracht. Er ist eben gefährlich. Wenn ihm endlich eine Schuld nachgewiesen werden kann, dann kommt er vielleicht nicht wieder raus. Und wir haben für eine Weile unsere Ruhe. Ich meine, wer sollte es denn sonst sein?«

»Hatte Halldis nie Besuch?«

»So gut wie nie.«

»Und wer bildet die Ausnahme?«

»Ihre Schwester Helga hat einen Enkel, der in Oslo zur Untermiete wohnt. Ich weiß, daß er Halldis besucht hat, aber sehr oft kam das nicht vor.«

»Wissen Sie, wie er heißt?«

»Mit Nachnamen heißt er jedenfalls Mai. Kristian oder Kristoffer.«

Kristoffer, dachte Skarre. *Der, der ihr den Brief geschickt hat.*

»Ich glaube mich zu erinnern, daß er in einer Restaurantküche gearbeitet hat. Und ich will ja nicht gemein sein, aber ein Dreisternerestaurant war das wohl kaum.«

»Wieso nicht?«

»Ich bin ihm einmal begegnet. Er sah nicht so aus.«

Skarre fragte sich, wie Küchenhilfen in einem Dreisternerestaurant wohl aussehen, verglichen mit anderem Osloer Küchenpersonal.

»Mai also. Und Tommy Rein. War schon Presse hier?«

»Zeitungen und Lokalradio. Und ich bin angerufen worden.«

»Und Sie haben mit diesen Anrufern gesprochen?«

»Mir hat niemand gesagt, daß ich das nicht dürfte.«

Nein, leider nicht, dachte Skarre traurig. »Wir müssen Sie auf die Wache bitten. Am besten noch heute.«

»Das müssen Sie? Wozu denn?«

»Wir müssen die Fingerabdrücke in Halldis' Haus durchgehen.«

Briggen schien plötzlich um Atem zu ringen. »Sie wollen meine Fingerabdrücke nehmen?«

»Das haben wir vor.« Skarre lächelte.

»Und warum sollten die sich in dem Haus befinden?«

»Weil Sie acht Jahre lang einmal die Woche dort waren«, erklärte Skarre ruhig.

»Ich hab ihr doch nur Lebensmittel gebracht!«

Sein Gesicht verzog sich ängstlich.

»Das wissen wir.«

»Aber wozu wollen Sie dann meine Fingerabdrücke?«

»Wir wollen sie isolieren.«

»Sie wollen was?«

Skarre versuchte Ruhe zu bewahren. »Im Wirrwarr der Abdrücke müssen wir jeden einzelnen zuordnen können. Einige stammen von Halldis. Manche können zu diesem Kristoffer gehören, andere zu Ihnen. Und wieder andere zum Täter. Wir brauchen Ihre Abdrücke, um sie mit den herrenlosen vergleichen zu können. Denn diese Abdrücke können vom Mörder stammen. Verstehen Sie?«

Allmählich gewann Briggen seine normale Farbe zurück. »Ich hoffe, Sie erzählen das nicht weiter. Die Leute könnten doch glauben, ich hätte etwas mit der Sache zu tun.«

»Wer auch nur die geringste Ahnung von Polizeiarbeit hat, glaubt das nicht«, tröstete Skarre.

Er bedankte sich bei dem Kaufmann und ging zurück in den Laden. Johnna spielte vage mit dem Gedanken, sich die Augenbrauen zu zupfen, als er plötzlich neben ihrer Kasse stand. Daß er schöne Augen hatte, war das eine. Aber sein Mund, dachte sie – denn der Mund war so ungefähr das erste, worauf sie bei einem Mann achtete, und die Vorstellung, wie sensibel Skarres Mund sein mußte, hätte sie fast überwältigt. Skarres Mund war einfach perfekt, ein breiter Mund mit vollen Lippen, aber nicht so geschwungen, daß er feminin gewirkt hätte. Er war gerade und symmetrisch, die Zähne waren makellos. Der schwache Bogen der Oberlippe wiederholte sich in den Augenbrauen.

»Jacob Skarre«, er lächelte.

Natürlich hat er einen biblischen Namen, dachte sie.

»Darf ich Sie ganz schnell etwas fragen? Waren Sie je oben auf Halldis' Hof?«

»Einmal, mit Odd.« Dabei nickte sie. Nicht eine Locke bewegte sich. »An einem Samstagnachmittag, mein Wagen war zusammengebrochen, und Odd bot an, mich zu fahren, wenn ich nichts gegen den Umweg zu Halldis hätte. Sie hatte keinen Kaffee mehr. Das ist jetzt lange her.«

Sie hatte die Brille abgenommen und auf ihren Schoß gelegt.

»Wissen Sie, ob noch andere Leute Halldis besucht haben?«

Johnna dachte kurz nach. »Eine Zeitlang hat ein Typ bei uns gearbeitet. Die KFF rief an und fragte, ob wir ihn unterbringen könnten.«

»Die KFF?« fragte Skarre überrascht.

»Kriminalfürsorge in Freiheit«, erklärte Johnna. »Sie haben Oddchen gefragt, ob er hier arbeiten könnte, so versuchsweise. Die machen so eine Art Nachsorge für entlassene Häftlinge, und ...«

»Das weiß ich«, sagte Skarre rasch. »Tommy Rein?«

»Ja, so hieß er.«

»Ist er manchmal mit zu Halldis gefahren?«

»Ein- oder zweimal. Er ist nach einer Weile wieder

verschwunden, fand es hier zu langweilig. Es gibt ja nicht einmal eine Kneipe. Ich weiß nicht, wo er jetzt ist, ich habe ihn nie wieder gesehen.«

»Konnten Sie ihn leiden?«

Sie dachte nach und versuchte, sich an Tommy Reins Gesicht zu erinnern, aber ihr fielen nur die blauschwarzen Tätowierungen an seinen Armen ein. Und die Unruhe, die sie immer gespürt hatte, wenn er in der Nähe war, obwohl er sie nie angesehen hatte, jedenfalls nicht mit Blicken von der Sorte, die ihr so selten zuteil wurde. Im Grunde hatte sie das ein wenig verletzt, wenn sie sich die Sache genauer überlegte. Nicht einmal ein schnöder Gauner schaute Johnna zweimal an.

»Den? Nein, kein bißchen«, erklärte sie rachsüchtig.

»Briggen hat diese Vorstrafe gar nicht erwähnt«, sagte Skarre vorsichtig. Zugleich bedachte er Johnna mit einem vertraulichen Blick, dem sie nicht widerstehen konnte.

»Natürlich nicht. Er ist doch sein Neffe, und bestimmt schämt er sich wegen dieser Verwandtschaft. Tommy ist der Sohn von Oddchens Schwester.«

»Ach, so ist das also!« Das notierte Skarre nicht, er wollte ihr nicht das Gefühl geben, geklatscht zu haben.

»Wissen Sie, weswegen er gesessen hat?«

»Wegen Diebstahls.«

»Und ist Briggen verheiratet?«

»Er ist Witwer.«

»Ach so.«

»Er ist schon seit elf Jahren allein.«

»So. Seit elf Jahren.« Skarre lächelte geduldig.

»Sie hat sich das Leben genommen«, flüsterte Johnna plötzlich, in dem Tonfall, in dem zumeist über Ehebruch gesprochen wird.

Skarre nickte vielsagend. Solche Mitteilungen sagen

eigentlich sehr viel über Menschen und Leben, darüber, warum die Dinge so sind, wie sie sind, dachte er. Er bedachte Johnna mit einem Blick, der zum Ausdruck brachte, wie sehr er diese Auskunft zu schätzen wußte.

»Wie lange arbeiten Sie schon hier?« fragte er als nächstes.

»Seit acht Jahren. Seit kurz vor dem Tod von Halldis' Mann.«

Sie gab sich große Mühe, klare Antworten zu geben und nichts Überflüssiges zu erzählen, denn sicher war Skarre ein vielbeschäftigter Mann, der wirrköpfige Zeuginnen zweifellos nicht leiden mochte. Aber solange sie redete, mußte er ja bei ihr stehen bleiben, und weit und breit war keine Kundschaft in Sicht.

»Kennen Sie Errki Johrma?«

»Kennen nicht gerade. Ich weiß, wer er ist.«

»Fürchten Sie sich vor ihm?«

»Nicht direkt. Ich würde mich wahrscheinlich fürchten, wenn ich ihm allein auf einer einsamen Landstraße begegnete. Aber dann würde ich mich vor jedem fürchten.«

Nur vor dir nicht, dachte sie. *Du siehst aus wie ein Engel.*

»Und«, fragte er dann, »wie läuft der Laden? Dreizehn fünfundsiebzig für ein Graubrot, ist das nicht ziemlich herbe?« Er nickte zu dem Anschlag neben dem Brotregal hinüber.

Johnna seufzte resigniert. »Er wird sich mit seinen Preisen noch ruinieren. Die Gegend ist dünn besiedelt. Wir verdienen nicht viel. Und demnächst wird eine halbe Stunde von hier ein neues Einkaufszentrum eröffnet. Dann geht es sicher voll in den Teich mit Läden wie diesem.«

Sie sah plötzlich besorgt aus.

»Ein Einkaufszentrum?« Er lächelte aufmunternd.

»Aber sicher haben Sie da eine Chance, wenn Briggen schließen muß?«

Dieser Gedanke wirbelte ihr durch den Kopf, denn in stillen Stunden hatte sie genau davon geträumt, nur hatte sie es nie gewagt, jemandem davon zu erzählen.

»Übrigens«, sagte er leise und beugte sich vor, »nur sicherheitshalber. Briggen war doch gestern den ganzen Tag hier im Laden?«

»Nicht gestern. Da war ich allein hier. Er war zur Weiterbildung.«

»Und Sie müssen den Laden allein führen, wenn der Chef außer Haus ist?«

»Ja, was bleibt mir anderes übrig?«

Er richtete sich auf. »Wenn Sie etwas hören oder sehen sollten oder wenn Ihnen etwas einfällt, das von Bedeutung sein könnte, dann rufen Sie mich doch bitte an. Zum Beispiel, wenn Errki auftaucht, um Schokolade zu stehlen.«

Er zwinkerte ihr zu und zog seine Karte aus der Tasche. Johnna nahm sie mit zitternden Fingern. Es würde nie dazu kommen. Sie würde keinen Grund finden, um Kontakt zu diesem Mann aufzunehmen. Und dann ging er, und alles war vorbei. Sie setzte ihre Brille auf. Wollte sich nicht mehr im Plexiglas spiegeln. Briggen rief und brauchte Hilfe bei den Fischen. Er starrte Johnna mißtrauisch an.

Morgan blickte sehnsüchtig aus dem zerbrochenen Fenster. Da unten lag der See, glitzernd und frisch. Sein Körper war schwer von Hitze und Müdigkeit, und er sehnte sich heftig nach Abkühlung.

»Ein eiskaltes Bad«, murmelte er. »Das wär' was, oder, Errki?«

Errki schwieg. Bei der bloßen Vorstellung schauderte ihm schon. Der Whisky hatte ihn müde gemacht, er döste vor sich hin. Und er badete nie, nicht einmal in einer Badewanne. Sein Körper verhielt sich im Wasser seltsam, und das gefiel ihm nicht.

»Ich geh jetzt baden, und du kommst mit«, verkündete Morgan.

Er sah Errki an, offenbar wild entschlossen. Das war beunruhigend. Errki spürte, wie er sich verspannte. Er ertrug diesen Gedanken nicht. Dort unten in dem schwarzen Wasser konnte doch alles geschehen.

»Du kannst baden«, sagte er leise. »Ich halte solange den Revolver.«

»Sei nicht so schrecklich witzig. Wir werden beide baden, und du gehst als erster ins Wasser.«

»Ich bade nie.«

»Du badest, wenn ich es dir sage.«

»Du kapierst das nicht. Ich bade nie!«

Errki wurde zu etwas gezwungen, das er nicht ertragen konnte. Er mußte die Stimme heben.

»Aber Gott soll mich schützen, du hast es nötig. Komm schon, ich mache keine Witze.«

Errki bewegte sich nicht. Nichts auf dieser Welt konnte ihn ins Wasser bringen. Nicht einmal ein Revolver. Dann wollte er lieber sterben. Er war noch immer unvorbereitet, er hätte diese Welt gern mit einer gewissen Eleganz verlassen, aber wenn das nicht ging, dann eben nicht.

»Also, jetzt geht's los.«

Morgans Entschluß stand fest, jede seiner Bewegungen sagte das. Er ging zum Sofa, packte Errki beim T-Shirt und zog ihn auf die Beine. Errki hätte fast das Gleichgewicht verloren.

»Einfach kurz ins Wasser und dann wieder raus.

Dauert zwei Minuten. Und macht einen klaren Kopf. Bei dir natürlich nicht.«

Er stieß Errki mit dem Revolver an und schob ihn auf diese Weise aus dem Haus.

»Geh auf der linken Seite runter, dann kommen wir zu dem Inselchen da unten.«

Errki schaute die glatte Felskuppe an und zuckte mit den Schultern. Nie im Leben würde er in dieses schwarze Wasser gehen, nie. Aus dem Keller war nichts zu hören. Niemand wollte ihm jetzt helfen, die anderen schienen einfach zuzuhören und gespannt abzuwarten, was er wohl machen würde. Plötzlich juckte es ihn überall, ein beunruhigendes Jucken. Er konnte nicht schwimmen. Er konnte sich nicht ausziehen und sich nackt zeigen, konnte sich nicht auf diese Weise demütigen lassen. Zögernd ging er den ausgedörrten, mit Heidekraut und Gras bewachsenen Hang hinunter. Früher hatte es hier einen Weg gegeben, doch der war weitgehend zugewachsen. Errki sah auf das Wasser und dachte, wenn es tief ist, gehe ich gleich unter. Morgan lief aufgeregt hinter ihm her. »Ich wette, es ist eiskalt. Das finde ich gut.«

Er schob Errki über die Felskuppe. »Runter mit den Fetzen. Aber von mir aus kannst du auch in deinen Klamotten baden, das ist mir egal, nur geh endlich rein.«

Errki stand da wie eine Salzsäule und starrte das Wasser an. Hier unten am Ufer sah es nicht mehr rot aus, sondern nur noch schwarz und tief. Den Grund konnte er nicht sehen. Nur langes, weiches Gras, das dort unten schwebte und das ihn wie ekelhafte Finger umschlingen würde. Vielleicht gab es hier auch Fische, womöglich Aale.

»Springst du jetzt endlich, oder muß ich dich reinstoßen?« Morgan war ungeduldig, geradezu besessen vom Gedanken an das Bad.

»Ich kann nicht schwimmen«, murmelte Errki. Er stand noch immer mit dem Rücken zu Morgan. Seine Mundwinkel zuckten unheilverkündend.

»Spielt keine Rolle. Du kannst ja am Ufer bleiben. Jetzt mach schon, ich schwitze wie eine Sau.«

Errki blieb stehen.

»Wird's bald? Ich spanne den Hahn.«

Errki hörte mitten im Trommelwirbel ein scharfes Klicken. Morgan hatte eine Idee, und die sollte nun in die Tat umgesetzt werden, koste es, was es wolle. Errki trat einige Schritte auf das Wasser zu und lauschte dem Rauschen in seinen Schläfen. Das Wasser war für ihn ein ebenso unbetretbares Element wie ein Flammenmeer. Seine sonst so weißen Wangen glühten. Er drehte sich langsam um. Konnte den Revolver nicht mehr sehen, den hatte Morgan vielleicht ins Heidekraut gelegt. Jetzt kam Morgan mit drohender Miene und erhobenen Händen auf ihn zu.

»Ich will wissen, wie du aussiehst, wenn du Schiß hast«, sagte er boshaft.

Errki warf sich zur Seite und stand nun gebückt und angriffsbereit da. Morgan zögerte, starrte ihn mißtrauisch an, ging aber weiter auf ihn zu. Errki machte einen Raubtiersprung und schlug die Zähne in Morgans Nase. Seine Kiefer schlossen sich wie eine Schere, er spürte, wie die spitzen Zähne durch Haut und Knorpel drangen. Morgan schwankte, hatte Mühe, die Balance nicht zu verlieren, fuchtelte heftig mit den Armen, konnte Errki jedoch nicht abschütteln. Errki blieb an Morgan hängen, bis er endlich zur Besinnung kam. Dann erst ließ er los.

Morgan blieb stumm, zunächst jedenfalls. Er sah

Errki an und begriff erst zwei Sekunden später, was hier passiert war. Seine Nasenspitze hatte sich gelockert, sie hing wie eine Brotkruste vor seinem Gesicht. Und dann kam das Blut, in kleinen Stößen wurde es hinausgepumpt. Morgan schrie auf. Er hob die Hände und hielt seine Nase fest, er spürte, wie das Blut floß, spürte dessen Geschmack im Mund, gefolgt von einer seltsamen Taubheit.

»O mein Gott!« heulte er und fiel auf die Knie. »Errki! Hilf mir, ich verblute!«

Er bot wirklich einen jämmerlichen Anblick, wie er da im Heidekraut kniete und seine Nase umklammerte. Noch immer quoll Blut zwischen seinen Fingern hervor. Errki starrte ihn an. Er wiegte sich hin und her, entsetzt über das viele Blut und zugleich ruhiger, weil er sich endlich gewehrt hatte. Jetzt würde alles anders werden. Aus dem Keller hörte er Lärm, die anderen waren begeistert von seiner Leistung, sie huldigten ihm wie einem Helden, der Beifall wollte kein Ende nehmen.

»Du hättest nicht so herumnerven dürfen. Nerverei kann ich nicht leiden.«

Jetzt schreist du ja wieder. Wie abstoßend!

»Die Wunde wird sich bestimmt entzünden!« Morgan jammerte und schluchzte. »Kapierst du, was du angerichtet hast? Du bist doch total verrückt, mach, daß du nach Hause kommst, in die Anstalt. Scheiße, Mann, das hier wird mich noch umbringen!«

»Ich hab versucht, dich zu warnen«, sagte Errki ruhiger. »Aber du wolltest nicht hören.«

»Herrgott, was soll ich bloß machen?«

»Du kannst ein Mooskissen drauflegen«, schlug Errki vor.

Es war wirklich ein außergewöhnlicher Anblick. Morgan in seinen knallbunten Shorts und mit hängender Nase.

»In großen Teilen der Welt herrscht Krieg«, sagte Errki ernst.

»Ich hab verdammt noch mal nix, um die Wunde zu reinigen! Ein Menschenbiß, ist dir überhaupt klar, wie gefährlich das ist? Das wird nie wieder heilen. Du verrückter Anstaltsarsch!«

»Du bist anders, wenn du Angst hast.«

»Halt die Fresse.«

»Du bist doch bestimmt gegen Tetanus geimpft, wie alle Leute?«

Morgan schwieg. Errki fand, das sei wirklich an der Zeit. Morgan redete zuviel. Das Haus oben am Hang war schon voll von seinem Müll.

»Das ist Jahre her«, schluchzte Morgan. »Ich weiß ja nicht mal, ob das noch wirkt. Schon in ein paar Stunden kann sich eine Blutvergiftung entwickeln. Du hast ja keine Ahnung, was du da angerichtet hast. Du Trottel!«

»Mach die Wunde mit Whisky sauber«, sagte Errki freundlich. »Und zum Verbinden kannst du meine Unterhose nehmen.«

»Halt die Fresse, klar? O Scheiße, ich halt das nicht mehr aus.«

Plötzlich suchte er im Heidekraut nach dem Revolver, wobei er sich weiterhin mit der anderen Hand die Nase festhielt. Errki entdeckte den Revolver, der in seiner grünen Umgebung scharf aufleuchtete. Beide sprangen vor, aber Errki war schneller. Er hob den Revolver auf und wog ihn in der Hand. Augenblicklich fing Morgan an zu zittern. Er stieß ein verängstigtes Gurgeln aus und machte einen unbeholfenen Versuch, im Heidekraut davonzukriechen. Sein Kinn klappte herab, und Errki sah mehrere schwarze Zahnfüllungen. Ein verängstigter Mensch bietet keinen schönen Anblick, dachte er. Dann hob er den Revolver und warf ihn mit aller Kraft im hohen Bogen in den Teich. Ein bescheidenes Platschen war zu hören.

»Du verdammter Arsch!« Morgan brach in einer Mischung aus Erleichterung und Verzweiflung wieder zusammen. »Ich hätte dich einfach abknallen sollen, und zwar sofort, verdammte Axt!« Sein Mund zitterte. »Ich hätte dich von hinten abknallen und deine Arschbacken umstülpen sollen! In nur einer Stunde kann hier die Hölle los sein, normalerweise müßte ich sofort ins Krankenhaus. Für wen hältst du dich eigentlich, verdammt noch mal?«

»Für Errki Peter Johrma. Ich bin nur zu Besuch.«

Morgan schluchzte noch immer. Er stellte sich vor, wie er verweste, sah verfaultes Fleisch und vergiftetes Blut, das mit Blitzgeschwindigkeit durch seine Adern floß und schließlich seinen Herzmuskel erreichte. Fast wäre er in Ohnmacht gefallen.

»Da, wo du fallen kannst, solltest du Stroh auslegen«, sagte Errki weise. Er ging den Weg hinauf. Hinter sich hörte er ein Brüllen.

»Nicht weggehen!«

»Die Fliege, die nicht von der Leiche hochfliegt, kommt mit ins Grab«, erklärte Errki. Aber er blieb trotzdem stehen. Er hatte noch nie einen solchen Ruf gehört, noch dazu einen, der ihm galt, der sagte, er werde gebraucht. Der Anblick von Morgan mit seiner zerstörten Nase rührte ihn. Morgan war nicht mehr jämmerlich. Nicht auf diese widerliche Weise.

»Nun sag schon was! Hilf mir mit der Wunde. Ich kann nie wieder unter Leute gehen«, wimmerte Morgan.

»Nein, das kannst du nicht. Du hast eine Bank überfallen, und die Polizei verfügt über eine außergewöhnlich gute Beschreibung.«

»Kommst du mit nach oben?«

»Ich komme mit nach oben.«

»Beeil dich, ich blute.«

»Warum diese Eile? Es brennt doch nicht.«

Sagte Errki und setzte sich in Bewegung. Dann drehte er sich um. Morgan taumelte hinter ihm her. Er spuckte und würgte, um sich von dem Blutgeschmack zu befreien.

»Du schmeckst nach Schmalz«, sagte Errki nachdenklich. »Nach süßem, ekelhaftem Schmalz. Wie englische Würstchen.«

»Scheißkannibale!« schniefte Morgan.

Er lag auf dem Sofa. Er war blaß, aber gefaßt. Errki hatte die Whiskyflasche geholt. Er hielt die Öffnung teilweise mit dem Daumen zu und ließ winzige Tropfen Long John Silver auf Morgans abgebissene Nase tropfen. Morgan schrie wie am Spieß. Errki meinte, sein Schädel müsse zerspringen.

»Das reicht, das reicht, ich will auch noch was zu trinken haben«, quengelte Morgan. Errki reichte ihm die Flasche. »Paß auf, daß du nicht an die Wunde kommst. Du hast deine Finger bestimmt überall gehabt. An den unaussprechlichsten Stellen.«

Das Reden war so einfach. Die Wörter flogen locker aus seinem Mund und wirbelten wie Löwenzahnsamen durch die Luft.

»Mir ist schlecht«, stöhnte Morgan und trank ausgiebig. Danach ließ er sich zurücksinken und schloß die Augen.

»Warum reißt du dir die Nasenspitze nicht ganz ab?« fragte Errki. »Die hängt doch ohnehin nur noch an einem Hautfetzen.«

»Nie im Leben! Vielleicht können die Ärzte sie wieder annähen!«

Errki stand vor ihm und sah ihn an. Nun waren sie wieder in diesem Zimmer. Er wußte nicht, wohin er sonst gehen sollte. Es war still, er hörte nur Morgans keuchenden Atem. Etwas schien sich von der Decke her auf sie herabzusenken. Ein dünner Schleier aus etwas, das er noch nie empfunden hatte. Es war jetzt auch dunkler, deshalb sah das Zimmer wohnlicher aus. Und Morgan war nicht mehr der Chef. Seltsamerweise schien es ihn zu erleichtern, daß er diese Rolle nicht mehr zu spielen brauchte. Es war einfach besser, wenn sie ebenbürtig waren. Jetzt konnten sie sich vielleicht ein wenig entspannen und unter Umständen sogar schlafen. Es war ein anstrengender Tag gewesen. Errki merkte, daß er Ruhe brauchte. Um Ordnung in seine Gedanken zu bringen.

»Schalt das Radio ein!« In Morgans Stimme lag das kleine Zittern, das sich einstellt, wenn jemand krank ist und Zuwendung braucht. Schade um die Nase, dachte Errki, die war vorher schon sehr klein, und jetzt ist fast nichts mehr davon übrig.

»Bald gibt es Nachrichten. Schalt das Radio ein.«

Errki drückte nacheinander auf alle Knöpfe, dann war endlich etwas zu hören. Er fummelte eine Weile am Lautstärkeregler herum. Dann setzte er sich auf den Boden und schaute zu Morgan hinüber. Der sah mit seinem Schnaps aus wie ein Baby mit der Nuckelflasche. Nach der Musik meldete sich der Nachrichtensprecher zu Wort.

»In Zusammenhang mit dem Mord an der sechsundsiebzig-

jährigen Halldis Horn sucht die Polizei den vierundzwanzigjährigen Errki Peter Johrma, der seit der vorletzten Nacht aus der psychiatrischen Klinik Wegweiser verschwunden ist. Der Gesuchte wurde von einem in der Nähe spielenden Jungen gesehen und soll die Tote gekannt haben. Die Polizei weist darauf hin, daß Johrma vor allem als Zeuge gesucht wird, und bittet alle, die ihn gesehen haben, sich zu melden. Der Gesuchte ist etwa eins siebzig groß, hat lange schwarze Haare und war schwarz gekleidet. Er hat einen auffälligen wiegenden Gang und trägt einen Gürtel mit einer großen Messingschnalle. Informationen über den Verschwundenen nimmt jede Polizeidienststelle entgegen.«

Tödliches Schweigen machte sich breit. Morgan richtete sich langsam auf. Seine Nase schwoll immer mehr an, und sein Unterhemd war von Blut durchtränkt.

»Warst du in der Nähe von ihrem Haus?« Wachsendes Entsetzen leuchtete aus seinen Augen. »Hast du etwas gesehen?«

Errki drehte Däumchen. Er starrte wieder zum Teich hinunter. Er war froh, daß ihm das Bad erspart geblieben war. Sterben würde er zwar auf jeden Fall, aber ertrinken wollte er nicht. Es mußte andere Wege in die Ewigkeit geben als den durch das kalte Wasser.

»Hast du sie umgebracht? Warst du das, Errki?«

Errki machte einige zögernde Schritte.

»Geh weg. Komm ja nicht näher!« Morgan zog die Knie an und rutschte rückwärts. »Wenn sie dich holen, dann behauptest du, du könntest dich an nichts erinnern, was? Oder daß Stimmen dir befohlen haben, das zu tun, denn dann brauchst du nicht zu brummen. Setz dich, hörst du? Du sollst dich setzen!«

Seine Stimme schlug ins Falsett um. Er versuchte nachzudenken. Der Trottel war nicht nur ein Trottel, es war viel schlimmer, er war total verrückt, er hatte eine wehrlose Oma umgebracht, und er befand sich hier in diesem Zimmer. Die Angst machte die schweißnasse Haut seines Rückens prickeln. Als er endlich etwas sagte, hörte er sich an, als sei Errki ein Hysteriker, der beruhigt werden müßte.

»Okay, jetzt hörst du mir zu. Setz dich hin und sei ganz locker. Ganz ruhig bleiben. Ich sag nichts über dich, und du sagst nichts über mich. Wir können uns die Kohle teilen, ich hab genug für uns beide. Wir müssen nur über die Grenze nach Schweden kommen.«

Er kippte Whisky und nagelte Errki dabei mit seinem aufgeregten Blick fest. Er malte sich aus, daß Errki ihn jede Sekunde mit den bloßen Zähnen umbringen könnte.

Errki sagte nichts dazu. Morgan kämpfte verzweifelt darum, das neue Wissen zu verdauen, und seine Nase pochte jetzt auf widerliche Weise. Er stellte sich vor, daß die Entzündung rasante Fortschritte machte. Errki saß wieder auf dem Boden, an der Wand unter dem Fenster, das auf den Hof blickte. Morgan fand es beruhigend, daß Errki so weit von ihm entfernt war. Und eigentlich sah er doch friedlich aus, und sie waren schon so lange zusammen; wenn Errki ihn umbringen wollte, hätte er das sicher längst erledigt. Zum Beispiel unten am Teich, als er den Revolver in der Hand gehalten hatte. Die Dämmerung war noch nicht einmal angebrochen, aber das Licht hatte sich verändert. Was war hier eigentlich passiert? War eine Weiche anders geschaltet worden und hatte ihn auf ein Nebengleis gebracht, auf eine Strecke, wo Anhalten nicht möglich war?

Er stellte die Flasche auf den Boden. Er war allein mit einem verrückten Mörder, und deshalb mußte er bei klarem Verstand bleiben. Besonders klar war er allerdings nicht mehr, vielmehr kam er sich benebelt vor. Fragte sich ernsthaft, warum er sich diese verdammte Geisel an den Hals geladen hatte. Er wäre doch auch allein zurechtgekommen.

»Du bist also von einem Jungen gesehen worden«, sagte er langsam und starrte Errki an. Der schien zu schlafen.

»Von einem fetten Jungen«, murmelte Errki schließlich. »Von einem Zeppelin von Knaben mit Brüsten, so groß, wie die von meiner Mutter waren.« Er drehte sich um und musterte Morgan mit einem unergründlichen Blick. »Ihr Gehirn ist die Treppe runtergeflossen.«

»Halt die Fresse, das will ich nicht hören.« In seiner Stimme lag die Panik wie ein dunkles Dröhnen.

»Du hast Angst«, stellte Errki fest.

»Ich will dir bloß nicht zuhören. Du redest doch nur Schwachsinn! Sprich lieber mit deinen Stimmen, die verstehen dich besser.«

Langes Schweigen folgte. Nur leises Fliegenbrummen von der Fensterbank her war zu hören. Morgan überlegte, ob er sich wohl bei seiner Schwester in Oslo verstecken konnte. Die würde ihm die Ohren vollheulen, aber verpfeifen würde sie ihn nicht. Sie war ein hoffnungsloses Gackerhuhn; trotzdem, er war ihr kleiner Bruder. Er hatte eine Bank überfallen, aber er hatte keinen Menschen umgebracht, schon gar nicht eine alte Oma.

»Nein!« schrie Errki und sprang auf. Er lehnte sich ans Fenster und starrte hinaus.

»Was schreist du denn so rum? Pöbeln deine Stimmen dich an? Laß den Scheiß, davon werd ich nur müde. DA DRINNEN IST NIEMAND!«

Errki hielt sich die Ohren zu.

»Herrgott, was machst du für einen Wirbel!« Morgan faßte sich an die Nase. Die pochte immer ärger. Er hätte weinen mögen. Dieser Typ war doch knatschverrückt. Und vielleicht konnte er sich nicht einmal daran erinnern, daß er einen Menschen umgebracht hatte.

»Du«, sagte er heiser. »Vielleicht solltest du machen, daß du in die Anstalt zurückkommst. Oder was?« Seine Stimme klang klein und dünn.

Errki legte die Stirn an eine der morschen Fenstersprossen und spürte, wie ihm die duftende Hitze draußen in die Nase stieg. Im Zimmer lag eine wehe Stimmung. Die gefiel ihm und gefiel ihm auch wieder nicht. Sie erinnerte ihn an etwas. Unten im Keller war ein leises Murren zu hören.

»Das ist doch einfach lächerlich«, sagte Morgan gereizt. »Hier sitze ich mit amputierter Nase und einer Tasche voll Geld, und da stehst du, führst Selbstgespräche und hast einen Mord auf dem Gewissen. Und wir werden beide von der Polizei gesucht. Es ist nicht zu fassen!«

Er schloß die Augen und stieß ein unbeholfenes, schluchzendes Lachen aus.

»Mir ist es scheißegal«, sagte er dann. »Im Grunde ist mir scheißegal, was passiert. Sterben müssen wir ja doch alle. Und das können wir auch gleich hier erledigen, in dieser verstaubten Bruchbude.«

Er legte sich wieder hin. Hatte das Gefühl, sich langsam aufzulösen, etwas in ihm schien abzuheben und zu fliegen. Plötzlich war ihm alles seltsam gleichgültig. Vielleicht sickerte sein Verstand aus ihm heraus.

»Ich schlafe eine Runde.«

Errki stand noch immer am Fenster. Er versuchte, sich an ihr Kleid zu erinnern, stellte aber fest, daß er nicht mehr wußte, ob es rot mit grünen Karos oder grün mit roten Karos gewesen war. Er konnte es nicht mehr vor sich sehen. Aber er erinnerte sich an ihren Zopf. Und an ihre verbissene Miene, als sie Löwenzahn aus dem Gras gehackt hatte. Es war so einfach. Der Löwenzahn ruinierte ihren Rasen und mußte verschwinden. Und dann rief sie ihm mit verängstigter Stimme etwas zu.

»Halt die Fresse!« schrie er zitternd.

»Entschuldigung«, sagte Morgan müde. »Ich wollte nur mitteilen, daß es mir im Grunde scheißegal ist, was passiert.«

»Ich mache, was ich will. Du hast nicht über mich zu bestimmen«, schrie Errki, streckte den Arm aus dem Fenster und schwenkte drohend die Faust.

»Sag ich doch«, murmelte Morgan. Er drehte sich auf die Seite, wobei er beschützend die Hand vor seine Nase hielt. »Wenn ich wieder aufwache, werde ich sehr krank sein. Vielleicht solltest du ins Dorf gehen und Hilfe holen. Mir wäre das recht, mir ist jetzt alles egal. Ich habe versprochen, Geld aufzutreiben, und das hab ich getan.«

»Ich heiße Errki Peter Johrma. Und jetzt leg ich mich hin.«

»Mach, was du willst«, murmelte Morgan. Es war nur ein Flüstern in der Stille. Errki ging in die Kammer. Er bückte sich und suchte in der Matratze, bis er den Revolver gefunden hatte. Schob ihn in den Hosenbund. Er war vorbereitet.

Dann rollte er sich zusammen, legte die Jacke unter seinen Kopf und versank in tiefen Schlaf.

»Was Kannick jetzt braucht, ist ein Pokal«, sagte Margunn energisch. »Einen, den er putzen und wienern und den er seiner Mutter zeigen kann. Er kann es schaffen, er ist mehr als gut. Und Schießen ist das einzige, was er kann.«

Sie nickte zweimal, um ihre Aussage zu unterstreichen.

Sie saßen in ihrem Büro. Sejer lächelte und merkte, daß er Kannick den Pokal gönnte.

»Macht es ihm Probleme, mit diesem Erlebnis umzugehen?« fragte er und betrachtete fasziniert Margunns Gesicht. Schön war sie nicht, sie sah aus wie ein Mann mit ihrer hohen Stirn, der faltigen Haut und der Andeutung von Schnurrbart. Ihre Stimme war ziemlich tief. Aber sie war erfüllt von einem unerschütterlichen Glauben an das Gute im Menschen, vor allem in den Menschen, für die sie sorgen mußte. Das Wohlwollen kam als kleidsamer, errötender Eifer in ihrem Gesicht zum Ausdruck.

»Nein, das schafft er mühelos. Jedenfalls scheint er sich auf das Bogenschützenturnier zu konzentrieren und sich auf diese Weise alles andere vom Leib zu halten. Und Sie dürfen nicht vergessen, daß die Jungen hier schon allerlei mitgemacht haben. So leicht sind die nicht umzuwerfen.«

»Alles klar«, sagte Sejer. »Erzählen Sie mir von ihm.«

Margunn schob ihren Stuhl zurück und lächelte. »Kannick ist das, was wir als guten, altmodischen Unglücksfall bezeichnen können. Resultat der mangelnden Charakterstärke und Impulsivität seiner Mutter. Allerdings hatte sie auch nie die Chance, Charakterstärke zu entwickeln, nach allem, was ich über ihre Familie weiß. Genau wie Kannick war auch sie im Weg. Überflüssig. Jeden Sommer kommen Polen als Erntehelfer her. Kannicks Mutter arbeitete an einer Tankstelle, wo die Polen sich jede Woche die billigsten Zigaretten und vielleicht auch ein Pornoheft kauften, wenn sie sich mal etwas Besonderes gönnen wollten. Sicher waren sie eine Art Höhepunkt. Sie waren anders, exotisch. Und, wie die Mutter mir erzählt hat, um einiges galanter, als die Frauen aus der Gegend es gewohnt waren. Sie sagte, sie haben mich wie eine Dame behandelt, Margunn. Natürlich macht so etwas Eindruck auf ein Mädchen, das sämtliche eventuell vorhandene Unschuld längst verloren hat und diesen Verlust auch nicht mehr betrauert. Eines Tages tauchte er also in der Tankstelle auf, Kannicks Vater, meine ich. Er war seit vier Monaten von zu Hause fort und vermißte wohl allerlei. Das ist doch alles nicht schwer zu verstehen.«

Margunn lächelte versöhnlich. »Kannick ist im Lager entstanden, nach Feierabend, zwischen Kästen mit Kartoffelchips und Putzwolle. Und die Mutter hat das alles nicht bereut. Bis sie merkte, daß der Junge unterwegs war. Als Baby hat er viel geschrien, und sie fand heraus, daß er ruhig blieb, solange er satt war. Wozu diese Erkenntnis geführt hat, werden Sie gleich sehen. Sie selbst wollte unbedingt jemanden finden, der ihr Liebe schenkt, das will sie noch immer. Kannick wollte sie nicht haben. Sie hat nichts gegen ihn. Sie begreift nur nicht, daß sie für ihn verantwortlich ist. Er ist ihr einfach widerfahren, wie eine Krankheit.«

»Aber was ist denn sein Problem, warum ist er hier gelandet?«

»Ursprünglich war er viel zu lebhaft und impulsiv, um in einer normalen Schule zurechtzukommen. Aber dann hat sich die Lage geändert, und jetzt verschließt er sich immer mehr. Er träumt viel vor sich hin. Kann sich für nichts engagieren und schließt sich an niemanden an. Er wünscht sich Aufmerksamkeit, und zwar total; kriegt er die, dann blüht er auf. Wenn er nicht alle Aufmerksamkeit haben kann, dann will er gar keine. Jede Woche einmal kommt ein Trainer und übt mit ihm Bogenschießen, und dabei lebt er auf. Dann geht es nur um Kannick, darum, was er kann oder nicht. Aber in der Schule ist er nur einer unter mehreren, und deshalb beteiligt er sich überhaupt nicht.«

»Alles oder nichts?«

»Ja, so ungefähr.«

»Wo liegt sein Zimmer?«

»Im ersten Stock, ganz hinten. An der Tür klebt eine Schokoladenreklame.«

Sejer hatte eine Tüte Schokoriegel mitgebracht. Er machte zwar keinen Krankenbesuch, aber der arme Junge hatte doch etwas Schreckliches erlebt und brauchte vielleicht ein wenig zusätzliche Freundlichkeit. Aber als er den fetten Jungen auf dem Bett sah, bereute er.

»Guten Tag, Kannick. Ich heiße Konrad.«

Er stand in der Tür zu dem Zimmer, das Kannick mit Philip teilte. Der Junge lag auf dem Rücken und las einen Comic. Er kaute auf etwas herum, das zwischen seinen Zähnen knirschte, und schaute auf. Zuerst sah er Sejer an, dann die Tüte in dessen Hand.

»Ich bin von der Polizei.«

Kannick warf seine Zeitschrift hin. »Ich hab den Jungs schon gesagt, daß du kommen wirst, aber die wollten mir nicht glauben. Sie haben behauptet, ich wäre nicht wichtig.«

Sejer lächelte. »Natürlich bist du wichtig. Ich habe mich eine Weile mit Margunn unterhalten. Darf ich mich auf deine Bettkante setzen?«

Der Junge zog die Beine an. Sejer dachte, dieses überflüssige Fett könnte dem Gewicht eines anderen

Jungen entsprechen, den er auf dem Rücken trägt. Er reichte Kannick die Tüte.

»Versprichst du, mit den anderen zu teilen?«

»Sicher.«

Er legte die Tüte auf den Nachttisch.

»Du hast also Gurvin Bescheid gesagt?«

Der Junge schob sich seinen langen Pony aus der Stirn. Er trug abgeschnittene Jeans und ein T-Shirt, und seine Füße steckten in schwarzen Mokassins.

»Er hat immer nur nach der Uhrzeit gefragt. Aber ich hatte keine Uhr bei mir. Die ist beim Uhrmacher.«

»Und das ist wirklich bedauerlich«, sagte Sejer. »Uhrzeiten sind für uns bei der Polizei sehr wichtig. Oft kann die Zeit alles erklären. Oder Leute entlarven, die uns an der Nase herumführen wollen.«

Kannick blickte ihn entsetzt an und schien das für eine Anspielung zu halten. »Ich kann euch auf keinen Fall an der Nase herumführen«, sagte er. »Denn ich weiß doch überhaupt keine Uhrzeit. Ich weiß nur, daß ich um sieben von hier weggegangen bin, deshalb.« Er zeigte auf den Wecker, der auf seinem Nachttisch stand.

»Mit anderen Worten, du bist so eine Art Frühaufsteher? Du hast doch Sommerferien.«

»Es war so heiß. Ich konnte nicht mehr schlafen. Und Philip schnauft so schrecklich, weil er Asthma hat.«

Sejer schaute sich im Zimmer um. Eine Vertiefung im Bett zeigte, wo vor seinem Besuch vielleicht Philip gelegen hatte, und auf dem Nachttisch standen allerlei Medikamente und ein Inhaliergerät. Durch das Fenster sah er die Köpfe dreier Jungen, sie betrachteten seinen Streifenwagen. Ab und zu schauten sie zum Fenster herauf.

»Aber wir können doch einen ungefähren Zeitpunkt feststellen. Wenn wir uns gegenseitig helfen. Versuch, den Tag in Gedanken noch einmal durchzugehen. Von dem Moment an, als du hier aufgebrochen bist. Das war um sieben, hast du gesagt. Von hier bist du in den Wald gegangen?«

»Ja.«

»Und du hattest deinen Bogen bei dir?«

»Äh, ja.« Kannick schlug die Augen nieder.

»Deshalb werde ich dich nicht festnehmen. Das ist Margunns Angelegenheit. Bist du schnell gegangen?«

»Nicht sehr.«

»Bist du unterwegs mal stehengeblieben?«

»Ich bleibe ab und zu stehen und horche ein bißchen. Auf Krähen und so. Vielleicht zweimal.«

»Da oben gibt es ein Gebiet, in dem du dich häufiger aufhältst, stimmt das?«

Kannick zupfte an seinem T-Shirt, um seinen Bauch zu bedecken.

»Ein Stück oberhalb von Halldis' Hof ist eine ebene Fläche. Und da gibt es mehrere Wege, ich kann mir also einen aussuchen. Ich kenne mich gut aus.« Kannicks Stimme hob und senkte sich. Er ließ die Beine über die Bettkante baumeln und hatte die Oberschenkel weit auseinander. Es war für diesen Jungen einfach unmöglich, mit geschlossenen Beinen dazusitzen.

»Du bist also du dieser Stelle gegangen, zu dieser Anhöhe, und hast unterwegs zwei kurze Pausen eingelegt?«

»Ja.«

»Kannst du so ungefähr sagen, wie lange du unterwegs warst? Wenn du es mit etwas anderem vergleichst, was du sonst machst?«

»Ungefähr so lange wie eine Folge Akte X.«

»Akte X? Dürft ihr das sehen?«

»Ja, sicher.«

»Eine Folge dauert eine Dreiviertelstunde, ja?«

»Mhm.«

»Na also.« Sejer schlug die Beine übereinander und lächelte ermutigend. »Du bist also oben angekommen, und es ist ungefähr Viertel vor acht?«

»So spät war es wohl, ja.« Kannick schielte zu der Tüte mit den Schokoriegeln hinüber. Es war eine Großpackung. Rasch rechnete er nach. Er wußte, daß sie zweiundfünfzig Riegel enthielt, das bedeutete, fünf für jeden Jungen und zwei für Margunn. Falls er teilte, wie der Bulle es wollte.

»Und dann hast du dich für einen Weg entschieden?«

»Es gibt vier. Einer führt über den Hügel, einer zur Aussichtsstelle. Einer zu den alten Rodungen und einer zu Halldis' Hof.«

»Und den hast du genommen?«

»Ja, ich wollte das Frühstück nicht verpassen.«

»Ist es von dieser Stelle aus noch weit bis zu ihrem Hof?«

»Nein. Aber ich habe unterwegs eine Krähe geschossen. Und zwei Pfeile verloren. Die hab ich gesucht. Das hat eine Weile gedauert. Sie sind ziemlich teuer«, erklärte er. »Karbonpfeile. Hundertzwanzig Kronen das Stück.«

Sejer nickte und schaute auf seine Uhr. »Du suchst also eine Weile, dann gibst du auf. Und danach gehst du zum Hof. Hat das länger gedauert als der Weg vorher?«

»Es ging etwas schneller, glaube ich.«

»Sagen wir also, du hast den Hof um Viertel nach acht erreicht.«

»Das ist sicher nicht so ganz falsch.«

»Und jetzt erzähl mir, was du gesehen hast.«

Kannick kniff erschrocken die Augen zu. »Ich habe Halldis gesehen.«

»Wann hast du sie gesehen?«

»Wann?«

»Wo warst du, als du sie gesehen hast?«

»Beim Brunnen.«

»Du bist also beim Brunnen stehengeblieben, und dann hast du sie entdeckt?«

»Ja.« Er klang jetzt eher kleinlaut. Er wollte sich nicht daran erinnern, aber jetzt wurde er dazu gezwungen.

»Kannst du mir sagen, wie weit es vom Brunnen bis zur Treppe ist? Du als Schütze kannst das doch sicher gut schätzen.«

»Ich glaube, so an die dreißig Meter.«

»Das klingt wahrscheinlich. Bist du zu ihr hingegangen?«

»Nein.«

»Aber du warst sicher, daß sie tot war?«

»Es war nicht schwer, das zu sehen.«

»Stimmt«, gab Sejer zu. »Bleiben wir erst mal dabei, du stehst am Brunnen und siehst Halldis. Du hattest Angst, nicht wahr?«

»Ja.«

»Wie hast du Errki entdeckt?«

»Ich habe mich umgeschaut«, sagte Kannick leise. »Ich hatte Angst, deshalb habe ich mich umgeschaut. Nach allen Seiten.«

»Das hätte ich auch gemacht. War er weit weg?«

»Oben im Wald.«

»Hast du ihn deutlich gesehen?«

»Ziemlich deutlich. Ich habe ihn an seinen Haaren erkannt. Er hat einen Mittelscheitel. Lange, schwarze Haare, wie ein Vorhang. Er hat mich angestarrt.«

»Was hat er gemacht, als du ihn entdeckt hattest?«

»Gar nichts. Er stand stocksteif da. Und ich bin losgerannt.«

»Da lang, wo auch Autos fahren?«

»Ja. Ich bin so schnell gelaufen, wie es mit dem Koffer nur ging.«

»Und deinen Bogen hattest du schon vorher zusammengeklappt und in den Koffer gelegt?«

»Ja. Ich bin den ganzen Weg gerannt, vom Hof bis ins Dorf.«

»Kennst du Errki gut?«

»Ich kenne ihn gar nicht. Aber er ist immer hier in der Gegend unterwegs, das ganze Jahr. Vor einiger Zeit ist er ins Krankenhaus gekommen. Und er hat immer dieselben Sachen an, egal, ob Sommer ist oder Winter. Immer schwarz. Das einzige, was nicht schwarz ist, ist seine Gürtelschnalle. Die ist groß und blank.«

Sejer nickte. »Kennt Errki dich?«

»Er hat mich ein paarmal gesehen.«

»Sah er ängstlich aus?«

»Der sieht nie ängstlich aus.«

»Er hat also kein einziges Wort gesagt?«

»Nein. Er verschwand einfach hinter den Bäumen. Ich konnte die Zweige hören. Und die Blätter haben geraschelt.«

»Was wolltest du eigentlich von Halldis, warum bist du zu ihrem Hof gegangen?«

»Ich wollte etwas zu trinken. Ich hatte Durst. Sie hat mir schon häufiger was gegeben, sie kennt uns doch.«

»Konntest du sie leiden?«

»Sie war ziemlich streng.«

»Strenger als Margunn?« Sejer lächelte.

»Margunn ist überhaupt nicht streng.«

»Aber du hast damit gerechnet, daß sie dir etwas zu trinken geben würde. Dann war sie doch eigentlich nett?«

»Sie war streng und nett. Sie hat uns immer gegeben, was wir haben wollten, aber sie hat die ganze Zeit geschimpft.«

»Erwachsene sind komisch, was?« Sejer lächelte wieder. »Haben alle Jungen hier sie gekannt?«

»Alle außer Simon. Der ist noch nicht so lange hier.«

»Und ihr habt sie ab und zu besucht und mit ihr geredet?«

»Manchmal haben wir sie gefragt, ob sie uns Saft und ein paar Brote gibt.«

»Wart ihr auch in ihrer Küche?« Bei dieser Frage musterte Sejer ihn forschend.

»Das nicht. Wir mußten im Flur stehen bleiben. Sie hatte immer frisch geputzt. Das sagte sie immer: Ich habe gerade geputzt.«

»Aha. Und dann bist du zu Gurvin gelaufen und hast Bescheid gesagt?«

»Ja. Aber der wollte mir nicht glauben.«

»Wirklich nicht?«

»Weißt du«, sagte Kannick resigniert, »ich mußte ihm doch meine Adresse sagen.«

»Ach so. Alles klar«, sagte Sejer. »Du bist also ein guter Schütze, habe ich gehört?«

»Ein ziemlich guter«, erklärte Kannick stolz.

»Und von wem hast du den Bogen? Der war doch sicher teuer?«

»Den hat das Sozialamt bezahlt. Damit ich eine sinnvolle Freizeitbeschäftigung habe. Er kostet Zweitausend, aber das ist wirklich nicht teuer. Wenn ich –

wenn ich mehr Geld habe, kaufe ich mir einen Super Meteor mit Karbongliedern. Himmelblau metallic.«

Sejer kniff beeindruckt die Augen zusammen. »Und wer bringt dir das Schießen bei?«

»Christian kommt einmal die Woche. Und bald schieße ich bei der NM. Er sagt, ich hätte Talent.«

»Du weißt, daß ein Bogen eine tödliche Waffe ist?«

»Klar weiß ich das«, antwortete Kannick trotzig. Er wußte, was jetzt kommen würde. Er senkte den Kopf und schloß die Augen, während er den Ermahnungen lauschte. Er verschloß sich die Ohren und machte die Ermahnungen auf diese Weise zu einer herumsummenden Fliege.

»Und wenn du umherschleichst, können andere dich nicht hören. Wenn jemand Beeren pflückt, kannst du mit einemmal zum Mörder werden. Hast du dir das schon überlegt, Kannick?«

»Da oben im Wald sind nie Leute.«

»Abgesehen von Errki?«

Kannick errötete. »Ja, abgesehen von Errki. Aber der pflückt doch keine Beeren.«

Sie schwiegen. Sejer hörte draußen leise Stimmen. Der Junge schaute zu ihm hoch und biß sich auf die Lippe. »Wo ist Halldis jetzt?« fragte er leise.

»Im Keller des Landeskrankenhauses.«

»Und liegen sie da wirklich im Kühlschrank?«

Sejer lächelte wehmütig. »Na ja, eher in langen Schubladen. Hast du ihren Mann gekannt?« fragte er, um abzulenken.

»Nein, aber ich kann mich an ihn erinnern. Er saß immer auf seinem Trecker. Er hat nie mit uns geredet, nicht so wie Halldis. Er hat sich nicht für Kinder interessiert, außerdem hatte er einen Hund. Nachdem Thorvald tot war, ist auch der Hund gestorben. Er wollte nicht mehr fressen.« Das schien ihn zu wundern, er machte ein verständnisloses Gesicht.

»Wie lange bleibst du wohl noch hier im Heim, was meinst du?«

»Weiß ich nicht.« Kannick starrte auf seine Knie. »Das habe ich doch nicht zu entscheiden.«

»Nicht?« Sejer sah ihn fragend an.

»Die machen ja doch, was sie wollen«, sagte Kannick traurig.

»Aber du fühlst dich hier wohl? Ich habe Margunn gefragt, und sie sagt, daß du dich wohl fühlst.«

»Ich kann doch sonst nirgendwo hin. Mama ist ungeeignet, und ich brauche Hilfe.«

Sejer hörte den Kummer. »Das Leben ist nicht einfach, was? Was ist denn besonders schwierig, was meinst du?«

Kannick dachte nach und wiederholte schließlich das, was er schon so oft gehört hatte. »Ich handele erst und denke erst später nach.«

»Das nennt man impulsiv«, tröstete Sejer. »Und das gehört zur Kindheit. Das meiste kommt mit der Zeit in Ordnung. Das allermeiste. Du«, sagte er dann, »konntest du sehen, ob Errki Handschuhe anhatte?«

Kannick kniff überrascht die Augen zusammen und riß sie wieder auf. »Handschuhe? Bei dieser Hitze? Ich habe seine Hände überhaupt nicht gesehen. Vielleicht hatte er sie in den Taschen. Das weiß ich nicht«, fügte er aufrichtig hinzu.

»Ich frage«, sagte Sejer, »weil es wichtig ist, wenn wir die Fingerabdrücke untersuchen. Wir haben in dem Haus mehrere gefunden. Und du bist dir sicher, daß du außer Errki niemanden gesehen hast?«

»Ja«, sagte Kannick und nickte entschieden. »Sonst habe ich keinen gesehen.«

»Wenn aber doch noch jemand da war«, sagte Sejer, »kann Errki ihn gesehen haben, auch wenn du nichts davon weißt.«

»Glaubst du, daß es nicht Errki war?« fragte Kannick verdutzt.

»Ich halte das nicht für selbstverständlich.«

»Aber er ist verrückt, weißt du.«

»Er ist sicher ein bißchen anders als wir anderen«, Sejer lächelte, »sagen wir, er braucht Hilfe. Aber ich habe den Verdacht, daß viele hier einfach hoffen, daß er es war. Du weißt ja, die Leute haben gern recht. Was meinst du«, fragte er langsam, »wenn Errki bei Halldis' Haus aufgetaucht ist, was könnte sie dann zu ihm gesagt haben? Sie hat ihn doch gekannt, oder?«

»Davon gehe ich aus.«

»Glaubst du, daß sie Angst vor ihm hatte?«

»Sie hatte bestimmt nicht oft Angst. Aber Errki nimmt sich immer, was er haben will. Im Laden und am Kiosk. Vielleicht ist er einfach ins Haus gegangen. So ist er eben.«

»Und das hat sie wütend gemacht?«

»Sie konnte ganz schön böse werden, wenn wir nicht gemacht haben, was sie wollte. Und Errki tut nie das, was andere wollen.«

»Nein, genau. Es ist sicher besser, wenn wir ihn finden, meinst du nicht?«

»Kriegt er dann eine Zwangsjacke?«

Sejer lachte. »Laß uns hoffen, daß das nicht nötig ist. Aber vielleicht solltet ihr hier beim Haus bleiben, solange er noch unterwegs ist, und erst mal nicht in den Wald gehen. Bis wir genau wissen, was passiert ist.«

»Von mir aus.« Kannick nickte. »Margunn hat mir den Bogen weggenommen.«

Die Jungen drückten sich aneinander und sahen zu, wie er ins Auto stieg. Er hatte keine Zeit, mit ihnen zu sprechen, ein Windhauch aus einer anderen Welt zu sein in ihrer geschlossenen Gesellschaft. Sie musterten ihn mit einer Mischung aus Trotz und Achtung. Einige von ihnen waren schon mehrere Male mit der Polizei aneinandergeraten, über anderen hing diese Möglichkeit wie eine konstante Drohung. Der kleine Dunkle, der Simon hieß, winkte dem Wagen hinterher. Daran dachte Sejer, als er zum Landeskrankenhaus fuhr. Er dachte an diese kleine Gruppe von mürrischen Individuen, die mit dem Leben nicht zurechtkamen. Eine Gruppe, für die Sara Struel sich interessiert hätte. Eine Gruppe von Aufrührern.

»Elsi Johrma.«

Sejer blickte sein Gegenüber erwartungsvoll an. »Geboren am 4. September 1950. Sie kam am 8. Januar 1980 durch einen Unfall ums Leben und wurde hierher gebracht. Ich weiß nicht, ob sie schon tot war, als sie hier eintraf, oder ob sie später an ihren Verletzungen gestorben ist. Aber irgendwo in diesem Haus gibt es die entsprechenden Unterlagen. Wenn Sie so nett sein könnten und danach suchen?«

An den Augen der Krankenschwester war abzulesen, daß ihre Neugier geweckt war. Zugleich machte sie ein resigniertes Gesicht, denn es war Ferienzeit, sie hatten zu wenig Personal, und außerdem herrschte eine unerträgliche Hitze. Sejer schaute sich um. Es war ein enges Büro mit hohen Stapeln von Ordnern und Büchern. Von Komfort konnte keine Rede sein, er und die Krankenschwester füllten den Raum komplett aus.

»Das ist sechzehn Jahre her«, erklärte sie, als hätte er das nicht selbst schon ausgerechnet. »Inzwischen haben wir EDV. Aber im Computer ist sie wahrscheinlich nicht. Das bedeutet, daß ich im Archiv im Keller suchen muß.«

»Jahreszahl achtzig und Buchstabe J. Sicher kennen Sie sich da unten gut aus, und ich habe es nicht eilig«, sagte Sejer.

Die Krankenschwester war Mitte Zwanzig, sie war groß und kräftig und trug einen Pferdeschwanz. Die Brille war ihr auf die Nasenspitze gerutscht, und sie starrte ihn über das rote Gestell hinweg an. »Wenn ich sie nicht gleich finde, müssen Sie später wiederkommen.«

Damit war sie verschwunden, und er wartete geduldig und hielt Ausschau nach Lesestoff. Er fand nur eine Zeitschrift der Krebsgesellschaft, und die erschien ihm wenig verlockend. Deshalb versank er in Gedanken. An einem Ort wie diesem konnte er seine Erinnerungen einfach nicht aussperren, die Erinnerungen an die Zeit, in der er selbst rastlos durch lange Gänge gewandert war, während Elises Körper getestet und analysiert und mit Medikamenten versehen und bestrahlt und immer schwächer wurde. Vor allem erinnerte er sich an den Geruch und an das Geräusch gedämpfter Stimmen. Er war weit weg, als die Krankenschwester wieder in der Tür stand. »Mehr konnte ich nicht finden.« Sie reichte ihm eine kurzgefaßte Aufnahmebestätigung, gerade mal eine Seite.

»Aber«, fragte Sejer, »was ist mit dem Obduktionsbericht?«

»Der war nicht im Archiv.«

»Könnten Sie nicht doch noch einmal nachsehen? Das ist ziemlich wichtig.«

»Vor Sonntag schaffe ich das auf keinen Fall, wenn überhaupt. Auf die Schnelle habe ich nur das hier gefunden.«

»Danke«, sagte er resigniert. »Darf ich diese Bescheinigung mitnehmen?«

Sie reichte ihm eine Empfangsbestätigung, und er unterschrieb auf der gepunkteten Linie.

»Haben Sie noch zwei Minuten Zeit, während ich mir das durchlese?« bat er. »Bestimmt kommen da Fachausdrücke vor, von denen ich keine Ahnung habe.«

Die Krankenschwester ließ ihren Blick über das Papier gleiten und las laut vor: »Zum Empfang, 8. Januar, 16.45. Tod bei Eintreffen. Sichtbare Frakturen in Arm und Kiefer. Bedeutender Blutverlust.«

»Verzeihung«, sagte er rasch. »›Bedeutender Blutverlust‹. Sie ist doch eine Treppe hinuntergefallen?«

»Ich war nicht dabei, ich war damals erst zehn Jahre alt«, antwortete die Krankenschwester schroff. Aber dann erwachte ihre Neugier wieder. »Ist sie wirklich eine Treppe hinuntergestürzt?«

»So habe ich es gehört. Ihr Sohn«, erklärte Sejer, »war bei dem Unfall zugegen. Aber er war damals erst acht.«

»Kann schon sein«, sagte die Krankenschwester unsicher. »Aber da kann ich Ihnen nicht helfen. Nicht ohne den Obduktionsbericht.«

Sie las die Bescheinigung noch einmal. »Ja«, sagte sie schließlich, »das ist seltsam. Sie hatte eine heftige Blutung erlitten, und die allein hätte sie wohl das Leben gekostet. Aber was am Ende als Todesursache festgelegt worden ist, weiß ich nicht.«

»Welche Verletzungen kann man eigentlich davontragen, wenn man auf einer Treppe stürzt?«

»Ziemlich viele«, sagte die Schwester. »Vor allem, wenn man alt ist.«

»Aber das war sie doch nicht.« Sejer zeigte auf die Bescheinigung. »Elsi Johrma, geboren 1950. Als sie starb, muß sie also an die Dreißig gewesen sein, oder?«

»Können Sie sich nicht an den Sohn wenden? Wo der doch bei dem Unfall dabei war?«

»Doch«, sagte Sejer nachdenklich. »Wir suchen schon nach ihm.« Er stand auf und bedankte sich bei der Krankenschwester. Als er das Haus verlassen hatte, blieb er stehen und blickte zum Gerichtsmedizinischen Institut hinüber. Irgendwo dort lag Halldis. Er steuerte auf den Eingang zu, ohne wirklich zu wissen, was er vorhatte. Es war noch zu früh, um bohrende Fragen zu stellen, Halldis kam vermutlich erst in ein oder zwei Wochen an die Reihe. An der Pforte legte er seinen Dienstausweis vor, was ihm sofort Zugang zum gesamten Haus verschaffte. Wie erwartet fand er Snorrason in einem Obduktionssaal. Der Mediziner kehrte ihm den Rücken zu und streifte gerade ein Paar Gummihandschuhe über. Auf dem Tisch lag ein nicht besonders großes weißes Paket. Kaum größer als ein Hund, dachte Sejer. Bei der Vorstellung, es könne sich um ein Kind handeln, runzelte er die Stirn.

Der Arzt drehte sich um und hob eine Augenbraue. »Konrad?«

»Wer liegt da?« fragte Sejer und nickte zu dem Paket hinüber.

Snorrason starrte ihn an. »Nicht Halldis Horn, aber das kannst du dir ja wohl denken. Ich dagegen kann mir nicht denken, was du zu einem dermaßen unchristlichen Zeitpunkt hier verloren hast.«

Sejer grinste. »Ich weiß natürlich, daß du noch nicht

dazu gekommen bist. Aber ich war in der Nähe, und da dachte ich, ich schaue einfach mal rein.«

»Aha.«

»Nur, um sie zu sehen. Aus keinem anderen Grund. Um ein bißchen nachzudenken.«

»In der Hoffnung, daß sie mit dir spricht?«

»So in etwa.«

Snorrason zog die Handschuhe wieder aus. »Sie sagt nicht viel.«

»Nein. Ich will ja auch nur einen kurzen Blick auf sie werfen. Eventuell kann ich selbst ein paar Worte sagen, wenn die Stille zu drückend wird.«

»Aber vor allem möchtest du, daß ich neben dir stehe und laut denke. Das ist deine heimliche Hoffnung, wie ich dich kenne. Obwohl ich das schrecklich ungern tue.«

»Nur einen kurzen Blick.«

»Hast du sie denn am Tatort nicht gesehen? Und habt ihr nicht ziemlich gute Bilder von ihr?«

»Doch. Aber das war gestern.«

Schließlich gab Snorrason sich geschlagen. Sejer folgte ihm zum Fahrstuhl und dann hinunter in die Tiefen des Kellers, in den Kühlraum, wo Halldis lag. Nachdem Snorrason die Nummer des Fachs nachgeschlagen hatte, zog er die Schublade heraus. »Bitte sehr, der Herr.« Er zog das Laken fort.

Schön war Halldis Horn nicht. Das unversehrte Auge war jetzt pechschwarz. Dort, wo das andere hingehört hätte, hatte die Hacke sich tief in den Schädel gebohrt, sie hatte die Nase quer abgetrennt, innere Blutungen hatten Stirn und Schläfe dunkellila gefärbt.

»Achteinhalb Zentimeter breit. Vierzehn Zentimeter tief. Genau die Länge und die Breite der Klinge«, sagte Snorrason kurz. »Eine unbedeutende Abwehrläsion am rechten Unterarm, wo die Klinge sie nur gestreift hat. Deutliches Monokelhämatom im lockeren Bindegewebe des rechten Auges. Sekundär zum Bruch der Schädelknochen.«

Sejer zwang sich dazu, sich tiefer über das Gesicht der Toten zu beugen. »Kannst du mir etwas über den Winkel sagen?«

»Da gibt es zwei Möglichkeiten.« Snorrason rang mit seinen eigenen Prinzipien. »Entweder lag sie auf dem Boden, als sie von der Hacke getroffen wurde. Oder sie stand und hob entsetzt den Kopf, als sie die Klinge auf sich zu jagen sah. Wie du siehst, ist die Klinge unmittelbar unter dem Brauenbogen in die Augenhöhle eingedrungen und dann tiefer in den Kopf gewandert.«

»Es ist sehr schnell gegangen, nicht wahr?«

»Woher soll ich das wissen«, sagte Snorrason in einem plötzlichen Versuch, den Übellaunigen zu spielen. »Aber sie weist keine äußeren Zeichen eines Kampfes auf. Ihre Kleider zum Beispiel sind unversehrt, und wie du sicher noch weißt, trug sie sogar ihre Holzschuhe, als sie gefunden wurde. Also hast du wohl recht. Und das wundert mich. Da sie mit ihrem eigenen Werkzeug getötet worden ist, war dieser Mord wohl kaum geplant. Der Mörder hat zum erstbesten Gegenstand gegriffen, in einem Zustand der Panik. In heftigem Zorn oder schrecklicher Angst oder in einer Mischung aus beidem. Statistisch gesehen«, teilte er mit, »ist das ein seltener Mord. Und einwandfrei ein Mord im Affekt. Ihr habt doch etliche Fingerabdrücke gefunden, oder nicht?«

»Doch«, sagte Sejer. »Im Haus. Und zwei unbedeutende an der Hacke. Zu unserem Glück hat sie allein gelebt. Nur wenige Menschen können im Haus gewesen sein und Sachen angefaßt haben. Die Zeit arbeitet für uns«, fügte er hinzu.

»Hast du genug?«

»Ja, danke.«

Snorrason bedeckte die Tote wieder mit dem Laken und schloß die Schublade. »Du hörst von mir.«

Sejer fuhr zurück zur Wache. Registrierte, wie der Gedanke an Sara Struel sich einschlich und das zerstörte Gesicht verdrängte, das er eben noch betrachtet hatte. Ihre glatte Haut mit dem hellen Flaum. Die dunklen Augen mit den hellen Ringen um die Pupillen.

Diese vielen Jahre Einsamkeit. Aber ich wollte ja allein sein, dachte er, warum will ich das jetzt nicht mehr?

Und dann kam ihm Elsi Johrma wieder in den Sinn. Warum war sie überhaupt auf der Treppe gestolpert? Es mußte da einen Zusammenhang geben, etwas hatte sie zu Fall gebracht. Sie war die Treppe in ihrem eigenen Haus hinabgestürzt, eine Treppe, die sie gut gekannt haben mußte, die sie zahllose Male hinauf- und hinuntergegangen war. Vielleicht hatte sie es eilig gehabt, vielleicht waren die Stufen naß gewesen. Es mußte einen Grund geben, so, wie es auch einen Grund dafür gab, daß ihre Verletzungen zum Tod geführt hatten, wo der Sturz doch ebensogut, das glaubte Sejer zumindest, mit einer Gehirnerschütterung und einem gebrochenen Handgelenk hätte enden können. Wenn ich alt werde, dachte er plötzlich, werde ich mir alle ungeklärten Fälle der Wache vornehmen. Ich werde ohne Zeitdruck daran arbeiten, ohne Gequengel von seiten der Presse oder von Holthemann, allein nach meinen Prämissen. Ich werde aus meiner Arbeit ein Hobby machen. Während Kollberg mir die Füße wärmt. Während ich Pension beziehe. Während ich Whisky trinke und eine Selbstgedrehte rauche. Ach, wird das schön.

ES WAR WIE IN DER BIBEL, bei der Stelle, wo das Meer sich teilt. Die vielen geschäftigen Menschen in Weiß wichen zur Seite, als sie Skarre in der offenen Tür stehen sahen. Er schaute in die riesige brodelnde Küche in die Richtung, in die der Koch gezeigt hatte. Da drüben, der neben der Spülmaschine. Das ist Kristoffer Mai.

Skarre sah ihn nur von hinten. Einen breiten Rücken, einen kurzen Nacken und struppige rote Haare. Kristoffer Mai war der einzige im ganzen Raum, der den Fremden nicht bemerkt hatte; er hob gerade einen Korb mit vierzig dampfenden Rotweingläsern aus der Spülmaschine. Die Stille, die sich über die Küche gesenkt hatte, registrierte er, noch ehe er den Korb abgestellt hatte. Noch ehe er das Tablett abgestellt hatte. Danach drehte er sich um und starrte Skarre an.

»Kristoffer Mai?«

Der junge Mann nickte. Er schien fieberhaft zu überlegen, nach einer Erklärung für diesen ernst dreinblickenden Besucher zu suchen. Und dann wußte er es. Tante Halldis natürlich. Er faßte sich und nickte kurz, während er sich die Hände abtrocknete und die Spülmaschine zuklappte. Ihm stand der Schweiß auf der Stirn.

»Können wir uns irgendwo in Ruhe unterhalten?«

»Im Pausenraum«, antwortete Mai und ging auf die Tür zu. Mit gesenktem Blick, er hatte das Gefühl, daß alle ihn ansahen, und da sie ihn bisher immer ignoriert hatten, wußte er nicht, wie er sich in dieser ungewohnten Situation verhalten sollte.

Der Pausenraum war lang und schmal, sie setzten sich mit dem Rücken zur Tür in eine Ecke. Skarre blickte in das junge Gesicht und wurde von plötzlicher Wehmut ergriffen. Wie viele Menschen werden mir noch begegnen, dachte er, die ich nur aus einem Grund aufsuche, nämlich, weil sich ein grausamer und brutaler Tod ereignet hat? Wie wird mir das in zehn Jahren gefallen? Und was wird es aus mir als Mensch machen, daß ich immer wieder Unschuldige fragen muß: Wo warst du gestern? Wann bist du nach Hause gekommen? Und wie sieht es eigentlich mit deinen Finanzen aus?

Er zog das Notizbuch aus der Tasche. »Sie haben einen warmen Arbeitsplatz«, begann er freundlich. Dabei musterte er verstohlen den roten Kopf.

»Mir gefällt es hier.« Mai lächelte kurz. »Ich komme aus Hammerfest. Da haben wir immer gefroren.«

Skarre legte den Kopf schräg und lächelte. »Wann haben Sie vom Tod Ihrer Großtante erfahren?«

»Meine Mutter hat mich angerufen. Gestern abend um neun.«

»Und was haben Sie erfahren?«

Mai hob den Kopf, blickte zu dem elektrischen Ventilator unter der Decke und seufzte tief. »Daß jemand in ihr Haus eingedrungen ist, ihr ganzes Geld gestohlen und sie mit einer Axt erschlagen hat und weggelaufen ist.«

»Mit einer Hacke«, korrigierte Skarre.

»Das läuft ja wohl aufs gleiche raus«, sagte Mai leise. »Angeblich hatte sie einiges an Geld«, fügte er hinzu.

»Wissen Sie Genaueres?«

»Sie hatte eine halbe Million«, antwortete Mai. »Aber die lag auf der Bank.«

»Das wußten Sie?«

»Ja, sicher. Sie war stolz darauf.«

»Und haben Sie darüber gesprochen?« Er blickte Mai eindringlich an.

»Mit wem zum Beispiel?«

»Mit Freunden, Kollegen.«

»Ich bin eigentlich fast immer allein«, sagte Mai einfach.

»Aber es muß doch irgendwen geben, mit dem Sie sprechen?«

»Mein Vermieter. Sonst niemand.«

Er setzte sich anders hin und blickte Skarre lange an. »Sie wollen mich aus dem Fall ausschließen, stimmt's? So nennen Sie das doch?«

Skarre legte sein Notizbuch beiseite und sah ihn an. Er hatte diesen jungen Mann nicht eine Sekunde lang für einen Mörder gehalten. Hatte nicht geglaubt, daß er seine Großtante erschlagen hatte, um sich mit deren Geld davonzumachen. Aber natürlich, so mußte es ankommen, und er fragte sich plötzlich, was das für ein Gefühl sein mochte. Reichte es, selbst zu wissen, daß man ein schneeweißes Gewissen hatte? Oder hinterließ das Wissen, daß jemand auch nur die Möglichkeit in Betracht gezogen hatte, eine bohrende Unruhe? Kristoffer Mai hatte grüne Augen. Sie sahen schuldig aus. Skarre überlegte sich, daß alle, mit denen er sprach, die er verhörte, die er ausschloß, so aussahen. Vielleicht reichte es, daß sie in einem Augenblick der Not mit dem Gedanken gespielt hatten. Halldis hat viel Geld. Und hier bin ich und placke mich für einen Hungerlohn in einer Großküche ab. *Was wäre, wenn?*

»Sie haben sie bisweilen besucht, stimmt das?«

»Wenn dreimal im Jahr als bisweilen durchgehen kann, dann ja.«

»Das sind wohl dreimal und nicht mehr, möchte ich

meinen.« Skarre lächelte, um seine nächste Frage zu entschärfen. »Ist das letzte Mal schon lange her?«

Mai schaute aus dem Fenster und zuckte mit den Schultern. »Drei Monate vielleicht. Das ist wenig und doch viel, je nachdem, wie man es sieht.«

»Sie haben ihr einen Brief geschrieben? Den Sie vor sechs Tagen aufgegeben haben?«

»Ja, stimmt. Ich hatte versprochen, sie zu besuchen. Aber das habe ich nicht geschafft.« Er rutschte unruhig hin und her. »Und jetzt sitze ich hier und mache mir Gedanken. Weil sie während der letzten Tage ihres Lebens auf jemanden gewartet hat, der nicht gekommen ist.«

»Warum haben Sie sie denn nicht besucht?«

»Wir hatten hier einige Krankmeldungen, da mußte ich Sonderschichten fahren.«

»Haben Sie sie angerufen und gesagt, daß Sie erst später kommen könnten?«

»Nein, leider nicht. Da bin ich wie die meisten Leute«, murmelte Mai. »Ich habe mit mir selber genug zu tun. Das ist mir jetzt wenigstens bestätigt worden.«

Skarre dachte an das Schuldgefühl, das sich bei einem Todesfall immer aufdrängt. Wenn man keine konkrete Schuld trägt, denkt man sich eine aus.

»Gefällt es Ihnen hier?« fragte er dann. Es kam ihm lächerlich vor, hier zu sitzen und einen von Halldis' wenigen Verwandten zu verhören, noch dazu einen, der sie immerhin besucht hatte. Und zugleich verstand er diesen Widerwillen nicht. Das war doch schließlich seine Aufgabe. Vielleicht bin ich überarbeitet, dachte er. Und dieses Gefühl ist ein Hinweis darauf, daß ich Urlaub brauche.

»Wie heißt denn Ihr Vermieter?« fragte er dann. »Sie haben ein möbliertes Zimmer?«

»Genauer gesagt eine kleine Wohnung mit eigenem Eingang und Duschbad. Zweitausendfünfhundert im Monat. Aber mir genügt das, und der Vermieter ist nett. Manchmal bäckt er Waffeln und klopft dann bei mir. Er ist ziemlich einsam, fast siebzig. Nur damit Ihnen klar ist – wenn ich ihm zufällig von dem Geld erzählt hätte, er hätte es niemals geschafft, in diesen Wald zu kommen und es zu stehlen.«

Skarre lächelte. »Ich verstehe, was Sie meinen. Ich werde ihn wohl auch nicht aufsuchen. Sagen wir, der Mann wird aufgrund seines Alters ausgeschlossen.«

Als er das sagte, ging ihm auf, daß er soeben einen Fehler gemacht hatte. Vielleicht war der Mann ja auch erst dreißig oder vierzig. Vielleicht verbrachten die beiden viel Zeit miteinander. Gingen in die Kneipe, redeten über Gott und die Welt. Der junge Mann aus dem Norden war einsam, hatte in Oslo keine Freunde gefunden, hatte nur eine Großtante im tiefen Wald. Und diese Tante besaß Geld. Was dem Jungen bei einem doppelten Whisky herausrutschte. *Eine halbe Million. Was wäre, wenn?*

»Aber Sie müssen mir seinen Namen nennen«, sagte er.

Mai zog eine Brieftasche aus der Jacke. Er suchte eine Weile, dann fand er eine Überweisungsquittung und schob sie über den Tisch. »Die Miete«, sagte er. »Da sehen Sie Namen und Adresse. Die wollen Sie sich sicher notieren.«

Skarre riß die Augen auf. Und schluckte vor Überraschung. Eine Adresse im Ostteil der Stadt. Und der Name Rein. *Thomas Rein.*

»Entschuldigung«, sagte er leise. »Ich muß noch eine Kleinigkeit überprüfen. Ihr Vermieter heißt also Rein.

Thomas? Er nennt sich nicht Tommy? Und ist nicht ein wenig jünger, als Sie behauptet haben?«

Mai blickte ihn verwundert an, war aber auch auf der Hut. Auf seinem Gesicht lag eine Mischung aus Ehrlichkeit und Angst.

»Nein, er ist siebzig«, sagte er schließlich bestimmt. »Aber er hat einen Sohn, der Tommy heißt, und meine Wohnung gehört eigentlich diesem Sohn. Ich kann da bleiben, solange er verreist ist. Wenn er zurückkommt, muß ich mir etwas anderes suchen.«

»Und wo ist er?«

»Das weiß ich nicht. Ich weiß nur, daß er verreist ist.«

Skarre versuchte, sich zu beruhigen. In aller Eile kritzelte er eine Reihe von Notizen in sein Buch; dabei atmete er so regelmäßig, wie er nur konnte, und gab sich alle Mühe, ein Pokergesicht aufzusetzen, so neutral und glatt wie das, das sein Chef so oft präsentierte.

»Und wann sind Sie gestern zur Arbeit gekommen?«

»Um Punkt zwölf. Wofür ich so ungefähr zwanzig Zeugen habe. Aber ich weiß natürlich auch, daß der Mord am frühen Morgen geschehen ist. Ich könnte es also geschafft haben.«

Sein Ton war provozierend. Er hatte registriert, daß der Polizeibeamte in höchste Alarmbereitschaft versetzt worden war, und nun versuchte er, sich vor einer Gefahr zu schützen, die er nicht durchschaute.

»Haben Sie ein Auto?«

»Einen alten VW-Käfer.«

»Aha«, sagte Skarre. »Hatten Sie eine enge Beziehung zu Halldis?«

»Im Grunde nicht.«

»Aber Sie haben sie besucht?«

»Nur, weil meine Mutter so rumgenervt hat. Sie wissen doch, wir sind die Erben. Aber meine wenigen Besuche bei ihr haben mir eigentlich gefallen. Man denkt wohl erst später darüber nach. Jetzt, wo sie nicht mehr da ist.«

»Dieser Tommy Rein ist Ihnen also nie begegnet?« fragte Skarre.

»Nein. Steht er unter Verdacht oder so?«

»Durchaus nicht«, erwiderte Skarre abweisend. »Das war einfach die vorletzte Frage auf meiner Liste.«

»Reine Routine?« fragte Mai.

»So in etwa.«

»Und was ist die letzte?«

»Errki Peter Johrma. Haben Sie von dem mal gehört?«

Kristoffer Mai erhob sich und schob seinen Stuhl zurück. Eine rote Strähne fiel ihm in die Stirn, als er die Brieftasche wieder in seiner Jacke verstaute. »Nein«, sagte er. »Nie.«

Errki war wach. Er drehte sich langsam auf die Seite und starrte die Wand an. Noch immer schwebte er ein wenig, dann sammelten seine Gedanken sich, und er erkannte das Zimmer wieder. Er hatte tief geschlafen. Der Revolver fiel ihm ein. Ohne je eine Waffe abgefeuert zu haben, wußte er, daß das einiges an Kraft erforderte. Den Revolver in der Hand, lief er durch die Kammer, durch die Küche und ins Wohnzimmer. Morgan schlief. Seine Locken waren feucht, seine Stirn glänzte vor Schweiß. Vielleicht bekam er wirklich eine Blutvergiftung. Das ging Errki nichts an, er registrierte es nur und fühlte sich auch nicht schuldig. Es war einfach unvermeidlich gewesen, daß er sich auf Morgan gestürzt und zugebissen hatte. Außerdem hatte er nicht darum gebeten, Morgan begleiten zu dürfen. Er war in die Stadt und durch die Straßen gegangen, weil er einen grauenhaften Traum gehabt hatte. Der ihn bis in die tiefste Seele hinein erschütterte. Zuerst hatte er versucht, vor diesem Traum wegzulaufen. Als er sich sicher fühlte, hatte er lange in einer leeren Scheune geschlafen, mit einem Sack als Kopfkissen. Als er erwachte, hatten sein Gesicht und sein Hals gejuckt. Danach war er in die Stadt gegangen. Hatte sehen müssen, daß die Welt noch da war, mit Menschen und Autos. In den asphaltierten Straßen war es noch heißer gewesen, und er war in die Bank gegangen, weil es dort Schatten und vor dem Fenster eine verlockende Sitzgruppe gab. Das war alles.

Er blieb vor dem Sofa stehen, auf dem Morgan lag, und versteckte die Waffe hinter seinem Rücken. In Gedanken zielte er und zog ab; der blonde Kopf auf dem Sofa platzte wie eine Melone, wobei sein Inhalt nach allen Seiten auseinanderspritzte. Und weg war Morgan. Von einer Sekunde zur anderen. So wie der Alte, damals, bei der Kirche.

Morgan wandt sich und wimmerte leise. Dann öffnete er die Augen.

»Du bist krank«, stellte Errki fest.

Morgan nickte ernst. Ja, er war sehr krank. Er spürte, wie sich eine Schwäche in seinem Körper ausbreitete, das Gefühl, immer tiefer zu sinken. Nur zu gern hätte er sich jemandem überlassen, der ihn umsorgte und pflegte. Und die Verantwortung übernahm.

»Kann ich irgendwas für dich tun?« fragte Errki freundlich.

Morgan stöhnte. »Du müßtest mir schon eine Kugel in den Kopf geben.«

Errki zog den Revolver hinter seinem Rücken hervor, bückte sich und plazierte den Lauf zwischen Morgans Augen. »Schachmatt.« Er lächelte. »Der König ist tot.«

»Was studierst du da?« fragte Skarre. Er zog sein Notizbuch aus der Tasche und ließ sich neben Sejer nieder.

»Fußspuren«, murmelte der. »Die sehe ich mir jetzt schon eine ganze Weile an, und ich habe das seltsame Gefühl, daß da etwas nicht stimmt.«

Er schob Skarre die Bilder hin. Skarre sparte seine eigenen Entdeckungen geduldig für später auf.

»Erzähl mal, was du siehst«, sagte Sejer.

Skarre sah sich die Bilder an. »Sieben Fußspuren. Davon sind drei, oder nein, vier praktisch unbrauchbar. Aber drei sind ziemlich klar und zeigen ein deutliches Muster. Rillen«, sagte er. »Oder Wellen. Ziemlich große Schuhe. Dreiundvierzig, oder?«

Sejer nickte. »Weiter.«

»Gibt's denn noch mehr zu sehen?«

»Ich glaube schon.«

Skarre vertiefte sich wieder in die Bilder, legte dann eins nach dem anderen beiseite, bis ihm nur noch zwei blieben. Die beiden, die auch Sejer sich vor einer Ewigkeit ausgesucht und angestarrt hatte. »Beides sind rechte Schuhe«, sagte er leise. »Vermutlich ein Freizeitschuh, ein Turnschuh zum Beispiel.«

»Das glaube ich auch.«

»Ein Abdruck ist deutlicher als der andere.«

»Richtig.«

»Und eine von den Wellen hier«, er zeigte darauf, »ist durchbrochen. Ein Riß in der Sohle vielleicht?«

»Und bei der anderen Spur ist das nicht so. Oder?« Sejer sah ihn an.

»Aber das ist doch derselbe Schuh? Das sind doch beides rechte Abdrücke?«

»Ist es derselbe?«

»Ich verstehe, worauf du hinauswillst. Vielleicht ist es

ja auch ein Stein«, fügte er eifrig hinzu, »der sich in der Rille verklemmt hat. Daher der weiße Fleck in der Welle.«

»Ein Stein unter dem Schuh, der später herausgefallen ist, meinst du das?« Noch immer sah Sejer ihn an.

»Ja, zum Beispiel.«

»Oder ein Riß in der Gummisohle. Außerdem«, sagte Sejer und zeigte auf das Bild, »ist die eine Spur schwächer als die andere. So, als sei diese Sohle stärker abgenutzt.«

»Was meinst du jetzt?« fragte Skarre mißtrauisch.

»Ich meine, daß sie zu zweit gewesen sein können.«

»Zwei Täter?«

»Ja.«

»Und beide trugen Turnschuhe mit solchen Sohlen?«

»Das tun viele. Vor allem junge Männer.«

»Dann kann es Errki wohl kaum gewesen sein«, sagte Skarre langsam. »Der ist doch immer allein.«

»Dein Fallschirmabsprung rückt näher«, sagte Sejer schadenfroh. »Ich dachte, wir machen es aus fünftausend Fuß Höhe. Damit du auch was davon hast.«

Skarre spürte, wie eine Welle der Angst durch seine Brust spülte. Er sog zusätzlichen Sauerstoff ein, um sich zu fassen.

»Der schlimmste Moment ist der, wenn die Flugzeugtür sich öffnet«, fuhr Sejer munter fort. »Das Brüllen des Windes und die kalte Luft. Du wirst staunen, wie kalt es in dieser Höhe ist.«

»Ich kann etwas berichten«, sagte Skarre, um abzulenken. Er schlug sein Notizbuch auf und zeigte auf die Seite. Sejer las mit gerunzelter Stirn und nickte langsam. »Hast du ihn gefunden?«

»Mai zufolge ist Tommy Rein verreist. Und Mai weiß angeblich nicht, wohin. Ich war bei dem Haus, aber der Vater war nicht da, und ein Nachbar behauptete, er werde erst nach dem Wochenende zurückkommen.«

»Dann versuchen wir am Sonntag abend noch einmal unser Glück. Das kann immerhin eine Spur sein. Da fällt mir ein: Du solltest vorher eine Versicherung abschließen. Duo-Versicherung. Ich kann dir die Nummer raussuchen.«

»Seltsam, der Sohn ist verreist, und in dem Moment, wo ich den Vater besuchen will, ist auch der verschwunden.«

»Vielleicht hat er irgendwo ein Ferienhaus. Hast du vielleicht einen windundurchlässigen Skianzug oder so? Für das eine Mal brauchst du dir nicht extra einen Sprunganzug zu kaufen. Aber die Stiefel sind wichtig. In der Apotheke kriegst du elastische Binden, die schützen zusätzlich.« Sejer ließ sich im Sessel zurücksinken und lächelte einladend.

»Weißt du, daß es im Königlichen Wappen fünfzig verschiedene Biersorten gibt?« fragte Skarre giftig. »Und die haben bis zwei Uhr morgens geöffnet. Wenn wir gegen sechs anfangen, schaffen wir eine ganze Menge. Ich lasse uns einen Tisch reservieren, von dem es zur Toilette nicht so weit ist.«

»Der Winddruck ist so stark, daß du den Mund nicht mehr zukriegst, wenn du ihn im freien Fall aufmachst. Er wird auseinandergezogen, und du siehst aus wie ein Seeteufel.«

»Deinen Lieblingswhisky, Famous Grouse, den haben sie auch, das habe ich schon überprüft.«

»Konzentrier dich lieber auf deinen Sprung. Die Sache liegt ganz anders, als wir zunächst angenommen hatten. Jemand war auf das Geld aus. Wenn Tommy Rein wie vom Erdboden verschluckt ist, kann er ja seine Gründe haben. Und vielleicht arbeitet er mit einem Kumpel zusammen.«

»Dann hätten sie nachts zugeschlagen. Und ein Auto genommen, um schnell wieder verschwinden zu können.« Er erhob sich und legte die Hand auf die Türklinke. »Vergiß nicht, genug Bier in deinen Kühlschrank zu packen. Am Tag danach hilft nämlich nur das.«

Er hatte das Klopfen nicht gehört. Plötzlich stand Sara vor ihm, mit einer Tüte in der Hand. Sie war zu Hause gewesen und hatte sich umgezogen. Zu Hause bei Gerhard, dachte er.

Sie kam auf ihn zu und blieb vor seinem Schreibtisch stehen.

Er gab sich alle Mühe, seine Überraschung und die Gefühle, die über ihn hereinbrachen, zu verbergen.

Sara Struel sah ihn an. Der Hauptkommissar sah anders aus. Überrumpelt. Offensichtlich fiel es ihm schwer, die Kontrolle über sich zurückzugewinnen. »Was kann ich für Sie tun?« stammelte er.

»Das weiß ich noch nicht.« Sie lächelte.

Totenstille herrschte. Die Ringe in ihren Augen tanzten. Er lächelte unbeholfen, hatte das Gefühl, daß sein Gesicht erstarrte.

»Wollen Sie nicht wissen, warum ich hergekommen bin?« fragte sie, noch immer lächelnd.

Im nächsten Urlaub willst du mit Gerhard nach Israel fahren, und du brauchst einen neuen Paß, und die Paßstelle ist hier im Erdgeschoß, also kannst du zwei Fliegen mit einer Klappe schlagen.

»Sind Sie nicht neugierig?«

Im Moment fürchte ich mich eher.

»Jetzt sind Sie genauso hilflos wie die Kröte«, sagte sie. »Ich bin gekommen, weil ich Sie wiedersehen wollte.«

Bald werde ich Traum und Wirklichkeit nicht mehr auseinanderhalten können.

»Und ich habe Durst.« Sie legte den Kopf schräg. »Sie haben nicht zufällig etwas zu trinken?«

Wie ein Schlafwandler erhob er sich und holte ihr etwas.

Vielleicht mißhandelt Gerhard sie. Und jetzt will sie aus dieser Ehe ausbrechen.

»Verzeihung«, sagte sie leise. »Nun habe ich Sie in Verlegenheit gestürzt. Aber ich sage eben lieber, was Sache ist.«

»Ja, natürlich«, erwiderte er ernst, als sei sie eine Zeugin, die eine wichtige Entdeckung gemacht hatte, weshalb er sich um den Fall kümmern mußte.

»Ich weiß, daß es anderen anders gehen kann. Aber wir sind schließlich erwachsene Menschen.«

»Ist schon in Ordnung.«

Er leerte sein Glas Mineralwasser auf einen Zug und starrte die Tischplatte an. Starrte die Schreibunterlage mit der Karte von Afrika an, wo die Kriege tobten. Auch in ihm tobte so allerlei. Er fühlte sich so leicht entzündlich wie ein Benzinfaß. Ein kleiner Funken würde ihn lichterloh auflodern lassen. Zum Beispiel, wenn ihre Hand seiner zu nahe käme. Ihre Hand ruhte auf dem Tisch, weiß und schmal, dreißig Zentimeter von seiner entfernt.

»Es war doch keine Morddrohung.« Sie lächelte sanft und streichelte seine Hand.

»Morddrohung?« fragte er verstört.

»Ich habe nur gesagt, daß ich Sie wiedersehen wollte. Das war alles.«

»Wir sind dankbar für jegliche Hilfe«, sagte er schwerfällig.

Offenbar war ihr etwas eingefallen, das wichtig war, das für den Fall Bedeutung hatte.

»Ich werde Ihnen ein wenig helfen«, sagte sie und schaute ihm tief in die Augen. »Beantworten Sie ganz einfach eine leichte Frage.«

Er nickte zuvorkommend, korrekt und hielt sich an seinem Glas fest.

»Freust du dich, mich zu sehen?«

Konrad Sejer, Hauptkommissar, dreiundachtzig Kilo schwer, einhundertsechsundneunzig Zentimeter groß, sprang auf. Er hätte das nicht für möglich gehalten. Er ging zum Fenster und blickte hinunter auf Fluß und Boote.

Meine Verteidigungswälle, dachte er, *die stürzen ein. Der Weg in meine Seele steht offen. Ich kann mich nirgendwo verstecken.*

»Ich habe Zeit«, sagte sie leise. »Ich warte auf Antwort.«

Löse ich etwas aus, wenn ich antworte? Reiß dich zusammen, Mann. Du brauchst hier keinen Mord zu gestehen. Du brauchst einfach nur ja zu sagen.

Langsam drehte er sich um und erwiderte ihren Blick.

DIE ERSTEN HINWEISE GINGEN bei der Wache ein. Errki war an vier Orten gesehen worden, das dadurch abgesteckte Gebiet war so groß, daß er es unmöglich in so kurzer Zeit hatte bereisen können. Eine junge Frau mit Kinderwagen war ihm auf der Landesstraße 285 begegnet, sie konnte sich an sein T-Shirt erinnern. Eine Frau an einer Tankstelle bei Oslo hatte ihn bedient, er war zu Fuß gekommen und zu Fuß weitergezogen. Ein LKW-Fahrer hatte ihn bei Ørje über die schwedische Grenze gebracht. Unglücklicherweise kam nur diese letzte Beobachtung bei Kannick Snellingen an. Pålte erzählte ihm davon. Der Mann ist in Schweden, das haben sie gerade im Radio gesagt. Denk nur an den armen Fahrer, Kannick. Der hatte doch keine Ahnung, wer da bei ihm im Auto saß!

Angst? Er doch nicht. Kannick hatte oben im Wald zwei Pfeile verloren. Zwei Green-Eagle-Karbonpfeile mit echten Federn dran, zu hundertzwanzig Kronen das Stück. Die Vorstellung, mit der Suche warten zu müssen, war unerträglich. Im Wald gab es so viele Tiere, die konnten die Pfeile in den Boden treten, vielleicht gab es Regen, und sie versanken langsam, aber sicher im Boden. Er wußte noch genau, an welcher Stelle er die beiden Pfeile abgeschossen hatte, und in Gedanken folgte er ihnen durch das Dickicht, bis zu der Stelle, wo sie so ungefähr gelandet sein mußten. Er hatte sie sofort suchen wollen, aber die Zeit verging, und die Heimleitung erlaubte ihm diesen Ausflug einfach nicht. Deshalb hatte er allen den Rücken gekehrt. Er saß in seinem Zimmer und starrte auf den Hof. Rülpste ausführlich und herzlich und schmeckte Porree und Steckrüben, mittags hatte es Eintopf gegeben. An diesem Tag würden sie auch nicht baden gehen, und Margunn war immer so mit ihren Papieren beschäftigt. Sein Bogen lag in ihrem Büro, in dem großen Metallschrank, in dem sie ihre wenigen Wertgegenstände aufbewahrte. Dort lagen Karstens Fotoapparat und das Jagdmesser, das Philip nur benutzen durfte, wenn Erwachsene dabei waren. Der Schrank war abgeschlossen, aber der

Schlüssel lag in einer kleinen Plastikdose in Margunns Schreibtisch, zusammen mit anderen wichtigen Schlüsseln. Das wußten alle.

Sehnsüchtig starrte er zum Wald hinüber und entdeckte mehrere schwarze Krähen, die dort oben umhersegelten. Er sah auch die eine oder andere Möwe, die Müllhalde war nur einen Kilometer entfernt, dort hatten die Möwen ein gutes Leben und wurden groß und fett wie die Albatrosse. Er sah auch den Rücken von Karsten. Der stand oben beim Verbrennungsofen, beugte sich über sein Fahrrad und mühte sich damit ab, einen Flaschenhalter an der Stange zu befestigen. Die Klemme war zu weit, also quetschte er ein abgeschnittenes Stück Gummischlauch hinein, um sie zum Halten zu bringen. Immer wieder wischte er sich den Schweiß von der Stirn, sein Gesicht war schon ganz verschmiert von Fahrradöl und Dreck. Inga stand neben ihm und sah zu. Sie war die größte von ihnen, sogar größer als Richard, war dünn wie eine Barbiepuppe und schön wie eine Madonna. Karsten versuchte, sich zu konzentrieren, aber das fiel ihm nicht leicht. Inga fand das alles schrecklich komisch. Und das sah Karsten genau.

Der Vorteil, dachte Kannick, an dem Leben in Guttebakken ist, daß es nicht schlimmer kommen kann. Jedenfalls nicht sehr viel schlimmer. Wenn er durchbrannte und gegen die Regeln verstieß, wurde er einfach wieder nach Hause geschickt. Niemand konnte ihn in irgendein Höllenloch stecken, denn er war noch nicht strafmündig, und deshalb waren die Gefängnisse Ullersmo und Ila noch weit entfernt. Sie gehörten in eine mögliche Zukunft, die ihn nicht weiter interessierte. Aber die Erwachsenen redeten die ganze Zeit von dieser Zukunft. Was soll nur aus dir werden, Kannick? Die Erwachsenen redeten nicht über das, was hier und jetzt war. Über dieses schreckliche Haus mit seinen vielen Regeln. Darüber, daß er sein Zimmer mit Philip teilen und sich Nacht für Nacht dessen Geschnaufe anhören mußte. Daß er im Fernsehzimmer putzen und staubsaugen mußte. Und daß er Margunns Nervereien ausgesetzt war.

Plötzlich rannte er zur Tür und riß sie auf. In der Ferne hörte er Margunns Stimme und fließendes Wasser. Das konnte bedeuten, daß Margunn wusch und daß Simon wie so oft plappernd neben ihr stand. Dann hielt sie sich in der Waschküche auf, neben den Duschen im ersten Stock. Das Büro jedoch, wo sie seinen Bogen eingeschlossen hatte, befand sich am anderen Ende des Hauses. Kannick war fett, aber er war schnell. Er schlich sich aus dem Zimmer und nach unten. Er nahm die Außentreppe, die eigentlich eine Feuerleiter war und immer zugänglich sein mußte, das forderten die Regeln. Es hatte schon zweimal gebrannt, weil Jaffa für die Uniformen der Feuerwehrleute schwärmte. Die Sprossen knackten, er verteilte sein gewaltiges Gewicht möglichst behutsam. Schlich sich zu Margunns Bürotür und fürchtete einen Moment lang, sie könne abgeschlossen sein. Aber es gehörte zu Margunns Philosophie, daß kein Kind je vor verschlossener Tür stehen sollte. Er lief hinein und starrte den Schrank an. Öffnete die Schreibtischschublade mit dem Zeigefinger und fand die Schlüsseldose. Versuchte, ganz schnell und trotzdem leise zu sein. Er öffnete das kleine Hängeschloß. Da stand der Koffer mit seinem Bogen. Mit seinem Centra, tiefrot mit schwarzen Gliedern, sein ganzer Stolz. Mit hämmerndem Herzen nahm er den Koffer heraus, schloß den Schrank ab, legte den Schlüssel wieder in die Dose und lief aus dem Zimmer. Vom Flur aus ging er in den Keller hinunter, dann verließ er das Haus durch die Hintertür. Vom Hof her konnte niemand ihn sehen. Aus der Ferne hörte er Ingas Lachen.

Er kannte sich in diesem großen Wald gut aus und erreichte bald einen Weg, den er schon Hunderte von Malen gegangen war. Beim Geräusch seiner Schritte, die jetzt schwerer waren, weil niemand ihn hier hören konnte, verstummten die Vögel, sie schienen zu ahnen, daß er eine entsetzliche Waffe in seinem Koffer hatte. Kannick blieb auf dem Weg, der westlich an Halldis' Hof vorbeiführte. Er wollte nicht zu nahe an diesen Hof herankommen. Der Gedanke an die Tote war ihm zu unbehaglich, und er wußte, der Anblick des Hauses mit Tür und Treppe würde das schreckliche Erlebnis wieder aufwühlen. Außerdem hatte er die Pfeile nicht hier verloren. Er wollte die Pfeile suchen, deshalb war er hier unterwegs, und wenn er sie gefunden hatte, würde er sein Glück bei ein oder zwei Krähen versuchen und dann wieder nach Hause gehen. Vielleicht konnte er den Bogen sogar in den Schrank zurücklegen, ohne daß Margunn überhaupt etwas gemerkt hatte. Es wäre nicht das erste Mal. Kannick amüsierte sich königlich über Menschen wie Margunn, die von allen immer nur das Beste annahmen. Für Margunn war das wie eine Religion, sie glaubte, moralisch dazu verpflichtet zu sein. Wie damals, als er einen Tausender aus der Kasse mit einem Fünfhunderter vertauscht hatte – Margunn hatte einfach nicht glauben wollen, daß eins von den Kindern für ein solches Manöver genug Geld haben könne. Deshalb hatte sie ihrem eigenen schlechten Gedächtnis die Schuld gegeben und erklärt: »Diese neuen Geldscheine sehen ja ohnehin alle gleich aus.« Er lief weiter. Er war zwar fett, aber er war einigermaßen in Form. Trotzdem atmete er schneller, und er schwitzte schon ziemlich stark. Irgendwann merkte er, daß er langsam in der

Phantasie versank, die er so sehr liebte. Er begab sich in den geheimen Raum, von dem niemand etwas wußte, wo er Zeit und Ort vergaß und wo die Bäume um ihn her ihre Form veränderten und zu einem exotischen Wald wurden, in dem das Rauschen eines weit entfernten Flusses zu hören war. Er war Häuptling Geronimo aus den Bergen von Arizona. Er mußte sechzehn Pferde besorgen, um die schöne Alope heiraten zu dürfen. Er schloß die Augen und öffnete sie nur ab und zu für einen Moment, um nicht zu stolpern.

Der Wind flüstert Nimo, Nimo.

In seinem Bett lagen fünfhundert weiße Skalps. Er strich mit einer Hand über den Koffer und dachte das gleiche, was der große Häuptling so oft gedacht hatte: *Alles hat Kraft. Wenn du sie berührst, berührt sie auch dich.*

Einmal hörte er einen Hund, der in weiter Ferne klagend bellte. Ansonsten war alles still.

MORGAN SPÜRTE, daß seine Kopfhaut schon schweißnaß war. Vor ihm zitterte der Revolverlauf. Wahrscheinlich war er gar nicht wach. Vielleicht war das alles eine Reaktion auf die Entzündung, die sich nun energisch in seinem Körper ausbreitete und ihm diese Halluzinationen eingab. Fieberphantasien.

Er sah Errki an und dachte, wie schrecklich es sein mußte, immer wieder solche Halluzinationen zu haben, die einem Tod und Verderben und Strafe androhten, wahnwitzige Schreckensbilder, Jahr um Jahr.

»Ich bin krank«, stöhnte er. »Ich glaube, ich muß kotzen.«

Er hatte lange geschlafen. Das Licht vor dem Fenster hatte sich verändert, die Schatten waren länger geworden. Errki sah, daß Morgans Haut jetzt gelblich schimmerte. Er ließ den Revolver sinken.

»Kotz du nur«, sagte er. »Der Fußboden ist sowieso verdreckt.«

»Wo zum Teufel hast du den her? Du hattest ihn doch ins Wasser geworfen.« Morgan setzte sich widerwillig auf und schaute sich den Revolver genauer an. »Den hast du die ganze Zeit gehabt, was?«

Dabei versuchte er, sich zu einem Ball zusammenzukrümmen, damit er eine weniger große Zielscheibe abgab.

»Warum hast du die alte Oma nicht abgeknallt? Im Radio haben sie doch gesagt, du hättest sie erschlagen.«

Errki merkte, wie Wut in ihm aufloderte. Er hob den Revolver wieder. Morgan schrie: »Schieß doch einfach. Ist mir scheißegal!«

Es war seltsam. Er spürte, daß er ehrlich war, er mochte einfach nicht mehr.

»Du brauchst einen Arzt«, sagte Errki nachdenklich. Der Revolver in seiner Hand zitterte. Er wußte nicht, was er treffen würde, wenn er jetzt abdrückte, vermutlich Morgans Bauch oder das grüne Sofa.

»Und seit wann machst du dir Sorgen um mich? Glaubst du, darauf fall ich rein? Glaubst du, irgendein Schwein interessiert sich für das, was ein Verrückter von sich gibt? He! Ich schaff es ja nicht mal bis zur Straße. Mir geht's zu schlecht. Mir ist schwindlig. Ich hab Schüttelfrost – das ist doch ein Zeichen für Schock, oder?«

Er ließ sich wieder zurücksinken und schloß die Augen. Der Irre konnte doch wirklich auf die Idee kommen zu schießen. Er wartete auf den Schuß, lag ganz unbeweglich da, irgendwo hatte er gelesen, daß ein Schuß nicht besonders weh tue, ein Ruck durchfahre den Körper, und das sei alles.

Errki starrte Morgans Nase an. Sie war geschwollen und hatte eine ekelhafte bläuliche Färbung angenommen. Er betastete seine Zähne mit der Zunge. Erinnerte sich deutlich an den Geschmack von Haut und Fett, gefolgt von widerlichem Blut.

Morgan wartete noch immer. Aber es fiel kein Schuß.

»O Scheiße«, stöhnte er. »Das hast du wirklich toll hingekriegt. Ich werd noch an Blutvergiftung sterben.«

Errki ließ die Arme hängen. »Ich werde eine Träne um dich weinen.«

»Red keinen Scheiß!«

»Du bist nur ein Ei in Kinderhand.«

»Hör auf mit diesem Schwachsinnsgefasel.« Morgan war in eine Tragikomödie geraten, da war er sich ganz sicher. Nichts an diesem ganzen Tag war wirklich. »Du siehst doch, daß die Wunde sich entzündet hat! Ich habe Schüttelfrost, Mann!«

»Du kannst gern nach deiner Mama rufen«, sagte Errki unverdrossen. »Ich werd dich nicht verpetzen.«

Morgan schnaubte verächtlich. »Nach deiner Mama rufen kannst du selber.«

»Die ist tot«, sagte Errki ernst.

»Ja, das kann ich mir denken. Die hast du sicher auch umgebracht.«

Eigentlich wollte Errki antworten. Die Antwort lag schon auf seiner Zunge bereit und wollte hinausrutschen. Doch dann erstarrte er.

»Krieg ich deine Jacke?« murmelte Morgan. »Mir ist schrecklich kalt.« Er sah Errki an. »Was ist los mit dir? Du siehst so komisch aus.«

»Sie ist die Treppe hinuntergefallen.«

Errki spannte alle Muskeln an und hielt sich an dem Revolver fest. Es war so leicht, es waren nur Wörter, aber im Moment verrieten sie ihn, rieselten einfach so aus ihm heraus, ohne ihm Zeit zum Nachdenken zu lassen. Plötzlich sackte er zu Boden. Der Revolver rutschte zur Wand hinüber, er hörte den leisen Aufprall. Dann krümmte er sich, ähnlich wie bei einem Krampf, und versuchte, mit den Händen dagegenzuhalten. Alles sprudelte aus ihm heraus. Er roch sein eigenes verfaultes Fleisch, roch Abfallstoffe, Eiter und Galle. Kleine, blanke Blasen, die platzten, das Gurgeln weicher Organe, die zusammengepreßt wurden und aus ihm herausspritzten, Luft und Gas, die die seltsamsten Geräusche produzierten. Verzweifelt wälzte er sich auf dem Boden hin und her, schwamm in seinem eigenen Elend.

»Wirst du jetzt auch noch krank?« fragte Morgan erschrocken. »Das darfst du nicht. Du mußt Hilfe holen. Ich will lieber eine Runde einbuchten, als in diesem Drecksloch an Wundstarrkrampf zu krepieren. Du weißt den Weg. Jetzt hol schon Leute, verdammt, damit wir hier wegkommen.«

Es gab keine Antwort. Errki stöhnte, warf sich von einer Seite auf die andere und trampelte gegen die Dielen. Es klang, als werde er verprügelt, als reiße und zerre jemand an ihm und schleudere ihn umher. Nach einer Weile fing er an zu husten und sich zu räuspern, vielleicht würgte oder kotzte er auch, vielleicht tat er beides. Morgan schauderte es. Herrgott, was für ein Irrenhaus! Etwas in diesem Zimmer hatte sie beide vergiftet. Ein Fluch vielleicht, der in den Ritzen zwischen den Brettern hing und langsam hervorquoll, seit sie dieses Haus betreten hatten. Es schien eine Ewigkeit herzusein, daß er in der Bank gestanden und den Revolver gehoben hatte. Die Polizei mußte doch Leute losgeschickt, sie mußten doch das Auto gefunden haben. Kapiert haben, daß er sich hier oben im Wald versteckte.

Was für ein Mist, daß er den Wagen mit der Plane abgedeckt hatte. Endlich wurde es auf dem Boden still. Errki rang um Atem. Morgan schaute zum Revolver hinüber.

»Das war ja ganz schön heftig«, sagte er leise. »Was war denn los?«

Errki sammelte seinen Körper wieder ein, Stück für Stück, für Morgan sah es so aus, als suche er einen verlorenen Gegenstand. Die schwarzen Haare hingen ihm in die Augen. Wie ein Blinder tastete er den Boden ab.

»Hast du Hallus?« fragte Morgan unsicher. »Kannst du mir nicht den Whisky bringen?«

Errki setzte sich auf. Beugte sich vor und preßte die Hände auf den Bauch; seine Augen waren geschlossen, jeder einzelne Muskel in seinem Leib war gespannt wie eine Stahlfeder. Speichel tropfte ihm aufs Kinn.

»Nerv nicht«, röchelte er.

»Ich wollte nicht nerven. Aber ich friere so schrecklich. Ich dachte, ich könnte mir vielleicht deine Jacke leihen. Ist noch Whisky da? Kannst du den holen, wenn du fertig bist – mit deinem Anfall?«

»Nicht nerven, hab ich gesagt!«

Seine Polyesterhose knisterte leise, als er endlich aufstand. Gebückt wie ein Greis ging er durch das Zimmer, die Hände noch auf den Bauch gepreßt. Er hob den Revolver auf, dann ging er in die Kammer. Die Jacke lag auf dem Bett, zum Kissen zusammengedrückt. Er griff danach und hielt sich mit der anderen Hand den Bauch. Dann schwankte er langsam zu Morgan zurück. Die unverschlossene Flasche stand neben dem Radio. Er trank ausgiebig, während er zum See hinunter blickte. Sein Körper brauchte Zeit, um wieder zur Ruhe zu kommen. Diesmal war er ohne die geringste Vorwarnung geplatzt. Das Leben, das vor Errki lag, wirkte nicht gerade verlockend. Er starrte den dunklen Wasserspiegel an. Nicht die kleinste Welle. Der See war tot. Alles war tot. Eigentlich will dich niemand. Sie wollen nur das, was du geben kannst. Morgan will die Jacke und den Whisky. Hast du etwas zu geben, Errki?

Er hielt die Jacke in der Hand und trank Whisky. Er konnte Morgan mit der Jacke zudecken. Eine freundliche Geste. Die Frage war nur, spielte das eine Rolle? Konnte das das Leben lebenswert machen?

»Laß mir noch was übrig!«

Errki zuckte mit den Schultern. »Du hast doch nur ein gemäßigtes Alkoholproblem«, sagte er geistesabwesend.

»Meine Nase tut so schrecklich weh.«

»Zusammen plündern ist eine Freude. Zusammen sterben ist ein Fest«, sagte Errki und reichte ihm die Flasche. Morgan trank, bis ihm die Tränen kamen. Als er die Flasche wieder wegstellte, schnappte er nach Luft. Er zog die Knie an und legte sich auf die Seite, als wolle er Errki die Möglichkeit geben, sich auf die Sofakante zu setzen. Entweder setzte Errki sich, oder er schoß. Aber Morgan fühlte sich nicht mehr bedroht, und das begriff er nicht.

Errki zögerte. Er sah den freien Platz auf dem Sofa und wußte, daß der für ihn bestimmt war. Zögernd legte er Morgan seine Jacke um die Schultern. Aus dem Keller stieg ein dröhnendes Lachen auf, es rauschte in seinen Ohren.

»Fresse halten!« schrie er.

»Ich sag doch gar nichts«, erwiderte Morgan. »Was sagen die dir eigentlich? Deine Stimmen? Erzähl mir davon, wie ist das so? Dann sterbe ich immerhin als klügerer Mann.«

Der Whisky brannte ihm im Magen, er fühlte sich schon wohler.

»Warum hörst du auf sie? Du weißt doch sicher, daß es sie gar nicht gibt? Ich habe mal gehört, daß Verrückte wissen, daß sie verrückt sind. Aber das kapier ich eben nicht. Ich höre eine Stimme, sagen sie. Ja, Scheiße, das passiert mir auch ab und zu. Innere Stimmen höre ich, so in der Phantasie. Aber ich weiß, daß sie nur Phantasie sind, und ich würde nie auf die Idee kommen, ihnen zu gehorchen.«

»Außer wenn sie dir sagen, du sollst eine Bank überfallen?« fragte Errki ironisch.

»Danke, das war meine eigene Entscheidung.«

»Wie kannst du das so sicher wissen?«

»Ich erkenne meine Stimme, wenn ich sie höre.«

Errki starrte noch immer auf den freien Platz. Morgan betrachtete ihn mit aufrichtiger Neugier. »Erzähl mir davon. Weißt du, wie sie aussehen? Haben sie Stoßzähne und grüne Schuppen? Sagen sie dir auch mal was Nettes? Du darfst sie nicht ewig so weitermachen lassen. Ich hab wirklich gedacht, die würden dich umbringen. Vielleicht sollte ich mal mit ihnen sprechen. Vielleicht hören sie ja auf einen Außenstehenden.« Er kicherte unsicher. »Das ist oft so, weißt du, verrückte Hunde und Kinder sollte man zum Nachbarn schicken.«

Errki hockte sich auf die Kante. Mühsam richtete Morgan sich auf, so daß er neben ihm saß. Hob eine Hand und klopfte ihm dreimal auf die Stirn. »Ihr da drinnen. Jetzt müßt ihr mal aufhören, den Kerl dermaßen zu terrorisieren. Der ist doch total kaputt. Sucht euch einen anderen Kopf zum Ausplündern. Genug ist genug.«

Errki zwinkerte unsicher. Morgan nahm das alles ganz ernst, dann aber kicherte er los. »Sind es mehrere? Eine ganze Bande?«

»Mehrere. Zwei.«

»Zwei gegen einen? Scheiße, das ist doch feige. Sag ihnen, sie sollen sich verpissen, und dann klärst du die Sache mit dem Chef, so von Mann zu Mann.«

Errki lachte ein abgehacktes Lachen. »Der Mantel ist nicht weiter wichtig. Der liegt hinten in der Ecke und zittert.«

»Der Mantel?« Morgan blickte ihn verwundert an. Erst jetzt gingen ihm die wahren Ausmaße von Errkis Irrsinn auf.

»Der hing an einem Haken im Flur.«

Die Zeit hielt plötzlich an. Alles, was gewesen war, kam zu ihm zurück. Er sah Gesichter und Hände, gehobene Augenbrauen, abgewandte Rücken, Seide und Samt, viele bunte Garnröllchen. Er jagte rückwärts über einen holprigen Weg mit grüner Kante und näherte sich dem Haus. Lief durch die Tür. Durch den schmalen Gang. Die Treppe hoch. Er saß auf der Treppe, fast ganz oben. Sein Vater hatte die Treppe gebaut, aus Kiefernholz. In dem Holz wimmelte es nur so von kleinen, starrenden Augen, die ihn immerfort beobachteten.

»Der hing einfach da. Der Mantel meines Vaters. Es war nichts darin, nur Luft. Er bewegte sich leise im Luftzug vom Dachboden her. Einmal hat er sich umgestülpt, in dem Moment, als sie stürzte und Bewegung in die Luft brachte.«

»Sie ist gestürzt?« Morgan blickte ihn neugierig an.

»Meine Mutter. Sie ist die Treppe hinuntergestürzt. Ich habe sie gestoßen.«

»Warum das?« Morgan senkte die Stimme. »Hast du sie gehaßt?«

»Ich habe allen gesagt, ich hätte sie gestoßen.«

»Aber das hattest du nicht? Oder weißt du es nicht genau? Aber warum hast du es dann gesagt?«

Errki sah die Bilder vor sich, sie flimmerten über das

grobe Holz. Er hob die Hand und zeigte darauf. Unwillkürlich bewegte Morgan den Kopf und folgte Errkis Blick. Er sah nur die verschlissenen Bretter. Errki schwieg.

»Du«, sagte Morgan und richtete sich weiter auf. »Es wäre doch nett, wenn deine Stimmen mit den Stimmen von anderen sprechen könnten, statt mit dir. Mit denen der anderen Patienten in der Anstalt. Dann könnten sie sich miteinander streiten und euch in Ruhe lassen. Verdammt, ab und zu bin ich einfach genial. Weißt du, wie du sie loswerden kannst? Gute alte Strategie. Spiel sie gegeneinander aus, dann vernichten sie sich am Ende gegenseitig. Her mit der Flasche.«

Errki hob die Flasche auf, gab sie aber nicht aus der Hand.

»Jetzt komm schon. Ich will mehr!« Morgan streckte die Hand aus und wollte nach der Flasche greifen. Errki hielt sie fest.

»Wer sich mit der Quelle streitet, wird verdursten«, sagte er tiefernst. Dann ließ er die Flasche los.

Morgan trank zweimal. »Warum ist deine Mutter die Treppe hinuntergefallen? Erzähl mir davon. Wir können doch spielen, ich wäre dein Arzt. Ich bin ziemlich gut, wenn du mir eine Chance gibst. Na los, erzähl Onkel Morgan alles. Den kennst du doch. Erzähl mir alles, mein Schatz, dann kommt schon alles in Ordnung.«

Er lachte glucksend. Im Grunde war er ziemlich betrunken.

Errkis Hände machten sich nervös an den Beinen seiner schwarzen Hose zu schaffen. Er legte eine Hand auf den Revolver und merkte, daß sie dort zur Ruhe kam. Sie umschloß die Waffe wie ein Handschuh. Und das hatte einen Sinn, eine Bedeutung.

»Sie hat genäht.«

»War sie Schneiderin?«

»Seidene Brautkleider. Anzüge und Kostüme. Oder die Kundinnen brachten alte Kleider, die aufgetrennt und umgenäht werden sollten. Das hat sie gerade gemacht. Ein altes Kleid aufgetrennt.«

»Trink doch einen Schluck«, fiel Morgan ihm ins Wort. »Es ist nicht leicht, alte Erinnerungen aufzuwühlen.«

Errki trank. Im Keller war es still. Der Staub hatte sich gesetzt, alles war grau. Für einen wilden Moment dachte er, sie seien vielleicht verschwunden. In der Stille wurde seine Stimme kristallklar. Seine eigene Stimme. Er plante seine Worte nicht, sie entstanden einfach so, nach und nach, und wenn er sie anzweifelte, wollten andere Worte sich herausdrängen. Eins ergab das andere, und er hatte nicht die Kraft, sie aufzuhalten.

»Ich habe auf der Treppe gespielt«, sagte er leise. »Ich war acht Jahre alt.«

Du hast nicht gespielt. Du hast ihr eine Falle gestellt. Unterschlag hier nicht die Tatsachen, wir waren dabei und haben alles gesehen. Der Mantel hat es gesehen, er hing im Flur.

Errki stöhnte. Sein Zorn wuchs beständig. Oder seine Verzweiflung. Wie konnte er mit offenem Mund dasitzen und den ganzen Müll hinausströmen lassen? Krankheit, Tod und Elend, Schnecken, Würmer und Kröten. Wütend warf er den Kopf in den Nacken. Morgan hörte zu. Errki spürte, daß er zuhörte, auf ganz physische Weise, wie Haut an Haut, und er konnte es doch nicht ertragen, angefaßt zu werden. Nicht einmal von Sara mit der Welle. In Gedanken hörte er den schönen Harfenklang, der immer auf ihre Stimme folgte.

»Warum auf der Treppe?« Morgan trank noch immer. Im Moment hatte er nichts anderes vor, als sich richtig vollaufen zu lassen. Ein kurzfristiges, aber schönes Ziel. »Ich meine, auf einer Treppe ist doch verdammt wenig Platz.«

»Die Treppe«, sagte Errki schwerfällig. »Der Dachboden. Die Lampe unten im Flur war an. Ich konnte die Nähmaschine surren hören. Wie ein Uhrwerk. Ich habe auf der Treppe gespielt, weil ich in ihrer Nähe sein wollte.«

»Damit ist die Bühne bereit«, erklärte Morgan. »Das Drama kann beginnen. Die Lampe brennt, die Nähmaschine surrt, Klein-Errki ist acht Jahre alt.«

»Ich hatte im Keller eine alte Angelschnur gefunden und eine Seilbahn gebaut. Sie führte von der obersten Stufe beim Dachboden bis ins Erdgeschoß.«

Morgan starrte ihn ungläubig an. »Du hast eine Scheißangelschnur gespannt?«

»Ich hatte Löcher in leere Streichholzschachteln gebohrt, das waren die Waggons. Gefüllt mit Mandeln und Rosinen, die nach unten geschickt wurden. Das Telefon klingelte. Sie rief: Gehst du mal ran, Errki? Ich wollte das nicht, ich wollte spielen. Ich hatte gerade einen Waggon mit Mandeln beladen. Ich saß auf der Treppe und wartete. Sie kam zur Tür, machte einen Schritt, blieb in der Schnur hängen und stürzte nach unten. Sie war immer so still, aber dabei hat sie Krach gemacht. Sie polterte auf den Treppen, als hätte jemand ein Möbelstück runtergeschmissen.«

Morgan schwieg. Seine Augen glänzten wie die eines Kindes, dem ein ziemlich gruseliges Märchen erzählt wird.

»Ich saß auf der dritten Stufe, ganz dicht an der Wand. Sie polterte nach unten und blieb da liegen. Um das Geländer gekrümmt.«

»Hat sie sich das Genick gebrochen?« Morgan flüsterte. »Du bist wirklich verdammt komisch. Plötzlich bist du ganz normal und redest wie alle anderen. Warum bist du auf einmal normal?«

Errki schien zu erwachen und sah ihn an. »Erst werde ich angepöbelt, weil ich verrückt bin. Und jetzt muß ich mich dafür rechtfertigen, daß ich normal bin. Natürlich bin ich normal. Bist du normal? Du überfällst Banken, und deine Nase verfault.«

»Woran ist sie denn nun gestorben?«

»Alles Blut ist aus ihrem Körper herausgeflossen.«

»Was sagst du da?«

»Alles, durch den Mund. Es sprudelte heraus wie ein Wasserfall und bildete unten vor der Treppe eine Lache. Ich habe gesehen, wie die Deckenlampe sich in dem Blut spiegelte, und der Mantel warf einen dunklen Schatten. Das Telefon klingelte, aber ich konnte nicht hingehen. Denn dann hätte ich einen Fuß in die Blutlache setzen und das Blut im Haus verteilen müssen, auf Treppen und Fußböden. Irgendwann hörte es auf. Ich band die Schnur los und versteckte sie in meiner Hosentasche. Blieb ganz still sitzen und wartete. Aus ihrem Mund floß kein Blut mehr, ihr Gesicht war aschgrau. Früher oder später kommt jemand, dachte ich. Vater oder Kundschaft. Irgendwer. Aber es kam lange niemand. Erst, als das Blut matt geworden war und ich die Lampe nicht mehr darin sehen konnte.«

Endlich schwieg er. Er verspürte nicht Erleichterung, sondern nur Leere. Er betastete den Revolver. Eine einzige Kugel im Magazin. Das mußte etwas bedeuten, sie war für ihn bestimmt.

»Aber Blut aus dem Mund? Wieso denn das?«

»Gib mir noch einen Schluck Whisky.«

»Hat sie sich den Schädel eingeschlagen?«

»Sie war Schneiderin.«

»Das hast du schon gesagt.«

»Sie hat ein altes Kleid aufgetrennt. Einen Stich nach dem anderen, mit einer Rasierklinge. Sie klemmte sich die Klinge immer zwischen die Lippen, wenn sie die Stoffbahnen auseinanderreißen oder sich anders hinsetzen wollte. Und dann hat das Telefon geklingelt. Sie hatte die Klinge zwischen den Lippen, sie trat auf die erste Stufe und stolperte über die Schnur. Die Rasierklinge verschwand in ihrem Hals.«

Morgan keuchte auf. Unwillkürlich faßte er sich an den Hals. Er spürte, wie unter seiner feuchten Haut der Puls pochte. Bei der Vorstellung, eine blanke Rasierklinge zu verschlucken, hätte er sich fast erbrochen.

»Du kommst mir vor, als wärst du kristallklar in der Birne«, sagte er vorsichtig. »Vielleicht warst du einfach nur zu lange in der Anstalt? Das mit deiner Mutter war ein Unfall. Dafür konntest du nichts. Verdammt blöd übrigens, sich eine Rasierklinge zwischen die Lippen zu schieben. Und verdammt blöd von dir, die Schuld auf dich zu nehmen.«

»Aber ich hatte die Schnur gespannt.«

»Du wolltest bloß spielen, klar? Die Episode ist hiermit als Unfall abgeheftet.«

Das sollte ein Trost sein, schien aber keine Wirkung zu tun.

»Wir Menschen glauben, daß wir unser Leben selbst lenken«, sagte Errki langsam. »Aber das ist nicht so. Die Dinge passieren einfach.«

Beide schwiegen lange.

»Woran denkst du?« fragte Morgan endlich.

»An einen Bauern zu Hause. Johannes.«

»Dann erzähl mir von Johannes. Wo wir schon dabei sind.« Morgan war, als sei die Zeit stehengeblieben. Es gab keine Zukunft mehr, es gab nur das Jetzt. Nur ihn und Errki, umgeben von diesen schwarzen Holzwänden. Dunkel und behaglich. Der Whisky brannte in seinen Adern und gab ihm das Gefühl zu schweben.

Errki dachte an Johannes. An einen grauen, runzligen, ausgedörrten alten Mann mit erloschenem Blick. Er glaubte, sich in seinen Augen wiederzuerkennen wie in denen eines Verwandten. Es waren Augen ohne Hoffnung. Und eines Tages stand er plötzlich oben auf einer Leiter.

»Er hat gesoffen. Seine Frau starb, und Johannes ist innerhalb weniger Monate zu einem Nichts zusammengeschrumpft.«

»Wie meine Mutter, als mein Vater gestorben war«, kommentierte Morgan.

»Er fing an zu trinken. Er trank die ganze Zeit, ohne Pause, viele Monate lang. Immer wieder kamen Leute, die ihm helfen wollten, aber das brachte nichts.«

»Und dann hat er sich zu Tode gesoffen?«

»Nein. Er wurde schließlich wach und kam aufs Trokkene, nachdem er mit dem Pastor eine Flasche Schnaps geleert hatte.«

»Scheint ein netter Pastor zu sein.«

»Der Pastor sah mich und rief mir etwas zu, aber ich bin nicht stehengeblieben. Das hätte ich tun können, aber ich bin schnell, ich bin einfach durch das Tor gelaufen und habe mich hinter den Treibhäusern versteckt.«

»Warum hat er dich gerufen?«

»Nerv nicht so.«

Errki drehte sich um und griff nach der Flasche. Morgan ließ sie los.

»Johannes hat beim Pastor gearbeitet. Hat alles mögliche repariert. Die Kirche sollte neu gekalkt werden. Johannes stand oben auf einer hohen Leiter und war in die Arbeit vertieft. Und dann kam Errki Johrma des

Wegs. Johannes hörte nicht, er war mit seiner Arbeit beschäftigt und pfiff vor sich hin, glücklich und nüchtern, wie er eben war. Da war ich ziemlich enttäuscht. Auf einmal hatte er wieder Ähnlichkeit mit allen anderen. Trotzdem habe ich ihm etwas zugerufen. Ich rief: HE, DU DA OBEN! – O Herr Jesus, der ist vielleicht zusammengefahren! Er stieß sich aus purer Überraschung von der Wand ab, und die Leiter beschrieb einen weiten Bogen. Und dann fiel er rückwärts um.«

»O verdammt.«

»Er fiel auf den vordersten Grabstein. Ich habe seinen zerschlagenen Kopf angesehen. Seine Beine zuckten noch einige Male, dann lag er ganz still da. Ich versteckte mich hinter einem Grabstein. Dann kam der Pastor angerannt, ich hörte, wie er jammerte und schrie.«

»Und du solltest schuld sein?«

»Ich war doch schuld.«

»Du«, sagte Morgan. »Wie kann jemand so viel Pech haben wie du? Bist du an einem Freitag, dem dreizehnten, geboren?«

»Danach haben sie mich abgeholt.«

»Und was hast du ihnen erzählt?«

»Nichts. Nestor sagte, ich sollte die Klappe halten.«

»Nestor?« Morgan rieb sich die Augen. »Wie du es geschafft hast, dir so viel Elend an den Hals zu holen, ist einfach zu hoch für mich. Und ich dachte, ich hätte Pech. Aber was ist mit der Frau, die sie gestern gefunden haben? War das auch Pech? Mir kannst du doch die Wahrheit sagen.«

Langsam wandte Errki ihm das Gesicht zu. »Wie gesagt. Die Dinge passieren einfach.«

»Diese Erklärung ist aber ein wenig zu einfach,

meinst du nicht? Die Bullerei wird dich ausfragen. Du mußt dir überlegen, was du antworten willst.«

»Ich bin eine Welle«, erklärte Errki dramatisch. »Ich breche mich nur einmal.«

»Das solltest du denen auch sagen. Dann bist du bald wieder in der Anstalt.« Morgan wischte sich die Stirn. »Meine Nase tut weh«, jammerte er.

Errki zuckte mit den Schultern. »Du kannst deine Nase durch Willenskraft heilen lassen, wenn du dir ein bißchen Mühe gibst.«

»Ach was?«

»Du mußt die Entzündung in die Schranken weisen. Mit all deiner Kraft. Du mußt dich selber heilen.«

»Ich bin doch kein Scheißchinese. So was glaub ich nicht.«

»Deshalb geht's dir so schlecht.«

»Kannst du das nicht für mich übernehmen?« fragte Morgan ironisch. »Ich kann mich einfach nicht anstrengen. Ich bin schlaff wie eine Qualle.«

»Du mußt es selber machen.«

»Hab ich's mir doch gedacht«, sagte Morgan mißmutig. »Du«, ihm war etwas eingefallen, »ich hab mal in der Glotze so einen Typen gesehen. Der konnte mit seinem Willen Gläser zerbrechen. Das sah wirklich beeindruckend aus. Aber in Wahrheit war es nur ein Filmtrick.«

»Durch Willenskraft Gläser zu zerbrechen ist nicht besonders beeindruckend«, sagte Errki. »Das kann ich auch. Glas steht immer unter Spannung, deshalb ist das einfach.«

»Also hört euch das an! Warum gehst du damit nicht auf Tournee?«

»Keinen Bock.«

»Und wer hat dir das beigebracht?«

»Der Zauberer. Im Central Park.«

»Gut, daß du Humor hast. Den werden wir sicher noch brauchen.«

»Weißt du, was der konnte?« fragte Errki. »Er konnte die Haut an seinen Händen so sehr spannen, daß sie platzte.«

»Zeig mir doch mal ein paar Tricks. Aber laß die Whiskyflasche heil.«

»Hier gibt's kein Glas«, sagte Errki nachdenklich. »Nur zerbrochene Fensterscheiben.«

»Dann hat hier schon mal jemand seine Tricks vorgeführt, denk ich mir.«

»Aber dahinten in dem Fenster sind noch ein paar große Stücke.« Errki zeigte auf das Fenster zum Hof.

»Dann mach sie kaputt«, sagte Morgan erwartungsvoll. Er amüsierte sich blendend, hatte aber zugleich das ekelhafte Gefühl, daß alles möglich war.

Errki erhob sich langsam vom Sofa. Er starrte das Fenster an und ließ sich auf den Boden gleiten. Senkte den Kopf und schloß die Augen. Morgan musterte ihn mit einer Mischung aus Freude und Wehmut in den Augen. Errki starrte die Glasscherbe an, die oben rechts im Rahmen saß. Sie funkelte in der Sonne. Von Errki war kein Laut zu hören, er saß da wie eine Salzsäule. Träge dachte Morgan, daß er vielleicht über ihr weiteres Vorgehen entscheiden sollte. Aber Hitze und Whisky hatten ihn entkräftet, und es tat so gut, einfach stillzusitzen und zu dösen. Das Leben war nicht ganz so ausgefallen, wie er es erwartet hatte. Aber bei Errki sah das ja auch nicht anders aus. Errki war lächerlich, wie er da auf dem Boden saß, ein einziger steinharter Knoten aus Willen und Kraft. Morgan staunte darüber, wie dünn der andere war, mager wie ein Insekt. Und jetzt wollte er ihm ein Zauberkunststück vorführen. Es tat fast weh, daran zu denken, wie enttäuscht Errki sein würde, wenn es nicht klappte. Morgan fragte sich, wie er ihn dann trösten sollte. Vielleicht den Whisky verantwortlich machen, sagen, daß der ihm seine Kraft geraubt habe.

Dann zersprang das Glas. Es klirrte nicht so hell, wie Morgan es sich aus Jux vorgestellt hatte, es zersprang mit einem Knall, und kleine Scherben wurden ins Zimmer geschleudert. Morgan fuhr zusammen und hatte das Gefühl, daß sein Herz vor Schreck aussetzte. Errki saß noch immer auf dem Boden. Nun hob er den Kopf und schaute sich um. Er sah schläfrig aus. Zuerst. Aber dann stutzte er. »Hier stimmt etwas nicht«, sagte er und lief auf die Tür zu.

»Hier stimmt etwas nicht? Wie zum Teufel hast du das geschafft?«

Morgan sah aus, als habe er den Verstand verloren. »Wo willst du hin?«

»Raus«, antwortete Errki. »Etwas überprüfen.«

KANNICK LIESS DEN BOGEN SINKEN. Er stand etwa zehn Meter entfernt und starrte das leere Fenster an. Sein Treffer war keine große Leistung, aber es war doch eine Herausforderung gewesen, auf das durchsichtige, funkelnde Glas zu schießen, und es hörte sich so schön an, wenn der Pfeil das Glas zerschlug. In Gedanken hatte er soeben General Cooks Augapfel perforiert. Er ging weiter und starrte das Haus an, das leer und verlassen war und in der Nachmittagssonne zusammengesunken zu sein schien. Er wußte, daß er den Pfeil im Haus wiederfinden würde, er würde dort in einer Wand stecken. Er schaute sich nach einem anderen Ziel um, denn er hatte noch einen Pfeil im Köcher. Und es wurde schon spät. Der Ärger, der ihn zu Hause in Guttebakken erwartete, war ihm egal. Er wußte genau, was passieren würde, und das hatte er schon so oft erlebt, daß es ihm keine Angst mehr machte. Es war ganz einfach gottserbärmlich vorhersagbar. Die Erwachsenen hatten nicht viel Phantasie. Vielleicht überlegte Margunn sich ein anderes Versteck für den Schlüssel. Viel mehr würde wohl kaum passieren. Sie würde sich sogar darüber freuen, daß er die Pfeile gefunden hatte, sie wußte doch, wie hart ihr Verlust für ihn gewesen wäre. Und das neue Versteck würde er finden. Mehr war dazu nicht zu sagen. Er starrte das alte Haus an, die dunklen Holzwände, die flache Steintreppe vor der Tür und die leeren Fenster. Er war mehrere Male dort drinnen gewesen. Hatte alle Schränke untersucht, hatte sogar auf einem alten Sofa im Wohnzimmer geschlafen. Er betrachtete die Tür. Das Holz wies mehrere dunkle Flecken auf, einen suchte er sich als Zielscheibe aus.

Er war Häuptling Geronimo. Die Tür war ein mexikanischer Soldat, der dunkle Fleck dessen Herz. Der Feind. Der Frauen und Kinder von Geronimos Volk vergewaltigte und ermordete. Er haßte diesen Feind aus der Tiefe seiner Häuptlingsseele.

Diesmal wollte er auf Knien schießen, wie der Häuptling es immer gemacht hatte. Das war eine größere Herausforderung. Er ließ sich auf ein Knie sinken und zog den letzten Pfeil aus dem Köcher. Dieser Pfeil hatte zwei gelbe Federfahnen und eine rote Lenkfeder. Er legte ihn an die Sehne und hob den Kopf. Über die Kimme sah er, daß der Bogen einen rechten Winkel zur Zielscheibe bildete. Er sah die dunklen Flecken und suchte sich einen aus, der ungefähr in der Mitte der Tür saß. Dann spannte er die Sehne. Spürte, wie die Ankerplatte unter sein Kinn glitt und wie sich die Sehne über seine Nasenspitze legte.

The Apaches will always be.

Nur eine kleine Justierung, und er hatte den Fleck voll im Visier.

Vage registrierte er, daß etwas vorging. Die Tür wurde geöffnet, und eine schwarze Gestalt erschien in der Öffnung. Aber Kannicks Gehirn hatte den Befehl schon erteilt, sein Griff lockerte sich, er wollte den Bogen sinken lassen, konnte den Pfeil aber nicht mehr aufhalten. Mit einer Geschwindigkeit von über hundert Metern pro Sekunde jagte er über den Hof.

Es war nichts zu hören, als der Pfeil traf. Errki stand verwundert auf der Treppe und zuckte nur ganz leicht zusammen. Kannick sah die gelben Federn aus der schwarzen Hose hervorragen. Errki schien überrascht, sagte aber kein Wort. Zögernd hob er eine Hand, um den Pfeil aus seinem Bein zu ziehen. Und dabei entdeckte er Kannick. *Den fetten Jungen.*

Er erkannte die zerfetzte Hose und den wuchtigen Leib. Jetzt wußte er, was in dem Koffer gewesen war, den der andere krampfhaft festgehalten hatte, als er mit wahnwitzigem Blick den Weg hinunterrannte. Ein Bogen. Jetzt leuchtete er in der Sonne rot auf, und der soeben davon abgeschossene Pfeil steckte in Errkis rechtem Oberschenkel. Es tat nicht weh. Er packte den Hosenstoff und biß die Zähne zusammen. Ziemlich leicht glitt der Pfeil heraus. Zugleich schien etwas nachzugeben, wie eine feste Klammer, die plötzlich geöffnet wird. Der Junge drehte sich um und rannte los.

Errki tat etwas, was er seit Jahren nicht mehr gemacht hatte. Er rannte hinterher. Heißes Blut strömte ihm über den Oberschenkel. Kannick rang um Atem, aber sein Mund blieb stumm. Er jagte weiter. Nach einer Weile ließ er den Bogen fallen, was er niemals für möglich gehalten hätte, aber der Bogen hielt ihn auf, und die schwarze Gestalt, die Errki Johrma war, war hinter ihm her. Als ihm der Ernst der Lage aufging, schwand seine Kraft, und er fühlte sich leer. Er konnte sich nicht mehr konzentrieren, stolperte über Zweige und Gestrüpp und dachte, wenn ich jetzt stürze, bin ich verloren. Er rannte um sein Leben, er wollte nach Hause, nach Guttebakken. Nach Haus zu Margunn und den anderen, zu dem sicheren Alltag in dem häßlichen Haus, zu Philip, der schnaufend im Nachbarbett lag. Nach Haus zu Christian, zu dem Traum, bei der norwegischen Meisterschaft alle anderen zu schlagen, nach Hause zum Abendessen, zum flimmernden Fernseher, zu sauberer Bettwäsche alle zwei Wochen. Er liebte das Leben plötzlich so sehr, er wollte darum kämpfen, und dieses Gefühl war schwindelerregend und ganz neu für ihn.

Und dann stolperte er. Fiel der Länge nach, mit der Stirn zuerst, ins trockene Gras. Er gab nicht auf, er kämpfte noch immer, er brauchte etwas, womit er sich verteidigen konnte, er wollte seinen Verfolger töten, ehe der Verfolger ihn tötete. Er suchte nach einem Stock, fand aber nur trockene Zweige, es gab nicht einmal einen Stein, den er hätte werfen können. Erschöpft sah er sein Leben vergehen, vor seinen Augen zerfallen. Er gab auf. Rollte sich zu einem Ball zusammen und blieb liegen. Er hatte nie damit gerechnet, so jung sterben zu müssen. Seine letzten Kräfte wandte er auf, um sich darauf vorzubereiten. Errkis Schritte kamen näher. Endlich stoppten sie neben ihm. Errki war verrückt. Er würde sich nicht so verhalten, wie andere das getan hätten. Das war das Schlimmste für Kannick: nicht zu wissen, was ihn erwartete. All die Geschichten, die er über Errki gehört hatte, wirbelten durch seinen Kopf.

»Wer den Wolf fürchtet, sollte nicht in den Wald gehen«, flüsterte Errki.

Kannick hörte die leise Stimme. Er blieb stocksteif liegen, er war ja schon so gut wie tot. Mehr war nicht zu sagen. Dann bewegte er doch vorsichtig den Kopf und sah einen Zipfel von Errkis gewaltig weitem Hosenbein. Die Wunde schien Errki nichts auszumachen. Noch ein Beweis dafür, daß er verrückt war. Bestimmt spürte er überhaupt keine Schmerzen, nicht die eigenen und die von anderen schon gar nicht. Er war gefühllos. Verrückt sein, dachte Kannick, bedeutet, allem gegenüber gefühllos zu sein.

»Steh auf.«

Der Ton war nicht drohend, sondern eher ein wenig verwundert. Mühsam kam Kannick auf die Beine. Den Kopf hielt er weiterhin gesenkt. Bald würde er eine Ohrfeige einstecken müssen, er wollte das Ärgste mit Stirn und Schläfe auffangen. Flache Ohrfeigen gegen die fette Wange fand er unerträglich. Das Klatschen war so demütigend. Aber es passierte nichts.

»Los, zum Haus«, sagte Errki nur.

Daß er die Stimme nicht hob, wirkte bedrohlich. So sprach ein Sadist, einer, der gern quälte und plagte. Die Stimme war so hell und leise, sie paßte nicht zu der sonstigen Erscheinung, und aus nächster Nähe sah Errki einfach gruselig aus. Vor allem seine Augen, die Kannick nicht anzusehen wagte, das schob er vor sich her, denn er glaubte, es werde sein Verderben besiegeln.

Zum Haus. Er hatte sich in dem alten Haus versteckt, war die ganze Zeit dort gewesen. Er war gar nicht in Schweden, wie es im Radio geheißen hatte. Zusammen mit Errki das alte Haus zu betreten war wie eine Wanderung ins Totenreich. So kam es Kannick vor. Niemand würde ihn hören, wenn er dort drinnen um Hilfe schrie. Er begann schrecklich zu zittern. Nun kam also doch die Strafe für alles, was er getan hatte.

Wenn du dich nicht zusammenreißt, Kannick, dann weiß ich wirklich nicht, was aus dir werden soll.

Die Zukunft, um die er sich nie sonderlich gesorgt hatte, holte ihn nicht nur ein, sie verschwand ganz einfach. Vielleicht würde er in Schmerzen sterben müssen. Das einzige, wovor Kannick sich wirklich fürchtete, waren Schmerzen. Er zitterte, sein Fett wogte und schwappte. Wenn er doch wenigstens ohnmächtig werden und verschwinden könnte, langsam ins Heidekraut sinken, alles war ihm recht, wenn er nur dem schwarzen Traum entkam, in den er hier geraten war. Aber es gab keinen Fluchtweg, und er wurde auch nicht ohnmächtig. Errki wartete. Er war geduldig. Deshalb würde er sicher gewinnen, deshalb würde Kannick nicht entkommen können.

Und dann sah er den Revolver. Mitten in seiner Verzweiflung kam ihm ein Gedanke, ein Gedanke aus einer fast schon sterbenden Seele, der Gedanke, daß er einfach eine Kugel in den Kopf bekommen würde, statt gequält und gefoltert zu werden. Das war Kannicks letzte Hoffnung. Langsam ging er durch das Gras. Er begriff nicht, was seine Beine machten, sie gingen, gegen seinen Willen, auf das Haus zu, dorthin, wohin er nicht wollte, dem Ende entgegen.

Errki folgte ihm langsam. Er hatte den Revolver in den Gürtel mit dem großen Adler gesteckt und preßte beide Hände auf seine Wunde. Es blutete inzwischen heftig, aber wenn sie das Bein abbinden konnten, würde die Blutung versiegen. Ein großes Problem war das also nicht.

»Du hast Angst«, stellte Errki fest.

Kannick blieb stehen. Er überlegte, was der Irre meinte. Ob das vielleicht zur Folter gehörte. Ob es ihn in Sicherheit wiegen sollte, ehe der Fangschuß folgte.

Vielleicht wollte Errki sein Entsetzen auskosten, wenn ihm aufging, daß er eben doch sterben mußte. Das alles beschäftige Kannick so sehr, daß er einfach stehenblieb. Errki mußte ihm einen Stoß versetzen. Kannick fuhr zusammen und jammerte leise, aber es fiel kein Schuß. Er setzte sich wieder in Bewegung und ging weiter, bis das Haus zwischen den Bäumen auftauchte. Er meinte, seit einer Ewigkeit unterwegs gewesen zu sein, aber in Wirklichkeit hatte er nur zweihundert Meter zurückgelegt. Auf dem Hof blieben sie stehen. Und Kannick erlitt den zweiten Schock. In der Tür stand ein blonder Mann.

Sie waren zu zweit! Einer konnte ihn festhalten, der andere konnte ihn quälen. Er versuchte noch einmal, in Ohnmacht zu fallen, versuchte, zu Boden zu gehen, aber seine Knie gaben nicht nach. Ich will hier sterben, dachte er und schloß die Augen. Mit gesenktem Kopf wartete er auf den Schuß. Errki versetzte ihm einen Stoß in den Rücken. »Das da ist der, der Morgan heißen will.«

Morgan starrte die beiden an. »He, Errki! Warst du beim Metzger und hast Schmalz gekauft?«

Er lehnte sich an den Türrahmen und starrte Kannicks beeindruckendes Doppelkinn und die Oberschenkel an, die den gleichen Umfang hatten wie Errkis Taille.

Kannick schielte zu Morgans Nase hinüber.

»Er hat mich am Oberschenkel erwischt.«

»O Scheiße, Errki, du blutest wie ein Schwein.«

»Ich sag ja, er hat mich erwischt.« Errki bückte sich und hob den Pfeil auf. »Damit.«

Morgan sah sich den Pfeil neugierig an und strich mit der Hand über die gelben und roten Federn. »Ich muß schon sagen. Spielst du Indianer? Gibt's da im Wald auch einen Cowboy?«

Kannick schüttelte heftig den Kopf. »Ich w-wollte b-bloß trainieren«, stotterte er.

»Trainieren? Wofür denn?«

»F-für die Junioren-NM.«

Er hatte schon lange nicht mehr Luft geholt. Deshalb keuchte er beim Sprechen. Errki hörte ganz deutlich einen nicht ganz sauber gestimmten Dudelsack. »Rein mit ihm.«

Morgan trat zurück und machte Platz. Während Errki Kannick vor sich her schob, überlegte er, was er um seinen Oberschenkel binden konnte, um die Blutung zu stoppen.

»Ich muß nach Hause«, wimmerte Kannick und blieb stehen.

»Setz dich aufs Sofa«, befahl Morgan schroff. »Wir müssen erst sehen, was Sache ist. Vielleicht können wir dich irgendwie gebrauchen.«

Jetzt starrte Kannick Morgans Nase hemmungslos an. Sie sah schlimmer aus denn je, die Spitze pendelte bedrohlich hin und her, und in der Farbe erinnerte sie an eine faulige Kartoffel. Er entdeckte die Whiskyflasche auf dem Boden, das Radio auf der Fensterbank und seinen Pfeil, der daneben aus der Wand ragte. Der Mann mit den Locken schien betrunken zu sein. Das war allerdings auch keine Beruhigung. Er ließ sich aufs Sofa sinken. Blieb unsicher da sitzen, die Hände im Schoß. Und dann kam die Frage, die er befürchtet hatte: »Weiß jemand, wo du bist?«

Nein. Das wußte niemand. Sie hatten keine Ahnung, wo sie ihn suchen sollten, falls Margunn nicht im Schrank nachsah und feststellte, daß der Bogen verschwunden war – dann würde sie wissen, daß er im Wald war. Aber der Wald war groß. Es konnte eine Ewigkeit dauern, bis sie ihn fanden, und sie würden noch lange warten, ehe sie überhaupt anfingen zu suchen, zuerst würden sie nur Karsten und Philip losschicken. Und die waren erbärmlich langsam und kannten sich nicht besonders gut aus.

»Jetzt sag schon«, drängte Morgan und stieß auf.

»Nein«, flüsterte Kannick. »Niemand.«

»Gar nicht lustig für dich, was?«

Kannick senkte den Kopf. Es war noch viel schlimmer, es war das Ende von allem.

»Du hast nicht zufällig ein eiskaltes Bier?« Morgan leckte sich die Lippen. Als er diese Frage stellte, wurde er von schrecklichem Durst überwältigt.

Kannick hatte etwas anderes erwartet. »Ich habe Pastillen«, murmelte er undeutlich.

»Na gut. Her mit den Pastillen. Ich habe keinen Tropfen Spucke mehr im Mund.«

Kannick bohrte die Hand in die Hosentasche und zog eine Schachtel Lakritzpastillen heraus. Morgan riß die Schachtel an sich, mühte sich eine Weile mit der verklebten Masse ab und schob schließlich drei Pastillen in den Mund. »So, und jetzt kommt die Vorstellung«, sagte er schmatzend.

»Das ist Errki. Er ist besessen von bösen Geistern, sie jagen ihn und reden die ganze Zeit auf ihn ein. Ich heiße Morgan, und die Polizei sucht mich nach einem kleinen Auftritt heute morgen. Und jetzt schlagen wir zusammen die Zeit tot. Dieser Irre hat mir die Nase ruiniert«, fügte er hinzu. »Nur damit du kapierst, daß du mit diesem Typen keinen Scheiß bauen kannst.«

Kannick nickte ernst. Das hatte er kapiert.

Ich bin der, der Geronimo heißen möchte. Der Pfadfinder. Der Meisterschütze.

»Verzeihung, ich habe nichts gehört.«

»Kannick.«

»Kann man denn so heißen?«

»Ich geb mir alle Mühe«, sagte er atemlos.

»Ha, der Junge hat Humor!«

Errki hatte sich auf den Boden sinken lassen. Er hatte sich die Lederjacke geholt und sich um die Schultern gelegt, und er umklammerte seinen Oberschenkel mit beiden Händen. »Den habe ich schon mal gesehen«, sagte er leise.

Morgan blickte ihn überrascht an. »Wo denn?«

»Unten auf dem Hof der Toten.«

»Was?« Morgan fuhr herum. »Dich hat er gesehen? Bist du der Junge, der in der Nähe gespielt hat? Von dem im Radio die Rede war? Was?«

Kannick schlug die Augen nieder.

»Au, au, das ist lustig. Ja, Scheiße, er hat dich gesehen, Errki. Wir müssen sehen, daß wir ihn loswerden.«

Von Kannick war ein plötzliches Jammern zu hören, wie von einem Gummispielzeug, auf das jemand getreten hat.«

»Und du hast mit der Bullerei gesprochen, habe ich gehört.«

Kannick schwieg.

»Na ja, Errki ist das egal. Er ist einfach ein bißchen komisch. Eigentlich sind wir ja nette Leute. Nur langweilen wir uns eben. Jetzt sitzen wir hier und warten auf die Nacht. Und übrigens«, sagte er, »nachts wird Errki immer besonders verrückt. Dann wachsen seine Zähne, und seine Ohren werden spitz. Stimmt das nicht, Errki?«

Errki sagte nichts dazu. Er bedachte Kannick mit einem langen schrägen Blick. Dessen Augen leuchteten vor Wut in dem fetten Gesicht. Er kaute und kaute auf seiner Unterlippe herum, aus seinen Wangen war alle Farbe gewichen.

»Du«, sagte Morgan, »du hast nicht zufällig Brote und eine Thermosflasche bei dir? Wir sind kurz vor dem Verhungern.«

»Ich habe Schokolade im Koffer. Aber die ist inzwischen bestimmt geschmolzen.«

Errki reagierte sofort. Er richtete sich auf und schnippte mit den Fingern. »Her mit dem Koffer.«

»Ganz ruhig«, sagte Morgan leise. »Hol das Ding selber, sonst haut er ab. Und du teilst mit mir.«

Errki humpelte umher. Er machte sich auf die Suche nach dem Koffer. Die ganze Zeit eine Hand auf seine Wunde pressend, irrte er durch das Gebüsch. Endlich fand er den Koffer, und weiter oben fand er auch den Bogen. Er schleppte alles zurück zum Haus und klappte den Koffer auf. Darin lagen mehrere Pfeile und allerlei ihm unbekannte Gegenstände. Und Schokolade. Ein Mars und ein Snickers. Seine Finger zitterten, als er nach dem Schokoriegel griff, und dann ging er, in jeder Hand einen, langsam ins Haus. Snickers und Mars. Mars und Snickers. Weiche, halbgeschmolzene Schokolade. Eine mit Erdnüssen und Karamel, die andere mit Toffee. Das Papier knisterte. Er ging ins Wohnzimmer. Wiegte beide Riegel in der Hand. Beide schmeckten gut, vor allem Snickers mochte er, aber auch Mars hatte er immer geliebt, er konnte sich einfach nicht entscheiden, und er durfte nur einen Riegel behalten. Morgan hüpfte auf und ab und schnappte sich das Snickers. »Das nehme ich. Du kriegst das Mars. Der Fettsack kriegt zum Dank einen Whisky.«

Kannick schielte zu der Flasche auf der Fensterbank hinüber. Gegen einen Schluck Bier hatte er noch nie etwas gehabt. Er betrank sich überhaupt ganz gern, wenn es nicht zu schnell ging, aber Schnaps konnte er nicht leiden. Er schüttelte den Kopf. Die beiden anderen waren vollauf mit ihrer Schokolade beschäftigt, sie leckten und schmatzten wie Kinder. Mitten in seiner Verzweiflung hätte er gern gelacht, aber er brachte nur ein jämmerliches Schluchzen zustande.

»Wir tun dir doch nichts«, sagte Errki und lächelte dabei ganz seltsam.

»Das haben wir noch nicht besprochen«, wandte Morgan ein und schluckte.

»Er hat nichts, was wir brauchen könnten. Abgesehen von der Schokolade.«

»Vielleicht kann der Schmalzkringel uns helfen?« fragte Morgan.

»Es geht ja doch alles zum Teufel. Mit oder ohne Jannick.«

»Kannick«, sagte Kannick.

Morgan wischte sich den Mund mit dem Handrücken ab.

»Du möchtest sicher zurück zu Mama?«

»Lieber nicht.«

»Das nicht? Und wohin willst du dann?«

»Nach Guttebakken.« Er klang jetzt trotzig, als habe er wieder Hoffnung gefaßt, doch nicht umgebracht zu werden. Daß die beiden mit solchem Eifer Schokolade verschlangen, machte sie um einiges menschlicher.

»Und was ist Guttebakken?«

»Erziehungsheim«, murmelte Kannick.

Morgan grinste. »Na, dann sind wir ja allesamt aus dem gleichen Holz geschnitzt. Und was hast du in deinem jungen Leben schon verbrochen, daß du dort gelandet bist? Abgesehen davon, daß du dich überfressen hast?«

»Das ist ein Stoffwechselfehler«, flüsterte Kannick.

»Das hat meine Mutter auch gesagt, als sie es besonders schlimm getrieben hat. Trink einen Whisky, dann kommt dein Stoffwechsel schon in Gang.«

»Nein, danke«, flüsterte Morgan.

Er dachte an Margunn. Versuchte, sich vorzustellen, was sie gerade machte. Wie oft sie schon auf die Uhr geschaut hatte. Aber es würde noch eine Weile dauern, bis sie sich ernsthaft sorgte. Er blieb ja oft lange aus. Wahrscheinlich wurde sie erst gegen Abend aufmerksam. Sie wußte immerhin, daß er das Abendessen um acht Uhr niemals vergessen würde. Also würde sie gegen acht anfangen, aus dem Fenster zu schauen, und einige Zeit später würde sie Karsten und Philip zum Suchen losschicken. Bis dahin konnte so viel passieren! Der Abend war noch weit, einen Ozean von Zeit entfernt, und er war hier allein mit zwei Verrückten, von denen der eine einen Revolver hatte! Vor lauter Verzweiflung schielte er nun doch zur Whiskyflasche hinüber. Das bemerkte Morgan.

»Greif zu. Wir sind alle nicht so zurückhaltend.«

Und Kannick trank. Das war seine einzige Fluchtmöglichkeit. Der erste Schluck löste in seinem Inneren eine Explosion aus, die oben einsetzte und sich mit heftigem Brennen abwärts zum Magen arbeitete. Er schnappte nach Luft und wischte sich ein paar Tränen ab.

»Noch drei oder vier Schluck«, sagte Morgan hilfsbereit, er saß auf dem Boden und leckte sich die Finger. »Das Wohlbefinden stellt sich dann nach und nach ein. Erzähl uns, wieso du im Erziehungsheim wohnst.«

»Das weiß ich doch nicht«, sagte Kannick ein bißchen sauer, was er aber sofort bereute. Vielleicht war Morgan jetzt beleidigt.

»Du hast also keine Ahnung, warum die Erwachsenen dich da reingesteckt haben? Du bist wirklich nicht sehr großzügig. Meinst du, ich mache meiner Mutter Vorwürfe, weil ich zum Bankräuber geworden bin? Meinst du, Errki macht seiner Mutter Vorwürfe, weil er alle möglichen Räder abhat?«

Kannick blickte Morgan ganz schnell an. Bankräuber?

»Du kannst es doch auf seinem T-Shirt lesen. Er schiebt die Schuld garantiert nicht ›den anderen‹ zu.«

Morgan hob die Augenbrauen. »Also hört euch das an. Willst du dich hier wichtig machen? Errki, verteidige dich, Mann.«

»Werde ich angegriffen?« fragte Errki schlicht. Er war damit beschäftigt, einen Stein aus der Sohle seines Turnschuhs zu puhlen. Danach zog er den Schnürsenkel heraus. Damit wollte er sein Bein abbinden. Die Wunde blutete immer noch. Kannick wand sich auf dem Sofa, er hatte es ganz und gar belegt und quoll wie ein Pudding über die Kanten; wenn er sich bewegte, ächzten die Federn. Morgan fühlte sich plötzlich schwindlig und benommen. Was machten sie hier eigentlich? Wie lange sollten sie so noch herumsitzen? Aus irgendeinem Grund konnte er die Vorstellung, allein gelassen zu werden, nicht ertragen. Es wäre schrecklich, wenn sie gefunden und getrennt würden. Wenn Errki nicht mehr da wäre, wenn er ihn niemals wiedersehen könnte. Er hatte doch sonst niemanden. Das heiße, verdreckte Zimmer, der Whiskyrausch, Errkis leise, angenehme Stimme und der fette Junge mit dem gesenkten Blick – er wollte nicht, daß das alles aufhörte. Dieser Gedanke verschlug ihm den Atem. Verwirrt riß er die Flasche an sich.

»Wurzel, Stengel und Blatt«, murmelte er.

Kannick begriff jetzt, daß sie beide verrückt waren. Vielleicht waren sie gemeinsam aus der Anstalt ausgebrochen. Zwei Zeitzünderbomben. Besser, er blieb ganz still. Er atmete, so leise er konnte.

Errki hatte sich ein wenig zurückgezogen. Er saß auf dem Boden und lehnte den Rücken an den kaputten alten Schrank. Jetzt war alles friedlich. Trommeln und Dudelsack waren endlich verklungen. Seine Hand ruhte auf dem Revolver.

Ein Forstarbeiter war in seinem roten Massey Ferguson unterwegs zum Plateau. Er hielt auf den kurzen Waldweg zu, wo er den Wagen abstellen wollte. Überrascht starrte er die grüne Plane an. Stellte den Motor ab und stieg aus.

Er schob den glatten grünen Stoff auf das Wagendach und schaute ins Innere. Leer. Abgesehen von einem kleinen Glas mit Schraubverschluß, das vorn auf dem Boden lag. Er öffnete die Tür, griff nach dem Glas und las das Etikett. Trilaphon, 25 Milligramm, morgens, mittags und abends. Für irgendeinen Errki Johrma, verordnet von Dr. S. Struel. Es war ein kleines, verlassenes weißes Auto. Unverschlossen. Ihm fiel ein, daß er am Morgen in den Radionachrichten etwas über einen Banküberfall gehört hatte. Das hier war ein Renault Mégane. Der Forstarbeiter ging zurück zu seinem Fahrzeug, wendete und fuhr nach Hause.

Nach weniger als einer Stunde erreichten zwei Autos das Plateau. Drei aufgeregte Schäferhunde, die wild fiepten und winselten. Sharif führte an, ein fünfjähriger Rüde. Alles sträubte sich an diesem großen Hund, Fell, Ohren und Sinne. Ihm folgte Nero, der eine Spur heller und leichter war. Er war ebenso unruhig wie Sharif und wollte sofort losstürmen. Der dritte Hund hatte ein zottigeres Fell als die Kollegen und bewegte sich langsamer. Mit seinen acht Jahren war er dem Rentenalter schon gefährlich nahegerückt. Er hieß Zeb, sein Besitzer Ellmann. Bei jeder Streife dachte Ellmann, es könnte die letzte sein. Er schaute in die dunklen Hundeaugen. Die Zeit war fast abgelaufen. Er wußte nicht, ob er die Kraft haben würde, noch einmal mit einem neuen Hund zu arbeiten. Er hatte das Gefühl, daß jedes andere Tier nach Zeb nur eine Enttäuschung sein konnte.

Sie hatten einen schlechten Ausgangspunkt. Ausgedörrter, knisternder Wald, in dem jegliche Feuchtigkeit verdampft ist, speichert Spuren nicht sehr lange.

Sharif sprang in das Auto. Er beschnupperte Fahrersitz und Boden und den Filzbelag unter der Gummimatte. Danach machte er sich über den Beifahrersitz her. Sein Schwanz peitschte auf und ab. Schließlich sprang er wieder nach draußen, schnüffelte auf dem trockenen Boden herum, peitschte noch immer wild mit dem Schwanz und lief dann auf den Weg zu. Die anderen Hunde taten es ihm nach. Die Prozedur wiederholte sich. Die Männer starrten in den dichten Wald und nickten einander zu. Die Hunde musterten sie aufmerksam und warteten auf das eine magische, erlösende Wort.

Die Männer waren bewaffnet. Das Gewicht in ihren Gürteln wirkte beruhigend und beängstigend zugleich. Ihr Auftrag war spannend. Das hatten sie gewollt, als sie als junge Burschen zur Polizei gekommen waren und sich dann bei der Hundestreife beworben hatten. Alle drei waren sie erwachsene Männer, wenn man zwischen dreißig und vierzig erwachsen ist, wie Sejer immer sagte, trocken, aber nicht ohne Humor. Sie hatten im Laufe ihrer Dienstjahre vieles gesucht und vieles gefunden. Sie liebten diese Stille im Wald, dieses Nichtwissen. Die Zusammenarbeit mit den Hunden. Die Laute keuchender Hunde, brechender Zweige, raschelnder Blätter, tausender summender Insekten. Alle Sinne in höchster Alarmbereitschaft. Der Blick die ganze Zeit zu Boden gerichtet, jede Kleinigkeit mußte registriert werden, eine Kippe, ein abgebrochener Zweig, die Reste eines Lagerfeuers. Sie beobachteten die Hunde: Wie bewegten sich deren Schwänze, wurde eifrig damit gewedelt, oder senkten sie sich plötzlich und verharrten in totalem Stillstand? Zugleich warteten sie auf Mitteilungen der Wache, zum Beispiel, daß die beiden Gesuchten anderweitig gefunden worden seien. Daß der Bankräuber noch eine Bank ausgeraubt habe, daß die Geisel gesund und munter sei oder mit zerschossenem Kopf in einem Straßengraben liege. Möglich war alles. Und gerade dieses Nichtwissen war so aufregend, die Tatsache, daß keine zwei Tage gleich waren. Sie konnten jemanden finden, der an einem Baum hing. Oder vor dem Baum saß, erschöpft, glücklich darüber, endlich entdeckt worden zu sein. Oder gestorben an einer Überdosis. Danach kam dann die Erlösung. Die Spannung ließ nach. Doch das hier war etwas anderes. Zwei Menschen auf der Flucht, vermutlich verzweifelt.

Spuren suchen!

Das magische Wort! Sofort legten die Hunde los. Einige Minuten lang rannten sie am Anfang des Weges hin und her. Aber ziemlich bald jagten sie weiter, ganz und gar erfüllt von ihrer Aufgabe, dem Geruch zu folgen, den sie im Auto gefunden hatten. Ellmann flüsterte: »Es gibt kaum noch Zweifel. Die Hunde haben Witterung genommen.«

Die anderen nickten. Die Hunde führten sie mit ihrer beeindruckenden Muskelkraft den Hang hinauf. Keiner war angeleint, Sharif führte. Die Männer liefen keuchend hinterher, sie schwitzten in ihren Overalls. Die Hunde blieben dicht zusammen. Sie hatten vor dem Einsatz ausgiebig getrunken und zeigten eine Ausdauer, für die die Männer sie nur bewundern konnten. Auch sie waren zwar durchtrainiert, dafür sorgte schon die Arbeit mit den Hunden. Jahr um Jahr knochenhartes Training. Aber diese verdammte Hitze laugte sie aus. Wie weit sie wohl schon gekommen waren?

Der Wald wirkte tot, und doch schien er nach Wasser zu schreien. Sie hatten Karten, sahen, wohin die Wege führten, in welcher Richtung die alten Rodungsstellen lagen. Einer der Männer durchwühlte seine Tasche nach einem Kaugummi. Er ließ Nero nicht aus den Augen. Dessen Schnauze jagte von einer Seite zur anderen, ein seltenes Mal machte sie Abstecher, beschrieb einen kleinen Kreis und schien kehrtmachen zu wollen. Aber dann lief er doch weiter. Sharif führte noch immer an. Er war schwarz an Kopf und Rücken, sein Fell glänzte in der tiefstehenden Sonne. Sein Schwanz sah aus wie eine goldene Fahne, seine Pfoten waren breit und kräftig. Die Männer konnten sich nichts Schöneres vorstellen als einen gepflegten Schäferhund. Der Schäferhund war der Hund an sich, so hatte ein Hund auszusehen. Nach fünfzehn Minuten wechselten sie und gaben Zeb die Führung. Sofort erwachte der Konkurrenzinstinkt, und die Hunde rissen sich zusammen. Trotzdem ließ die Konzentration allmählich nach, ihre Schwänze senkten sich, sie schnupperten nicht mehr so eifrig. Nero und Sharif wollten weiter und zurück zugleich. Die Männer ließen sich Zeit. Sie nutzten die Gelegenheit, um nach dem anstrengenden Aufstieg ein wenig auszuruhen. Sie hatten eine Hügelkuppe erreicht. Von hier aus konnten sie Hauptstraße und Mautschranke sehen.

»Wetten, daß sie hier eine Pause gemacht haben?« sagte Sejer leise.

Die anderen nickten. Hier hatten die beiden gestanden und auf Schranke und Streife hinabgeblickt. Danach waren sie weitergegangen. Aber in welche Richtung?

»Hier liegt eine Kippe.«

Skarre hob sie auf. »Selbstgedreht. Blättchen von Big Ben.«

Er steckte die Kippe in eine Plastiktüte, und die verstaute er in seiner Tasche. Er suchte weiter, fand aber nichts mehr.

»Wir lassen Zeb führen und die anderen Kreise ziehen«, schlug Ellmann vor.

Nero und Sharif liefen in Schlingen von etwa fünfzig Metern hin und her. Zeb trabte geradeaus weiter. Seine Signale waren undeutlich. Er wirkte nicht mehr so eifrig, er blieb ab und zu stehen und schien überhaupt unkonzentriert zu sein. Die Männer blickten zurück. Nicht in Richtung des kleinen Hofes, wo ein Mord begangen worden war. Sondern vielleicht zu den Rodungen hinüber? Bei dieser Hitze konnten die Gesuchten sich doch durchaus in einer alten Almhütte ausgeruht haben. Dann würden die Hunde dort klarere Spuren finden als im trockenen Gelände.

Es war sehr still in dem tiefen Wald, im Herbst war hier mehr Leben, durch Jäger und Beerensammler. Bei dieser Hitze machte man nur eine Waldwanderung, wenn es sich nicht vermeiden ließ. Oder wenn man dafür bezahlt wurde. Oder von unheilbarer Abenteuerlust geplagt war, die im Blut saß wie winzige Ameisen, die niemals Ruhe geben.

Sejer fuhr sich über die Stirn und griff nach seiner Waffe. Beim Schießtraining war er meistens gut, aber er hatte so eine Ahnung, daß das bei einem eventuellen Schußwechsel keine große Rolle spielen würde. Und das machte ihm Sorgen. Eine einzige Fehleinschätzung konnte katastrophale Folgen nach sich ziehen. Beurlaubung. Invalidität. Tod. Es war nicht abzusehen. Aus irgendeinem Grund fühlte er sich verletzlich. Als sei sein Leben auf seltsame Weise wichtiger als sonst. Er schob diese Gedanken beiseite und ging weiter. Schaute zu Skarre hinüber, der sich den Mützenschirm ins Gesicht gezogen hatte, um sich vor der Sonne zu schützen.

»Gott weiß, was mit dem armen Wicht aus der Anstalt passiert ist«, murmelte Sejer.

»Ich möchte meinen, daß wir uns um den anderen ebenso große Sorgen machen sollten«, sagte Skarre und sah ihn an.

»Wir wissen ja nicht, ob er es wirklich getan hat. Wir wissen nur, daß er da war.«

Skarre trug eine Brille mit Stahlfassung und hochklappbaren Sonnengläsern. »Schau dich doch um«, sagte er. »Nicht sehr belebt diese Gegend, oder?«

»Ich wollte das nur der Ordnung halber erwähnen. Sagen wir, sie sitzen im selben Boot.«

»Nur ist der eine bewaffnet«, wandte Skarre ein.

Sie gingen weiter. Die Hunde suchten geduldig das weite Waldgelände ab. Ab und zu kämpften sie sich durch ein Dickicht, an anderen Stellen war der Weg hell und offen. Heißes Blut wurde durch ihre Adern gepumpt. Das Licht war schön, gelb und satt, es gab unendlich viele Grüntöne. Tannennadeln, Blätter, weich und hart, immer abwechselnd, stechende Nadeln, Gras, das ihre Beine streichelte, Zweige, die zurückfuhren und sie ins Gesicht schlugen. Insekten, die auf ihnen landeten. Sie schlugen schon längst nicht mehr nach diesen Tieren, das kostete zuviel Energie. Nur einmal holte Skarre gegen eine wütende Wespe aus, die sich in seine Locken bohren wollte. Später blieben sie bei einem Bach stehen, der wegen der Trockenheit kaum noch Wasser führte, und ließen die Hunde trinken. Die Männer klatschten sich eiskaltes Naß in Gesicht und Nacken. Die Hunde waren noch immer erfüllt von ihrer Aufgabe, auch wenn der Geruch der Gesuchten schwach war. Sie waren ausdauernd und eifrig, durchaus nicht resigniert, wie es bei Männern der Fall ist, wenn die Flüchtlinge weit gekommen sind. Vielleicht ruhten die Gesuchten sich irgendwo im kühlen Schatten aus, ließen die Füße in einen Weiher baumeln. Der Gedanke an ein Bad wanderte von einem Kopf zum anderen. Das war dumm. Als er sich erst einmal festgesetzt hatte, fanden sie keine Ruhe mehr. Eiskaltes, perlendes Wasser. Den ganzen heißen Körper in der Tiefe versenken. Sich den klebrigen Schweiß aus den Haaren reiben.

»In Vietnam«, sagte Ellmann plötzlich, »wenn die Amerikaner zur heißesten Tageszeit durch den Busch gingen, hat ihnen unter dem Helm das Gehirn gekocht.«

»Gekocht? Red doch nicht.« Sejer schüttelte gereizt den Kopf.

»Sie waren danach nie wieder sie selber.«

»Das sowieso.«

»Aber mal ehrlich«, Ellmann drehte sich um und sah die anderen an, »haltet ihr das für möglich?«

»Natürlich nicht.«

»Du bist doch auch kein Mediziner, oder?« fragte er und rückte seine Mütze zurecht.

Die anderen kicherten leise. Die Hunde achteten nicht auf das Gespräch. Sie steckten ab und zu die Schnauze in ein Gestrüpp am Wegesrand und liefen weiter. Sie kamen nur langsam voran. Aber sie hielten einen gerade Kurs, und die Männer gingen davon aus, daß die Flüchtlinge lieber auf dem Weg geblieben waren, als sich durch den dichtesten Wald zu kämpfen.

»Wir finden sie«, sagte Skarre verbissen.

»Worüber ich mir oft Gedanken mache«, sagte Ellmann, schaute zu Zeb hinüber und seufzte, »das ist das Tragische an der bösen Bestimmung des Mannes.«

»Was faselst du da?« Skarre drehte sich um.

»Testosteron. Das macht die Männer doch aggressiv, das Testosteron, nicht wahr?«

»Und?«

»Und es sorgt dafür, daß wir bei solchen Ausflügen nur selten oder nie Frauen suchen. Stellt euch doch vor, wie leicht die bei dieser Hitze bekleidet wären!«

Sejer lachte leise. Dann dachte er an Sara. An die Ringe in ihren Augen. Skarre sah, wie er plötzlich das Gesicht verzog.

»Sorgen, Konrad?«

»Danke, es geht schon.«

Sie waren in bester Laune. Plötzlich tauchte am blauen Himmel ein kleines Flugzeug auf. Weiß und blank in der Sonne. Sejer schaute ihm lange hinterher. Dort oben war es kühl und luftig. In Gedanken saß er selbst mit dem Schirm auf dem Rücken in diesem Flugzeug. Er öffnete die Tür, wartete noch und starrte nach unten. Dann ließ er sich hinausfallen, stürzte zuerst ein Stück und schwebte dann behaglich auf einer Luftsäule dahin.

»Siehst du, Jacob?« Er drehte sich um und zeigte gen Himmel.

Skarre sah besorgt zu dem Flugzeug hinauf. Seine Phantasie machte wilde Sprünge.

»HAT JEMAND EINEN SPIEGEL?« Morgan versuchte, seine Nase in den Blick zu bekommen. Dabei schielte er gewaltig.

»Wer Freunde hat, braucht keinen Spiegel«, nuschelte Errki drüben beim Schrank.

Morgan sah Kannick an. »Dieser Mann hat eine dermaßen große Klappe, es ist nicht zu fassen.«

»Ich habe einen im Koffer«, sagte Kannick leise. Es fiel ihm noch immer schwer, Errki in die Augen zu schauen. Vielleicht überlegte der ja gerade, auf welche gemeine Weise er ihn umbringen könnte. Er hatte so einen seltsamen Gesichtsausdruck.

»Dann hol ihn, Errki«, befahl Morgan.

Errki schwieg. Er fühlte sich angenehm dösig und müde. Morgan gab auf. Er ging auf die Treppe hinaus, wo der Koffer stand, und zog Koffer und Bogen ins Haus. Wühlte zwischen Pfeilen und anderen Ausrüstungsgegenständen herum und fand den Spiegel. Klein, quadratisch, vielleicht zehn Quadratzentimeter groß. Zögernd hielt er ihn sich vor das Gesicht. »O Scheiße. So was Schreckliches gibt's überhaupt nicht!«

Kannick hatte sich noch nicht überlegt, daß Morgan seine Nase ja nicht sehen konnte. Aber es stimmte schließlich. Die Nase bot einen grauenhaften Anblick.

»Die ist entzündet, Errki! Ich hab's ja gewußt!« Den Spiegel in der Hand, trampelte Morgan durch das Zimmer.

»Die ganze Welt ist entzündet«, murmelte Errki. »Krankheit, Tod und Elend.«

»Wie lange dauert es, bis Wundstarrkrampf einsetzt?« fragte Morgan. Seine Hand zitterte so heftig, daß der Spiegel wackelte.

»Mehrere Tage«, sagte Kannick unsicher.

»Bist du sicher? Hast du Ahnung von so was?«

»Nein.«

Morgan seufzte wie ein schmollendes Kind und ließ den Spiegel fallen. Der Anblick seiner Nase war einfach zuviel für ihn. Sie tat nicht mehr so weh, und ihm war auch nicht mehr so schlecht. Er war einfach nur schlapp, aber das hatte andere Gründe. Den Mangel an Wasser und Lebensmitteln, zum Beispiel. Er mußte an etwas anderes denken. Er starrte Kannick an und kniff die Augen zusammen. »Du hast also einen Mord beobachtet? Erzähl mal. Was war das denn so für ein Gefühl?«

Kannick riß die Augen auf. »Nein, beobachtet hab ich ihn nicht.«

»Nicht? Im Radio haben sie das aber gesagt.«

Kannick schien sich zu ducken, er flüsterte: »Ich habe nur gesehen, wie er weggelaufen ist.«

»Ist dieser Mann hier im Saal anwesend? Heb eine Hand und zeig ihn den Geschworenen«, sagte Morgan feierlich.

Kannick rang die Hände. Nie im Leben würde er auf Errki zeigen.

»Mußtest du bei der Polizei plaudern?«

»Ich habe nicht geplaudert. Sie haben mich ausgefragt. Ob ich etwas gesehen hätte. Ich habe bloß Fragen beantwortet«, verteidigte er sich.

Morgan mußte sich bücken, um ihn verstehen zu können. »Red nicht drumrum. Natürlich hast du geplaudert. Hast du die Oma gekannt?«

»Ja.«

Errki hatte den Kopf auf die Seite gelegt. Er schien zu schlafen.

»Er konnte nichts dafür«, sagte Morgan. »Er ist nicht klar im Kopf.«

»Nicht klar?«

»Er kann sich nicht einmal daran erinnern.«

»Kann er sich an gar nichts erinnern?«

»Vielleicht weiß er nicht einmal, daß ich ihn als Geisel genommen hab, als ich heute morgen die Fokusbank ausgeraubt hab.« Er grinste den Jungen an. »Er stand genau an der richtigen Stelle, und ich brauchte ihn, um fliehen zu können. Weißt du was?« Morgan kicherte. »Eine Bank zu überfallen und eine Geisel zu nehmen, das ist, wie ein Überraschungsei zu kaufen. Manche haben Glück und kriegen eine ganze Figur. Ich hab nur lauter lose Teile erwischt, die absolut nicht zusammenpassen.«

Er vergaß für einen Moment seine Nase und lachte leise.

»Er kann sich an nichts erinnern. Und außerdem handelt er nur auf Befehl seiner inneren Stimmen. Aber davon hast du keine Ahnung. Errki sollte uns leid tun. Weißt du«, das fiel ihm plötzlich ein, er setzte sich auf den Boden und starrte Kannick mit ernster Miene an, »als ich klein war, bin ich in den Kindergarten gegangen. Jeden Morgen gab es eine Art Versammlung. Wir saßen auf dem Boden im Kreis, und die Kindergärtnerinnen sangen oder lasen vor. Wir hatten eine Übung«, bei der Erinnerung verzogen seine Lippen sich zu einem Lächeln, »bei der mußten wir einen Gedanken fangen. Die Kindergärtnerin schaute uns tief in die Augen, und dann flüsterte sie: Denk einen Gedanken. Und wir dachten, daß die Schwarte nur so krachte. Dann schrie sie: Fangen, fangen! Und sie streckte die Hand in die Luft, wie um einen zu fangen. Und das machten wir auch.«

Er legte eine Pause ein.

»Festhalten, schrie sie, und wir packten zu und hatten schreckliche Angst, der Gedanke könnte wegfliegen. Und das tat er ja auch. Denn wenn wir die Hände öffneten, waren sie leer. Wir sahen nur Dreck und Schweiß. Es sollte eine Konzentrationsübung sein, aber wir waren nur verzweifelt. Erwachsene stellen schon eine Menge Mist mit Kindern an.«

Bei diesem Gedanken schüttelte er resigniert den Kopf. »Errki hat das gleiche Problem. Entweder ist er verwirrt und bekommt seine Gedanken nicht zu fassen, oder er denkt immer wieder denselben. Das nennt man Zwangsvorstellungen. Ich kenne mich damit aus, ich habe mit solchen Leuten gearbeitet.«

Sie hörten, wie Errki hinten beim Schrank leise grunzte.

»Weißt du, warum er mich in die Nase gebissen hat?«

»Keine Ahnung«, sagte Kannick mit dünner Stimme.

»Ich wollte ihn in den Weiher da unten jagen, und das wollte er nicht. Er kann nicht schwimmen. Und er will nicht genervt werden. Also nerv nicht. Sonst beißt er dir ein Ohr ab oder macht noch was Schlimmeres.«

»Kann ich jetzt gehen?« Kannicks Stimme war fadendünn. Er sprach so leise er konnte, denn Errki sollte ihn nicht hören.

Morgan verdrehte die Augen. »Ob du gehen kannst? Warum zum Teufel solltest du? Willst du billiger davonkommen als wir? Hast du das verdient? Das hier ist unser Schicksal«, sagte er ernst. »Wir sind hier gefangen und warten auf die Polizei, und die will uns einsperren. Aber wir ergeben uns nicht freiwillig. Wir sind nämlich stolz und tapfer und geben uns nicht kampflos geschlagen.«

Morgans Ton war berauscht, pathetisch. Er hört sich an wie Geronimo, dachte Kannick traurig. Nicht nur Errki war hier verrückt. Verrückt waren sie beide. Vielleicht war er selber verrückt. Im Grunde war das sehr schwer zu sagen. Er wohnte schließlich im Heim. Wenn auch in keiner Irrenanstalt, oder war es vielleicht doch eine? Er fühlte sich plötzlich elend und mußte einen Kloß hinunterschlucken. Auf irgendeine Weise gehörte er hierher, zu diesen beiden Männern. Das wußte er.

»Lebt deine Mutter noch?« fragte Morgan plötzlich. Er hatte Kannicks Pfeil aus der Wand gezogen und betrachtete ihn.

»Ich glaube schon«, sagte der Junge trotzig.

»Na hört euch das an«, sagte Morgan spöttisch. »Bist du dermaßen verbittert, mein Junge? Erzähl mir nicht, du wüßtest nicht, ob sie noch lebt oder nicht. Meine Mutter lebt. Sie ist Frührentnerin. Und ich habe eine Schwester, die einen Schönheitssalon leitet.«

»Dann kann sie ja deine Nase in Ordnung bringen.«

»Schmink dir die Ironie ab. Meine Schwester verdient ziemlich gut. Lebt deine Mutter noch, Kannick?«

»Ja.«

»Auf Staatskosten?«

»Hä?«

»Was ich wissen will: Hat sie Arbeit, oder kriegt sie Sozialhilfe?«

»Weiß ich nicht.«

»Schickt sie dir Geld?«

»Nur ab und zu ein Paket.«

»Dann geb ich dir einen Tip für deinen nächsten Geburtstag. Wünsch dir eine Packung Nutrilett.«

Kannick wußte nicht, was Nutrilett war. Er dachte an seine Mutter, die er nur selten sah. Sie kam, wenn Margunn ihr richtig zusetzte. In der Regel brachte sie Schokolade mit. Er konnte sich nur mit Mühe an ihr Gesicht erinnern, sie sprachen nie viel miteinander. Die Mutter schien ihn nie wirklich zu sehen, und wenn sie ihn doch einmal kurz anblickte, zuckte sie zusammen und fuhr vor Entsetzen zurück. Plötzlich fiel ihm ein lange zurückliegendes Ereignis ein. Er ging in die vierte Klasse, kam aus der Schule, blieb in der Küchentür stehen und schaute zu ihr hinüber. Sie sah anders aus. Ihre Haare waren an nur einem Tag dreißig Zentimeter länger geworden. Innerhalb der wenigen Stunden, die er in der Schule verbracht hatte.

»Hast du dir eine Perücke zugelegt?« stammelte er.

Die Mutter ließ ihre Illustrierte fallen und schaute ihn unwillig an. »Natürlich nicht. Das sind echte Haare, angeschweißt.«

»Was?«

Er war so verdutzt, daß er sich einfach an den Tisch sinken ließ. Und die Haare waren noch nicht alles. Ihre Nägel waren plötzlich auch ganz lang, der Lack war tiefrot und blank wie der eines auf Hochglanz polierten Autos.

»Wieso denn geschweißt?« fragte er neugierig. »Sitzen die fest?«

»Ja. Das hält Wochen.«

Langsam strich sie die Haare nach hinten, vom Haaransatz in der Stirn bis zum Hinterkopf, um ihm die Festigkeit der neuen Pracht zu demonstrieren. Die Mähne hatte ihr neue Würde gegeben. Ihr Gesichtsausdruck war anders, sie hielt sich gerader, sie hatte eine Haltung wie eine Königin.

Die Versuchung war zu groß. Er warf sich über den Tisch. Mit seiner schmutzigen Faust packte er die hellen Strohspitzen und zog daran. Sie gingen nicht ab, es war unbegreiflich.

»Idiot!« schrie seine Mutter und sprang auf. »Weißt du überhaupt, was das kostet?«

»Du hast doch gesagt, sie sitzen fest.«

»Aber du mußt trotzdem versuchen, alles kaputtzumachen, ja?«

»Wer hat das gemacht?« fragte er.

»Der Friseur.«

»Was hat es gekostet?« fragte er mürrisch.

»Das wüßtest du wohl gern. Aber das geht dich nichts an. Du verdienst schließlich nichts.«

»Nein. Nicht einmal Taschengeld.«

»Warum sollte ich dir Taschengeld geben? Du tust doch nie was für mich.«

»Du fragst mich ja auch nie.«

»Kannst du denn irgendwas?« Sie beugte sich über den Tisch und starrte ihn herausfordernd an. »Kannst du irgendwas, Kannick?«

Er kratzte mit dem Fingernagel an einem eingetrockneten Marmeladenrest auf der Tischdecke herum. Ihm fiel nichts ein, rein gar nichts. Er konnte kaum lesen und war ein mieser Ballspieler. Dann wußte er doch etwas. Darts. Doch das erwähnte er nicht.

Später stand sie unter der Dusche, die neuen Haare hatte sie unter einer Plastikhaube verstaut. Heimlich schaute er in ihre Handtasche. Er wußte, daß sie dort kein Geld aufbewahrte. Sie war nicht so dumm wie Margunn, sie hatte das Geld mit unter die Dusche genommen. Aber er fand die Quittung des Frisiersalons. Er konnte die erwachsene Schrift nur mit Mühe entziffern, aber dieses eine Mal strengte er sich wirklich an. Haarmontage, Gießen von Nägeln, zweitausenddreihundert Kronen. Er hätte sich fast verschluckt. Er watschelte ins Badezimmer und riß den Duschvorhang beiseite.

»Das hätte für ein Fahrrad gereicht«, schrie er. »Alle haben ein Fahrrad!«

Die Mutter riß ihm den Vorhang aus der Hand und setzte ihre Dusche fort.

»Haare wachsen von selber«, brüllte Kannick, »und zwar gratis.«

»Misch dich nicht in meine Angelegenheiten«, rief sie. »Du brauchst einen Vater, der mit dir fertig wird. Und wenn ich wie eine Hexe aussehe, finde ich keinen anständigen Mann. Ich muß mir ein bißchen Mühe geben. Ich tu es doch dir zuliebe.«

Durch den hellen Vorhang sah er die Umrisse ihres Körpers. Es würde ihm keine große Mühe machen, sie dort herauszuholen, wenn er das wirklich wollte. Er konnte zum Waschbecken gehen und den Kaltwasserhahn aufdrehen, dann würde sie sich unter dem kochendheißen Duschwasser verbrühen. Aber er hatte keine Lust dazu. Es war ein alter Trick.

Er war plötzlich so müde. Er legte die Stirn auf die Knie und seufzte. Hunger hatte er auch. Die anderen hatten seine Schokolade aufgegessen. Und doch wanderten seine Gedanken immer wieder in die Vergangenheit. Einmal war er als erster nach Hause gekommen und hatte eine Packung Abflußreiniger aus dem Besenschrank genommen. Es war eine plötzliche Idee. Er wußte genau, wie das Mittel wirkte. Kleine runde, blauweiße Körner wurden in den Abfluß gegeben, wenn der verstopft war, und das war er dauernd. Wenn sie mit Wasser in Berührung kamen, entwickelten die Körner ein übelriechendes Gas. Er holte sich einen leeren Milchkarton, spülte ihn gut aus und trocknete ihn sorgfältig. Dann füllte er den unteren Teil mit Körnchen und lief ins Badezimmer. Hob den Gitterrost, der über dem Abfluß der Dusche lag. Legte den Karton mit den Körnchen hinein und bedeckte ihn mit dem Rost. Das Geheul der Mutter, als sie unter der Dusche stand, würde er nie vergessen. Sie drehte das warme Wasser auf, und sofort breitete sich das giftige Gas in der Duschkabine aus. Die Mutter kam herausgestürzt, hustete und würgte und bedachte ihn mit den schlimmsten

Schimpfwörtern, die sie kannte. Sie kannte übrigens viele. Er hatte seine eigene Gaskammer konstruiert.

Morgan riß ihn aus seinen Gedanken.

»Was hast du sonst noch im Koffer?« fragte er. »Hast du zum Beispiel etwas, das man zum Verbinden nehmen kann?«

Kannick überlegte. Er hatte neun Pfeile unterschiedlicher Machart. Eine Ersatzsehne. Eine Tüte Nockenfestiger samt Klebstoff. Sehnenwachs. Eine Kneifzange. Und einen Putzlappen fürs Visier.

»Einen Putzlappen«, sagte er.

»Ist der groß genug für meine Nase?«

Kannick schaute zu dem verfärbten Stummel hoch.

»Ja.«

Morgan stand auf und ging zum Koffer. Der Lappen war gelb und flauschig, wie ein Brillenputztuch. Kannick sah ihn an. »Aber dann kriegst du ganz viele Fusseln in die Wunde.«

»Ist mir doch scheißegal. Ich will sie bedecken. Ich rieche die Wunde, wenn ich den Kopf bewege, und den Gestank vertrage ich nicht. Du hast ja auch Klebeband, das nehme ich. Hilf mir!« sagte er und schwenkte den Putzlappen.

Kannick gab sich alle Mühe. Es war für seine dicken Finger gar nicht so leicht. Er legte den Lappen leicht auf die Wunde und riß mit den Zähnen Stücke vom Klebeband ab. Schließlich saß der Verband fest.

»Steht dir gut«, kommentierte er.

»Dann feiern wir noch eine Runde«, sagte Morgan mit belegter Stimme und schnappte sich die Flasche. »Bei Wein, Weib und Gesang wird die Zeit nicht lang.« Er zwinkerte Kannick zu.

Errki schlief. Morgan sah witzig aus mit dem gelben Lappen auf der Nase. So einen hatte seine Mutter auch gehabt, an den ersten sonnigen Frühlingstagen, fiel Kannick ein, wenn sie sich hinter dem Haus sonnte und sich die Nase nicht verbrennen wollte. Dabei öffnete sie immer die Beine, damit die Sonne wirklich jede Stelle erreichte. Er konnte ein wenig von den dunklen, gekräuselten Haaren sehen. Dort war der Pole gewesen, und so war er entstanden. Die Mutter hatte das zwar nicht offen zugegeben, aber er wußte es trotzdem. Er versuchte, sich an den genauen Augenblick zu erinnern, in dem er es erfahren hatte, aber das gelang ihm nicht. Dann dachte er an Karsten und Philip. Ob die ihn wohl schon suchten. Und wenn sie nun plötzlich hier auftauchten? Vielleicht kamen sie einfach ins Haus gerannt. Ab und zu schaute er verstohlen zu den beiden Männern hinüber. Fragte sich, worüber sie wohl gesprochen hatten. Er begriff nicht ganz, wieso Errki die Geisel war, denn Errki hatte den Revolver, und Morgan schien das nicht weiter zu stören. Er nahm die Flasche, trank einen Schluck und gab sie Morgan zurück. Jetzt brannte die Flüssigkeit nicht mehr in seinem Hals. Er fühlte sich benebelt. Sein Körper war taub und seltsam träge. Er mußte weg hier, ehe er einschlief.

»Darf ich gehen?« fragte er leise und schielte zu Errki hinüber.

»Errki entscheidet«, sagte Morgan kurz. »Er ist der Herr hier im Haus, und jetzt schläft er gerade. Du mußt mir solange Gesellschaft leisten. Von einem Mehlkloß wie dir kann ich lange überleben«, nuschelte er.

Sie waren inzwischen beide ziemlich betrunken. Morgan wußte nicht mehr, was er in diesem Haus machte und welche Pläne er hatte. Das stille Zimmer gefiel ihm, im Verhältnis zu dem grellen Licht draußen war es überraschend dunkel, und Errkis ruhigen Atem drüben beim Schrank hörte er auch gern. Man sollte überhaupt keine Pläne schmieden. Nicht auf die Zeit achten. Einfach nur still dasitzen und die Gedanken schweben lassen. Der fette Junge neben ihm auf dem Boden war ein wenig zusammengesunken. Von draußen war nichts zu hören, keine Vögel, kein einziges Rauschen in den Bäumen. Der Whisky ging zur Neige. Das machte ihm Sorgen. Er dachte vage, daß er in einigen Stunden wieder nüchtern sein würde. Früher oder später würde er seinen schweren, trägen Leib vom Boden heben und etwas unternehmen müssen. Er wußte nicht, was. Er hatte Geld, aber nicht die Kraft, das Haus zu verlassen und einen Fluchtversuch zu unternehmen. Freunde hatte er nicht, abgesehen von dem, der wegen eines Postüberfalls im Knast saß und bald entlassen werden sollte. Er selbst hatte den Wagen gefahren. Sie hatten in letzter Sekunde entkommen können und sich getrennt. Zwei Tage später war der Kumpel verhaftet worden, aufgrund der Videoaufnahmen vom Überfall, die im Fernsehen ausgestrahlt worden waren. Inzwischen hatte er die Waffe versteckt, im tiefen Wald, wie er sagte, aber das Geld wurde fast vollzählig in seiner Wohnung gefunden. Er hatte Morgan nicht verraten. Der hatte es großartig und unglaublich gefunden, daß der andere dem Druck widerstanden und die Strafe allein auf sich genommen hatte. Niemand hatte jemals so etwas für Morgan getan. Erst nachher war dieses Gefühl entstanden, das Gefühl, in unendlich tiefer Schuld zu stehen. Und noch später war im Besucherzimmer die kleine Anspielung gefallen.

Wenn ich rauskomme, habe ich nichts. Weißt du vielleicht einen Rat?

Der Überfall auf die Fokusbank war nur der Anfang. Hunderttausend Kronen, für jeden die Hälfte, würden nicht lange vorhalten. Er kannte seinen Freund, kannte seinen Verbrauch und seinen Durst. Wenn er das Geld ausgegeben hatte, würde er sofort auf der Matte stehen. Morgan dachte mutlos, daß es besser gewesen wäre, wenn die Polizei auch ihn erwischt hätte. Etwas in seinem Gehirn summte leise. Vielleicht wurde er jetzt verrückt, so wie Errki. Das hier war die erste Stimme. Ein Insekt, das in seinem Kopf Kreise drehte und hinauswollte.

Er erwachte und kniff verwirrt die Augen zusammen. Kannick schlief neben ihm. Das Kinn war ihm auf die Brust gesunken und zu einer unbeschreiblichen Masse aus Haut und Fett zusammengequetscht worden. Morgan streckte seine steifen Beine aus und faßte sich an den Kopf. Seine Nase kam ihm jetzt kleiner vor, sie war betäubt, fast gefühllos. Vielleicht war sie schon abgestorben, bald würde sie sich lösen und wie eine verfaulte Frucht zu Boden fallen.

Kannick schlug die Augen auf. Durch das Fenster sah er blaues Licht.

»Es ist Abend«, flüsterte Morgan.

»Ich muß nach Hause«, sagte Kannick ängstlich. »Jetzt suchen sie mich schon.«

Morgan starrte zu Errki hinüber. Versuchte, den Revolver zu entdecken. Der steckte in Errkis Hosenbund. Morgan stand langsam auf, schwankte einen Moment, fand das Gleichgewicht wieder und ging zum Schrank hinüber. Blieb stehen und überlegte. Bückte sich. In der Ecke war es dunkel. Er stellte sich so, daß der Schlafende zwischen seinen Füßen lag, und betastete zögernd dessen Bauch. Plötzlich faßte er in etwas Glattes, Zähes. Er stürzte und schlug mit dem Kinn auf Errkis Knie auf. Zwei Sekunden später stand er wieder. Er schaute sich verwirrt um. »O verdammter Mist!«

Kannick riß die Augen auf. »Was ist denn los?«

»Hier ist überall Blut. Er hat geblutet wie ein Schwein.«

Kannick jagte ein kalter Entsetzensschauer über den Rücken.

»Errki!« Morgan schrie und wich zurück. »Er ist verblutet. Er ist kalt!«

»Nein!«

Dieser Schrei klang dünn und heiser. Kannick rappelte sich auf, mußte sich dann sofort an der Wand abstützen.

»Er ist tot!«

Wie in einem Alptraum sah Kannick, daß Morgan sich langsam umdrehte und ihn anstarrte. »Ist dir klar, was du angerichtet hast? Du hast Errki mit dem Pfeil erschossen. O Scheiße, Kannick.«

Kannick schüttelte den Kopf. Aus seinem Mund glitt ein Geräusch, wie ein Schrei, der sich aufgelöst hatte, noch ehe er richtig geformt worden war.

»Ich hab doch bloß sein Bein getroffen«, stammelte er.

»Du hast eine Ader erwischt. Vielleicht die Schlagader.«

Morgan wich noch weiter zurück und starrte Kannick unverwandt an. »Jetzt reicht's. Jetzt hau ich ab aus diesem Irrenhaus.«

Er schwankte heftig. Er brauchte den Revolver, aber dazu hätte er den kalten Körper anfassen und vielleicht in das Blut greifen müssen.

»Nein! Du mußt mir helfen!«

Kannick preßte sich an die Wand. Er fing an zu weinen. »Das wollte ich doch nicht. Er hat die Tür aufgemacht, ich konnte nichts dafür. Du mußt ihnen sagen, wie das passiert ist. Es hat doch niemand gesehen.«

Morgan blieb stehen. Der Anblick des fetten verzweifelten Jungen ließ ihn nicht kalt. Er schluckte schwer, schaute noch einmal den Toten an und ließ sich dann auf den Boden sinken. »Ich steck ohnehin schon tief genug in der Patsche. Ich hab eine Bank überfallen und eine Geisel genommen. Das wird streng bestraft.«

»Wir können ihn in den See werfen. Wir können sagen, er wäre weggelaufen.« Kannick rang hilflos die Hände. »Ich wollte das doch nicht. Es war ein Unfall. Wir werfen ihn ins Wasser.«

»Wir müssen der Bullerei einfach die Wahrheit sagen. Aber jetzt hau ich ab.« Morgan kniff die Augen zusammen. Sein Gehirn versuchte, sich auf einen Ausweg zu konzentrieren.

Kannick weinte hemmungslos, ein Sturzbach aus Tränen quoll aus ihm heraus, ein Regen aus Verzweiflung.

»Es hilft nichts, wenn wir ihn ins Wasser werfen«, sagte Morgan verzweifelt. »Hier ist doch alles voll Blut. Eine Riesenlache.«

»Wir schieben den Schrank darüber.«

»Das hilft nichts.«

»Bitte!«

»Wir werden gesucht. Sie können bald hier sein. Wir schaffen das nicht mehr. Und wir können ihn nicht zum See bringen, ohne uns mit Blut zu beschmieren, es hilft nichts, Kannick. Außerdem bist du zu jung, um in den Knast zu kommen. Dir kann nichts passieren. Das ist wie bei Errki und dem Mord an der Alten, er ist doch verrückt. Aber ich«, er schrie und hämmerte mit der Faust auf den Boden, »ich komme mit gar nichts durch. Ich hab verdammt noch mal keine Entschuldigung!«

Er stöhnte und raufte sich die Haare. Versuchte, sich daran zu erinnern, wie der Tag angefangen hatte, und begriff, wie endlos lang der gewesen war. Wie ein ganzes Leben. Er war plötzlich wie gelähmt. Sein Verstand wollte nicht mehr. Das kam von dem Scheißschnaps. Kannick lag schluchzend auf dem Boden.

»Hinter dem Haus geht es steil bergab«, jammerte er. »Vielleicht rollt er ganz von selber nach unten.«

»Herr Jesus, ich kann nicht mehr!«

Kannick löste sich von der Wand, lief zu Morgan hinüber und schüttelte ihn heftig. »Du mußt! Du mußt!«

»Ich muß überhaupt nichts!«

»Wir machen das zusammen. Und dann hauen wir ab. Wir müssen!« Und dann fiel ihm plötzlich etwas ein: »Niemand wird ihn vermissen!«

»Doch«, erwiderte Morgan leise. Und voller Staunen spürte er, daß er die Wahrheit sagte.

Er schluchzte hilflos und starrte aus dem Fenster. Die Landschaft war undeutlich, fand er, sie schien zu verschwinden. Er mußte weg. Verrückt werden wie Errki. Er könnte jetzt jederzeit loslallen, das merkte er. Irgendwo versinken und für die Welt verloren sein. Die Sprechenden erstaunt ansehen, weil er nicht verstand, was sie sagten. Sich nicht darum kümmern, sie einfach reden lassen. Mich geht das nichts an. Diese Gesellschaft ist zu schrecklich. Man muß zu viele Rücksichten nehmen. Auf den Erpresser, der im Gefängnis auf ihn wartete. Auf den fetten unglücklichen Jungen vor ihm.

»Wir müssen!« schrie Kannick.

Morgan ließ den Kopf auf die Brust sinken. Er hörte Kannicks keuchenden Atem und noch etwas, in der Ferne, langsam kam es näher. Bellende Hunde, noch weit weg.

»Es ist zu spät«, stöhnte er. »Da kommt jemand.«

Sejer studierte die Karte. »Wir kommen gleich zu einer alten Alm.« Er kniff die Augen zusammen und gab die Richtung an. »Ich wette, die haben sich in einem von den alten Häusern hier versteckt.«

»Was machen wir, wenn wir sie finden?« fragte Skarre.

Sejer sah einen nach dem anderen an. »Ich persönlich habe keinen großen Sinn für Dramatik. Ich schlage vor, wir bleiben in sicherer Entfernung stehen und rufen sie. Machen ihnen klar, daß wir in der Mehrheit sind und außerdem bewaffnet.«

»Und wenn er herauskommt und die Geisel vor sich herschiebt? Ihr den Revolver an die Schläfe hält?«

»Dann lassen wir ihn laufen. Er kommt ja doch nicht weit. Wir sind fünf gegen zwei.«

Skarre wischte sich den Schweiß von der Stirn.

»Laßt die Waffen stecken«, sagte Sejer. »Ich will nicht, daß wir einen von euch in dieser Scheißhitze nach Hause schleppen müssen. Wenn alles vorbei ist, müssen wir über jede Minute Rechenschaft ablegen. Schriftlich, auf Ehre und Gewissen. Ohne meine Erlaubnis werdet ihr eure Waffe nicht mal ansehen. Und wenn ich es mir anders überlege, sage ich euch Bescheid.«

Er ging weiter, die anderen trotteten hinterher. Sie mochten ihn alle, aber manchmal fanden sie ihn doch ein wenig defensiv. Einsätze wie dieser waren selten. Sie hatten sich nicht hierher gewünscht, in diesen glühendheißen Wald, aber das Adrenalin schmeckte trotzdem süß.

»Das da unten muß der Himmelreichsweiher sein«, Sejer zeigte auf den kleinen See. »Da gibt es ein Gehöft, jedenfalls laut Karte. Obwohl ich von hier aus nichts sehen kann. Ich wette eine Runde darauf, daß die Hunde den See ansteuern werden.«

»Ich sehe kein Haus.« Ellmann überschattete seine Augen mit der Hand. Doch er sah nur eine dichte Baumgruppe. »Vielleicht steht es hinter den Bäumen. Dann können sie uns nicht sehen.«

Sie gingen weiter, die Hunde vorweg, geradewegs auf das Wäldchen zu. Skarre schaute ab und zu zum Himmel hinauf. Er wollte sich davon überzeugen, daß der Schöpfer sie im Auge behielt. Der stille Wald hatte etwas Bedrohliches, das ihn zweifeln ließ. Die Stille wirkte schicksalhaft, sie schien sich zu einer gewaltigen Explosion aufzuladen. Aber es waren keine Wolken zu sehen, nur ein leichter Dunstschleier hing über den Bäumen. Langsam und unerbittlich wurde dem Boden die Feuchtigkeit entzogen, sie stieg auf und legte sich als milchiger Dunst über die Landschaft. Vielleicht hielten die beiden Männer nach ihnen Ausschau. In einem offenen Fenster, die Waffe im Anschlag. Oder sie waren längst über den Hügelkamm geflohen. Langsam näherten sie sich dem Wäldchen. Kein von Menschenhand stammendes Bauwerk war zu sehen.

Sie beschlossen, Zeb auf den Horchposten zu setzen. Ellmann rief den Hund zu sich, die beiden anderen wurden an die Leine genommen. Die Männer betrachteten das große braune Tier. Zebs Kopf bewegte sich langsam hin und her, seine Ohren schienen wie Antennen zu suchen und zuckten ein wenig. Plötzlich richteten sie sich gerade auf. Ein letztes Mal schaute der Hund zum Wäldchen hinüber. Seine Ohren peilten einen Punkt an, den die Männer nicht sehen konnten. In Gedanken zog Ellmann eine gerade Linie von den Ohren des Tieres zu den dicht stehenden Bäumen.

»Da sind Leute«, flüsterte er.

Sejer wollte das untersuchen. Zeb wollte hinterher, wurde jedoch zurückgehalten. Er wimmerte laut. Sejers

Haare leuchteten wie Silber in der grünen Landschaft, durch die er schlich. Die Sekunden verstrichen. Skarre schwitzte. Die Männer streichelten die Rücken der Hunde. Sejer ging weiter. Unmittelbar vor dem Wäldchen bog er nach links ab und trat zwischen die Sträucher am Wegesrand. Jetzt meinte er, zwischen den Bäumen etwas sehen zu können, etwas Dunkleres, Dichteres. Er tastete nach seiner Waffe. Das Leder ruhte warm an seiner Haut. Bald lockerte sich der Wald wieder auf. Vor ihm öffnete sich eine Lichtung, und auf der Lichtung – stand ein Haus. Ein düsteres, schweres Haus. Ein Holzhaus. Er starrte die zerbrochenen Fenster an. Kein Mensch war zu sehen. Er ging in die Hocke, glaubte, von den Fenstern aus im Gras nicht zu sehen zu sein. Natürlich konnten die Gesuchten sich in dem Haus aufhalten, obwohl eine Grabesstille herrschte. Vielleicht schliefen sie oder ruhten sich aus. Vielleicht warteten sie. Auf dem Dach des Hauses wuchs dürres, versengtes Gras. Die Sprossenfenster waren klein, viel Licht ließen sie nicht durch. Vermutlich war es dort drinnen angenehm kühl. Sejer spürte, daß jemand im Haus war, aber es war noch immer nichts zu hören. Trotzdem schien es ihm unvorstellbar, sich aufzurichten und auf die Tür zuzugehen. Die Leute im Haus konnten erschrecken und in ihrer Panik einen Schuß abgeben. Er blieb einfach hocken. Kieselsteine waren nicht zu sehen, hier gab es nur trockenes Gras. Wenn er einen Tannenzapfen gegen die Holzwand warf, würde es einen dumpfen Knall geben. Vielleicht laut genug, um jemanden ans Fenster zu holen. Sejer suchte unter einer ausgedörrten Kiefer und fand einen großen Zapfen. Er starrte zum Haus hinüber. Gegen die Tür vielleicht. Wenn in dem Haus Menschen waren, würden sie das hören. Auf der flachen Steintreppe vor der Tür war ein dunkler, rotbrauner Fleck zu sehen. Es sah aus wie Blut. Sejer runzelte die Stirn. Ob jemand verletzt war? Er hob den Arm und warf den Zapfen. Hörte nur ein leises Ticken. Sofort ging er wieder in die Hocke. Nichts passierte. Er gab sich eine Minute. Die Sekunden verstrichen. Es war unbequem, so im Overall dazuhocken, denn dessen Beine waren haarscharf zu kurz. Die Minute verging. Sejer machte kehrt und ging zu den anderen zurück.

»Keine Reaktion. Ich gehe da jetzt rein.«

Skarre musterte ihn besorgt.

»Ich glaube nicht, daß sie da sind. Es ist alles so still.«

»Aber Zeb hat etwas gehört«, wandte Ellmann ein.

Sejer und Skarre gingen auf das Haus zu, die anderen warteten mit den Hunden. Sejer versetzte der Tür einen Stoß.

»Hallo! Polizei! Ist hier jemand?«

Keine Antwort. Alles war still. Sejer glaubte nicht, daß der Bankräuber plötzlich auftauchen und auf ihn schießen würde. Auf diese Weise würde er nicht den Tod finden. Außerdem war das Haus ganz und gar verlassen. Er schaute ins Wohnzimmer. Sah ein grünes Sofa, einen alten Schrank und seltsamerweise einen grauen Koffer. Er machte ein paar Schritte. Flüsterte Skarre über die Schulter zu: »Sie waren hier.«

Er blieb einen Moment auf dem verstaubten Boden stehen und sah sich in dem Raum um. Seine Augen brauchten Zeit, um sich an die Dunkelheit zu gewöhnen. Dann entdeckte er in der Ecke eine Gestalt. Einen mageren Mann mit dunkler Kleidung und schwarzen Haaren. Der Mann lehnte lang ausgestreckt am Schrank. Es sah sehr unbequem aus. Sejer dachte nicht mehr an sich, an die Gefahr, er ging hinüber und kniete neben dem leblosen Mann nieder. Er staunte darüber, wie klein der war. Schmächtig und dünn und ganz und gar kraftlos. Die Augen waren geschlossen, das Gesicht totenbleich. Der Mann sah aus wie ein arg unterernährtes Kind, die wirren schwarzen Haare fielen ihm auf die Schultern.

»Errki«, flüsterte Sejer.

Die Leiche lag in einer Blutlache. Sejer betastete den dünnen Hals, fand keinen Puls. Er sah keine Wunde, nahm aber an, daß Errki irgendwo am Unterleib getroffen worden war. Errkis Körper enthielt noch ein wenig Wärme. Sejer wollte schon aufstehen, als er ein Geräusch hörte. Zunächst glaubte er, es sei Skarre, aber dann registrierte er, daß etwas Dunkles in sein Blickfeld glitt. Er hörte ein unangenehmes, knirschendes Geräusch. Langsam öffnete sich die Schranktür. Quietschte in den Angeln. Sejers Nackenhaare sträubten sich. Dann atmete er auf. Das Knirschen verstummte, es war kein Mensch. Er konnte zwar nicht in den Schrank hineinsehen, aber dort konnte niemand sein. Der Bankräuber hätte doch niemals seine Geisel erschossen und sich danach in einem alten Schrank versteckt; der war längst über alle Berge. Die Tür hatte sich geöffnet, weil er durch das Zimmer gegangen war und damit die Bodenbretter in Bewegung gesetzt hatte. Er ging einige Schritte rückwärts. Starrte in den dunklen Schrank. Metall funkelte auf.

Die Waffe zitterte heftig. Sejer keuchte überrascht auf und wollte nach seiner eigenen greifen, entschied sich aber dagegen. Er begriff rein gar nichts. Er sah das Wesen an, das dort im Schrank stand und ihn anschaute, sah die Angst in dem schweißnassen Gesicht, sah den erhobenen Revolver. Im Schrank stand Kannick. Sejer begriff das nicht. Er sah den Revolver und die Art, in der Kannick ihn hielt.

Jetzt keinen Fehler machen. Ganz ruhig, der Junge ist völlig außer sich und absolut unberechenbar. Ganz ruhig bleiben, nicht laut werden. Ich darf meine Angst nicht zeigen.

»Ich wollte das nicht!« schrie Kannick.

Seine Stimme zerriß die Stille, und Sejer brach der Schweiß aus.

»Er stand plötzlich im Weg. Du kannst Morgan fragen!«

Kannick hatte Sejer aufs Korn genommen. Er zielte auf seinen Brustkasten und würde zweifellos treffen. Falls er überhaupt schießen konnte.

Sejer ließ die Hände sinken. »Der Hahn ist nicht gespannt, Kannick.« Und dann: »Wo ist Morgan?«

Kannick starrte den Revolver verdutzt an. Verwirrt machte er sich am Hahn zu schaffen, aber seine Finger waren vor Angst wie gelähmt, sie wollten ihm nicht gehorchen. Endlich gelang es ihm dann doch. Aber inzwischen hatte Sejer in aller Ruhe seine eigene Waffe gezogen. Und hinter Sejer stand ein Typ mit Locken, ebenfalls mit einem Revolver in der Hand.

»Er ist in der Kammer«, schniefte Kannick. Dann ließ er den Revolver auf den Boden fallen und krümmte sich. Er erbrach sich ausgiebig. Stand noch immer im Schrank und kotzte auf die morschen Bodenbretter. Eintopf und Whisky, alles quoll hervor. Er lehnte sich an die Seitenwand des Schranks und ließ einfach allem seinen Lauf. Sejer wartete, bis er fertig war. Hob dann vorsichtig den Revolver auf und ließ Kannick stehen. Machte sich auf die Suche nach der Kammer.

Morgan hatte hinter der Tür gewartet. Jetzt stürzte er aus dem Haus und lief auf den Wald zu. Seine wenigen verbliebenen Kräfte trugen ihn über den Hof und ins Dickicht. Ellmann sah die blonden Haare und die farbenfrohen Shorts durch das Blattwerk schimmern.

Der arme Teufel hatte keine Chance. Ellmann bückte sich, faßte den großen Hundekopf und flüsterte Zeb ins Ohr: »Zeb! Pack ihn!«

Das Tier sprang vor und jagte los wie ein zottiger Blitz. Morgan rannte. Er hörte nicht, daß der Hund hinter ihm herhetzte, er hörte auch niemanden rufen oder schreien. Alles war entsetzlich still. Er lief weiter, aber seine Kräfte waren beinahe versiegt. Zeb sah die weißen Hände und peilte die linke an. Der Hund hatte nichts Aggressives an sich, er reagierte auf jahrelanges Training und einen klaren Befehl, das war alles. Morgan blieb stehen und rang um Atem. Die Knie drohten unter ihm nachzugeben. Er mußte nachsehen, ob er verfolgt wurde. Dabei stolperte er und fiel auf den Bauch, er drehte sich um und blieb im Gras sitzen. Entsetzt starrte er an, was da auf ihn zukam. Das riesige Tier mit dem glänzenden Rachen, die rote Zunge, die gelben Zähne. Der Hund krümmte sich zum Sprung. Die weißen Hände, die er angepeilt hatte, waren nicht mehr zu sehen. Er sah nur das rote Gesicht und, mitten in diesem Gesicht, den gelben Lappen. Eine perfekte Zielscheibe. Mit einem gewaltigen Sprung hatte er seine Beute erreicht und biß zu. Morgan schrie herzzerreißend auf. Als die Männer bei ihm ankamen, hatte er die Hände vors Gesicht geschlagen und schluchzte. Sejer hörte sich das eine Weile an. Aus dem Gejammer sprach auch eine klare Erleichterung.

Sara sass ruhig auf der Stuhlkante. Sejer erzählte die ganze Geschichte. Sie wollte alles wissen, wie er gelegen, ob er vielleicht gelitten hatte. Sejer glaubte das nicht. Vermutlich war Errki erschöpft gewesen, und der Blutverlust hatte ihm seine letzten Kräfte geraubt.

Vielleicht hatte er das Gefühl gehabt, langsam einzuschlafen. Sejer gab sich große Mühe, sich an alles zu erinnern. Jetzt stand nur noch ein kleines Detail aus.

»Ich kann nicht fassen, daß Errki tot ist«, flüsterte Sara. »Daß er wirklich nicht mehr bei uns ist. Aber ich kann ihn vor mir sehen, ziemlich deutlich. An einem anderen Ort.«

»An was für einem Ort?« fragte Sejer.

Sara lächelte verlegen. »Er schwebt durch eine große Finsternis. Ganz sorglos schaut er auf uns herunter. Vielleicht denkt er: Wenn ihr wüßtet, wie schön es hier ist, ihr da unten, die ihr euch dermaßen abstrampelt.«

Bei dieser Vorstellung mußte Sejer lächeln, ein kurzes, wehmütiges Lächeln. Er überlegte, was er jetzt sagen könnte, um dem, was er noch erzählen mußte, den Stachel abzubrechen.

»Ich habe die Kröte befreit«, sagte Sara plötzlich.

»Danke. Das ist eine Erleichterung.«

Sara trug eine dünne Jacke, die sie jetzt fester um sich zusammenzog. Sejer hatte die Neonröhren unter der Decke nicht eingeschaltet, nur eine Schreibtischlampe mit grünem Schirm brannte und tauchte das Büro in ein wäßriges Licht.

»Es gibt noch etwas, das du wissen mußt.«

Sie schaute auf, um seine Miene deuten zu können.

»In Errkis Jacke haben wir eine Brieftasche gefunden.« Sejer räusperte sich leise. »Eine rote Brieftasche. Sie hat Halldis Horn gehört und enthielt ungefähr vierhundert Kronen.«

Er schwieg und wartete. Im grünen Licht sah Sara blaß aus.

»Eins zu null für Konrad«, sagte sie mit traurigem Lächeln.

»Ich habe nicht gewonnen.« Mehr fiel ihm dazu nicht ein.

»Woran denkst du?« fragte sie nach einer Weile.

»Kommt jemand dich abholen?« Diese Frage war ihm herausgerutscht, ehe er sie gedacht hatte. Vielleicht konnte er sie nach Hause fahren. Aber sicher hatte Gerhard ein Auto, und wenn sie ihn anrief, würde er sofort vor der Tür stehen. Er konnte den Mann vor sich sehen. Irgendwo saß er in einem Wohnzimmer und blickte zur Tür, schielte zum Telefon hinüber, bereit, die abzuholen, die mit Fug und Recht ihm und sonst keinem gehörte.

»Nein«, sagte sie und zuckte mit den Schultern. »Ich bin mit einem Taxi gekommen. Und der Chef sitzt im Rollstuhl. Eingesperrt, zusammen mit mir. Er hat multiple Sklerose.«

Sejer war überrascht. Konnte Sara nicht mit einem invaliden Mann zusammenbringen. Er hatte sich das alles so anders vorgestellt. Ein nicht ganz sauberer Gedanke wirbelte durch sein Gehirn.

»Dann möchte ich dich nach Hause fahren.«

»Geht das denn?«

»Auf mich wartet niemand. Ich bin allein.«

Es spielte keine Rolle mehr, jetzt, da er es endlich gesagt hatte.

Ich bin allein.

Hatte er das jemals so ausgedrückt? Oder hatte er einfach nur seinen Status festgestellt, als Witwer oder als Alleinstehender?

Es war still im Auto. Aus dem Augenwinkel sah er ihre Knie, der Rest war nur eine Anwesenheit, eine schwache Ahnung, eine Sehnsucht. Seine Hände ruhten auf dem Lenkrad und verrieten ihn. Er hatte das Gefühl, sie schrien so laut, daß alle es hören konnten, sie brauchten etwas, um sich festzuhalten. Was denkt sie wohl, fragte er sich, wagte aber nicht, sie anzusehen. Errki war tot. Sie hatte monatelang mit ihm gearbeitet. Und sie hatte ihn nicht retten können.

Sie dirigierte ihn zu einer Sackgasse namens *Jordbærstedet*, Erdbeerstelle. Er mußte anhalten, obwohl er lieber mit Sara neben sich bis ans Ende der Welt und wieder zurück gefahren wäre.

»Es klingt vielleicht töricht«, sagte sie plötzlich. »Aber ich kann es einfach nicht glauben.«

»Daß Errki tot ist?«

»Daß er sie wirklich umgebracht hat.«

Sejer hatte die Hände im Schoß liegen. Drehte und wendete sie und sagte unbeholfen: »Du hast da etwas gesagt heute morgen. Daß ab und zu, sehr selten, Dinge passieren, die wir einfach nicht erklären können.«

Sie zuckte mit den Schultern. »Ich gebe nicht auf.«

»Wie meinst du das?«

»Ich werde versuchen, die Erklärung zu finden. Dafür, daß das passieren konnte.«

»Und wo wirst du sie suchen?«

»In meinen Papieren. In meiner Erinnerung. In dem, was er gesagt hat. Und in allem, was er nie gesagt hat. Ich muß es ganz einfach begreifen können.«

»Und werde ich es dann auch erfahren?«

Endlich blickte sie auf und lächelte. »Komm doch mit rein«, bat sie unvermittelt.

Er begriff nicht, warum sie das wollte, folgte ihr aber brav bis zur Tür. Sah zu, wie sie den Schlüssel ins Schloß schob, nachdem sie zuerst kurz geklingelt hatte. Vielleicht, um ihrem Mann mitzuteilen, daß sie es war, Sara, die nach Hause kam, nichts Schlimmes also. Er hatte keine Lust, ihren Mann kennenzulernen. Der Anblick dieses Mannes würde seine Phantasien über Saras Eheleben so deutlich werden lassen. Es war ein außergewöhnlich niedriges Reihenhaus, als Behindertenwohnung eingerichtet, mit besonders breiten Türen. Sie standen in der Wohnzimmertür. Sejer mußte an ein Buch denken, das er als junger Mann gelesen hatte. Die heißverliebte Hauptfigur bringt eine Frau nach Hause. Der junge Mann hat sein Herz an sie verloren und glaubt, sie lebe allein. Auf dem Weg erzählt sie ihm, daß Johnny wartet, und sein Herz bricht. Doch dann stehen sie in ihrem Wohnzimmer, und Johnny entpuppt sich als Meerschweinchen. Gerhard Struel saß am Schreibtisch und las, trotz der Hitze trug er eine Strickjacke. Jetzt drehte er sich um und nickte. Nahm die Brille ab. Der Mann war älter als Sejer. Er hatte eine Glatze, und Sejer blickte in zwei dunkle Augen. Auf dem Boden neben dem Mann lag ein Schäferhund. Der Hund hob den Kopf und starrte Sejer an.

»Papa«, sagte Sara und sah ebenfalls zu Sejer. »Das ist Hauptkommissar Konrad Sejer.«

Gerhard Struel war kein Meerschweinchen! Er war Papa!

Sejer rang um Fassung, während er die ausgestreckte Hand nahm. Warum hatte sie ihm das alles zeigen wollen? Die Wohnung. Den hilfsbedürftigen Vater. Vielleicht wollte sie sagen: Hol mich hier raus!

»Ich muß nach Hause zu meinem Hund«, sagte er hilflos.

»Verzeihung«, sagte Sara und spielte an ihrer Jacke herum. »Ich wollte dich nicht aufhalten.«

Gerhard Struel sah Sejer lange an. »Es ist also vorbei?«

Ja, dachte Sejer, es ist vorbei. Ehe es angefangen hat. Ich kann jetzt keinen Versuch machen. Es ist nicht der richtige Moment. Er war in die unmögliche Lage geraten, den Telefonhörer von der Gabel nehmen und Saras Nummer wählen zu müssen, wenn er mehr wollte. Sie hatte schon einmal die Initiative ergriffen. Jetzt war er an der Reihe. Sie gab ihm die Hand.

»Wir waren ein ausgezeichnetes Team, findest du nicht?«

Er hatte das Gefühl, daß sie ein Samenkorn gepflanzt hatte. Vielleicht würde es keimen.

Ein ausgezeichnetes Team.

Er fand den Namen in seinem Namensbuch. Sara. Fürstin.

Später lag er im Bett und starrte die Decke an. Redete in Gedanken mit ihr. Und drückte sich dabei äußerst elegant aus.

Ich wußte, daß du auftauchen würdest. Ich habe auf dich gewartet.

Erzähl mir von dir, sie lächelte.

Was möchtest du hören?

Eine Kindheitserinnerung. Eine schöne.

Diese ist schön: In dem Sommer, in dem ich fünf Jahre alt wurde, ging mein Vater mit mir in den Dom von Roskilde. Ich wußte nicht, was sich dort versteckte, ich trat ganz unvorbereitet aus dem warmen Sonnenschein draußen auf den Steinboden. Im Kirchenschiff standen sehr viele Särge. Mein Vater erklärte mir, daß darin Menschen lägen. Sämtliche Pastoren, die an dieser Kirche gewirkt hatten. Sie lagen so, daß alle sie sehen konnten, in einer endlosen Reihe, an den Bänken entlang. Die Särge waren aus Marmor und unbeschreiblich schön. Es war kalt im Dom, ich fror. Ich zog und zerrte an der Hand meines Vaters und wollte wieder nach draußen. Nachher tat es ihm leid. Die schlafen den ewigen Schlaf, sagte er und lächelte. Aber wir müssen nach Hause und im Garten arbeiten, und dabei ist es so heiß. Ich muß Rasen mähen, und du mußt Unkraut jäten.

Der Anblick der Särge ließ mich nicht los. Erst, als Mutter in den Garten kam und uns Erdbeergrütze auftischte. Die Grütze war kühl, weil sie im Keller gestanden hatte, die Sahne dagegen war lauwarm. Ich aß die Grütze und dachte, das alles müsse ein Irrtum sein. In den Särgen sei gar nichts. Nur Spinnweben und Staub. Und die Grütze schmeckte so wunderbar, daß ich es unmöglich fand, daß das Leben nicht ewig dauerte. Ich sah zum blauen Himmel hinauf und entdeckte plötzlich, daß dort oben eine Engelsschar mit weißen Flügeln schwebte. Vielleicht wollten die uns holen, und dabei hatten wir noch nicht einmal die Grütze gegessen. Vater sah sie auch. Er schaute hoch und lächelte begeistert. Sieh mal, Konrad, wie schön die sind!

Die Armee hatte fünfzehn Fallschirmspringer eingesetzt, und die landeten nicht weit von uns entfernt auf einem Fußballplatz. Ich habe nie vergessen können, wie schön sie waren und wie langsam sie zu Boden sanken.

Danach lag er lange wach. Er war mehr als müde, aber seine Augen waren gewissermaßen von innen erleuchtet. Er starrte in die Dunkelheit. Er drehte sich hin und her, und jedesmal, wenn er sich bewegte, spitzte Kollberg die Ohren. Es war zu heiß zum Schlafen. Sein Ausschlag juckte. Resigniert stand er auf, zog sich an und ging ins Wohnzimmer. Kollberg trottete hinterher. Sejer fragte sich, ob er wirklich einen Menschen so dicht bei sich haben wollte. Neben sich im Bett, jeden Morgen, Jahr um Jahr. Was würde Kollberg dazu sagen? Und zwei Rüden, das ging doch nicht.

»Machen wir einen Spaziergang?« flüsterte er. Der Hund bellte und lief zur Tür. Es war zwei Uhr nachts. Der Block ragte wie eine einsame Säule in die sternenlose Nacht hinein.

Sein erster Gedanke war, in die Stadt und zum Friedhof zu gehen. Aber das überlegte er sich anders. Er hatte ein schlechtes Gewissen, es war nicht zu fassen. Er hatte über solche Fälle gelesen. Er wußte, wie er sich verhalten müßte. Dann dachte er: Vielleicht sollte ich umziehen. Mir ein anderes Auto zulegen. Eine Art Strich ziehen. Vor und nach Elise. Ich komme nicht weiter. Etwas versperrt mir den Weg.

Er trug ein kurzärmliges Hemd. Die Nachtluft, die seine nackten Arme streifte, linderte den ärgsten Juckreiz. Er ging und ging, so, wie Errki gegangen und gegangen war.

Wer in der Welt leben will, muß sie lebendig machen, dachte er plötzlich. Er drehte sich um und starrte den Block an. Etwas an diesem Bauwerk, an dieser riesigen Säule aus grauem Beton mit ihren matten Fenstern berichtete von der Angst der Menschen. Ich will umziehen, dachte er, ich will zurück auf den Boden. Ich will im Gras stehen und zu den Baumwipfeln hochschauen.

»Wollen wir umziehen, Kollberg? Hinaus aufs Land?«

Die Augen des Hundes hingen an seinen.

»Du verstehst nicht, was ich sage, oder? Du lebst in einer anderen Welt. Aber wir haben es doch ganz schön miteinander. Auch wenn du ein Trottel bist.«

Kollberg schnupperte glücklich an Sejers Hand. Sejer griff in seine Khakihose und fand einen vergessenen Hundekeks. Kollberg wußte nicht, warum er belohnt wurde. Aber er schluckte den Keks hinunter und wedelte eifrig mit dem Schwanz.

»Das Schlimmste ist, daß ich nie erfahren werde, wieso«, murmelte Sejer. »Was ist denn eigentlich zwischen ihnen vorgefallen? Was hat Halldis gesagt oder getan, womit hat sie ihm solche Angst eingejagt? Beide sind tot, und wir werden es nie erfahren. Allerdings ist es mit fast allem auf der Welt so, daß wir es nie erfahren. Seltsam, daß wir uns damit abfinden. Als würde weit vorn etwas auf uns warten, ein ganzes Leben, wo alles völlig anders ist und wo alles erklärt wird. Aber du, du Trottel«, er schaute den Hund an, »du wartest wohl nur auf die nächste Mahlzeit.«

Der Hund machte einen wilden Sprung und lief weiter.

»Ich bin müde«, sagte Sejer laut. »Wir gehen nach Hause.«

Er kehrte der Stadt den Rücken und ging zurück.

Er kehrte dem Friedhof den Rücken. In ihm tat alles weh.

Skarre sah zufrieden aus. Frisch geduscht und sommerbraun.

»Was ist denn mit dir los?« Sejer starrte ihn an.

»Nichts. Nur ein allgemeines Wohlbehagen.«

»Ach«, sagte Sejer. »Hast du was vom Labor gehört? Haben die die Fingerabdrücke verglichen?«

»Die von Errki sind überall, im ganzen Haus. Er hat sogar den Spiegel angefaßt. Bei denen auf der Hacke sind sie nicht so sicher, aber sie sind an der Arbeit.«

»Hast du das Verhör von heute nacht ins reine geschrieben?«

»Bitte sehr, Chef.«

Er reichte Sejer eine Plastikmappe voller Papiere und biß sich auf die Lippe.

»Was passiert mit dem Jungen?«

»Nicht viel. Morgan hat bestätigt, daß es ein Unglücksfall war. Vermutlich darf er in Guttebakken bleiben, was aller Wahrscheinlichkeit nach auch das beste wäre. Er hat fürs erste genug erlebt. Er braucht Ruhe und keinen weiteren Umzug. Ich gehe ihn jetzt holen. Er ist sicher nicht besonders in Form, aber ich habe eine winzige Hoffnung, daß er bei Errki etwas aufgeschnappt hat, etwas, das Morgan übersehen hat. Daß er etwas erklären kann.«

Skarre sah ihn lange an. »Ist das wahrscheinlich? Er ist ein verängstigtes Kind.«

»Kinder sind gute Beobachter«, erklärte Sejer fest.

»Nicht wirklich. Sie beobachten nur andere Dinge als Erwachsene«, widersprach Skarre.

»Und das kann uns weiterhelfen.«

Skarre runzelte die Stirn. »Etwas an dir ist seltsam.«

»Wie meinst du das?«

»Du scheinst das, was passiert ist, nicht akzeptieren zu können. Und das sieht dir überhaupt nicht ähnlich.«

»Ich bin nur neugierig«, sagte Sejer kurz.

»Du siehst müde aus.«

»Heute nacht«, erklärte Sejer ernst, »hat es mich einfach überall gejuckt.« Mit dieser dramatischen Auskunft verschwand er aus dem Büro.

»Du heißt Morten Garpe?«

»Stimmt.«

»Aber du nennst dich Morgan?«

»Die Freunde, die ich nicht habe, nennen mich Morgan.«

»Die du nicht hast? Warum nennst du dich also so?«

»Das klingt ein bißchen fetziger, finden Sie nicht?«

Die Tatsache, daß sie an dieser Stelle beide gelacht hatten, hatte Skarre unerwähnt gelassen.

»Also, Morten. Mit anderen Worten, du bist allein auf der Welt?«

»Kumpels hab ich nicht viele. Ich hab nur einen, und der sitzt. Und eine Schwester in Oslo.«

»Er sitzt?«

»Bewaffneter Raubüberfall. Ich habe das Auto gefahren. Er hat mich nie verpfiffen. Das Geld sollte für ihn sein.«

»Er hat dich also die ganze Zeit unter Druck setzen können?«

»Ja.«

»Und dem wolltest du ein Ende machen?«

»Ich muß sicher so lange sitzen, daß das auch keine Rolle mehr spielt.«

»Da hast du recht. Tut es nicht. Den Überfall nehmen wir uns nachher vor. Erzähl zuerst von Errki.«

Die nun folgende lange Pause hatte Skarre durch eine Leerzeile gekennzeichnet.

»Er hat mir alles über seine Mutter erzählt, wie das damals passiert ist. Errki und ich sind beide Skorpione. Er ist eine Woche nach mir geboren. Die besten und die schlechtesten Menschen sind Skorpione, wußten Sie das?«

»Nein, aber was willst du damit sagen, daß er dir ›alles‹ erzählt hat?«

Sejer ließ die Papiere sinken und dachte an die vielen Fachleute, die im Laufe der Jahre mit allerlei Listen versucht hatten, die Wahrheit aus Errki herauszukitzeln. Diesem Jungen war das innerhalb weniger Stunden gelungen.

»Konnte er sich an den Mord an Halldis erinnern?«

»Nicht besonders gut. Er sagte, sie habe geschrien und ihn bedroht. Er schien in weite Ferne zu starren, als er das erzählt hat.«

»Hat er offen gesagt, daß er sie umgebracht hat? Wortwörtlich?«

»Nein. Er hat mich aus seinen seltsamen Augen angeschaut und gesagt: Die Dinge passieren einfach.«

»Ist er dir gewalttätig vorgekommen?«

»Ich dachte, Sie hätten meine Nase gesehen. Das wird eine

häßliche Narbe geben. Nicht, daß das eine so große Rolle spielt. Eigentlich ist es mir egal. Das einzige, was mir Spaß macht, ist die Vorstellung von Tommys Gesicht, wenn ich aus der Nachbarzelle an seine Wand klopfe und ihm sage, daß bei mir doch kein Geld zu holen ist.«

»Er heißt Tommy?«

»Tommy Rein.«

»Ach was!«

Abermals eine Leerzeile.

»Worüber habt ihr eigentlich in der ganzen Zeit, die ihr zusammen wart, gesprochen?«

»Das kann ich gar nicht recht sagen. Er hat so viele seltsame Sachen gesagt. Wir haben über den Tod gesprochen. Haben Sie sich das schon einmal überlegt? Daß wir alle sterben müssen? Ich sehe, daß Menschen um mich herum sterben, aber ich begreife nicht, daß es auch mir passieren wird. Heute habe ich versucht, es zu kapieren, mehrmals. Aber das ist wie eine unmögliche Matheaufgabe, die uns einfach nicht in die Birne will. Verstehen Sie?«

»Was soll ich verstehen?«

»Daß Sie sterben müssen.«

»Ja, das ist mir klar.«

»Dann stimmt bei Ihnen irgendwas nicht.«

»Nimm es nicht so schwer. Irgendwann wirst du es auch begreifen, ich kenne viele, die älter sind als du und die noch nie daran gedacht haben. Woher hatte Errki den Revolver?«

»Danach habe ich ihn gefragt. Er hat irgendeinen seltsamen Spruch gemurmelt. Wünsch deinem Nachbarn eine Kuh, und Gott schickt dir einen Stier.«

»Wie betrunken war er am Ende?«

»Nicht ganz so betrunken wie ich. Es war ihm nicht anzuhören, aber er ging ziemlich unsicher, und sein Gang war ohnehin schon ziemlich komisch.«

»Errki und Kannick – welche Worte sind zwischen ihnen gefallen?«

»So gut wie gar keins. Sie haben einander bewacht wie zwei Köter. Kannick war außer sich vor Angst. Er hat es kaum gewagt, Errki anzusehen.«

»Hat Errki den Jungen bedroht?«

»Ich finde, nicht. Wir haben ihn gut behandelt, wir haben ihm nichts getan, wir waren beide betrunken. Als Kannick auftauchte, herrschte rauhe See, um das mal so zu sagen. Seltsamerweise schien er sich nach einer Weile bei uns ganz wohl zu fühlen. Er kam zur Ruhe. Irgendwie gehörten wir zusammen, wir drei. Keiner brachte es über sich, etwas zu unternehmen. Wir haben auf euch gewartet.«

»Wie hat Kannick reagiert, als du entdeckt hast, daß Errki tot war?«

»Er geriet total in Panik. Hat mich angefleht, ich sollte ihm helfen.«

»Wobei denn?«

»Euch davon zu überzeugen, daß es ein Unglück war.«

»Und war es ein Unglück?«

»Auf jeden Fall. Er hatte auf die Tür gezielt. Er wußte nicht, daß wir in dem Haus waren, und schon gar nicht wußte er, daß Errki gerade die Tür aufmachen wollte.«

»Na gut. Und was sonst noch?«

»Was meinen Sie jetzt?«

»Hat er vorgeschlagen wegzulaufen oder die Leiche zu verstecken?«

»Nein, nein. Gar nicht. Das habe ich ihm ausgeredet.«

»Also hat er es vorgeschlagen?«

»Nein, nein, eigentlich nicht. Er hat einfach wild drauflos geredet. Er war in Panik. Das ist doch wohl kein Wunder. Sein Glück, daß er erst zwölf und damit nicht strafmündig ist.«

Er liess sich hinter das Lenkrad sinken und zog die Tür ins Schloß. Obwohl er schlecht geschlafen hatte, war er plötzlich auf seltsame Weise klar im Kopf. Er hatte das seltsame Gefühl, daß dieser Moment entscheidend sei. Die Zeit stand still. Er schaute aus dem Wagenfenster und suchte nach einer Erklärung für dieses Gefühl, aber er fand keine. Er fühlte sich wie versteinert, konnte sich nicht bewegen. Das war nicht unangenehm, es war nur seltsam. Er sah seine Hände auf dem Lenkrad. Sah jedes einzelne Haar auf dem Handrücken, die feinen Linien über den Fingerknöcheln. Die weißen Fingernägel, glatt und sauber. Seine Uhr. Die kleine Goldkrone auf dem Zifferblatt. Sein Gesicht war älter als in seiner Erinnerung, aber es war unendlich wach. Ein Auto, das unten auf der Straße hupte, weckte ihn. Er schaltete und glitt über den Platz, vorbei an den Reihen abgestellter Wagen.

Der Junge stand kerzengerade da. Sein linker Fuß zeigte schräg nach vorn, sein rechter Arm wies vorwärts. Er hob den Kopf, das Kinn. Er holte einmal tief Atem. Atmete langsam wieder aus. Dann drehte er den Kopf nach links, langsam, wie um sich anzuschleichen. Nicht plötzlich, sondern ganz, ganz sanft. Kniff die Augen zusammen. Sah in dreißig Meter Entfernung den gelben Kreis, sah ihn schärfer werden. Wieder holte er tief Luft, dann hielt er den Atem an. Sein riesiger Brustkasten weitete sich, als er den Bogen in Augenhöhe hob. Er zog ihn auf, ankerte und zielte. Sah den kleinen roten Punkt die Unterseite der Zielscheibe berühren. Er wollte jetzt einen Zehner. Dafür war er gut genug, es gab diese goldenen Momente, in denen alles gelang. Der Pfeil jagte von der Sehne, der Bogen jagte aus der

Hand, kippte elegant nach unten und blieb am Riemen an seinem Handgelenk hängen. Der Pfeil bohrte sich mit scharfem Ticken in die Zielscheibe. Der Junge atmete aus und suchte in seinem Köcher nach einem weiteren Pfeil, ohne die Zielscheibe aus den Augen zu lassen, ohne die Füße zu bewegen. Legte den Pfeil an die Sehne. Er wollte drei Zehner. Wenn er Glück hatte, würde Pfeil Nummer drei die beiden anderen mit einem klirrenden Geräusch berühren. Wieder ließ er den Bogen hängen, holte Luft, schloß die Augen. Öffnete sie wieder. Starrte die Zielscheibe und die roten Federn des ersten Pfeils an, die im Zentrum des gelben Kreises zu sehen waren.

Dann hörte er ein Geräusch. Erst wollte er es ignorieren, ein guter Schütze läßt sich nicht ablenken, er macht weiter, ohne in seiner Konzentration nachzulassen. Aber der Lärm verstummte nicht, wurde lauter. Das gefiel ihm nicht. Er wollte seine drei Pfeile abschießen. Es war ein Wagen. Pfeil Nummer zwei jagte von der Sehne. Ein Achter. Er grunzte gereizt und schaute sich um. Ein Streifenwagen fuhr auf den Hof.

Kannick senkte den Bogen und blieb reglos stehen. Sejer in voller Uniform stieg aus. Er wollte sicher nur guten Tag sagen, sich nach Kannicks Befinden erkundigen. Ob Kannick gut geschlafen habe. Sejer war nett. Vor dem brauchte man keine Angst zu haben. Kannick lächelte unsicher.

»Guten Morgen, Kannick.«

Sejer lächelte nicht. Er sah ernst aus. Nicht so nett wie bisher, irgend etwas schien ihn zu belasten. Er drehte sich um und schaute die Zielscheibe an.

»Du hast einen Zehner«, stellte er fest.

»Ja«, sagte Kannick stolz.

»Ist das schwer?«

Sejer schaute neugierig den blanken Bogen an, verzog aber keine Miene.

»Ja, das ist schwer. Ich übe es schon seit über einem Jahr. Ich hätte vielleicht noch einen Zehner geschafft, wenn du mich nicht gestört hättest.«

»Tut mir wirklich leid.« Sejer blickte dem Jungen mit ernster Miene in die Augen. »Wir haben dir den Bogen weggenommen. Und jetzt schießt du. Wie kannst du das erklären?«

Kannick starrte zu Boden. »Der hier gehört Christian. Er hat ihn mir geliehen.«

»Aber du darfst nicht unbeaufsichtigt schießen.«

»Margunn ist nur schnell aufs Klo. Ich muß doch für die NM trainieren«, sagte Kannick mürrisch.

»Das verstehe ich. Aber ich muß trotzdem mit Margunn sprechen.«

Sejer nickte. Erst zum Haus hinüber, dann zu der Zielscheibe aus verstärktem Papier. Dies war die einzige Leidenschaft des Jungen, und er nahm sie ihm gerade weg. Das fand er schrecklich. Gleichzeitig tickte etwas in ihm. Wie eine Bombe kurz vor der Detonation. Er spürte, daß sein Herz schneller schlug. Das brauchte nichts zu bedeuten, es konnte alles bedeuten, etwas ganz Entscheidendes, das kleine Detail, das er plötzlich sah. Er gab sich alle Mühe, um sich zu beherrschen.

»Ich kann doch hier auf dem Hof schießen«, sagte Kannick, halb bittend, halb schmollend. »Nur nicht oben im Wald. Wenn ich bei der NM eine Chance haben will, muß ich jeden Tag trainieren.«

»Und wann ist die Meisterschaft?«

»In vier Wochen.« Kannicks Füße verharrten noch immer in der Schießhaltung. Sie steckten in schwarzen Mokassins. Von ziemlicher Größe. Die Schuhe hatten Ledersohlen und also kein Zickzackprofil wie Turnschuhe. Zwölfjährige Jungen trugen normalerweise Turnschuhe. Sejer staunte ein wenig über die Mokassins. Das waren gute Schuhe, paßten nicht zu den abgeschnittenen Jeans, die als Shorts dienten. Die ganze Zeit kämpfte Sejer gegen das seltsame Gefühl an, das in ihm aufstieg.

»Hast du heute nacht gut geschlafen?« fragte er freundlich.

Kannick war verwirrt. Die Stimme des Polizisten war sanft, seine Augen dagegen waren kalt wie Schiefer.

»Ich habe wie ein Stein geschlafen«, sagte er tapfer. Als er diese Lüge hörte, wurde ihm schwindlig. Es war zuviel passiert. Er war aufgewacht, als Margunn Philips Bett frisch bezog, und er hatte sich alle Mühe gegeben, ruhig und gleichmäßig zu atmen. Er wollte Margunns tröstende Stimme nicht hören. Aber er hatte auch Angst vor dem Einschlafen. Er wußte, daß ein schrecklicher Traum auf der Lauer lag.

»Ich habe schlecht geschlafen«, sagte Sejer düster.

»Ach«, sagte Kannick. Er war an solche Geständnisse von Erwachsenen nicht gewöhnt. Aber dieser Mann war eben anders.

»Schießt du mal, und ich sehe zu?« fragte Sejer.

Kannick zögerte. »Ja, kein Problem. Aber jetzt bin ich aus dem Rhythmus gekommen, und dann schafft man nur selten einen guten Schuß.«

»Ich bin einfach nur neugierig«, sagte Sejer leise. »Ich habe noch nie aus der Nähe gesehen, wie jemand mit Pfeil und Bogen schießt.«

Er beobachtete Kannick genau. Die ganze Prozedur, Kannick mußte sich konzentrieren, dann den Bogen heben, zielen und loslassen, es war eine sehr ästhetische Bewegungsabfolge, sogar dann, wenn dieser Berg von Jungen sie ausführte. Der Bogen sammelte die unförmige Gestalt auf faszinierende Weise. Kannick schoß einen Neuner und ließ den Bogen sinken.

Sejer schaute zum Haus hinüber und sah dann wieder den Jungen an.

»Du trägst beim Schießen Handschuhe?« fragte er.

»Schießhandschuhe«, erklärte Kannick. »Sonst zerfetzt die Sehne mir die Fingerkuppen. Manche nehmen ein Lederpolster, aber mir sind Handschuhe lieber. Eigentlich nimmt man nur einen, für die Hand, die den Bogen aufzieht. Aber wegen der Symmetrie habe ich an jeder Hand einen, und das klappt gut. Weißt du«, fügte er hektisch hinzu. »Jeder Schütze hat seine eigenen Methoden. Christian zwinkert einmal, ehe er den Pfeil losläßt.«

»Das sind ja ganz besondere Handschuhe.« Sejer starrte sie an. »Sie haben nur drei Finger?«

»Ich brauche nur drei Finger zum Aufziehen und Loslassen. Daumen und kleiner Finger sind da überzählig.«

»Aha.«

»Das sind Reservehandschuhe, die habe ich noch nicht oft benutzt, deshalb sind sie ein wenig steif«, erklärte Kannick. »Aber sie werden noch weicher.«

»Das sind neue?« Sejer kniff die Augen zusammen. »Warum hast du neue Handschuhe?«

»Warum?« Kannick wurde unsicher. »Ach, weil ... die alten hab ich weggeworfen.«

»Ich verstehe.« Sejer ließ den Blick des Jungen nicht los. Kannick starrte seine Hand an, die drei Finger aus dünnem Leder. Schmale Lederstreifen führten zu einem Riemen, der mit Klettverschluß um sein Handgelenk befestigt war.

»Warum hast du sie weggeworfen?«

»Warum?« Kannick wurde von schrecklicher Unruhe erfaßt. »Also, die waren alt und verschlissen.«

»Ach so.« Sejer atmete lautstark durch die Nase. »Und wo hast du sie weggeworfen?«

»Wo? Nein, das weiß ich nicht mehr.«

Kannick wand sich und schwitzte. Diese verdammte Hitze ließ einfach nicht nach. Die Jungs waren mit Thorleif und Inga baden gegangen. Er hatte nicht mitgehen wollen. Er fühlte sich elend in seiner Badehose, und außerdem mußte er trainieren. Irgendwo dort draußen wartete ein Pokal auf ihn. Zum erstenmal in seinem Leben würde er andere besiegen. Warum kam Margunn nicht zurück? Was ging hier denn nur vor?

»Wo, Kannick?«

»In den Verbrennungsofen.« Er trat unruhig von einem Fuß auf den anderen.

»Du hast die Füße bewegt.«

»O Scheiße.«

»Du hast mich belogen, Kannick. Du hast gesagt, du hättest Errki bei Halldis' Hof gesehen.«

»Das hab ich auch. Ich hab ihn gesehen!«

»Errki hat *dich* gesehen. Das ist etwas anderes.« Es kostete Sejer einige Mühe, nicht laut zu werden. »Ich sag dir eins. Ich glaube dir, daß Errkis Tod ein Unglück war. Morgan hat das bestätigt.«

Für einen Moment sah Kannick erleichtert aus.

»Aber ich glaube nicht, daß dir das leid tut.«

»Was?« fragte Kannick ängstlich.

»Jetzt, wo Errki tot ist, kann er dich nicht mehr verraten. Du bist ihm zuvorgekommen. Deshalb hast du Gurvin Bescheid gesagt. Ehe Errki sagen konnte, daß du es warst, bist du schon losgestürzt und hast ihm alles in die Schuhe geschoben. Niemand würde dem verrückten Errki glauben, hast du gedacht.«

Jetzt kam Margunn zurück. Sie sah die beiden unsicher an und räusperte sich nervös. »Stimmt was nicht?«

Sejer nickte. Margunn wurde nervös. »Kannick«, sagte sie schließlich, wie um die beängstigende Stille mit etwas zu füllen, auch wenn das Gesagte überhaupt nicht wichtig war. »Du darfst jetzt keine Mokassins tragen, die sind für Karstens Konfirmation bestimmt. Wo hast du deine Turnschuhe gelassen?«

Der Bogen senkte sich. Kannicks Herz krampfte sich zusammen und pumpte einen Schwall von heißem Blut in sein Gesicht. Die Zukunft hatte ihn erreicht.

So könnte es gewesen sein: Kannick war mit dem Bogen im Wald unterwegs. Er schoß auf eine Krähe und wollte nach Hause, aber dann kam ihm die Idee, bei Halldis vorbeizuschauen. Vielleicht sah er, daß sie mit dem Rücken zur Tür Unkraut hackte. Er schlüpfte ins Haus. Fand in der Brottrommel die Brieftasche. Vielleicht hatte er Glück, vielleicht wußte er auch, daß sie dort versteckt war. Dann schlich er sich wieder aus der Küche. Sah zu seinem Entsetzen, daß Halldis mit der Hacke in der Hand auf der Treppe stand. Er geriet in Panik. Und er handelte doch immer zuerst und dachte später nach. Er riß Halldis die Hacke aus der Hand, vielleicht dauerte es eine Weile, bis Halldis losließ und Kannick die Waffe hatte. Halldis sah ihn ängstlich und anklagend an. Er hob die Hacke und schlug zu. Er trug seine Schießhandschuhe und hinterließ nur vage Fingerabdrücke. Halldis stürzte. Kannick rannte über den Rasen. Blieb für einen Moment beim Brunnen stehen und blickte zurück. Plötzlich entdeckte er zwischen den Bäumen die schwarze Gestalt. Er wußte, daß jemand ihn gesehen hatte. Er rannte den Weg hinab und verlor die

Brieftasche. Errki ging zum Haus und betrachtete Halldis. Dann ging er wahrscheinlich in die Küche, schaute sich dort um, faßte Türen und Fensterrahmen an, seine Turnschuhe hinterließen Spuren. Als er das Haus verlassen hatte, fand er die Brieftasche, die Kannick in seiner Panik verloren hatte. Er steckte sie ein und ging weiter, erfüllt von diesem grauenhaften Ereignis, machte sich auf den Weg zur Stadt und zu den Menschen. Kannick lief zum Landpolizisten Gurvin und meldete den Todesfall. Und wer einen Mord meldet, ist natürlich nicht der Täter. Außerdem hatte er dort oben jemanden gesehen, der wie gerufen gekommen war. Den verrückten Errki. Was hatte Morgan gesagt?

Sie haben einander bewacht wie zwei Köter.

Er zog das Mobiltelefon aus der Jackentasche und wählte eine Nummer. Skarre meldete sich.

»Was ist los?«

Sejer schaute sich um. »Dies und das.« Er blickte aus dem Autofenster in den diesigen Wald. Wenn er doch kopfüber ins Meer springen könnte. Aus dieser staubigen Hitze heraus.

»Hat jemand angerufen?« fragte er lässig.

Skarre schwieg. Im Laufe des vergangenen Tages war ihm ein hinreißender Verdacht gekommen. In ihm steckte, trotz seines Glaubens, ein kleiner Teufel.

»Wie definierst du ›jemand‹?«

»Ach, Himmel, irgendwer eben.«

»Niemand hat angerufen«, sagte Skarre schließlich.

»Dann nicht.« Es wurde wieder still.

»Ist etwas passiert?« fragte Skarre.

»Nicht Errki hat Halldis umgebracht.«

»Nein, genau. Genau das, was ich gerade brauche. Daß wir von vorn anfangen können. Erzähl mir was anderes, ich kann jetzt keine Witze vertragen.«

»Das ist kein Witz. Er war es nicht.«

»Dann nicht, Chef.«

Es wurde wieder totenstill. Skarre dachte lange nach. »Alles klar«, sagte er endlich. »Langsam kapiere ich, wovon du redest. Eine junge Frau hat hier angerufen. Die Kassiererin von Kaufmann Briggen. Ihr war etwas ungeheuer Wichtiges eingefallen, das sie mir sofort mitteilen mußte.«

»Erzähl schon.«

»Eins von den Kindern aus Guttebakken war einige Male mit Oddchen bei Halldis, so zum Aushelfen. Um fürs Berufsleben zu üben. Errätst du, welches Kind das war?«

»Kannick«, sagte Sejer.

»Er bekam seinen Lohn in Schokolade ausbezahlt. Er kann gewußt haben, wo die Brieftasche versteckt war.«

Sejer nickte.

Und Skarre sagte: »Du. Jemand war hier.«

»Wie definierst du ›jemand‹?«

»Dr. Struel.«

»Ach. Und was wollte sie?«

»Das weiß ich doch nicht. Sie hat sich von mir Papier und einen Umschlag geben lassen und dir einen Brief geschrieben. Liegt auf deinem Tisch.«

Sejer ließ den Motor an. Die Gedanken wirbelten ihm nur so durch den Kopf.

»Jacob«, sagte er schadenfroh. »Du weißt, was das bedeutet, oder?«

»Wovon redest du jetzt?«

»Du mußt mit dem Fallschirm abspringen.«

»Ja, sicher. Mir wird wohl nichts anderes übrigbleiben.«

Langes Schweigen.

»Nur, damit das gesagt ist. Ich kann Wetten nicht leiden. Es ist mir egal, was du machst. Ich werde dich nicht verachten, wenn du aussteigst.«

»Aber deine Achtung wird auch nicht gerade steigen?«

»Die ist mehr als hoch genug.«

»Natürlich springe ich.«

»Dein Gottvertrauen ist unerschütterlich, was?«

»Das ist wohl das eine Mal, wo ich es wirklich auf die Probe stelle. Ist vielleicht auch höchste Zeit.«

Sejer öffnete die Bürotür und trat ein. Auf seiner Schreibunterlage, die eine Weltkarte darstellte, lag ein weißer Umschlag. Mitten im Stillen Ozean, wie ein Boot mit weißen Segeln. Er nahm ihn vorsichtig auf. Schob einen Finger hinein. Seine Hände zitterten, als er den Brief herauszog.

Skarre kam hereingestürmt. Er fuhr zurück, als er seinen Chef mit dem Briefbogen in der zitternden Hand dastehen sah. »Verzeihung«, stammelte er verlegen. »Was passiert jetzt?«